# The CURSE of the MARQUIS de SADE

# サド侯爵の呪い

伝説の手稿『ソドムの百二十日』がたどった数奇な運命

ジョエル・ウォーナー［著］
金原瑞人＋中西史子［訳］

Joel Warner

日経ナショナル ジオグラフィック

# サド侯爵の呪い

伝説の手稿『ソドムの百二十日』がたどった数奇な運命

ジョエル・ウォーナー［著］
金原瑞人＋中西史子［訳］

日経ナショナルジオグラフィック

The Curse of the Marquis de Sade
A Notorious Scoundrel, a Mythical Manuscript,
and the Biggest Scandal in Literary History
By Joel Warner


This edition published by arrangement with Crown,
an imprint of Random House, a division of Penguin Random House LLC,
through Japan UNI Agency, Inc., Tokyo

壮大な冒険が大好きで、素晴らしい物語に夢中になっている
エミリー、ゲイブリエル、シャーロットに捧げる

最後の最後　サドは死刑執行人を嘲笑う
彼は黒い海の波を越えていってしまった
しかし　極悪非道の衒学者たちよ
おまえたちがどんなに叫んだところで　彼の嘘偽りのない物語は
おまえたちを置いて　記憶の神殿へ旅立つ
彼はあまりに偉大な功績を残したがために
夜も眠れないでいる

――マルキ・ド・サドの〈墓碑銘（エピタフ）〉

親愛なる読者よ（昔の本の序文ではよくこんな言い方をする）、
古き良き本や面白い登場人物の楽しみ方をご存じなら、
どうかお付き合いください

――アルフレッド・ボナルド
『パリの愛書家の鏡――風刺物語』
（*The Mirror of the Parisian Bibliophile: A Satirical Tale*）

# サド侯爵の呪い

## 伝説の手稿『ソドムの百二十日』がたどった数奇な運命

目次

※本文中の〔　〕は訳注を示す。

パリ
マイル
0
½
メートル
0
500
エスティエンヌ・ドルヴ広場
サン＝ラザール通り
シャトーダン通り
ラ・ファイエット通り
オークションハウス〈オテル・ドゥルオー〉
オスマン大通り
オペラ座（ガルニエ宮）
イタリアン大通り
モンマルトル大通り
ポワッソニエール大通り
キャピュシーヌ大通り
フォブール・ポワッソニエール通り
オートヴィル通り
ボンヌ・ヌーヴェル大通り
ストラスブール大通り
サン＝ドニ大通り
フォブール・サン＝マルタン通り
サン＝マルタン大通り
9月4日通り
レオミュール通り
ダニエル・カサノヴァ通り
ヴァンドーム広場
国立図書館（リシュリュー館）
プチ・シャン通り
モンマルトル通り
セバストポル大通り
サン＝トノレ通り
サン＝ロック通り
オペラ大通り
リヴォリ通り
パレ・ロワイヤル
エチエンヌ・マルセル通り
ボーブール通り
タンプル大通り
テュイルリー公園
ルーヴル通り
レ・アール
サン＝トノレ通り
ポンピドゥー・センター
フランソワ・ミッテラン河岸通り
ルーヴル美術館
レ・アール通り
サン＝ドニ通り
セバストポル大通り
リヴォリ通り
ルナール通り
アルシーヴ通り
〈手紙と手稿の研究所〉
ポン・ヌフ
フレデリック・キャスタンの手稿店
グラン・ゾーギュスタン河岸通り
ポン・トー・シャンジュ
パリ市庁舎
バスティーユ監獄の跡地（約800メートル先）
ジャコブ通り
パレ・ド・ジュスティス（パリ司法宮）
セーヌ通り
〈手紙と手稿の博物館〉
ボナパルト通り
シテ島
サン＝ミシェル河岸通り
ノートルダム大聖堂
サン＝ジェルマン大通り
モンテベッロ河岸通り
ジャン＝クロード・ヴランの書店
サン＝ルイ島
マルキ・ド・サドの生地
〈シェイクスピア・アンド・カンパニー〉の最初の場所
トゥルネル河岸通り
赤い子爵夫人が最後に演説した場所
ラスパイユ通り
レンヌ通り
エコール通り
モンジュ通り
フォッセ・サン＝ベルナール通り
ヴォジラール通り
リュクサンブール宮殿

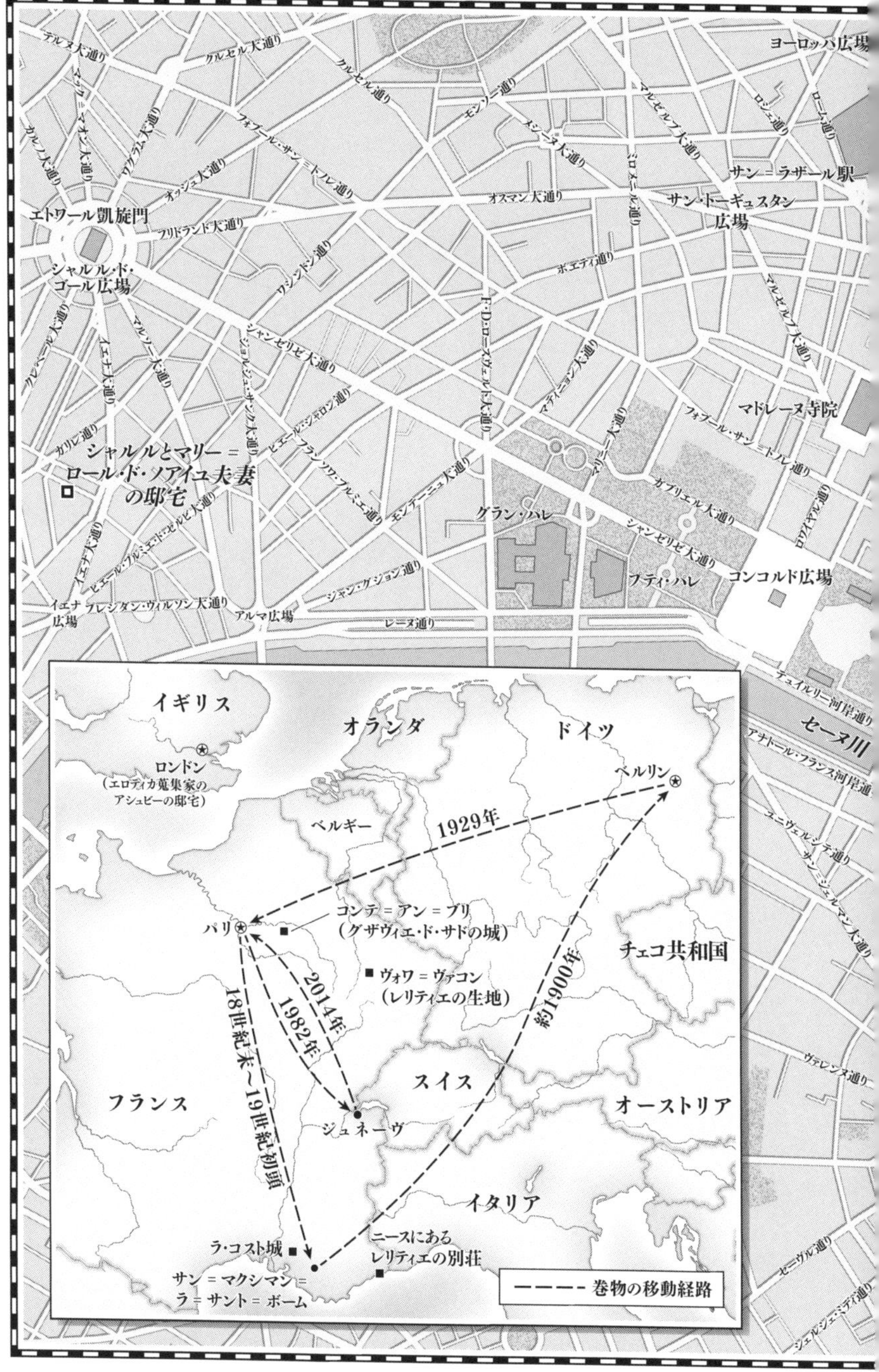

ヨーロッパ広場
テルヌ大通り
クルセル大通り
クルセル通り
マック＝マオン大通り
ワグラム大通り
カルノ大通り
モンソー通り
マルゼルブ大通り
ロシェ通り
ローム通り
メシーヌ大通り
ミロメニル通り
フォブール・サン＝トノレ通り
オッシュ大通り
サン＝ラザール駅
オスマン大通り
サン・トーギュスタン
広場
エトワール凱旋門
フリドランド大通り
シャルル・ド・
ゴール広場
ワシントン通り
ボエティ通り
F・D・ローズヴェルト大通り
マルゼルブ大通り
クレベール大通り
イエナ大通り
マルソー大通り
シャンゼリゼ大通り
ジョルジュ・サンク大通り
マティニョン大通り
ピエール・シャロン通り
マドレーヌ寺院
フォブール・サン＝トノレ通り
マリニー大通り
カリレ通り
シャルルとマリー＝
ロール・ド・ノアイユ夫妻
の邸宅
フランソワ・プルミエ通り
モンテーニュ大通り
ガブリエル大通り
ロワイヤル通り
ピエール・プルミエ・ド・セルビ大通り
グラン・パレ
シャンゼリゼ大通り
イエナ大通り
プティ・パレ
コンコルド広場
ジャン・グジョン通り
イエナ
広場
プレジダン・ウィルソン大通り
アルマ広場
レーヌ通り
テュイルリー河岸通り
セーヌ川
アナトール・フランス河岸通り
ユニヴェルシテ通り
サン＝ジェルマン大通り
ヴァレンヌ通り
セーヴル通り
シェルシュ・ミディ通り
イギリス
オランダ
ドイツ
ロンドン
（エロティカ蒐集家の
アシュビーの邸宅）
ベルリン
ベルギー
1929年
コンテ＝アン＝ブリ
（グザヴィエ・ド・サドの城）
パリ
チェコ共和国
ヴォワ＝ヴァコン
（レリティエの生地）
2014年
1982年
18世紀末～19世紀初頭
約1900年
スイス
フランス
ジュネーヴ
オーストリア
イタリア
ニースにある
レリティエの別荘
ラ・コスト城
サン＝マクシマン＝
ラ＝サント＝ボーム
巻物の移動経路

## 本書の主な登場人物

### サド

ドナシアン・アルフォンス・フランソワ・ド・サド（マルキ・ド・サド）
――18世紀フランスの貴族。『ソドムの百二十日』ほか放蕩を題材とする作品を数多く残した作家

ルイ・マレ
――革命前のパリの風紀取締当局の警部

ジャン＝バティスト・ジョゼフ・フランソワ・ド・サド（サド伯爵）
――フランスの貴族。外交官。サドの父親

マリー・エレオノール・ド・マイエ・ド・カルマン
――フランスの貴族。サドの母親

ジャック・フランソワ・ポール・アルドンス・ド・サド（サド神父）
――南仏プロヴァンスの知識人。サドの叔父

ルネ＝ペラジ・ド・モントルイユ
――貴族の称号を得たばかりの商家の娘。サドの妻

マリー＝マドレーヌ・ド・モントルイユ
――〝閣下〟の名で知られた権力者。ルネ＝ペラジの母

アンヌ＝プロスペル・ド・ロネイ
――ルネ＝ペラジの妹

ガスパール・フランソワ・グザヴィエ・ゴーフリディ
——サドの弁護士兼公証人
マリー＝コンスタンス・ケネ
——女優。シングルマザー。サドの親しい友人
フランソワ・シモネ・ド・クルミエ
——19世紀初頭にパリ近郊にあったシャラントン精神科病院の院長
ルイ＝マリー、ドナシアン＝クロード＝アルマン、マドレーヌ＝ロール
——サドの3人の子ども
ジルベール・レリー
——シュルレアリスムの詩人。サドの伝記作家
グザヴィエ・ド・サド
——20世紀半ばの貴族。サドの曾々孫
チボー・ド・サド
——政府顧問。サドの曾々々孫

## 巻物

アルヌー
——プロヴァンス出身の市民。バスティーユ監獄で『ソドムの百二十日』を発見した男
エリオン・ド・ヴィルヌーヴ（マルキ・ド・ヴィルヌーヴ＝トラン）
——19世紀プロヴァンスの貴族。エロティカ蒐集家

ジュール＝アドルフ・ショーヴェ
——フランスのエロティカの挿絵画家
フレデリック・ハンキー
——悪名高きエロティカ蒐集家。フランスからヴィクトリア朝イギリスにわいせつ書物を密輸
ヘンリー・スペンサー・アシュビー
——ヴィクトリア朝イギリスの愛書家、世界有数のエロティカ蒐集家。三冊の書誌目録の著者
イヴァン・ブロッホ
——20世紀初頭のドイツの性科学者
マグヌス・ヒルシュフェルト
——同性愛活動家。ベルリンの〈性科学研究所〉の創設者。ブロッホの仕事仲間
マリー＝ロール・ド・ノアイユ（ノアイユ子爵夫人）
——パリの有力な芸術のパトロン
シャルル・ド・ノアイユ（ノアイユ子爵）
——マリー＝ロールの夫
モーリス・エーヌ
——フランスの作家。熱心なサドの愛好者
ナタリー・ド・ノアイユ
——マリー＝ロール・ド・ノアイユの次女
アンドレ・ブルトン
——シュルレアリスムの創始者、指導者

ジャン・グルエ
——フランスの急進的な出版人
ジェラール・ノルドマン
——スイスの富豪。エロティカ蒐集家
カルロ・ペローネ
——イタリアのメディア界の大物。マリー＝ロール・ド・ノアイユの孫
ジャン＝ジャック・ポーヴェール
——フランスの若き出版人。長く禁書となっていたサドの作品を一九四〇年代に出版
マルタン・ボドメール
——スイスの産業財閥の相続人。「愛書家の王」の名を持つ手稿蒐集家
フロランス・ダルブル
——スイスの紙・パピルス保存修復専門家

**手紙の帝国**

ジェラール・レリティエ
——アリストフィル社の創業者
ジャン＝クロード・ル・クステュメ
——アリストフィル社の商品への大口の出資者
ケネス・レンデル
——アメリカの有力な手稿ディーラー

フレデリック・キャスタン
——フランスの有力な手稿ディーラー。全仏古書籍商組合の会長
ジャン＝クロード・ヴラン
——フランスの有力な書籍商。キャスタンの好敵手
アラン・ニコラ
——フランスの有力な手稿ディーラー。キャスタンの友人
ブリュノ・ラシーヌ
——フランス国立図書館の館長。ポンピドゥー・センターの元館長
ジェローム・デュピュイ
——時事週刊誌『レクスプレス』の記者。書籍業界を取材
クロード・アギュット
——オークションハウス〈アギュット〉の創設者
エマニュエル・ブサール
——フランスの投資銀行家

# Prologue
# プロローグ
# 塔の囚人
## 一七八五年十月二十二日

時は十八世紀末期のパリ、瓦ぶきの屋根の下へ日が沈む頃、バスティーユ監獄の自由の塔の独房で、ひとりの男が背を曲げ机におおいかぶさるようにして執筆を始めた。

ルイ十四世の御治世において盛んに行うしかなかった数々の大戦争は、国の財政と国民の財布を圧迫する一方、おびただしい数のヒルのような人間を潤していた事実をあぶり出した。彼らは世の災いを鎮めるどころか、刺激して利用してやろうと常に身を潜めて狙っている……ルイ十四世の時代が終焉(しゅうえん)に向かう頃……そのうちの四人の道楽者が世にも奇怪な淫楽の偉業を思いついた。これからその話をお聞かせしよう。

男は小さな羊皮紙に先の細い羽根ペンを素早く走らせ、顕微鏡がなければ見えないほど小さく細かい字で埋めていった。羊皮紙を節約するためか、褐色のインクの線をびっしり詰めて書き、jやpやyといった文字の下に突き出した部分がメスのように次の行に刺さる。机に向かう男のそばで、すっぽりおおいをかけた数本の蠟燭の明かりが漆喰の石壁に映って揺らめいていた。八角形の狭苦しい独房に充満する悪臭のもとは、窓の下にある下水管から塔の堀に吐き出された排泄物だ。独房の扉の向こうでは、扉を開け閉めする音、鍵が擦れ合う音、かんぬきをかける音が響いているが、こうした音がなければ、この監獄に収監されているのはこの男ひとりではないかと思うほどあたりは静まり返っていた。

冷えこむ夜、貴族階級の囚人に許された贅沢な品々の上で、いくつもの影が躍りだす。六百冊もの本の重みで撓んだ棚には、ホメロス、ニュートン、シェイクスピアから、神の存在、流体力学、吸血鬼の歴史に関する書物までが並んでいる。高価なオーデコロンの入った瓶、最高級のリネンタオル、ビロードのクッション、壁という壁に掛けられた色鮮やかなタペストリー。張形の貴重なコレクションもある。どれも紫檀や黒檀を用いて、パリの一流家具職人が細密な図面をもとにつくったものだった。

独房の住人は、十八世紀のフランスで最も悪名高い犯罪者であり、四十五年もの歳月を放蕩に溺れて過ごした男だ。娼婦相手に冒瀆的な行為に耽り、物乞いを拷問にかけ、商売女たちに毒をのませ、恋仲にあった義妹を連れてイタリアに逃亡し、性的欲望を満たすための工夫を凝らした城に少年少女を監禁し、銃弾で胸を狙われたがかろうじて生き延びた。長きにわたり、法律の網をかいくぐり、アルプスの刑務所から脱走し、軍当局による家宅捜査を巧みに切り抜け、警官隊の手から逃れ、公開処刑を免れた。

男の名はドナシアン・アルフォンス・フランソワ・ド・サド。しかし、マルキ・ド・サドのほうが有名だろう。

サドが捕えられ、その放蕩三昧（ざんまい）の日々に終止符が打たれたのは一七七八年。この年、彼はまずパリ郊外にあるヴァンセンヌ城に収監された。かつてはフランス王家の城で、ヴァンセンヌの森は狩猟場だったが、監獄として使われるようになっていた。そこに若かりしサドはしばらく収容された。およそ六年の歳月を過ごしたこの独房は、じめじめとしてネズミがはびこり、日の光は小さな窓からわずかに漏れてくる程度だった。その後、一七八四年、ヴァンセンヌ監獄は閉鎖され、彼はさらに劣悪な環境のバスティーユ監獄に移送された。パリの中心部近くにある、ヨーロッパ中で最も悪名高い刑務所のひとつだ。フランス国王が逮捕状に署名したために、罪状もあきらかにされず裁判も上訴の機会も与えられないまま、サドは幽閉された。ことによれば、二度と釈放されないかもしれなかった。

鉄格子のなかの日々が、かつての美しい容姿を醜く変えた。運動不足のうえ、妻が差し入れたウナギのパテ、チョコレートケーキ、ツグミのベーコン巻きをこよなく愛したせいで、ぶくぶく肥えた。片頭痛、痛風、鼻血、呼吸疾患、めまいの発作に苦しみ、ひどい痔（じ）のせいで、机に向かうときには特別な革製のクッションが必要だった。視力は衰え、ほとんど見えない状態で、奇妙な仮面のような革製のゴーグルを着けていた。サドの妄想は膨らみ、単調な獄中生活のなかに隠された数字が秘密の暗号であると考えるようになった——収監日数、届いた手紙や小包の数、独房で自慰をした回数。こうした暗号を解読すれば、釈放の日を割り出せると思いこんでいた。そうでないときは、次第に自分は狂ってきているのだろうと考えた。

サドは偏執的妄想に取り憑かれ、紙に羽根ペンを走らせることしか頭になくなった。彼の手紙にはこう綴られている。「我が芸術の女神の声に耳をふさぐことなどできるわけがない。なにしろ、私の意志などお構いなしに、書け書けと尻を叩いてくるのだから。だれがどんな手を使って私を止めようとしても無駄だ」彼はひたすら手紙、随筆、戯曲、中・短編小説を書き続け、作家としての道を歩み、その名声は死後も忘れ去られることはなかった。暴力と淫欲に満ちた作品は膨大な数に上り、〝この世に存在したなかで最も自由な精神〟〝暗殺者たちの伝道者〟〝犯罪の名誉教授〟といったさまざまな表現で言及されるようにもなる。作品の性格上、彼は残虐な性的倒錯者とみなされ、その名は他者の苦痛に性的快感を得る者の代名詞として世界中に広がっていった。

しかし、一七八五年の十月の夜、彼が着手した作品の過激さはそれまでの比でなく、研究者からは「文学史上最も重要な小説のひとつ」「悪魔の福音書」と評されるまでになる。これが『ソドムの百二十日あるいは淫蕩学校』だ。

小説の主要人物である四人の裕福な変質者——公爵、司教、法院長、徴税請負人——は四カ月間におよぶ乱交の宴を繰り広げる。この饗宴では餌食となる三十二人が集められた。彼らの若き妻四人、堂々たる一物を持つ男八人、年季の入った娼婦四人。そして悪辣な放蕩計画の餌食となる十二歳から十五歳までの少年少女十六人は、誘拐した数百人から選び抜いた子どもたちだった〔語りの女、料理人、使用人を含めると計四十二人〕。この物語で、四人の貴族は犠牲者たちとともに中央ヨーロッパの奥にある山頂のシリング城に閉じこもる。出口はふさがれ、通り抜けられる割れ目もないうえ、高く積もった雪に囲まれており、脱出の望みはない。四人のなかでずば抜けて横暴な公爵は、幾人かの餌食に向かってこう言い放つ。「おまえらはこの世ではすでに死人同然で、私たちを悦ばせるためだけに息をしているにすぎない」

シリング城に用意された、贅を凝らした部屋、防音仕様の小部屋、さらには地中深くにつくられた拷問部屋で、四人の権力者は少年少女らをなぶり者にし、百二十日間、どこまでもエスカレートしていく嗜虐（しぎゃく）の犠牲にする。一日目、妙齢を過ぎた娼婦が神父、小児性愛、体液にまつわる話を披露するが、これは『ソドムの百二十日』のなかで最もおとなしい部類の話だ。日を追うごとに、倒錯はエスカレートし、語りは果てしなく過激になり、物語の体をなさなくなっていく。最終的には、おぞましい描写の羅列となって、近親相姦（そうかん）、獣姦、スカトロジー、死体愛好症、飢餓、腹部切開、切断、去勢、人肉嗜食、子ども殺しのオンパレードとなる。物語の幕が閉じる頃には、城は血にまみれ、肉片と臓物がいたるところに散乱する。

この小説を最初から最後まで読むこと自体が、肉体的苦行といっていい。一九五七年、フランスの哲学者ジョルジュ・バタイユは「その内容をまったく理解できない者でなければ、吐き気を催さずに『ソドムの百二十日』を読み通すことはできない」と断言した。サドの小説を出版したジャン＝ジャック・ポーヴェールは、自分も同僚たちもこの本の編集作業のせいで、「数週間、みんな精神的にひどく不安定になり、突然、だれかが爆笑しだすことがあった。それも本当に正気を失ったような笑い方で」と話した。一九六〇年代に、この本を初めて英語に翻訳したアメリカ人作家、オーストリン・ウェインハウスは、「時々、本を読むという行為が別のもの、何か過度で厳粛なものになって、本に読者が読まれてしまうようなことが起こる」と書いた。一九八〇年代には、シュルレアリスムの文芸評論家アニー・ル・ブランが、この作品の分析を「官能の底なし沼に吸いこまれる」感覚になぞらえた。もっと最近では、『ソドムの百二十日』の新訳に取りかかっていたイギリスのウィル・マクモラン教授がブログに「翻訳をしていると主導権の奪い合いをしている気分になる。私がテキストを支配していると感じるときもあれば、テキストに支配されていると感じることもあるんだ」と書いている。彼はこの経験を終える頃には『ソドムの百二十日』を史上最悪の書とみなすようになる。

暴力と放蕩にあふれた『ソドムの百二十日』は、その存在自体が謎といってもいい。一体なんのためにこれほど恐ろしく読むにたえないものを書いたのか？　一体なんのためにこれほどの労力をかけてまで、その時代には出版できるはずもないものを書いたのか？　そしてこんなものを書いた男とは、一体どんな人物なのか？　サドは貴族の家に生まれながら、貴族社会の腐敗を暴こうとした革命家だったのか？　人間の最も残酷で歪(ゆが)んだ欲望を白日のもとにさらそうとした急進的な哲学者か？　はたまた、ただのふてぶてしい罪人にすぎず、自身の残虐行為あるいは単なる残酷な夢想を書き綴っただけなのか？

その手稿自体もまた謎に包まれている。サドの執筆時間が毎夜七時から十時と決まっていたのは、あまりにも過激な内容だったため、日中に執筆しているところを見つかるわけにはいかなかったからだ。サドは羊皮紙を最後まで埋め尽くすと、その下に次の羊皮紙を貼り付け、長い長い巻物にしていった。執筆二十二夜目からは裏返して書き続けた。こうして、三十七夜を経て、三十三枚の羊皮紙をしっかり貼り合わせた幅約十センチ、長さ十二メートル近くの巻物が完成した。巻物の表裏に合計十五万七千個もの単語がびっしりと埋め尽くされているうえ、文字は極めて小さいので、虫眼鏡がなければ読めないほどだ。

　やがてこの巻物は、何世紀にもわたってヨーロッパをさすらう旅に出る。数々の革命や世界大戦に耐え、科学的、芸術的、文学的激動の中心に現れ、大胆不敵な盗人（ぬすびと）に狙われ、国際的な法廷において議論の的となった。何百年も続く激動の時代の証人となりながら、その破損しやすい巻物は、風変わりな人物の手から手へと渡り、持ち主がすべて死んだあとも生き残った。

　そして二〇一四年、フランスで莫大（ばくだい）な富を築いた男が『ソドムの百二十日』を七百万ユーロで手に入れることになる。世界でも有数の貴重な直筆原稿の仲間入りを果たし、その額はグーテンベルク聖書、『カンタベリー物語』の初版本やシェイクスピアの『ファースト・フォリオ』〔シェイクスピアの戯曲をまとめて出版した最初の作品集〕にも匹敵する。巻物の新たな落ち着き先が、サド没後二百年を期して開催された一年におよぶ国を挙げた祝賀行事に、ちょうど間に合う時期に見つかり、かつて禁書とされた作品の著者への評価は最終的に大きく見直され、フランスの知識人のなかには、サドを〝我が国のシェイクスピア〟と呼ぶ者まで現れた。

　ところが、帰国してから数カ月のうちに、またもやこの巻物はかすめ取られることになる。このときの犯人はフランス政府だった。その後の騒動により、フランス政府最上層部での醜い確執、数百万ユーロの手稿オークションの妨害、モナコにあるカジノ・ド・モンテカルロでの密かで怪しげな金の動きが露呈した。このスキャンダルは、盗難に悩まされている古書ディーラーと競売会社との間に不和を生み、ついには、十年におよぶ大陸をまたいだ十億ユーロの詐欺疑惑が浮上する。この詳細が真実となれば、フランス史上最大の金融犯罪になるだろう。

　この事件は世界的に重要な書物や直筆原稿を扱う市場を根底から揺るがし、手書き文字をこよなく愛する人々に多大な影響を与える疑問を投げかける。つまり、手書き文字の時代が終わろうとしているとき、遺された直筆原稿にどんな価値があるのか、という問いだ。

『ソドムの百二十日』の帰国直後にそのような騒動が始まったのは、偶然ではないという人もいた。結局、このような出来事は最近の一例に過ぎず、これまで何世紀にもわたって繰り返されていて、この巻物を追い求めたり手に入れたりした人たちは、ほとんどみんな財産を使い果たしたり、巻物を盗まれたりしている。こうしたことを見てきた多くの人々にとって、その理由はあきらかだった。『ソドムの百二十日』という作品は、あらゆる点において醜悪で俗悪な呪われた書物なのだ。

　この巻物の今日の評価に、作者はきっと喜んでいるにちがいない。『ソドムの百二十日』を浄書し始めた一七八五年十月の夜、サドは自分が何を書こうとしているのか、はっきりと分かっていたはずだからだ。物語の序文にはこう書かれている。「親愛なる読者諸兄、ついに人類史上ほかに類のない不潔極まる物語の幕が開く。存分にご堪能あれ」

The Scroll

巻物

# 第一章　自由の遺物

一七八九年七月十四日

パリの夏空に重苦しい雲が垂れこめ、一筋の黒い煙が中心街の東から立ち上っている。蒸し暑い午後、火薬の臭いがあたりに漂い、マスケット銃の銃声とともに、喊声（かんせい）が石畳の通りにこだました。

サドが『ソドムの百二十日』を書き上げてから四年の月日が流れていた。バスティーユ監獄の塀（へい）の向こうには、ヨーロッパ最大の街並みが広がり、八百十本の通りと二万三千軒の家が密集し、五十万を超える人々が住んでいた。一七八〇年代後半までに、パリはさまざまな策を講じ、ルイ十四世が一世紀前に宣言したように、古代ローマの栄光に匹敵するフランスの首都として発展を遂げていた。かつてこの街を囲っていた城壁は取り払われ、いくつかの凱旋（がいせん）門と美しい大通りができた。セーヌ川にかかる何本もの橋の上にあった中世からの家屋は通行の邪魔になり、その重みで橋が落ちる寸前だったので取り壊された。新たにつくられたヴァンドーム広場やコンコルド広場などの巨大な公共の広場がパリ市民の憩いの場になった。また、街の西の外れに広がっていた畑や菜園は、シャンゼリゼ大通りに変貌した。パリ郊外にある高級住宅地、フォブール・サン＝トノレとフォブール・サン＝ジェルマンなどの地区には、宮殿のような邸宅が次々と建ち、裕福な中産階級が多く住むようになった。彼らは成金趣味をひけらかし、新たに得た爵位を誇示したが、王室から授与された者もいれば、金で買った者もいた。

一方、街の中心部には人がひしめき合って暮らしており、劣悪な生活環境は一向に改善されなかった。狭く暗い迷路のように入り組んだ路地はごみと汚物にまみれ、犯罪が横行した。街中に設置された街灯（レヴェルベール）や金属製のオイルランプからはわずかな光しか漏れてこなかった。泥だらけの路地の両側には、みすぼらしい長屋風の家が立ち並んでいた。木と石灰岩と漆喰でできた建物は、四、五、六階建てのものもあったが、パリで働く使用人や労働者や職人の家族は三部屋のアパルトマンにぎゅう詰めになって暮らしていた。そこにはまともなキッチンどころか、トイレも風呂もなかった。

当時、パリに暮らす人々の食事はパンが主食の質素なものだったが、そのパンが値上がりし、かつてないほど家計を圧迫していた。金のかかる戦争、凶作が何年にもわたって続き、収入は下がるばかりだったのだ。さらに当時の国王、ルイ十六世の不甲斐（ふがい）ない指導力のせいで、財政はいよいよ逼迫（ひっぱく）した。国王は急場しのぎに、パリを囲う城壁を新たに建設して街に入ってくる物品に入市税を課したうえ、英仏間の自由貿易協定を結んだせいでイギリス製品が大量に流入し、国の借金がさらに膨れ上がった。多くの人々が職を失い、二十万人近いパリ市民が教会の支援や政府の補助金に頼るようになった。都市周辺の農地は干ばつで荒廃し、軍隊はパンをめぐる暴動を阻止するために市場を巡回した。急進的な新しい哲学の台頭が平等主義を煽(あお)り、成り上がりの中産階級が政治勢力を得ようと画策するなか、市民の目には、相変わらず贅沢な暮らしをしている貴族の姿が映っていた。

その夏、引き金を引いたのは、国王が歳入を上げ、三部会を招集して反対派を鎮めようとしたためだった。フランスの僧侶、貴族、平民のそれぞれの代表者が集まったが、特定の階層が有利になる議決方法をめぐる議論が紛糾し、崩壊した。食料を得る苦労と、貴族が中産・下層階級を弱体化しようと陰謀を企てているのではないかという恐れから、平民は街に繰り出し、抗議活動を行った。工場や裕福な修道院は略奪され、新たに設置された入市税取立所も焼き払われた。街のあちこちで、フランス軍連隊が鎮圧の準備を進めた。

武力による鎮圧の噂(うわさ)が広がり、パリ市民は戦いに備えた。劇場やカフェは閉鎖され、バリケードを築け、食料を集めろ、そして何よりも、武器を取れ、と叫び声が上がった。雨の降る早朝、暴徒と化した民衆は廃兵院(アンヴァリッド)〔傷病兵を収容する施設〕を襲撃し、何千もの小銃と何門もの大砲を略奪したが、弾薬はほとんど確保できなかった。市民は多量の弾薬の樽(たる)は別の場所に保管されていることに気づいた――バスティーユだ。

灰色の石でできた要塞が有する八つの中世の塔は、パリの街を見下ろし、市民の心に大きくのしかかっていた。この州刑務所で、数えきれない囚人が死んでいった。かの有名な鉄仮面の男もそのひとりだ。顔を隠すことを強いられた、謎に包まれたこの囚人は独房で息絶え、その正体を知る者はいない。バスティーユを出た囚人たちの話に、ある零細の出版社が食いつき、じつに面白い本を世に出した。読者は不衛生な環境、劣悪でわずかな食事、死体があちこちに転がる地下牢（ろう）の描写に夢中になった。そして、この監獄の奥のどこかに、あの悪名高い犯罪者、マルキ・ド・サドが潜んでいるといわれていた。

ヴェルサイユ宮殿のきらめく噴水や鏡の回廊は、君主制の贅沢さを象徴するものだった。一方で、バスティーユ監獄はそれを支える圧制を象徴していた。その日、午後の早いうちから何百もの民衆が集まった。家具職人、錠前師、建具職人、靴の修繕屋、理髪師、仕立屋、ワイン商人、かつら職人までが槍（やり）やナイフやマスケット銃を手に取り、鬨（とき）の声を上げた。「バスティーユへ！」もはや武器弾薬を要求するだけではすむはずもなく、民衆は国王の専制政治を直接攻撃しようとしていた。

バスティーユ監獄では、司令官が数日前から緊張の面持ちで待機していた。彼は父親がバスティーユ監獄の司令官を務めていたときに、この要塞で産声を上げており、この役職にふさわしい人物といえた。ただ、根っからの役人気質（かたぎ）で、戦い方はほとんど知らなかったうえ、彼が指揮する約百人の守衛や兵士の多くは、年をとっているか衰えた退役軍人で役に立たなかった。ここ幾晩か、彼は塔から目を凝らしては、すぐ下の木々をスパイと見まちがえ、要塞の崩壊を企てていると疑っていた。

だがついに、彼が最も恐れていたことが現実になろうとしていた。朝の雨が上がる頃、バスティーユの塔の上で見張りをしていた兵士たちは、近くの作業場や工場の前をどっと進んでくる暴徒の群れに気づいた。彼らがかぶっている栗(くり)の葉を飾ったフリジア帽は理念の象徴だ。要塞の前までくるとすぐさま、馬車製造業者が身軽に壁を登って、いちばん外側の跳ね橋を上げている鎖を切った。跳ね橋が激しい音を立てて下り、革命を叫ぶ民衆は中庭になだれこんだが、まだ障害が待ち受けていた。深さ約八メートルの水のない堀、その先にも、上げられた跳ね橋がもうひとつ待ち構え、バスティーユへの侵入を妨げた。

本格的な戦いが始まった。革命派の群衆は頭上の胸壁にいる兵士らと撃ち合いながら、近くの壁や厨房(ちゅうぼう)棟の裏に身を潜めた。さらに防衛線を築くため、近くの醸造所から藁(わら)を手押し車に積んで運び出して火をつけ、煙幕を張って敵の目をくらませた。そのうち、フランス衛兵の一部が革命派に寝返り、大砲を何門か使って加勢した。しかし、バスティーユに向かって放たれた八ポンド砲の弾は厚さ約五メートルの石の壁にかすり傷をつけただけだった。革命派は作戦を変更し、木製の跳ね橋に狙いを定めた。内部では、軍隊が攻城砲をちょうど入り口の向こうに移動させていた。今や、重砲を用意して砲口を向け合い、互いを隔てるものは跳ね橋の細長い板のみだった。

一触即発のなか、塔の上にいた鼓手が太鼓を打ち鳴らして休戦の合図を送った。跳ね橋の穴から渡された司令官のメモ書きには、こうあった――私と部下を生きたまま逃がしてほしい。聞き入れてもらえないなら、ここにある二万ポンドの火薬を使って、要塞を爆破し、周囲にあるすべてのものを巻き添えにする。

革命派の群衆はこの要求をはねつけ、叫び声を上げた。「退(ひ)くものか」「跳ね橋を下ろせ」発砲を再開する準備が整うと、要塞の中にいた兵士たちは戦意を喪失してしまった。鎖の金属音が響いて、跳ね橋が下りた。革命派は要塞になだれこみ、敵から武器を取り上げた。この戦いで死んだバスティーユの守備兵はひとりだけだったが、民衆側は九十八人がバスティーユの外で命を落としている。

革命派は司令官と彼の部下を要塞からパリ市庁舎に連行し、彼らの運命を臨時政府の手に委ねた。革命派の怒りや、通りに集まった民衆のあざけり笑う声を静める術(すべ)はなく、途中で、数人の捕虜が殺された。市庁舎の近くまでくると、いよいよ抑えが利かなくなり、司令官と部下のひとりが襲われ、剣と銃剣で刺され、銃弾を撃ちこまれた。群集は暴徒となって、血にまみれた二本の槍を夕暮れの空に向かって突き上げ、切り落とされた首を掲げた。

その日の夜遅くヴェルサイユ宮殿では、パリからはるばる馬車で揺られてやってきた顧問官が、ルイ十六世にバスティーユの陥落を告げた。「暴動か」と王はたずねた。「いえ、陛下」顧問官はいった。「革命でございます」

一方バスティーユ監獄では、革命派が火薬庫を占拠し、公文書の保管所をひっかきまわしていた。独房を次々にこじ開けていったが、囚人は七人しかおらず、特に虐待されていた様子もない。収容されていたのは、偽造の罪人が四人、何十年も前に王族の暗殺を企てた容疑をかけられた男、近親相姦で収監された平凡な貴族、自分をユリウス・カエサルや神だと思いこんでいた頭のおかしいアイルランド人。この七人のなかにサドはいなかった。

サドをどうしても見つけなければならないわけではなかったが、いないとなると気になる。革命派の民衆は螺旋階段を上って、囚人がいるはずの塔の部屋へ向かった。皮肉にも〝自由の塔〟と名付けられた建物の六階に上がり、二重扉で閉ざされた独房の前まできた。ここにマルキ・ド・サドが長く収監されていた。

小さな部屋に入ると、めまいのするほどおびただしい贅沢品が並んでいた。だが、真っ先に目に飛びこんできたのは、そこら中に散らばっている紙だった——手紙、メモ、随筆、おびただしい数の直筆原稿。書き終えたものもあれば、書きかけのものもある。しかし、部屋の住人はどこにもいない。それでもつい最近まで人が暮らしていた形跡があり、家具には埃も積もっていなかった。ほかへ移ったとも脱獄したとも考えられない。持ち物を整理した様子も、部屋の外へ持ち出した様子もない。衣服もそのままだ。まるでサドだけが忽然と消えたかのようだった。

バスティーユ監獄襲撃から数日後、サドがいた独房の漆喰塗りの石の壁のすきまからあるものが見つかった。きつく巻かれたとても小さな巻物で、極めて小さい手書き文字がびっしりと並んでいる。いちばん上にタイトルがあった——『ソドムの百二十日あるいは淫蕩学校』。囚人にとって非常に大切なものだったのはまちがいなく、見つからないように隠されていた。バスティーユは陥落して略奪が行われたが、巻物は難を逃れ、大量の紙と一緒に監獄の中庭に放り出されて燃やされることもなかった。襲撃後すぐ、パリの政府が文書の体系的な蒐集に乗り出したが、このときも発見されなかった。

その代わりに巻物はアルヌーという男の手に渡った。おそらく、陥落した監獄に押し寄せた好奇心旺盛な見物人のひとりだったと思われる。見学に集まった人々と一緒に、監獄のなかを、公認ガイドの面白おかしく誇張した解説――古い甲冑(かっちゅう)は鉄の処女〔刑罰や拷問に使われた女性の形をした器具〕になり、印刷機は拷問器具に変わった、など――を聞きながら見学しているうちに、サドがいた部屋の壁のすきまに押しこまれた巻物に気がついたのかもしれない。あるいは、その部屋でひと晩過ごしたときに見つけたのかもしれない。料金を払えば、ネズミと一緒に鎖のある独房に泊まることもできたのだ。

バスティーユの解体工事に雇われた労働者というのがいちばんありそうな線ではないだろうか。監獄の取り壊しは、陥落後、数時間のうちに始まり、最終的には何百という人々――石工、石切工、木挽(こび)き職人、大工、役人、現場監督――が集まった。バスティーユの壁のまわりでは、ハンマーを持った作業チームが石を打ち崩し、瓦礫(がれき)を積み上げていった。石や瓦礫は別の作業員たちによって市内のあちこちにある作業現場に運ばれ、新しく建てる橋や衛兵所に再利用されることになった。七階建ての高さの壁があっというまになくなり、その月の終わりには、アーチ型の天井梁(はり)がむき出しになった。一方で、商売人たちは、民衆の勝利を記念する土産物として、要塞そのものを売り物にすることを考えついた。パリの工房では、さっそく瓦礫の山を〝自由の遺物〟に変える作業が始まった。囚人用の手かせや足かせでインク入れをつくり、刑務所の記録を扇子に折りこみ、監獄の石で組み立てたバスティーユの縮尺模型には、動く吊(つ)り橋とミニチュアの大砲までつけた。

アルヌーがバスティーユの解体チームの一員だったとすれば、サドの独房を取り壊している最中に巻物を見つけたと考えられる。〝自由の遺物〟としては最高の代物だ。貴族が侵入者を許さない鉄壁の城にこもっておぞましい行為に耽るというこの物語は、バスティーユにまつわる伝説や、バスティーユを支配してきた貴族階級が腐敗しきってなんの機能も果たしていないという世論と完璧に合致している。ところが、サドの独房で巻物が見つかったことは公にされなかった。アルヌーが巻物を手に入れた経緯は不明だが、解体の混乱に乗じて、こっそりポケットに入れて持ち出すのは、たやすかったにちがいない。

　アルヌーが生まれたサン＝マクシマン＝ラ＝サント＝ボームは、山塊のふもとにある小さな町だ。その山塊はまるで灰色の石壁のように、プロヴァンス地方の中央部に位置する丘陵地帯にそびえている。町は十三世紀にマグダラのマリアが眠っているとされる墓が見つかって有名になった。アルヌーはフランス革命が勃発する直前に故郷を離れたらしい。当時、その地は大凶作と政治的混乱の渦にあって、食料暴動や軍の報復行為に悩まされており、さらにその年の初めには反乱を起こした民衆のひとりが絞首刑にされたという話まで報じられていた。

　アルヌーは影をひそめ、パリに移り住んだ理由も、移ってから何をしていたのかも分かっていない。監獄を襲撃し占拠した〝バスティーユの征服者〟として、九百五十四人の民衆が讃（たた）えられたが、彼の名はそこになかった。国家記録や裁判記録どころか、サン＝マクシマンの住民登録簿にも出てこない。ただ、抜け目のない商売人だったのはまちがいなく、革命の混乱に乗じれば、富を築くことができるだろうと分かっていた。そして、自分が発見した巻物は、その価値の分かる人になら、相当の高値で売れると気づいていた。

　数カ月後、あるいは数年後、アルヌーは巻物を荷物のなかに忍ばせて、故郷に戻った。そこで彼は、この巻物に興味を持つ人物と出会う。となり町のブリニョールに暮らすシャルル＝アンドレ・ド・ボーモンという男だ。一七六二年、彼は前世紀に貴族の称号を得た裕福なプロヴァンスの家に生を受けた。フランス革命の初期には近くにあるカバッスという村の長を務めていたが、新しいフランス共和国の急進的なあり方に身の危険を感じ、国外に逃亡している。混乱が鎮まったのを見計らって国へ戻り、一七九六年に故郷に落ち着くと、富を費やし、近所の俗化したシトー会修道院を手に入れた。このとき、もうひとつ彼が購入した品がある。それが『ソドムの百二十日』の直筆原稿だった。アルヌーから買ったのか、彼の子孫から買ったのかは分からない。いずれにせよ、ぜひともこの巻物を自分の稀少本のコレクションに加えたいと考えたのだろう。

　巻物はボーモン家の書斎に収蔵されたまま、日の目を見ることはなかった。ボーモン本人が巻物をどう捉えていたかも分からない。数十年間、ヨーロッパは激動の真っただ中にあった。革命はナポレオンの台頭を招き、その後、数十年におよぶ戦争と混乱のなかで、フランスは振り子のように帝国主義と君主制と共和制の間を揺れ動いた。プロヴァンス地方の大部分は起伏のある地形のためコミュニティーは孤立していて、どこも時が止まったままだったが、フランス全体に鉄道や電信線が敷設され、国内の港からは大型鉄船がフランス植民地のあるアフリカ、インドシナ、南太平洋に向けて出航した。パリでは、狭苦しい中世の街並みが大通りに生まれ変わり、モダンな造りの白い石灰石でできた、しゃれた高級な屋敷が立ち並んだ。

　この間ずっと『ソドムの百二十日』はボーモン家にあり、やがてその文学コレクションごと義理の息子レーモン・ド・ヴィルヌーヴに受け継がれた。巻物は東へ向かい、ブドウ畑を越え、土埃の舞う丘の上の村々を越えて、ついにヴァルブルジェ城にたどり着いた。ヴィルヌーヴ家が古くから所有するプロヴァンスの地所だ。巻物はおそらく、その城の書斎に収められ、レーモンが大切に集めてきた家族の記録や思い出の品々と一緒に保管されたと思われる。彼は革命で破滅的な打撃を受けた貴族が遺したものを集め、まとめようとしていた。滅びゆく種族の最後のあがきのようなものだろう。フランスの貴族階級は領地も特権も奪われ、かつての贅沢な暮らしはできなくなり、衰退の一途をたどっていた。

『ソドムの百二十日』がこの人里離れたプロヴァンスの別荘で朽ち果てずにすんだのは、次の持ち主であるレーモンの息子、エリオン・ド・ヴィルヌーヴの手に渡ったおかげと思われる。一八二七年、エリオンは近くの都市ドラギニャンに生まれた。フランス有数の歴史ある高貴な家柄の出で、やがて侯爵の称号を受け継ぎ、マルキ・ド・ヴィルヌーヴ＝トランと名乗るようになる。この家系は政略結婚を繰り返してほかの多くの貴族とつながってきたため、サド家とも関係があった。革命直前、マルキ・ド・トランつまり、エリオンの先祖であるルイ・アンリ・ド・ヴィルヌーヴは、サドの父方のおばが彼に遺したはずの遺産を法的手段により剝奪されたとして、サド家を非難していた。

若い頃から、エリオンは進歩主義的精神を持ち、一八四八年の二月革命――この革命を機にフランスは立憲君主制から共和制へ転換した――を支持した。その後、一八七一年にパリを一時的に制圧した急進的な社会主義者たちの政権パリ・コミューンを支持した。そして彼もまた、父親や祖父のように、ほかに類をみない素晴らしい書斎をつくることに夢中になった。エリオン、つまりマルキ・ド・ヴィルヌーヴ＝トランは、要するに、愛書家だったのだ。

“愛書家”という言葉が初めて使われたのは十九世紀初頭のフランスで、本を愛する人、とりわけ、本の蒐集家のことを指した。しかし、愛書家は本をただ愛するだけではなく、本に対してほかの人とは異なる価値を見出している人をいった。一般的に本はただ情報を得るために存在している。読んだり、参照したり、流し読みしたりしたあとは、忘れてしまうか、捨ててしまう。だが愛書家にとっては、書物そのものが宝物だった。

実際、彼らが求めた書物の多くは、驚くほど美しい。一四四〇年にヨハネス・グーテンベルクが活版印刷技術を発明してから数世紀のうちに、本はかつてないほど低コストで簡単につくられるようになり、こうした変化を受け、世界的に優れた作品はますます美しい装幀が施され、地位と富を象徴する存在になった。革装本に使用された仔牛革や山羊革は、プレスしたあと、研磨して、染色した。傷痕やしわといった自然の風合いは、目立たないようにすることもあれば、活かすこともあった。さらにその革に、模様を彫ったり、金箔で縁取りしたり、肖像画を埋めこんだり、ごく稀に高価な宝石で飾ることもあった。本の背には美しい装飾や色とりどりの花布〔本の背の上下両端に貼り付けた布〕を施し、本の見返し〔補強のため、表紙の内側に貼り付けた紙〕にはマーブル紙や波紋柄の絹布を貼った。小口〔本を開いたときの外側の部分〕も美しく装飾され、鮮やかな顔料で色付けたものや、型押し加工の模様をつけたものから、小口絵という側面の角度を調節することで隠された絵画が現れる仕掛けが施されたものまであった。

多くの蒐集家にとって、本の中身や内容もまた極めて重要な要素だった。本の魅力はその状態や著者の評価だけでなく、どれだけ有名で稀少な作品かによって決まる。著者の書きこみ――たとえば著者の訂正、注釈、献辞――があるほど、価値は上がる。一般的には、初版本の価値が最も高いが、著者の直筆原稿にはかなわない。愛書家にとって、こうした一点物の原稿は、創造の瞬間を伝える遺物であり、キリストの磔刑（たっけい）に使われたとされる聖十字架の破片と同じくらい貴重で神聖なものだった。

十九世紀後半、マルキ・ド・ヴィルヌーヴ＝トランが著名な古書蒐集家のひとりとして活躍していた頃、フランスは愛書家であふれていた。国内の古書店は瞬く間に増え、それにともなって稀覯（きこう）本の価値が高騰した。オークションハウスでは、文学作品目当ての客が集まり、出版カタログや書評や書誌などが出品された。裕福な蒐集家のなかには、資金を投じて出版人や挿絵画家と組み、自らが企画した本を限定版でつくる者もいた。また、晩餐（ばんさん）会を催して文学についてともに語り、初版本や中世の装飾写本を称賛し合う古書蒐集家もいた。

作家であり本の蒐集家でもあったオクターブ・ウザンヌは、フランスを〝新しい愛書都市（ビブリオポリス）〟と呼んだ。ここにおいても、ヴィルヌーヴ＝トランは、非常に変わった趣味の持ち主といえた。もちろん憶測にすぎないが、彼の政治的立ち位置からも分かるように、貴族の出でありながら、その上品な歴史に反抗する姿勢を見せていたのではないだろうか。あるいは、『ソドムの百二十日』を受け継いだあと、奇矯な趣味を持つようになったのかもしれない。きっかけがなんであったにせよ、彼は、愛書家が好む本のなかでもとりわけ陰の領域、つまりエロティカ〔性愛をテーマにした文学や美術〕の世界に導かれていた。

当時のパリでは、何千人もの政府公認の娼婦が〈メゾン・ド・トレランス〉と呼ばれる公認の娼館で身を売り、通りに出れば、さらに数千人の無許可の私娼がうろついていた。寛容な国フランスは、エロティカブームの真っただ中にあったのだ。出版人が密かに大量生産した本のなかには、ミュッセの『ガミアニ』、ヴァーツヤーヤナの『カーマ・スートラ』をはじめ、『性の伝説――シャンブレー卿による、冒瀆的な狂乱の詩集（*The Legend of the Sexes: Hysterical and Profane Poems by the Sire de Chambley*）』などがあり、その多くは生々しい挿絵入りだった。また古典的なポルノグラフィである『ヴィーナスの学校（*L'Escole des Filles*）』や『パルナス・サティリック（*Le Parnasse Satyrique*）』といった作品も再版された。それ以前の世紀には、こうした作品の著者の身代わり人形が焼かれたり、稀に死刑を宣告されたりすることもあった。エロティカ蒐集家のなかには、小説家のシャルル・ノディエ、劇作家のギルベール・ド・ピクセレクール、建築家のウジェーヌ・エマニュエル・ヴィオレ・ル・デュク（城塞都市カルカッソンヌの城壁やノートルダム大聖堂を修復した人物）といった著名人もいた。一部の蒐集家は、書斎の隅に禁書棚をつくって並べたり、カーテンの後ろに隠したり、三重に施錠した戸棚のなかに保管したりしていたが、その一方で、コレクションの目玉にする者もいた。やがてフランス当局による取り締まりが始まると、大量の禁書が押収されて処分され、出版人や書店主は、公序良俗および公共の利益に反した罪で逮捕された。こうしてエロティカのディーラーは、取引の場所をブリュッセルやアムステルダムに移していった。

この時代の蒐集家は、野生動物を狩るハンターのように、伝説的な稀覯本を探していた。なかでもマルキ・ド・サドのアンダーグラウンド作品はとりわけ魅惑的な獲物だった。この実態を知る者は一八三〇年代に次のような言葉を残している。「彼の本はどこの書店にもある。謎めいた隠し棚に並んでいるから、どこにあるかすぐに分かるのだ」危険な香りでも漂っているのだろうか。一部には、サドの悪名高い小説『美徳の不幸』〔「ジュスティーヌ三部作」の一作目であり、のちに加筆・修正される〕はフランス革命を引き起こした悪の経典で、革命の中心人物でありのちに恐怖政治を敷いたマクシミリアン・ロベスピエールが「流血への渇望を高めなければならない」と感じるたびにサドの著作に手を伸ばしていたという者までいた。かなり大胆な発言を残した批評家もいて、「サドの本を読んだ少年が何度も発作に襲われ、二十歳も老けこんだ」などという話もあった。

若き日のギュスターヴ・フロベールは、フランスが誇る小説家になる少し前、夢中になってサドの作品を探していた。仕事仲間に宛てた手紙には、サドのような人々について、「彼らから歴史を教えてもらっている。彼らはこれまで語られてこなかった歴史であり、歴史の頂点であり、モラルである……偉大であり、不滅の存在だ」と書いた。著名なフランスの詩人、シャルル・ボードレールもまた同じように感じていて、日記にこう綴っている。「悪を理解するには、必ずサド、つまり〝自然人〟に立ち返るべきだ」

ヴィルヌーヴ＝トランも、サドの作品の虜（とりこ）になった。彼は、ジュール＝アドルフ・ショーヴェという、当時最も有名なフランス人のエロティカの挿絵画家と密に仕事をしており、所有する多くの貴重な作品のために、淫らな挿絵を描き下ろしてもらっていた。さらに、アングラ本を多く世に出し、ヨーロッパを転々としながら法律の目をすり抜けてきた〈ゲイ・エ・ドゥセ〉という出版社の経済的な支援もした。また、マルセイユの職人に『ソドムの百二十日』を収める容れ物を依頼し、ねじ式の蓋がついたペニスを模したきわどい木製ケースをつくってもらっている。

ヴィルヌーヴ＝トランは退廃的な独身生活を送り、浪費癖のせいで経済的に追い詰められていた。一八五七年に父親が他界し、きょうだいとふたりで遺産を分割しているが、それから十年もたたないうちに、金に困って、城を六十万フランで売却し、一二〇一年からの先祖代々の地所を手放すことになった。一八七八年にはいよいよ行き詰まり、愛蔵書の一部をオークションにかけた。その三年前にはすでに、思いきって『ソドムの百二十日』を売ってしまおうと決めていた。

彼は巻物を持ってパリで有名な古書店を二軒回ったが、いずれも即金での買い取りを望まず、いったん預かって買い手を探したいと提案した。彼はそれが気に入らず、アングラ本の取引に詳しい挿絵画家のショーヴェの力を借りることにした。ふたりは買ってくれそうな人を探すため、ヨーロッパ最大のエロティカ市場のひとつになっていたヴィクトリア女王治世下のイギリスに目を向けた。

自由奔放なフランスの国民性とは異なり、ヴィクトリア朝の風紀を重んじるイギリス人は、性を非常に危険なものとして捉えていた。男性が性欲に屈せば、栄光ある大英帝国を維持する活力が奪われるという考えが通底していたのだ。女性は貞淑を象徴する存在であるように教育され、結婚生活においても、そう振る舞うことが求められた。女性らしい身体の膨らみを隠すよう、コルセットを締めつけ、スカートの下にはバッスル〔ヒップの後ろを膨らませるための腰当て〕、ペチコート、クリノリン〔鯨ひげや針金を輪状にして重ねた骨組みの下着〕を着けていた。ピアノの脚は、女性のなまめかしい曲線を連想させるとして、布で覆い隠された。クイーンズ・イングリッシュにおいても、危険な誘惑は取り除かれた。乳房は「胸部（bosom）」に、性器は「口に出せないもの（unmentionable）」になった。ポルノ作品について触れる場合には、婉曲（えんきょく）表現が用いられ、たとえば、「いちばん上の棚の本」や「道を外れた本」、「興味深い文章」や「おふざけの文章」といった表現、さらにエロティカをカムフラージュするための隠語が使われた。

こうした努力も虚（むな）しく、十九世紀のロンドンでは性産業が栄え、深く根付いていく。黒煙を吐く大きな煙突、汚物まみれの通り、安アパートの密集地。この世界最大の都市の真ん中で、男女が集うナイトクラブ、刺激的な活人画（タブロー・ヴィヴァン）〔扮装して背景の前に立ち、絵のなかの人物のように見せるもの〕、許可なく路上で客を取る女たち、同性愛者相手の売春宿、プライベートなドラァグショー、ＳＭクラブのようなサロンが、時間と金を持て余した世俗的な顧客を相手にしていた。その中心にホリウェル通りがあった。それはフリート通りとキングズウェイ通りとストランド通りが合流する場所にある、曲がりくねった細い小路（こみち）で、近くのテムズ川から下水の悪臭が充満していた。ホリウェル通りはイギリスのエロティカの本の中心地でもあって、その石畳の通りにある店の鉛枠の窓に飾られた露骨な絵や淫らなポスターに誘われて扉を開けると、薄暗い棚に高価な限定版が並べられている。『夜伽（よとぎ）とその歴史（*The History and Adventures of a Bedstead*）』『ディルド物語（*The Stories of a Dildoe*）』

『列車のなかでレイプされて（*Raped on a Railway*）』、そしてもちろん十八世紀イギリスを代表する作品『ファニー・ヒル』の第二版。娼婦の情報を記した名簿や、ゲイのナイトライフのための指南書が山積みになっており、そのなかには、エロティックな詩を集めた本もあった。

　イギリスのエロティカ市場は、ヴィルヌーヴ＝トランと相棒のショーヴェがサドの未発表の直筆原稿の買い手を探すにはもってこいの場所だった。ふたりがまず目をつけたのは、個人で大量のエロティカの本をイギリスに持ちこんでいたフレデリック・ハンキーという男だ。一八二一年、彼は地位の高いイギリス人外交官の家に生まれ、ずいぶん若くしてパリの高級住宅地に落ち着き、稀少なエロティカを探す日々を送っていた。蒐集品は、ホリウェル通りの書店をはじめとする彼の取引先に届けられた。その際、友人たちの手により、秘密裡にイギリス海峡を越え、運ばれた。配達人が持つような肩掛けタイプの鞄や大使館職員が持つようなアタッシェケースに忍ばせることもあれば、協力的な仲間が背中にくくりつけ、その上から服を着て隠すこともあった。

　しかしハンキーはただの仲買人ではなく、蒐集家でもあり、エロティカの鑑識眼があった。数は少ないが厳選されたエロティックな本のコレクションには、性や死や拷問を想起させる露骨な装幀が施されている。ハンキーは自慢げに、「昔、娼婦のサービスを受けながら、公開処刑を見物したことがある」と語るような男だった。たぶん、十八世紀のジャコモ・カサノヴァの回想録に綴られた逸話を再現したのだろう。彼は人間の皮膚で装幀したいと熱望し、なるべく生きている若い女性から剝いだ皮膚を求めていた。十九世紀のパリの文学生活を記録していたエドモンとジュールのゴンクール兄弟は、一八六二年に彼と会い、日記にそのときの印象を記している。

「狂人か、はたまた怪物か、まるで地獄の底をさまよう男のようだった」

エレガントなブロンドの髪と青い目を持つハンキーは、彼のお気に入りの作家に不気味なほど似ているといわれていた。そう、マルキ・ド・サドだ。一八七五年、ショーヴェはハンキーの評判を聞いて彼に声をかけ、ヴィルヌーヴ＝トランの指示に従い、『ソドムの百二十日』の売値として五千フランを提示した。これはパリで働く一般的な労働者の年収の三倍近くに相当する額だった。

ハンキーは巻物を慎重に吟味したあと、難色を示した。言葉につかえながら、ショーヴェに、読めもしない文字で埋め尽くされた十二メートルの巻物になど興味はない、読みやすいよう本にしてくれたら考える、といった。

おそらく、その言葉のとおり、ハンキーはそんな不格好できたならしい巻物には興味がなかったのだろう。彼はたいてい、審美的側面を重視しているようだった。つまり、求めていたのは美しいエロティックな装幀や精巧に描かれた淫らな挿絵で、内容は二の次だった。もっとも、単にそれだけの額を用意できなったのかもしれない。当時、彼は貴重なコレクションの一部を手放しており、おそらく、金に困っていたと思われる。

その後もハンキーは数年間、パリの書店を回ってエロティカを探し続けた。痛風のせいで歩きづらそうだったがやめなかった。足が割れて蹄（ひづめ）のようになっているんじゃないかと噂する人もいた。一八八二年、彼は自室で呼吸困難のため死亡する。死の直前、だれかが扉を叩く音がした。彼はうわ言のようにこう叫んだそうだ——「古書商人が貴重なサドの書物を持ってきてくれたんだ！」

ハンキーに断られてもショーヴェは粘り強く、巻物の買い手を探し続け、もうひとりのイギリス人愛書家に目をつけた。その人物はハンキーより評判の高い実業家だった。名前をヘンリー・スペンサー・アシュビーという。人格者であり、また非常に勤勉で、優れた書物を蒐集し、イギリス社会の中心人物に必要なものをすべて備えていた。一八三四年、彼はロンドン郊外に火薬工場を持つ経営者のもとに生まれた。未来への展望が大きく開けたのは、裕福なドイツ人商人の娘と結婚し、その一族が経営する会社のロンドン支店で共同経営者の座についてからだった。葉巻、シルクハット、顔の下半分を丸く囲むように生やしたひげは、彼の若々しい顔立ちの良さを際立たせた。しょっちゅう自分の子どもたちと一緒に、自分の馬車でロンドンのブッシー・パークにある栗の木の並木道を散歩していたようだ。また、名誉ある組織の集まりにもちょくちょく顔を出していて、ロンドンでは王立地理学会、パリでは〈本の友(レザミ・デ・リーヴル)〉に参加していた。ところが、フランスに支社を設立中、あるものにはまりこみ、ほかのことが見えなくなった。それがエロティックな文学だった。彼の豪邸からそう遠くないが、人目につかない場所にある別宅に、彼は富を費やして集めたエロティカの本を保管しており、個人コレクションとしては世界一の規模を誇っていたと広く信じられている。

ショーヴェはアシュビーの趣味を耳にして、一八七五年四月二十二日、好奇心をくすぐる手紙を彼に送った。まもなく、「だれの手も入っていないマルキ・ド・サドの直筆原稿！」を持っていくとほのめかす手紙を書き、線を引いて強調した。一週間後、再び手紙を書いて、詳しい内容を追加した。「ついに、サドの有名な手稿を見つけました！　正真正銘、まだ世に出ていない本物です！　それは羊皮紙を貼り合わせた巻物で、両面にびっしり書かれた文字は、視力が良くても読めないほど小さく、拡大鏡を使って読まなければなりません」

しかし、アシュビーはこの話を断っている。当時、彼の興味は別にあった。ヴィクトリア朝の人々は、あらゆるものを蒐集し分類整理することに熱中していた。彼はその影響を受けて野心的な試みに挑戦し、エロティカの書誌情報を包括的にまとめようとしていた。その調査は気が遠くなるほど困難だった。というのも、エロティカは秘密裡に取り引きされていたため、その全体像を隅々まで把握するのは至難の業だったからだ。著者は匿名だったし、限られた部数が密かに出回っているだけだった。警察の目をくらますため、出版社の住所と印刷した日付は無記載か嘘の記載になっていたうえ、版数や刷数を偽って価格を引き上げることもよくあった。こうした違法につくられた本のほとんどは、こっそり楽しんだあと処分されてしまうので、その詳細が記録されることもなかった。

それでも諦めることなく、アシュビーは二年かけて、書誌情報を集めていった。一八七七年、彼はその成果を自費出版した。五百四十四ページから成る書誌目録で、それには禁書、パンフレット、アンソロジー、随筆、雑誌、印刷物、詩、戯曲、手稿が網羅された。『禁書目録（*Index Librorum Prohibitorum*）』というタイトルは、カトリック教会が、信徒に悪影響を与えるとみなした書物の同名の公式リストからつけられた。その後の十年で、『禁書目録』に続いて、『隠されるべき秘本百冊（*Centuria Librorum Absconditorum*）』と『語られるべきではない秘本の世界（*Catena Librorum Tacendorum*）』を刊行した。世間体を守るため、三巻とも、「ピサヌス・フラクシ（Pisanus Fraxi）」のペンネームで出版されている。この名は、「灰（アッシュ）（fraxinus）」と「蜂（ビー）（apis）」を並べ替えたラテン語のアナグラムで、スカトロジーの意味もふくまれているようだ。

彼は第一巻の序章に、「私は、迷える羊たちを同じような羊の群れに戻し、どこの国でものけ者扱いされている羊たちに安住の場所を見つけてやりたいのです」と綴っている。彼の書誌目録が道しるべとなって、十九世紀の西洋文学の影に光をあてられなければ、羊たちは時の流れのなかで忘れ去られていただろう。アシュビーが一巻目の口絵を依頼したショーヴェのような情報源があったおかげで、彼は『ソドムの百二十日』を目録にふくめることができた。彼自身は現物を見たことはなかったが、「マルキ・ド・サドの未発表作品」について記録を残し、その変わった見た目や複雑な作品の来歴について説明した。サドが『ソドムの百二十日』を書いたあと百年近くたって初めて、この巻物について言及した本が世に出たことになる。

アシュビーは、エロティカの不道徳な部分を楽しんでいるのではなく、あくまでも研究が目的だと主張している。また、自分の研究によって読者を「解剖台に横たえられた女性の裸体」ほども興奮させたくないと書いている。とはいえ、『ソドムの百二十日』などの作品に関する生き生きとした描写からは、まちがいなく、彼が真の熱狂者の情熱を持って執筆に取り組んでいたことが伝わってくる。

ところが、一八七七年、『禁書目録』が世に出てから数カ月後、アシュビーは再びショーヴェから巻物を買わないかともちかけられたときも断っている。ヴィルヌーヴ＝トランはその額を六千フランまで引き上げていたが、アシュビーのような金持ちにとっては大した額ではないはずだ。おそらく、この愛書家は、サドが描いた異常な放蕩の数々にはほとんど興味が持てなかったのだろう。しかし、アシュビーは認めようとはしなかったが、サドに似ているところがあった。

一八八〇年代後半、エロティカを扱っているオランダのある個人の出版社がごく少部数で手のこんだ装幀の本を刊行した。『我が秘密の生涯』というタイトルの匿名のイギリス人が書いた日記で、最終的には全十一巻から成る、四千二百ページにおよぶ大作だ。オカルト信仰者のアレイスター・クロウリーや、サイレント映画のスター、ハロルド・ロイドが高く評価していたらしい。この本には、〝ウォルター〟というヴィクトリア朝の紳士の生涯と、彼が世界中で関わった娼婦や高級売春婦、そして数百人という女性との性的な関係が事細かに綴られている。フィクションかどうかはともかく、性的な記述や延々と続く放蕩の記録は、知らず知らずのうちに『ソドムの百二十日』の影響を受けていた。謎に包まれた『我が秘密の生涯』の著者は最後まで明かされることはなかったが、おそらくアシュビーが書いたものだろう。アシュビーも〝ウォルター〟もありあまるほどの富を享受して、世界各地を旅行しているし、使われている言葉、文章構造、独特の言い回しも似ている。また、ふたりともエロティカ編纂（へんさん）に異常なまでの情熱を注いでいた。

アシュビーと〝ウォルター〟が同一人物であるかどうかはともかく、共通点はほかにもある。ふたりともエロティックな妄想にどっぷりつかり、その果てに、満たされることなく孤独な最期を迎えているのだ。一八九一年、アシュビーは、妻と四人の子どものうちふたりの娘から愛想をつかされている。政治的にますます保守的になり、もしかすると彼の率直な態度のせいで、家族仲に修復不可能な亀裂が生じたのかもしれない。あるいは、彼が密かに熱中していた趣味がばれたのかもしれない。理由がなんであれ、アシュビーはそれ以後、家族のほぼだれとも話さなくなった。一九〇〇年、彼はこの世を去る。彼が集めた表に出せる主流文学の宝は大英博物館に寄贈されることになっていたが、その条件として、アシュビーは博物館に、エロティカのコレクションも保管することを求めた。そのなかには彼と同じ趣味を持つフレデリック・ハンキーが死んだときに受け継いだ、膨大なエロティカもふくまれていた。博物館はアシュビーの条件をのみ、〈プライベートケース〉と呼ばれる反道徳的な作品専用の場所に鍵をかけて保管し、特別な許可なしには閲覧ができないようにした。もし、当時最も有名なエロティカ蒐集家だったアシュビーかハンキーのどちらかが『ソドムの百二十日』の巻物を手に入れていたら、今でも世界最大級の博物館の中心部にある、この鍵のかかった部屋に置かれていたことだろう。

実際に、この直筆原稿がイギリスにたどり着くことはなかった。アシュビーの有名な目録によって、長らく行方不明になっていたサドの巻物はヨーロッパ中の噂になったが、依然として買い手はつかなかった。一八九三年、ヴィルヌーヴ゠トランはプロヴァンスで死去した。未婚で跡継ぎもいなかったので、彼の遺品は親戚か、ひょっとしたら地元の古書店に渡ったと思われる。こうして巻物はしかるべき所有者が現れるのを待つことになった。

手紙の帝国

*The Empire of Letters*

# 第二章　気球便

一九八五年　春

ジェラール・レリティエにとって、すべての始まりは一枚の手紙だった。

この運命的な手紙がレリティエの目に留まったのは――このときの彼は一九八〇年代半ばに流行(はや)ったパワースーツ〔上等なスーツ〕に身を包んでいた――稀少な切手や封筒が収められたファイルをめくっているときだった。この三十六歳のビジネスマンは、自身の経営する投資会社の出張でパリを訪れ、切手専門店〈ルメ〉に立ち寄った。このあたりの切手専門店のなかでも特に有名な店で、近くには稀少価値の高い切手を扱っているパリの格式高いオークションハウス〈オテル・ドゥルオー〉があった。狭くて物にあふれた店内に入るとすぐ、切手の箱やアルバムが天井まで積み上げられていた。レリティエは〈ルメ〉の店主に、息子のファブリスがコレクションに加えて喜びそうな切手はないかたずねた。彼の身長は約百六十八センチで、実際よりも若く見える。黒っぽい色の巻き毛で、こめかみのあたりが薄くなりかけていた。やや世間知らずな印象を与えることもあったようだが、たいていの場合、それは彼にとって好都合だった。

店主からファイルを一冊手渡され、レリティエはざっとめくってみたが、さして興味をそそられなかった。ところが、ある手紙が目に飛びこんできた。その古そうな黄ばんだ封筒には、二十サンチームの青い切手が貼られ、見慣れない言葉が手書きで添えられていた――「気球便（パル・バロン・モンテ）」。彼の自然なアーチ型の眉が驚きで上がった。

店主はピンセットで切手の山を整理していた手を止め、笑みを浮かべて話しかけた。「その手紙は一八七〇年、普仏（ふふつ）戦争でプロイセン軍に首都パリが占領された頃に書かれたものですよ。包囲されている間、パリから手紙を積んだ気球が飛んでいたんですが、そのときに運ばれた手紙のひとつです。史上初の航空便といっていいでしょうな」

レリティエは耳を疑った。まるでジュール・ヴェルヌ〔代表作は『海底二万里』など多数〕の小説のようだ。幼い頃からずっと憧れていた冒険の世界に入ったみたいだった。レリティエは一九四八年六月二十一日、ヴォワという村に生まれた。人口数百人の静かな村で、フランス北東部に広がる田園地帯に位置する。そこでは、簡素な赤いタイル屋根の家が穏やかなヴィドゥ川の湾曲部に沿って軒を連ね、まわりには、緩やかな起伏のある農地と、カエデやカラマツやブナの森林が広がっていた。現代の都会の便利さとはかけ離れた場所で、自動車は一九六〇年代に入ってもまだ珍しかった。

レリティエはこうした環境に囲まれてのびのび育ち、いたって普通の子ども時代を過ごした。両親は勤勉で厳しく、朝から晩まで働いていたようだ。母親は税金を集める仕事をして、父親は三代続く家業の配管業を継いでいた。三人兄弟の長男であるレリティエは、弟たちとほとんど遊ばなかったという。ぼさぼさ頭のレリティエ少年は暇なとき、祖父——彼もまた配管工事人だった——と竹の竿（さお）とマッチ箱を準備して、ヴィドゥ川のほとりに座り、マス釣りをして過ごした。マッチ箱には、祖父と近くの木々の葉から捕ってきた、細長い翅（はね）を持つカゲロウがたくさん入っていた。テレビは手の届かない贅沢品だったので、日が暮れてからは弟たちと、家族みんなで聴いているラジオをつけ、雑音混じりに流れてくるエディット・ピアフやティノ・ロッシがかすれた声で歌うシャンソンに耳を傾けた。

　レリティエの数少ない楽しみのひとつは、おばが暮らしているコート・ダジュールの都市ニースを訪ねることだった。列車が軽快な音を立てて南下し、次第に乾燥した景色が見えてくると、興奮で落ち着かなくなった。コンパートメントの開け放した窓からは、つんとする臭いの灰混じりの煙が、エンジンのうなりとともにトンネルを通過するたびに入ってきた。列車が目的地に近づくと、待ち望んでいた景色が開け、どこまでも続く青い地中海が目に飛びこんでくる。彼はこのリゾート地の何もかもが好きでたまらなかった。暑い夏のかぐわしい空気も、光沢のある小石におおわれた広大なビーチも、人でにぎわっている海岸沿いのイギリスの散歩道（プロムナード・デ・ザングレ）も。彼は幼い頃から、いつか海辺の街に住むと決めていた。

　どうすればその夢を実現できるのかは分からなかった。頑固なわりには目立ったところのない生徒で、特に数学がぱっとしなかった。学校で注目を浴びることもあったが、それはたいてい問題を起こしたときだ。彼は自分なりの強い正義感を持っており、侮辱されたと感じれば黙っていられなかった。宗教系の寄宿学校に入っていた十代の少年は、学校がウジのわいた食事を出したと抗議し、ハンガーストライキを実行したこともある。結果、校長から退学処分が言い渡された。彼は怒りと恥ずかしさで学校を飛び出し、ほぼ夜通し学校のまわりの森をうろうろした。最終的に、教師のひとりに見つかって連れ戻され、荷造りして家に帰るよう命じられた。こんな失敗をしても、すぐにけろっと忘れて反省することもなかったので、この出来事から、秩序を乱すことがいかに危険かを学ぶこともなかった。

実力を示したくても、将来何になりたいのか分からず、レリティエは十七歳で学校を出ると、フランス軍に入隊した。軍隊生活のおかげで、激しい気性を抑えられるようになった。やがて西ドイツに派遣され、フランス軍の駐留部隊に入った。東西に分断されたドイツは冷戦下において、一触即発の最前線になっていた。たまに西ベルリンに配属され、東ベルリンと隔てるコンクリートの壁や有刺鉄線を張った柵の警備にあたっていないときには、オーケストラの生演奏を楽しむこともあったという。一九七〇年、二十二歳になった兵士レリティエは、高校時代の恋人と結婚した。緑の目にブルネットの髪のアニーという女性だ。結婚後すぐ、ふたりの子どもを授かり、男の子にはファブリス、女の子にはヴァレリーと名付けた。

その翌年、レリティエの父ルネが交通事故で死んだ。彼は父を亡くした心境をあまり語らなかった。わずかな稼ぎのために休みなく働く父の背中を見て育ち、父から日々の道徳的教訓を徹底的に叩きこまれてきた。そんな父を亡くしたことで、どちらかといえば、この若者は以前から心に抱いていた決意をいっそう固くし、自分の力で成功への道を切り開いていく覚悟をした。九十年続く家業は弟のひとりに任せた。人生で何をするにせよ、配管工事人になるつもりは毛頭なかったのだ。

まもなく、将来性のある未来が開けてきた。レリティエは南ドイツにある都市テュービンゲンに駐留中、あるフランスの会社を見つけた。その会社の保険は、仲間の兵士が加入していた現地の保険よりも保険料率がはるかに良かった。その情報を自分のいた連隊に広めると、保険販売業者は喜び、彼に利益の一部を謝礼として渡した。数カ月のうちに、彼はそのやり方で軍の給料より稼ぐようになった。正式な研修を受けたわけでもなかったが、市場を開拓するコツが分かっていたのだ。

一九七四年、彼は軍隊を去り、フランスの大手保険会社で働き始めた。六年後には自分の投資会社をフランス北東部の都市ストラスブールで立ち上げた。副業として宝石の投資に目をつけたのだが、こちらはまったくうまくいかず、一九八〇年代初頭のダイヤモンド市場崩壊で、破綻に追いこまれた。まるでドラマのような展開で、法律上、彼は数年間、同種のビジネスの経営を禁じられた。一方、保険ブローカー業のほうは順調で、一九八四年には拠点をニースに移した。ついに海辺の街に暮らしたいという長年の夢を叶(かな)えたのだ。それでも彼はもっと稼いで、家族が一生不自由なく生活ができるだけの経済力を持ち、フランスのエリート層に飛びこむことを望んだ。フランスでは依然として、裕福な有力者が数世紀前の貴族のように幅を利かせていたのだ。古切手専門店で、その謎めいた小さな手紙を発見したとき、彼は壮大な冒険の扉が開いたような興奮を覚えた。この手紙には人々から忘れ去られていた歴史のかけらがある。彼はもっと知りたくなった。

一八七〇年九月、パリは包囲された。一カ月前、ナポレオン・ボナパルトの甥（おい）にあたる、皇帝ナポレオン三世がフランス軍を東へ送り、勢力を拡大していたプロイセン王国の数々の野望を食い止めようとして、普仏戦争が勃発した。ところが、用意周到なプロイセン軍は、皇帝ヴィルヘルム一世と首相オットー・フォン・ビスマルクの指揮下で、あっというまに圧勝した。ナポレオン三世は捕虜になるという屈辱を受け、フランスの首都は包囲されたのだった。

地方から難民がパリに押し寄せるなか、プロイセン軍はパリを包囲し、鉄道を遮断し、電信線を切断し、橋を爆破して、あらゆる脱出経路を封鎖した。まもなく人々は、馬車用の馬、地元の公園にいるアヒル、あげくに家で飼っているペットまで食べるようになった。レストランは、市の動物園から仕入れてきた殺処分されたゾウやカンガルーでつくったテリーヌや煮込み料理といったメニューを売りにした。一方で、包囲作戦により、外部との連絡手段がいっさい断たれ、パリの城壁内で二百五十万人もの人々が外の世界から隔絶される事態になった。

こうした状況が続くなか、進取的なパリの写真家、フェリックス・ナダールが打開策を打ち出した。これまで主に見世物や科学実験に使われていた熱気球を使って、メッセージをパリの外へ飛ばすことを思いついたのだ。ナダールはその第一弾として、自身が所有する気球〈ネプチューン号〉を提供し、熟練の操縦士たちを〝一流気球操縦士部隊〟という仰々しい名前で呼んだ。

レリティエは歴史書や公文書から少しずつこうした話を掘り起こしていき、学校では教わらなかった歴史的事件にたどり着いた。プロイセンによる包囲でパリを走る鉄道は使えなくなり、ふたつの主要駅、オルレアン駅と北駅は気球工場に姿を変えた。工場では、仕立て職人たちが細長く切ったキャラコの布にニスを塗って縫い合わせたあと、船乗りたちが垂木に上がってその布を紐(ひも)で吊るして膨らませた。こうして完成した気球に手紙が積まれた。〈自由(ラ・リベルテ)〉〈平等(レガリテ)〉〈解放(ラ・デリヴランス)〉といった愛国的な名前をつけた気球が、一八七〇年九月末から、パリの空に浮かんだ。石炭ガスを燃料にして、プロイセン軍の包囲線のはるか上空を飛び、敵のマスケット銃の射程圏外へ出ると、「皇帝ヴィルヘルム一世とムッシュ・ビスマルクによろしく」という挑発的なメッセージが書かれたビラを空からまいた。気球乗りたちは夜の闇のなか、高高度の凍えるほどの寒さも厭(いと)わず飛行し、進行方向をほとんど制御できない状況にもかかわらず、ほぼ毎回、プロイセン軍の攻撃が届かない場所に無事着陸した。

　一方、気球を正確にパリの街に戻すことはできなかったので、気球乗りとその仲間はパリの人々に伝言を届けるほかの方法を考案し、やがて、伝書鳩(でんしょばと)がパリに向かって放たれるようになった。尾羽の間にマイクロフィルムを取りつけてネガを運ばせたのだ。ネガフィルムにはコロジオン湿板〔当時の最新の写真感光材料〕で撮影された何千字もの文字が収められていた。市外に待機していたフランス軍は、亜鉛でできた球状のカプセルを特別に考案し、そのなかに手紙を詰めてパリを流れるセーヌ川の上流に投げ入れた。球が川床を転がって封鎖線を越え、水中に沈めた網に引っかかってくれることを期待していたが、ひとつもパリにたどり着くことはなかった。ただ何年か後に、セーヌ川の底に埋まった球が何個も発見され、なかから戦時中の手紙が発見される。

一八七一年の初め、しびれを切らしたプロイセン軍は、重砲を配置してパリに発砲し、すでに弱まっていた市民の士気を打ち砕いた。一月二十八日、パリは降伏。この四カ月間で、パリ市民が包囲網の外に飛ばした熱気球は六十七機。このうち五機のみが敵の手に落ち、三機が海に消えた。気球によって、乗客百二人（フランスの政治家レオン・ガンベッタをふくむ）、犬五匹、鳩四百羽、ダイナマイト数箱、何千枚もの政治的なビラ、約十二トン分の郵便物（合計で何百万通にもおよぶ手紙）が運ばれた。この試みは、熱気球が成し遂げた、ほかに類をみない大胆な偉業として、歴史に刻まれた。

レリティエは夢中で当時の手紙やそのほかの資料をできるだけたくさん集めた。さらに、このテーマに関する参考図書を四冊執筆し、六十七の気球が着陸した国内外のすべての地点を地図に記し、気球プロジェクトの関係者の名前をまとめ、包囲網をかいくぐって届けられたさまざまな手紙の価値を目録にまとめた。レリティエは、アルフレッド・ローズルールというパリに暮らす男の手紙についても触れている。彼はプロイセン軍に包囲されている間、自分で考えて風船郵便をつくり、市外にいた妻と連絡を取っていた。ローズルールは何通もの手紙を子どもたちの風船に結んで、自宅のバルコニーから空へ飛ばした。驚くべきことに、レリティエの調査によると、これらの手紙の多くは妻のもとに届いたという。

レリティエの手紙への執着心は、クリエイティブなアイデアを生んだ。彼はジュエリーブランドを立ち上げ、セーヌ川に沈んだ亜鉛の球をイメージしたデザインで、なかに秘密のメッセージを忍ばせることができる金の装飾品を商品化した。一九九五年には、パリが包囲された時代を舞台にした歴史小説『自由の気球（*Les Ballons de la Liberté*）』を出版している。これは純粋なフィクションだが、フランスの政治家で第一次世界大戦中にフランスを勝利に導いたジョルジュ・クレマンソーが実際に口にした言葉が引用されている――「戦時中でも、平和な時代でも、最後の言葉を発するのは降伏しない人々だ」

レリティエは取り憑かれたかのように手紙や手稿を集めた。直筆原稿にはそれぞれ独特な折り目、染み、訂正や削除の跡があり、これらを通して、蒐集家は作家、芸術家、作曲家、芸人、科学者、哲学者、探検家、発明家、指導者、反逆者といった歴史を築いた人々と直接つながっているような感覚を楽しんだ。

こうしたテキストの蒐集は、人々が言葉を書き留めるようになったのとほぼ同時期に始まった。古代シュメール人は五千年以上前に現在のイラク南部の地域で、世界最古の文字である楔形文字を発明しただけでなく、粘土板に文字を刻んで後世のために保存した。おかげで、現代の学者たちは、シュメール人が遺した膨大な量のテキストを読むことができる。四千百年前の粘土板も見つかっており、裏面に「ガー・アマ（Gar Ama）」という名前が刻まれているものもあった――これは今までに発見されたなかで最も古い署名入りのテキストだ。

古代ローマの学者は自分の手紙コレクションに誇りを持っていた。博物学者であり文人の大プリニウスと呼ばれるガイウス・プリニウス・セクンドゥスは熱心な蒐集家で、死後百年たつユリウス・カエサルの手紙が腹立たしいほど見つからないと不満をこぼしている。古代最大のアレクサンドリア図書館が誕生した理由のひとつに、当時、エジプトを統治していたプトレマイオス朝の王が執拗（しつよう）に蒐集を行っていたことが挙げられる。エジプトの王、プトレマイオス二世フィラデルフォスは、飢饉（ききん）に見舞われたアテネに対し、小麦を供給する代わりに、偉大な思想家たちの本を貸すよう条件を出したと伝えられている。その後、プトレマイオス二世は借りた本を自分の書斎に保管し、偽物をギリシャに送り返したという。似たような例として、アッバース朝のカリフ、アブー・ジャアファル・アル＝マンスールは、八世紀にイスラム帝国の首都としてバグダードを建国したとき、個人的な蔵書のために、使者を使って、稀覯本や詩集を集めさせ、〈知恵の館（やかた）〉と名付けた図書館に収めた。こうした取り組みにより、中東は文化と学問の中心となり、イスラム黄金時代が訪れた。

ローマ帝国の滅亡とともに、数世紀にわたってヨーロッパ文化は衰退したが、十四世紀の詩人ペトラルカは、歴史的文書への興味を復活させようと、ヨーロッパ中の修道院を回って貴重な文書を集め、修道会に図書館の設立を呼びかけた。ペトラルカは、神の慈悲によって、ほぼすべての世俗的な欲望から解放されたと述べる一方、こうしたテキスト蒐集に対する「飽くなき欲望を、今のところ抑えられないでいる」と認めている。十六世紀には、ドイツをはじめいたるところで、学生や貴族が重要な引用文、記念の言葉、著名人の挨拶の言葉の蒐集に熱中するようになった。集められた言葉は〈友人の本〉という小さなノートに書き記され、人脈を広げるための手段として使われた。

十九世紀のヨーロッパでは、手紙や手稿の蒐集が本格的に熱を帯びてきた。ヴィクトリア朝のイギリスでは、シェイクスピアが書いたとされる原稿が現在の金額に換算すると数百万ドルで取り引きされ、詩人ジョン・キーツのソネットは、彼の知人によって切り分けられ、その一枚一枚に驚くほどの値段がつけられた。当時の著名人たちのところに、手書きのあれこれを欲しがる蒐集家たちが殺到し、議会に対して「厄介な蒐集家が増えているから措置を講じてほしい」と訴える声まで上がった。作家のジョン・ラスキンは次のような声明を出した。「ラスキン氏は友人以外にサインをすることはなく、さらに最近では、友人から頼まれても、日々の執筆作業以外のことはほとんどしなくなりました」

手紙や手稿の取引はフランスが中心になった。一八二一年には、フランス国立古文書学校がパリに設立され、文献や直筆原稿の研究を担う最初の機関になった。この一年後、パリの弁護士でありジャーナリストのマチュー＝ギヨーム＝テレーズ・ヴィレナーヴは、恐怖政治の時代に危ないところでギロチンを免れ、革命中の破壊から五百五十枚の歴史的文書を救い出し、売りに出した。これが手紙や手稿に特化した初のオークションだった。まもなく、〈メゾン・シャラヴェイ〉がパリに世界でもまだ珍しい直筆原稿の専門店を開いた。その後四十年の間に、およそ十万冊もの歴史的文書がフランスのオークションハウスで売りに出された。〈メゾン・シャラヴェイ〉の創業者の息子であるエチエンヌ・シャラヴェイは、一八八七年に次のような言葉を残している。「世界中の愛好家が成功を求めて、パリに集まってくる。この街で、原稿の真偽、価値、価格が決まる」

手紙や手稿の蒐集が小規模だが職業として成り立つようになり、その流れのなかで、蒐集家たちの興味関心は細分化していった。一部の蒐集家は特定の著者に対象をしぼり、たとえば、小説家レフ・トルストイによる原稿や、南アメリカ解放の父シモン・ボリバルの執筆物を求めた。また、特定のテーマを決めている蒐集家もいた。そのなかにはカナダの毛皮貿易やドイツ表現主義などに関連する文書の原本を集めている者や、完全なコレクションを求めて、ノーベル賞受賞者やアメリカ合衆国のファースト・レディが書いた手紙ばかりを集めている者もいた。

　こうした蒐集家たちはひとまとめに直筆原稿蒐集家（オートグラフコレクター）として知られるようになったが、有名人のサインを集める人々との共通点はほぼない。エイドリアン・ホフマン・ジョリンは、一九〇二年に出版された自伝『直筆原稿蒐集家の瞑想録（めいそう）（*Meditations of an Autograph Collector*）』で次のようにこぼしている。「世間からは、私がいつも金箔装幀のノートを持ち歩いていて、運悪く私に声をかけられた有名人はサインをさせられると思われていた。多くの人から、スクラップブックを持った女子生徒や恐ろしい記録帳を持っている執念深いマニアと一緒くたにされていると思うと不愉快だ！」

　歴史的文書の取引をする人々にとって重要なのは、内容とそれが書かれた背景だ。だれが書いたのかだけでなく、いつ、だれに向けて書かれたのか、そして、そのテーマがポイントになった。つまり、アメリカ独立宣言が公布された一七七六年にジョン・ハンコックが執筆した文書は、一七六九年に彼が執筆した同種の文書よりも、価値があるとみなされる〔ジョン・ハンコックはアメリカの独立宣言の最初の署名者で、ほかの署名に比べて目立った署名を書いたことから、彼の名前は署名の代名詞となった〕。また、小説家シャーロット・ブロンテの手紙も妹のエミリー宛であれば、価値はさらに上がる。アーネスト・ヘミングウェイが闘牛を見に行った際に自分の名前を書いたプログラム冊子はそこそこの値段がつくだろうが、作品の原稿なら入札合戦が始まるだろう。さらに、エイブラハム・リンカンによる公式文書ならどんなものでも驚くべき発見になるだろうが、奴隷制度に触れた文献を発掘できれば、出世につながる大発見になる可能性だってある。

文書の種類も非常に重要だ。多くの専門家がいちばん興味がないのは署名のみのもので、その次が短い手紙やタイプライターで打った直筆署名入りの手紙だ。それよりも少し貴重とされるのは、手書きの長い文書で、その次が往復書簡の束、その次が詳細に記録されたノートや日記。そのさらに上をいく、いちばん貴重なものが、後世に残るような作品の原本だった。

歴史的文書の蒐集家やディーラーは、自分たちのコレクションに実際どれだけの価値があるのか自慢したがった。一九八八年にフランスで出版され、蒐集家に影響を与えた『直筆原稿（*Les Autographes*）』には、「重要な作品を蒐集する場合、投資価値が高いのはまちがいなく直筆原稿だ」と書かれている。しかし、専門家のほとんどは、蒐集で得る利益はおまけくらいに考えるべきであると主張し、営利目的で手紙や手稿を集めるという考え方に批判的だった。蒐集は極めて個人的なものであり、また、蒐集品の価値は非常に主観的なので、一般的な商取引の流れに組みこむには無理があったのだ。メアリ・ベンジャミン――アメリカでも有数のディーラーで、この業界で働く数少ない女性――は、一九七八年に刊行した指南書『直筆原稿と手稿――蒐集家のための手引（*Autographs and Manuscripts: A Collector's Manual*）』で次のように忠告している。「記録によれば、価格は何年かごとに激しく上下している。そして高値は常に前回の高値を上回り、安値も常に前回の安値を下回った。蒐集家は売って利益を得ることもあれば、大きな損失をこうむることもあるという事実に変わりはない。主に投資目的で購入し、価格の変動に慣れていない場合には、思いがけず予定よりも早く売らざるを得なくなることもある」要するに、価値のある手紙や手稿の蒐集は、ほかの分野で富を築いた人々に任せておいたほうがいいということだ。

レリティエはそう思わなかった。彼は、この市場が閉鎖的なせいで、歴史的文書の真の価値が見えづらく、そのほとんどが珍しいコインや宝石に比べてかなり過小評価されていると考えていた。こうした状況は彼の母国でとりわけ顕著だった。パリで長年この市場を支配してきたディーラーはひと握りしかいなかったうえ、フランスの公的機関がイギリスやアメリカの大学図書館のように文献を買い占めるということもなかったので、当時のフランスでは、手紙や手稿はまるで隠された秘宝のようになっていたのだ。

あの日、レリティエは切手専門店〈ルメ〉で、気球で届けられたという手紙に目を凝らしながら、これから冒険が始まると感じた。これまでの調査から、この手紙の価値は数百ドルから数千ドルになると予測した。ところが、この日、店主が彼に提示した額は百五十フラン、つまり二十ドルもしなかった。のちに彼は次のように書いている。「金鉱掘りが金脈を発見したときのような気分だった」

レリティエは小規模なビジネスから始めた。あの手紙を発見してから一年後には、ニース市内の中心部近くに二部屋のオフィスを構え、玄関の真鍮（しんちゅう）のプレートに〈切手の魅力（ヴァルール・フィラテリーク）〉という会社名を刻んだ。この会社は歴史的に重要な手紙や切手を、単なるコレクション用としてではなく、金融商品として提供し、すぐに利益が出る出資対象だといって売りこんでいた。切手への投資は特に珍しい話ではない。一九七〇年代には、切手の価格が急騰し、インフレ率と株式や債券の利回りを一時的に上回ったため、切手を取り扱う投資会社が大きく成長した。ただ、そこに昔の手紙を出資対象に加えるというのが革新的だった。レリティエは、パリが包囲されている間、熱気球やそのほかの方法で届けられた文書を売り物にすることで、国に過小評価され、ひっそりと埋もれていた歴史的文書から利益を得る機会を顧客に提供したのだ。

ビジネスの斬新なアイデアを見つける才能、歴史的発見に対する興味、執念深い野心が結実したのが、この新しい会社だった。ところが、一九八六年、彼に大きな不幸が降りかかる。十六年連れ添った妻アニーに好きな男ができたために、結婚生活が破綻したのだ。精神的に打ちのめされながらも、どうにか何事もないかのように振る舞って、子どもたちを元気づけた。心の痛みを紛らわすために、仕事に没頭した。

やがて、こうした苦労が実を結ぶときがきた。気球で運ばれた手紙に興味を持つ顧客が現れ、努力のかいあって需要が増えたおかげで、購入時よりも高く売れるようになったのだ。レリティエはカンヌを越えた海岸沿いに第二支店を開いた。地元の新聞やニュース番組は、歴史探偵のような彼の仕事を称賛し、フランスで有名な切手雑誌は、彼の会社が取り扱っている商品を有望な出資対象として好意的に取り上げ、ニース商工会議所やアメリカにある郵便博物館〈スペルマン・ミュージアム〉は賞を贈った。彼は経済的な心配がなくなると、豪華な帆船を借りて子どもたちと地中海をめぐり、釣り竿で大物のクロマグロを狙いながら、かつて祖父とふたりで釣りをして過ごした午後を懐しんだ。

一九九五年の秋、暗雲が立ちこめる。地元メディアによって、警察がモナコ公国による巨額の金融詐欺事件の真相を追っていると報じられたのだ。ニースのすぐ東にあるモナコは人口密度が高い小さな都市国家で、面積は二平方キロメートルほどで、岩だらけの地中海沿岸に面している。バチカン市国に次いで世界で二番目に小さい主権国家であり、豪華なカジノ・ド・モンテカルロで有名だ。しかし、一二九七年から代々モナコ公国を統治してきたグリマルディ家が低税率と寛大な金融政策を導入していたことから、警察は長らくモナコ公国が不透明な金融取引の温床になっているとにらんでいた。

モナコ公国で新たに起こった事件は、よりによって切手蒐集にまつわる事件だった。報道によれば、モナコ政府は異常なほど大量の記念切手を発行していた。この記念切手シートは郵便物に使えなかったが、価値のある切手として市場に出回り、複数の仲介業者の手を渡って元の価格よりも驚くほど高く消費者に売られていた。被害者は千二百人を超え、被害額は合計で六千万ユーロといわれた。切手にまつわる犯罪を扱うウェブサイトは、この事件を「切手業界で史上最大のスキャンダル」と書いた。名前はあきらかにされていなかったが、警察は無知な顧客に切手を売りつけた責任を負う人物として、レリティエを疑っているという噂が広がった。

レリティエはなんとしてでも被害を食い止めようと、この事件を担当する予審判事と私的に面会する段取りをつけた。有能な判事で、名前をジャン＝ピエール・ミュルシアノといった。レリティエはまだなんの罪にも問われていなかったので、判事の助けがあれば不正行為があったという風評を払拭できるのではないかと期待した。一九九五年十二月、ミュルシアノは判事として籍を置くグラースの事務所にレリティエを迎え入れた。しかし、レリティエの弁明も待たず、ミュルシアノ——鋭い目つきをした頭のはげかかった男——は彼を指さし詐欺師呼ばわりした。フランスでは、予審判事がアメリカの検察官のように重大な犯罪捜査を担当しており、ミュルシアノは金庫破りや詐欺師や宝石泥棒を逮捕して名を馳(は)せていた。そして、このときレリティエを次の標的に決めていたのだ。

「君が市場に出しているモナコの切手に価値はない」と判事は告げた。「捜査の手が伸びて、各報道機関がこぞって君のことを取り上げだしたら、君のクライアントは黙っていないだろう」

三カ月後の一九九六年三月十八日、レリティエはニースの北にある別荘の早朝の静かなキッチンで、脅しともとれる判事の発言について考えこんでいた。まだ告発されてはいなかったものの、世間では論争になっていたため、顧客の間で不安が広がっていた。彼は気持ちを落ち着かせようと、コーヒーをひと口飲み、敷地内で飼っている鶏を小屋から出す準備に取りかかった。そのとき、警察の車が何台も尾根を下り、警光灯を点滅させながら彼の家に向かっているのが窓越しに見えた。湿度の高い空気のせいで、光が陽炎(かげろう)のように揺らめいていた。

警官たちは家宅捜索のあと、彼を拘束した。尋問は翌日まで続き、その後、ミュルシアノは彼を詐欺とそのほかの容疑で取り調べた。レリティエはグラースの無駄に広い刑務所施設に入れられた。このとき、一九六〇年代のフランスのヒット曲《刑務所(ル・ペニタンシエ)》が頭のなかで不意に流れてきて耳から離れなくなったという。アメリカのフォークソング《朝日のあたる家》の替え歌で、次のような歌詞だった――「刑務所の扉は／すぐまた閉ざされる／ここでぼくは人生を終えるだろう」

しかし、レリティエは決して敗北したわけではなかった。囚人番号５５４６は孤独な独房で座りこみ、負けてたまるかという気概で、今の自分と、過去に不当に幽閉された人々を比べた――戦争捕虜になった人々、鉄仮面の男、モンテ・クリスト伯。そのなかにマルキ・ド・サドはいなかった。レリティエは独房の机におおいかぶさるようにして、無実を訴えるべくノートのページを埋め、自分を陥れる陰謀が何年もかけて練られてきたのだと事細かに書き記した。彼はこれまで争いから逃げたことは一度もなかったし、邪魔者に計画を台無しにされないように慎重に事を進めてきたつもりだった。頭のなかで、第一次世界大戦の英雄、ジョルジュ・クレマンソーの言葉が響いた――自身の著書『自由の気球』で引用したあの言葉、「決して降伏などしない。最後の言葉を発するのは自分だ」が。

レリティエの名誉回復のための闘いは、エクサン＝プロヴァンスの控訴院によって判事ミュルシアノの判決のひとつが破棄され、二週間、拘留されていたレリティエが釈放されてすぐに始まった。彼は顧客に、批判的な報道に反論して彼の会社を擁護し、訴訟の手続きのときに自分の主張を裏付ける発言をしてほしいと訴えた。また、報道各社を相手取り、不当に攻撃されたとして名誉毀損で訴えを起こした。フランスの切手商協会の会長がレリティエのビジネスを問題視していると報道機関や警察に対して訴えたことを知ると、十八枚にわたる手紙を会長に送りつけた。

頭を打っておかしくなったのか、といわんばかりの内容だった。レリティエはこの手紙の写しをフランス中の切手ディーラーに送っている。

こうした必死の努力にもかかわらず、レリティエの事業はこの混乱を乗り切ることができなかった。会社は破産し、ニースとカンヌのオフィスを閉めて、負債を清算した。社会的な影響力も、社交クラブや切手商協会の会員資格も失った。しかし二〇〇〇年、彼はついに快進撃を見せる。彼に対する捜査が始まったのは六年前のことで、きっかけは地元の女性が彼の会社に対して苦情を申し立て、価値のない切手を買わされたと訴えたことだった。レリティエが仲介人を通じ、その女性を説得して詳しい事情を改めて聞き出したところ、彼女は会社を批判するように頼まれたと告白した。

翌年、エクサン＝プロヴァンスの控訴院は、ミュルシアノ判事をこの件の担当から外し、その理由として、取り下げられた訴えやそのほかの問題への彼の対応が遅いことを挙げた。おそらく判事は、モナコ切手事件という大きな仕事を目の前にして飛びついてしまい、その結果、すべてが水泡に帰したのだ。二〇〇二年、ミュルシアノの後任判事が主要な詐欺の訴えを棄却し、この三年後、ニースの刑事裁判所で、レリティエにかけられた残りの容疑もすべて晴れた。

しかし、レリティエは納得がいかなかった。事業の失敗はダイヤモンドに続きこれで二度目だったが、元の顧客に損失が生じた事実があるにもかかわらず、彼は自分の非をいっさい認めず、もし自分に罪があるとすれば、あまりにもだまされやすく、背中から人を刺すような裏切り者を信頼してしまったことだと主張した。

彼は刑務所で書き始めた記録をもとに、二〇〇六年、今回の厳しい試練を綴った回想録『内部腐敗（*Intime Corruption*）』を刊行した。三百ページから成るこの本によれば、彼の試練は、前の共同経営者が会社から切手シートと顧客の資金を持ち逃げしたところから始まっていた。レリティエがこの件についてまわりに注意を呼びかけたとき、その男は不当な扱いをされたとして、ミュルシアノ判事とひとりの刑事と手を組み、報復を企てたという。「まるで悪魔の集まりだ。ペテン師……腐敗した警察官、［そして］虚栄心の強い承認欲求の塊のような判事が関わっていた」と彼は書いている。さらに、レリティエは文学賞〈モンテ・クリスト伯賞〉まで立ち上げ、この件と同じような司法の過ちを詳細に記録したフランスの作品を表彰した。

モナコ切手事件は、フランス国内に留まらず、ほかの国でも大々的に報じられたが、やがて人々の記憶から消えていった。二〇〇七年、判決への不服の申し立てを受け、控訴院は以前の判決のさらに一部を覆した。レリティエは消費者法に違反し、ふたりの顧客への払い戻しを拒否したとして有罪判決を下され、三千ユーロの罰金と執行猶予付き拘禁刑八カ月の判決を科されたが、彼にとってはもうどうでもいいことだった。この時点ですでに、レリティエはさらに野心的な次の計画を進めていたのだ。

サド

# 第三章　富と贅沢に溺れて

一七六三年十月十九日

ジャンヌ・テスタルはパリの警部ルイ・マレの家を訪ね、ドアを思いきり叩いて早朝の静けさを破った。前夜の出来事を報告しようと必死だったのだ。マレは〈娼婦の生活安全課〉（革命前のパリのセックス市場の闇を追跡する警察部門）の責任者として、ことあるごとに、扇子職人をしながらたまに娼婦をしているテスタルのような女たちから情報を得ていた。

バスティーユ監獄の陥落より二十五年ほど前の十八世紀中頃、パリはヨーロッパ大陸の不道徳の温床になっていた。十七世紀、ルイ十四世は貴族を統制するためヴェルサイユに宮廷を移し〔貴族は宮廷に仕えていた〕、複雑な階級制度を確立した。臣下たちは太陽王として知られる彼の好意を保つために、従うしかなかった。これ以降、フランスの君主制と階級構造はますます中央集権化され、絶対化されていく。王宮の退屈な暮らしにうんざりした上流階級は放蕩——肉体的な快楽——に溺れ、そうした生活に宗教的熱狂に近い情熱を傾けた。エロティックな小説が王室の検閲を逃れ、アンダーグラウンドのベストセラーとなった。貴族たちは〝小さな家(プティット・メゾン)〟と呼ばれる部屋を手に入れ、婚外の交渉を楽しみ、もともとは人目を避けるための部屋だったものが、そのうちに社会的地位を表す重要なものとなった。また、数十年前から、男色をたしなむ男性だけのクラブ会員たちが、ヴェルサイユのホール、テュイルリー宮殿の庭園、若き王ルイ十五世の部屋の窓のすぐ下で、男色に耽って絡み合っている光景もよく見られた。

マレがこの世界の監視役に任命されたのは一七五七年のことだ。それ以前に、ある囚人が刑務所へ護送される途中、風紀取締当局を立ち上げた人物を殺害するという事件が起こった。マレは市内で肥大化するセックス市場の治安を維持するために網を張りめぐらし、パリの娼婦、売春宿のマダム、客などから情報を集めた。冷淡で傲慢なマレは売春業を取り締まるだけでなく、客にもなっていたが、支払いを拒んだうえ、商売の邪魔になる警察官の身分を隠そうともしなかったので、売春宿のマダムの怒りを買っていた。彼は囲われ女(ダム・ザントルトゥニュ)やその主人の記録を何千と集めた。そのおかげで、警察は金と権力を持つ者の金銭授受を介する親密な関係を追うことができた。マレの報告書はルイ十五世や彼の愛人にも非常に喜ばれ、性生活に刺激を求めて熟読されているという噂もよく聞かれた。

マレは在任中、パリの裏社交界(ドゥミ・モンド)で起こったさまざまな憂慮すべき話を耳にしていた。しかし、テスタルの話は際立っていた。彼女は昨晩、若い貴族から声をかけられ、金貨二枚を条件にパリの南にあるプティット・メゾンについていったという。部屋に入ると男は鍵をかけ、「神の存在を信じるか」と訊いた。彼女が「信じています」と答えると、男は「ではそれがまちがいであることを証明してやろう」と宣言した。男は下品な言葉を叫びながら神聖な像に向かって自慰行為をし、「十字架を踏みつけろ」と命じ、聖餐式のパンとして使うウエハースを彼女のなかに押しこんでから、性交におよんだ。その間、男はずっと「おまえが神なら、復讐するがいい！」と叫んでいたという。彼女は鞭打ちの道具や宗教的な飾りがたくさん置いてある部屋に連れていかれ、九本の鞭で男を打つよう命じられた。その鞭は金属で、赤くなるまで熱してあった。男はそばに並べたピストルを指さし、殺すぞと脅しながら、「自分自身を鞭打って、キリストの像に排便してみせろ」と命じたが、彼女はどちらも拒否した。

翌朝、男は彼女に、次の日曜日、一緒に教会に行ったあと、同じことをするよう約束させた。さらに、無理やり誓約書に署名させ、昨夜の出来事をいっさい口外しないことを誓わせた。ところが、テスタルは解放されるとすぐにマレの家に駆けこんだ。彼は同僚とともにすぐに、彼女を凌辱した男と特徴が一致する人物を割り出した。容疑者は、これまで警察の厄介になったことのない若い男だった。男の名は、ドナシアン・アルフォンス・フランソワ。二十三歳の貴族で、マルキ・ド・サドの名で通っていた。

マレはその家名を知っていた。サド家は、最も古く高貴な家柄のプロヴァンスの貴族に名を連ね、少なくとも十世紀まで先祖の系図をたどることができ、東方三博士の直系であるという伝説まであった。繊維業で財を成した一族で、〈剣の貴族〉と呼ばれる最も古く由緒正しいフランスの貴族階級と長くつながっていた。一一七七年当時、プロヴァンス地方のアヴィニョンの市長だったルイ・ド・サドは、ローヌ川にかかる街を象徴する歩道橋ポン・サン・ベネゼの最初の建設に出資している。また、この一族の有名人といえば、美女と名高いローラ・ド・サドだろう。伝えられるところによれば、十四世紀のルネサンス期に活躍した詩人ペトラルカは、美しい彼女に夢中になり聖職を放棄して、恋愛詩を多く残したという。サド家はこのほかにも数々の著名な人物を輩出しており、家系図には判事、軍の指揮官、教皇の侍従、知事、マルタ騎士団といった立派な地位や役職を持つ人々が並んでいる。

マレは、サド家の全盛にかげりが見えたのは、当時の家長、ジャン＝バティスト・ジョゼフ・フランソワ・ド・サド伯爵、つまりマルキ・ド・サドの父親の代からだと考えていた。ジャン＝バティストは、人を惹(ひ)き付ける魅力がある一方、狡猾(こうかつ)で野心にあふれた男で、一族のなかで最初にプロヴァンスを離れている。サド家はその地に城をいくつか所有していたのだが、彼は運試しにパリの宮廷に乗りこんだ。そして巧妙な手を使い、王室に直接のつながりのある名門貴族コンデ家の館に入り、大使に取り立てられて王に仕え、オランダ、ロシア、イギリス、ケルン選帝侯領に赴いた。

一方で、ジャン＝バティストは家族の財産を湯水のように使って、世間体を取りつくろい、贅沢三昧に暮らしていた。恥知らずな放蕩者でもあったのだ。彼は男色を愛し、それを讃えた詩を詠(うた)い、「ソドムの住人のように、私は女の役割を引き受け、男の相手をする」と書いている。女性の知人に宛てた手紙でも、性的に貞節であれという考えにどれだけ嫌気が差しているかを告白し、次のように述べている――「時折、互いに忠実を誓った恋人たちを見かけるが、彼らは哀れで、陰気で、ぞっとする」。こうした言動により、彼は目立った存在だった。二十二歳のとき、パリの風紀取締当局によって、テュイルリー庭園で若い男娼を買った罪で逮捕されたこともある。あとから分かったことだが、相手の男娼はハエ（ムーシエ）、つまり警察の情報屋だった。

警察沙汰になったものの、ジャン＝バティストはコネを使ってその件をもみ消し、反省している様子などほとんど見せなかった。それどころか、奔放な性的嗜好（しこう）は、結婚生活に影響した。一七三三年、三十一歳のとき、コンデ公爵の信頼できる助言者になっていた彼は、コンデ公爵の若き妻、カロリーヌ＝シャルロット・ド・エス＝ラインフェルドに夢中になった。コンデ公は妻の行動にいつも監視の目を光らせていたので、ジャン＝バティストはある計画を企て、マリー・エレオノール・ド・マイエ・ド・カルマンに結婚を申しこんだ。彼女は貴族の出で財産はしれたものだったが、コンデ家の親類筋にあたり、コンデ公爵夫人の侍女をしていた。彼はコンデ家に正式な家族として迎えられれば、意中の相手に接近できると考えたのだ。

一七三三年十一月十三日、ジャン＝バティストとマリー・エレオノールは結婚した。その夜、二十一歳の花嫁は不安でたまらず、公爵夫人に寝室にいてほしいと懇願した。彼は思わぬ来客を喜んで迎え入れた。「夫人がそばにいると、私は狂喜して、片時も彼女から離れたくないという欲望で、はちきれそうになった」とのちに書き記している。思惑どおり、彼は宮廷内で親密な立場に身を置いて、やがて夫人の私室に出入りするようになり、そこで彼女を誘惑した。

さて、これにルイ・マレ警部を訪ねた女性の話を重ねてみると、ジャン＝バティストのひとり息子、マルキ・ド・サドはどうやら父の歩んだ道を進み、父よりはるかに歪んだ性癖を培っていったように思われる。テスタルの証言から、彼のこのたびの犯行は衝動的な性的欲望によるものではなく、入念に計画されたものであり、国が尊重している価値観や慣習を冒瀆しているとみなされた。事件から数日後、マレはサドを逮捕し、ヴァンセンヌの監獄に収監した。極端に異常な犯罪であり、また加害者であるサドが高貴な身分だったため、収監命令は王から下された。

　サドが連れていかれた監獄は、壁が約五メートルもあり、扉は鉄で強化され、急な螺旋階段があった。サドは何もかも剥ぎ取られた。レースのついた衣服も、髪粉（かみこ）をふりかけた巻き毛のかつらも、宝石も、懐中時計もだ。この若き廷臣はしょっちゅう、活気あふれるパリの街で歓楽の夜を過ごし、賭博場、高級売春宿、オペラ座（ガルニエ宮）やコメディ・フランセーズ劇場といった華やかな場所に出かけていた。劇場では、たいてい観客が社交的なおしゃべりに興じており、舞台上の声が聞こえないほど活気があった。しかし、この惨めな独房は、田園風景のなかにそびえ立つヴァンセンヌ城の上の階にあり、みすぼらしい寝床、藁を詰めた椅子二脚、べたべたしたテーブル、縁の欠けた室内用便器しかなかった。彼はまた贅沢な食事に慣れており、パテ、串焼き料理（ブロシェット）、ブルターニュ産の濃厚なバターを塗ったビスキュイなどを好んでいた。それが今や、羊や牛の冷たい干し肉に、味つけなしの野菜が添えられた食事を一日に二回とるだけで我慢しなければならなかった。

　サドは、身長約百六十八センチ、体つきは健康的で、ふっくらとした魅力的な顔の繊細なパーツのひとつひとつ――光を宿した青い目、突き出た額を縁どる金色の巻き毛、わし鼻、上品で見くだすような笑みを浮かべた唇——の組み合わせはとても印象的だった。通りで女たちが立ち止まって見つめることがあったほどだ。彼の魅力は単に性的なものではなく、幼い頃からずっと、女性の母性本能をくすぐり、放っておけない気持ちにさせてきた。女たちは、彼の持って生まれた感受性や孤独を感じ取り、甘やかされることしか知らない魂の渇きを満たしたいと思ったのかもしれない。

一七四〇年六月二日、サドはパリ最大の豪華な宮殿のひとつ、コンデ館で生まれた。広大な地所に、エレガントな白亜の建物群、豪奢(ごうしゃ)な家具調度、伝統的な大庭園があった。ここに親王家であるコンデ家とその従者が暮らし、そのなかにサドの両親もいた。コンデ公爵と夫人は、サドが生まれる前後に死んでいる。ジャン＝バティストの不倫関係は終わり、コンデ家のひとり息子ルイ・ジョゼフ・ド・ブルボンが跡を継ぎ、宮殿の主(あるじ)になった。幼少期のサドは、この幼い王子の遊び相手になっていたので、王子と同じような待遇を受けた。サド少年は歪んだ現実の見方をするようになり、だれであれ、なんであれ、自分の思いどおりに動かなければならないと考えるようになった。サドはのちに次のような手記を残している。「パリに生まれ、富と贅沢に溺れていたので、物心つく頃には、自然も富も自分のためにあると信じるようになっていた。……何もかもが私にひれ伏し、世界は私の気まぐれに付き合わなければならない、自分だけは好きなように欲望を膨らませ、満たすことができるのだ、そう思った」

サドが二歳のとき、幼いコンデ王子におもちゃをひとつ取られ、四歳上の王子につかみかかって、「このガキ」と叫んだこともあった。彼はいつも王子のことをそう呼んでいた。幼い頃、親からろくに躾を受けていなかったからしかたがない。サドの両親のような貴族の政略結婚は、概して、愛ではなく便宜上の結びつきであり、両親ともに貴族の務めがあったので、子育ての時間をほとんどとれなかった。サドの世話役はこうした事情を配慮することもなく、育児放棄に近い状態だった。父親は大使の仕事で外国にいたので、幼い息子とほとんど過ごすことはなかったが、そばにいたとしても、浪費家の父の生き方は、サドにとって良い手本とはならなかった。一方、母親のマリー・エレオノールは、その言動から察するに、冷たく傲慢な女だった。人を寄せ付けない態度は、夫の放蕩ぶりに悩まされ、母親として度重なる悲劇に見舞われたせいで、ひどくなったと思われる。一七三七年、サドが生まれる三年前、彼女はカロリーヌ・ロールという名の娘を産んだが、この女の子は二歳で死んでしまった。一七四六年に生まれたもうひとりの娘も、生後たった五日で死んだ。その後まもなくして、彼女はまだ幼いサドを残し、パリの修道院に入った。彼女は余生のほとんどをそこで過ごし、たったひとりの我が子に愛情や教育を与えることはめったになかったという。

両親がほぼいない環境で育ったサドは、コンデ館で権威を誇っていた極めて厄介な男、コンデ公の叔父シャロレ伯に憧れた。シャロレ伯は両親を亡くした幼いコンデ公の後見人になった人物だ。社会のエリート層がしょっちゅう退廃的な行為に耽っていた時代ではあったが、シャロレ伯の行動はそのなかでもひときわ目立った。気晴らしに、農民を銃で撃って楽しんでいたという話まである。お気に入りの娼婦に嫉妬したときには、彼女だけでなく、彼女のまわりにいるすべての人も攻撃した。記録によれば、その女性との間にできた赤ん坊に毒を飲ませ、その子が死んだとき、「あれを飲んで死んだなら、断じて我が子ではない！」と主張している。サドはシャロレ伯のもとで、貴族階級の者は結果を恐れず、どこまでやっていいかを学んでいった。

一七四四年夏、四歳になったサドはパリを出て、馬車の窓から外を眺めていた。馬車は延々と続く土埃の舞う道をプロヴァンスに向かって南へ走っていた。ついにコンデ館でのサドの行動が目に余るようになり、彼の両親は先祖代々の地で、若き貴族としての振る舞いを学ばせることにしたのだ。この役目は、父方の叔父サド神父に任された。神父が暮らすソマーヌ城は、古くからサド家が所有するもので、アヴィニョンの郊外にあった。

サドの新しい家は岩だらけの絶壁にくっつくように建つ石の要塞で、南フランスの起伏のある丘や段々畑を見下ろしていた。厚さ約二メートルの中世の城壁のなかに、ルネサンスのフレスコ画やアーチ型の天井が美しい瀟洒な屋敷があった。一方で、秘密の通路を抜けて、狭い螺旋階段を下りていくと、岩の奥深くにじめじめした独房があった。サドは、植物や動物を研究するための道具がそろった作業部屋や、オレンジが植えられたばかりの温室も見つけた。広い書斎に行けば、トマス・ホッブズ、ジョン・ロック、モリエール、ルソー、セルバンテス、ドゥニ・ディドロといった著名な作家や、思想家の本がずらり並んでいる。これらはすべて、神父である叔父ジャック・フランソワ・ポール・アルドンスのものだった。サド神父は機知に富み尊敬されている知識人で、友人のひとりに、フランスの啓蒙思想を代表する哲学者ヴォルテールがいた。当時、サド神父はサド家の伝説において重要な存在であるルネサンスの詩人、ペトラルカについて三巻から成る伝記をまとめているところだった。

サド神父はいかがわしい趣味にも熱心だった。彼の書斎で、サドはまちがいなく、反道徳的な本のコレクションを目にしたはずだ。そこには『売春宿、あるいは堕落した凡人（*The Bordello, or Everyman Debauched*）』や『鞭打ち人の歴史――キリスト教徒の鞭打ちの善用と悪用論（*History of the Flagellants, in Which the Good and Bad Uses of Flagellation Among the Christians Are Pointed Out*）』があった。またこの城には、ある母娘が暮らしている部屋があり、ふたりとも神父と関係を持っていたようだった。サドはのちにこう記している。「彼は聖職者でありながら、ふたりの淫らな女を住まわせている。この城は［ハレム］か？　いや、売春宿といったほうがしっくりくる」

十歳のとき、サドはパリに戻った。この時点で、父親は仕事が立ち行かなくなり、残った富と影響力を、息子が正当な社会的地位を確保するために使うことにした。その第一段階として、フランスの名門であるルイ・ル・グラン学院に息子を入学させた。そこでサド少年は、朝六時と夜八時四十五分に礼拝に参加し、その間の時間は、文学、言語学、修辞学の授業をフランスの上流階級の生徒たちに交じって受けた。毎年八月になると、学校の中庭は野外劇場になり、この学校が誇る演劇課程の成果が披露された。華やかな舞台装置、演出効果を高めるさまざまな仕掛け、感動的な演技を目の前にして、サド少年は心奪われ、生涯にわたる演劇への情熱を培った。

この学校で、おそらく彼は初めて性的な経験をしているが、自ら望んだものではない。サドの晩年に書かれた警察の報告書に、サドが書き溜めたもののなかから、ルイ・ル・グラン学院の教員に襲われた経緯を綴った個人的な短い手記が発見されたとあった。警察は次のように記している。「著者は、そのとき初めて放蕩の経験をしたのち、瞬く間に放蕩の限りを尽くすようになったと記述。彼はその状況について、朝五時から八時まで犯されたあと（略）告解をすませ聖体拝領を受けたと伝えている」

十四歳で退学すると、父はサドを兵役につかせたが、その目的は英雄になるためではなく社会的地位を築くためだった。サドは〈シュヴォー・レジェ〉と呼ばれる、高貴な貴族の血統を持つ若者しか入れないエリート層のための騎兵連隊に入隊した。その後、さらに名誉ある騎銃兵隊に移った。こうして軍隊生活を送っていた時期に七年戦争が勃発し、サドも従軍した。フランス、ロシア、オーストリア、プロイセン、イギリスを巻きこんだ、大陸をまたにかける戦争だった。西プロイセンの最前線に立ったサドは、飾りをつけた軍馬にまたがり、ロイヤルブルーの軍服を身にまとい、羽根飾り付きの三角帽子（トリコーン）をかぶって、その荒々しい態度を存分に発揮した。指揮官はこの若き兵士について「正気とは思えないが、とてつもなく勇敢だ」と表現している。

サドは社会的地位を得るために必要な階段を着実に上ってはいたが、相変わらず、持続的な人間関係を築く能力に欠けていた。父に宛てた手紙にはこんなふうに書いている。「友人はほとんど、いや、たぶん、ひとりもいません。というのも、ここには真に誠実な人間などいないからです。わずかな利益のために二十回でも相手を裏切れる人間ばかりですよ」思春期の頃、父と関係していた多くの女性のひとりから愛情を向けられたことがあった。サドは感情に圧倒され、言葉に詰まって身体を強張（こわば）らせたあと、暴力的なほどの嫉妬と切望がこみ上げてきたという。軍隊に入る頃には、他者から愛されたいと渇望するあまり、性的なものに異常なほど執着するようになっていた。仲間の兵士たちから、新しい言語を学ぶいちばんの方法は、その言語を話す人と定期的に寝ることだと教えてもらったときには、それが本当かどうかを確かめ、「クレーヴ近くの冬営地で、私より三、四倍年上のふくよかな男爵夫人と過ごしてみた。教え方のとても上手な人だった」と述べた。

休暇に入ると、すぐ近くの売春宿にいそいそと出かけていったが、あとでよく自己嫌悪に陥って、「人は金で手に入れた幸せを本当の意味で楽しめるのでしょうか？」と叔父に手紙を書いた。しかし、自責の念が長く続くことはなかった。次の朝、目を覚ますと、必ずといっていいほど、前日のやましさは消え去り、貪欲に新たな快楽を求めるのだった。

一七六三年、サドが七年戦争の終結とともに軍を退くと、次に父は息子のために、社会的地位を確保しようと奮闘した。つまり、しかるべき妻を見つけようとしたのだ。父が選んだ相手は、ルネ＝ペラジ・ド・モントルイユという、貴族の称号を得たばかりの商家の長女だった。モントルイユ家は貴族として誇れる歴史はなかったが、その代わり莫大な私財を築いていたので、もちろん、サドと彼の父の経済的逼迫や悪評に目をつぶり、フランスの由緒正しい貴族に娘を嫁がせることに意欲的だった。

ルネ＝ペラジは特別美しいわけでも、優雅なわけでもなかった。身長百四十七センチ、平凡な丸顔、灰色の目、茶色の髪。洗練されたメイクや装いで見た目に気を遣うこともめったにない。

サドはもっとロマンティックな結婚を求めていたので、父に手紙で「心に決めた相手としか結婚したくないのです。どうかお許し願えませんか」と伝えたが、彼の気持ちなど考慮されるわけもない。両親の結婚のときもそうであったように、この結婚もまたひとつの便宜上の結びつきだった。一七六三年五月十五日、この従順な息子は初めてルネ゠ペラジに会いに行った。パリの高級住宅地にある彼女の両親の邸宅に、彼は数十個のアーティチョークとタイムをひと束抱えて現れた。父から、プロヴァンスでは昔から結婚の贈り物としてそれを持っていくと教えられていたのだ。もちろん、節約の意味もある。この二日後、ふたりは近くの教区教会で結婚の誓いを交わした。

数年後、サドは親に決められた結婚を「金目当ての非常に不快な契約だ。こちらは財産、あちらは名誉がほしいだけの恥ずべき取引だった」と非難することになる。花嫁に対しなんの情熱も感じられなかったが、なんとか「彼女を初めて見た瞬間にこみ上げてきた嫌悪感」を抑えこむことだけはできた、と述べている。しかし実際には、ふたりは似合いの夫婦といえた。サドと同じく、ルネ゠ペラジも親から愛情を受けずに育った。彼女は夫に「父は愛情深い人ではなかった」と打ち明け、美しい妹、アンヌ゠プロスペルのせいで自分は目立たない存在と感じることがよくあったと話した。夫と同様、この率直で気取りのない若い女性は、フランスの上流社会に不快感を募らせ、その世界の人々について「ろくでもないいくずの集まりです。成功者ほど欺瞞(ぎまん)的な生き方をしている」と言い放った。また、サドにとって最も好都合だったのは、ルネ゠ペラジは美しさも優雅さもない代わりに、新しい夫に対して献身的だったことだ。彼女の母親が「娘が夫を叱ることはありません。どんな大きな期待も上回るほどの愛情を注ぐことでしょう」と力説したとおりだった。サドが生涯にわたって求めた、賛美と母親のような愛情を与えてくれる女性が現れたのだ。

表面だけ見れば、サドは結婚生活に向いているようだった。彼は結婚したばかりの花嫁を連れてパリのお洒落(しゃれ)な大通りを散歩し、スペインの踊り手、曲芸師、サルやクマといったエキゾチックな動物の大道芸を見物した。モントルイユ家の田舎の屋敷を訪れる際には、義父と乗馬や鹿狩りを楽しんだ。義母は彼をとても気に入り、「理性的で穏やかで育ちの良い人」の典型と絶賛した。サドは今や、パリで屈指の商家に名を連ねるモントルイユ家の富と影響力を利用できる立場にあったわけだが、その一方で、相変わらず不適切な関係を楽しんでもいた。義母は、結婚後まもなくして、彼の叔父サド神父にこんな手紙を書いている――「まったくのやんちゃ坊主！　私は愛する娘婿をそう呼んでいるのです。確かに、彼は道を外していますが、結婚してから落ち着きつつあります。私の勘違いでなければ、あなたも彼に会えばすぐに、その成長にお気づきになることでしょう」

ところがサドは、落ち着くどころか、結婚から半年もたたずに、扇子職人のテスタルという女に対する暴行により、ヴァンセンヌの監獄に収監されてしまった。警察は、加害者を鞭で打つよう命じられたという被害者の証言には特に関心を向けなかった。マレ警部が報告書のひとつで指摘しているように、「昨今では、鞭打ちの道具が大量に用意されている宿屋は珍しくなく、退屈した放蕩者の情熱を掻(か)き立てる〝儀式〟で使われている」からだ。それよりも問題は、神を冒瀆する行為に対するテスタルの証言だった。この三年後には、北フランスである若い貴族が、十字架を破壊し、神を冒瀆する歌を歌い、宗教行列が通る際、膝をつくことも帽子を取ることも拒んだせいで逮捕され、公共の広場で処刑されて焼き捨てられるという事態まで起きている。

サドは警察の罪状を否定せず、自分の行為を認めて許しを請い、刑務所の所長に、神父に会わせてほしいと懇願した。「神父様のお話を聞いて、真に悔い改めることができれば、まもなく神聖な感情を得られるのではないかと思うのです。そうした感情が完全に欠如していたために、私は堕落してしまったのですから」実際のところ、サドは自らを無神論者と認めており、こうした言動は、単に窮地から逃れるための策略にすぎなかった。彼は看守たちに対しても、妻に会わせてほしいと頼みこみ、手紙を書いている。「妻と話せば、それが何よりの薬となって、私はまっとうな道を歩むことができるはずなのです。妻に会えないことがどれほど辛(つら)いか。ほかのだれもこれほどの絶望を味わったことはないでしょう」

一方で、サドの家族は彼を釈放するために動いていた。父親はフォンテーヌブロー宮殿に赴いて王のもとを訪れ、息子の恩赦を請願した。こうした根回しが功を奏し、拘留期間十五日で、王の恩赦によってサドは自由の身となった。ルイ十五世は彼をヴァンセンヌから釈放し、妻の親族が所有するノルマンディーの城に移送した。ただし、翌年九月までその城に軟禁状態に置かれた。

その後の数年間、サドは品行方正に振る舞った。少なくとも公には。妻の叔父が所有する城の敷地内には劇場があり、そこを自由に使わせてもらって、しょっちゅう友人や家族と一緒に芝居を上演し、主役を務めた。一七六七年初め、サドの父がこの世を去った。ただ、父に敬意を表してか、恨みに思っていたからかは分からないが、彼はサド家で父から子へと代々受け継がれてきた「伯爵」の称号を受け入れようとしなかった。その年、サドは初めての男の子、ルイ＝マリーの誕生を祝った。

ところが、彼は家庭の外では相変わらず好き勝手な振る舞いを続け、女優や踊り子と遊び歩いた。当時は、芸を仕事にする女性の多くが客をとって生活費の足しにしていた。サドはある有名な高級娼婦とも親しくなり、贅沢な暮らしをさせ、ときには自分の妻と偽ることもあった。あまりほめられた話ではないが、特にスキャンダラスでもない。貴族が高級娼婦のサービスを楽しんでいるというのはよくある話だった。サド神父は義母に宛てた手紙に、「今は情熱を持て余していますが、その若さを過ぎれば、あなたが与えてくれた妻のありがたみに気づくでしょう」と書いているが、彼もまた、甥が頻繁に開催するパーティーにちょくちょく顔を出していた。

しかし、マレ警部は常にサドに目を光らせ、彼が単に思春期直後の夢想に悩まされているわけではないという兆候をいくつも確認していた。たとえば、サドは娼婦を送り届けた御者に金を要求され、暴行を加えたことがあった。混雑した通りで足止めを食らったときには、馬車から飛び降り、道をふさいでいる馬に剣を突き立てた。刃は馬の腹のなかで折れたという。さらに地元の警察は、彼がパリ南部にある高級住宅街アルクイユの小さな平屋をプティット・メゾンとして購入し、「男女かまわず相手にして放蕩の限りを尽くしている」ことを突き止めていた。そのなかには、殴られたあと、夕食に招待されたという四人の女たちがいた。

そしてついに、一七六八年の復活祭の日曜日、サドは再び、衝動をどうにも抑えられなくなった。その朝、パリの中心部に位置する人通りの多いヴィクトワール広場で、灰色のフロックコートに、白いオオヤマネコのマフを身に着けた二十七歳のサドは、物乞いをしていた未亡人のローズ・ケレルに近づいた。「うちで女中として働かないか」と声をかけ、アルクイユのプティット・メゾンに連れていった。ケレルの証言によれば、彼女はその部屋で服を剥ぎ取られ、ベッドに押し倒された。そしてうつぶせにされ、血が出るまで何度も鞭でぶたれ、刃物で何度も切りつけられ、あげくに熱い封蠟を傷口に垂らされた。そのあと、軟膏（なんこう）を塗られ、寝室に閉じこめられたという。

彼女はサドが部屋を出るとすぐに脱出を試みた。窓をこじ開け、シーツでつくった紐をつたって、少し離れた地面に下り、助けを求めて駆けだした。

当局はサドを再び逮捕し、今回はソミュール城に幽閉した。フランス西部にある中世の城で、監獄として使用されていた。このとき、役人たちはサドを見せしめにしようと考えていた。貴族の非道ぶりに腹を据えかねた一般市民から、そうした行為を厳しく取り締まるよう求められていたのだ。「彼は、今まさに、民衆の激しい怒りの的になっている」と、サドが逮捕されたとき、家族ぐるみで付き合いをしている友人は書き、こう続けた。「過去十年間、宮廷貴族が信じられないほど恐ろしい行為に手を染めてきたのは確かだ。抗議の声が上がって当然だ」サドは父親の持っていた宮廷との有益なつながりをほとんど受け継がず、自らも政治的権力を築いてこなかったので、さすがに打つ手がなかった。そして、この事件から数週間後、フランスの権威ある裁判所であるパリ高等法院が「アルクイユで起きた恐ろしい犯罪」として、大々的な捜査に乗り出した。今回、サドの処罰が王の気まぐれに委ねられることはなかった。

しかしながら、サドには頼もしい味方がいた。四十六歳の義母、マリー＝マドレーヌ・ド・モントルイユだ。〝閣下（プレジドント）〟の名で知られていた彼女は、おとなしい夫と違って、モントルイユ家の決定権を握り、政治的な権力を行使していた。彼女は平凡な貴族出身の女性には通常考えられない権力を持っていた。サドは彼女のことを「悪魔の魅力」を持った女性と形容し、ある人はのちに「キツネのように狡猾だが、極めて愛らしく魅力的な人物」と表現した。〝閣下〟は、必要とあらば、そうした特性をすべて活かし、手段を選ばない冷酷さを発揮して、内輪の人間を守った――ただし、邪魔する者に情けをかけることはなかった。

こうした働きかけにより、ローズ・ケレルは多額の金を受け取る代わりに告訴を取り下げ、〝閣下〟に雇われた代理人たちがアルクイユのプティット・メゾンに出向いて不利な証拠を隠滅した。おそらく〝閣下〟は、ケレルが物乞いをしていたのではなく客を引いていた、という噂も広めたのだろう。マレの報告書にも、サドが彼女に声をかけたあの公共の広場には、「美女がたくさんいる。彼女たちが魅力をふりまいて、客を探しているのは確かだ」という記述がある。ケレルの陳述で事実確認ができなかった箇所はほかにもあった。事件後すぐに彼女を診察した外科医が、ケレルの傷を診て、サドは鞭を打っただけで切り傷を負わせたり、傷口に蠟を垂らしたりはしていないと証言していたのだ。

〝閣下〟の努力は報われ、一七六八年六月、王とパリの高等法院はサドに対する訴訟を却下することに同意した。サドは、さらに五カ月、獄中で過ごしたあと、プロヴァンスにある家族の領地に引っこむことを条件に釈放された。〝閣下〟がサドの叔父に送った手紙には、「許されない不名誉を犯した者が、これほど見事に名誉を回復できることがありましょうか」と若干誇らしげに綴ってある。とはいえ彼女は、かつて大のお気に入りだった義理の息子に幻滅しており、「もう彼に関わるつもりはありません」とも書いている。用心しなければ、サドは〝閣下〟を敵に回すことになる。

マレ警部は、この貴族が十中八九、犯行を繰り返すと読んでいた。報告書にも次のように記載している。「近いうちに、サド伯爵〔原文ママ〕の恐ろしい犯罪の知らせが入るはずだ」

The Scroll

巻物

# 第四章 性的精神病質

一九〇〇年

イヴァン・ブロッホは今読んでいる本が信じられなかった。『ソドムの百二十日』に読みふけっている彼の目は、鼻の上にかけたパンス・ネ〔ばねで鼻に固定する眼鏡〕の向こうで大きく見開かれていった。まわりの本棚には、古代から現代におよぶ壮大なコレクションが並んでいる。一万冊に迫る書物を所有しているのは、なんと二十代後半の男だった。ブロッホはそれらすべてを貪るように読んで偉大な知性を養い、英語、フランス語、ギリシャ語、ラテン語のみならず、ヘブライ語とサンスクリット語もほぼ習得していた。彼は本に浸って現実を忘れる時間を愛した。本は世界への理解を深めるのに役立ち、個人的な失望や侮辱で追い詰められてたびたび憂鬱（ゆううつ）に襲われる彼に、救いの手を差しのべてくれた。

窓の外に見えるのは、活気あふれる二十世紀初頭のベルリン。数十年前までは、何もない田舎の片隅のように衰退していて、フランスの小説家オノレ・ド・バルザックにいわせれば「退屈な国の中心地」だった。変化が起きたのは一八七一年、ベルリンが新たに統一されたドイツ帝国の首都になった年だ。これ以降、人口は二倍以上になった。ブロッホは郊外にある富裕層が多く住むシャルロッテンブルク地区に、妻のローザと幼い息子のローベルトとともに暮らしていたが、この地区も大都市に吸収されようとしていた。

ブロッホの目に映るベルリンはまぶしく輝き、騒音と警笛であふれていた。都心部では、蒸気機関車が煙を上げながら、ヨーロッパ大陸初の煉瓦(れんが)造りのアーチ式高架鉄道の上を走り、地面の下では、地下鉄が最新式の下水設備と並んで、轟音(ごうおん)とともに地中を通過し、アスファルト舗装の大通りに出ると、四輪馬車や乗合馬車が路面電車やタクシーと同じ道路を走っていた。市外に出れば、発電機、電球、薬品を大量生産している巨大な工場群があった。夜になると、アーク灯がまぶしく輝く光の下で――ベルリン市民は街路灯が電化されると、明るくなった自分たちの街を〝エレクトロポリス〟と呼ぶようになった――、都会に暮らす人々は、ショーウィンドウのディスプレイや明るく照らされた百貨店の看板をほれぼれ眺めたり、カフェのテラス席に座って、フエルディナント・フォン・ツェッペリン伯爵が発明した見慣れない飛行船について語り合ったりしていた。

「ベルリンはまったく新しい都市だ。こんな場所をほかに知らない」と作家マーク・トウェインはベルリン滞在後に書き、この地を〝ヨーロッパのシカゴ〟と呼んだ。

この新しい都市の閉ざされた扉の奥で、もっと親密な変化が起こっていた。人々はベルリンの群衆に紛れてその匿名性を利用し、巨大な共同住宅でこっそりとそれぞれの性的指向を追求していた。フランスは事実上、同性間の性行為に目をつぶっており、革命期にもナポレオン刑法典においても言及を避けてきたが、ドイツは取り締まりを続けており、ドイツ刑法一七五条のもと、男色を禁じていた。しかし、男性同士の同性愛禁止法〔女性は治癒可能とされ、除外された〕に抵抗する声が一部から上がり、この国のゲイ・コミュニティーの活動はヨーロッパではほかに類をみないほど活発になっていた。一八六七年には、すでに家族にカミングアウトしていたドイツの弁護士、カール・ハインリッヒ・ウルリヒスが、ミュンヘンで開かれたドイツ法律家会議において、「人は自然界から与えられた性的指向が元の性と反対だからというだけの理由で、迫害されるべきではない」と訴えている。その二年後には、オーストリアのジャーナリスト、カール＝マリア・ケルトベニーが「ホモセクシュアリティー」という造語をつくり、ドイツ刑法一七五条の廃止を求める一連の手紙や政治パンフレットで使用した。

この法律は紙の上で残りはしたが、ベルリンではほぼ意味を成さなくなっていた。それは警察署長のレオポルト・フォン・メーアシャイト・ヒュッレッセムの働きによるところが大きい。彼はベルリンに新しくできた〈同性愛者の課〉を統括しており、一八八〇年代、任務遂行のためには、同性愛者に敬意を払って同性間の交流を許容することが最善策だと判断した。彼の監視下で、華やかな盛り場が街に増え、肉体労働者（ブルーカラー）の男たちのたまり場から、レズビアンのクラブ、ドラアグクイーンを売りにした高級バーまでできている。同性愛者が集まる仮装舞踏会は、ベルリンの社交シーズンを彩るイベントになり、〈フィルハーモニー〉や〈カフェ・ナショナル〉といった壮大な会場が大勢の人でにぎわい、男同士、女同士で踊る姿がみられるようになった。このイベントでは、警察署長のメーアシャイト・ヒュッレッセムや彼の同僚が主賓を務めることもあった。

ブロッホはこの世界のことをよく知っていた。一八七二年、彼はドイツ北西部にある田舎町デルメンホルストのユダヤ人の繊維商の家に生まれた。ずば抜けて頭のいい子で、早くから注目の的だった。幼い頃に昔の分厚い百科事典を手に入れたときには、あっというまに隅から隅まで読んでしまったという。しかし、ブロッホは繊細な性格だったうえ、ユダヤ教徒でもあったので、大学組織の監視と競争には向かず、学問の世界でキャリアを築くのは難しかった。

その結果、彼は皮膚科学を専攻し、一八九八年に皮膚科と性病科を標榜する診療所を開業した。西ベルリン地区の富裕層が集まる大通りのひとつ、クーアフュルステンダムのすぐ近くに開業したおかげで、病院は放蕩のつけを払う街の住民であふれた。発疹、膿疱、皮膚損傷といった外観を損なう皮膚病を治療するうちに、彼は性感染症による影響を目の当たりにした——結婚生活が破綻した人もいれば、不妊症になった人、修復不能なほど人生が歪んだ人もいた。さらに、梅毒の恐ろしい蔓延にも直面した。〝暗黒の毒〟と呼ばれるこの病気にかかると、失明、難聴、認知症、麻痺などの症状を呈したのち、早期死亡にいたるケースもあった。

ブロッホは、人間の可能性が無節操な性交とその影響によって奪われていると考えるようになっていく。同性愛者の人権擁護活動をしていたウルリヒスのように、自然界が特定の個人に対し、それぞれに固有の性的指向を与えるとは思えなかったのだ。そうではなく、ほとんどの場合、独自の性的指向を持つようになるのは病気と同じだと考えた。そして、当時大勢いた表向きは善意の医療専門家のように、専門知識を用いて治療しようとした。

「性的に健康でありたければ、できるだけ早く結婚をすること」というのが彼の主張だった。彼は、女性の権利運動は性別による役割分担の意識を揺るがし、運動に参加しているメンバー同士で不自然な感情を起こさせる危険性があると警告した。同性に惹かれる原因はそこら中にあるばい菌と同じで、いつ感染してもおかしくないと主張し、同性愛に目覚めるきっかけとして、薬物使用、アルコール依存症、自慰行為、禁欲、複婚、服装倒錯、極端な信仰心、過度の虚栄心、てんかん、暖かな陽気による刺激、バレエ、庭造りといった多くの例を挙げた。彼は、ドイツ刑法一七五条の廃止やドイツにおける同性愛の合法化は最悪の事態を招き、「人類の道徳的肉体的衰退を信仰させることになる」と強く主張した。

誤っている点は多かったが、ブロッホはその尽力により、性科学を発展させ、この分野の先駆者になった。都市の人口が増加し、多様化が進むなかで、親密な行為は社会的にも法的にもますます関心の対象となり、医師や学者は今こそ性に対する国民の理解をうながさなければならないと考えるようになった。当時はまだ古典的な性の手引書に基づいた教育が一般的で、たとえば『アリストテレスのマスターピース（*Aristotle's Masterpiece*）』には、ハエや蚊などの多くの生き物は生殖活動によってではなく、腐敗物などの無生物から自然発生的に生まれると説明されていた。ブロッホをはじめ、新進気鋭の性の研究者のほとんどがユダヤ人だったのは、性科学がそれまで重要視されてこなかった分野であり、ユダヤ人研究者が活躍できる可能性のある数少ない科学分野のひとつだったことが主な理由として挙げられる。

しかし、この新たな研究分野には、あきらかに経験的証拠が欠如していた。ほとんどの人は自らの性生活を分析対象として提示しようと思わなかったし、まして心身ともに大きな負担となる実験の被験者になるなど論外だった。それに、肉体的な魅力や性的欲求のような問題は、試験管のなかや、遺体解剖、あるいは通常の医学的検査で分析できるようなものではない。この打開策として、進取的な性の研究者の多くは、人間の複雑な欲望について長きにわたって探求した資料に目を向けた。つまり、ロマン主義文学、哲学的言説、そして大いに頼りにしたのが、エロティカだった。

フランスでは、心理学者のアルフレッド・ビネがアレクサンドル・デュマやジャン＝ジャック・ルソーの著作を研究し、性的なフェティシズムの概念を発展させた。イギリスでは、医師のハヴロック・エリスが同性愛に関する初の英語の医学教科書を執筆し、そのなかでアメリカの詩人ウォルト・ホイットマンやイギリスの劇作家クリストファー・マーロウやウィリアム・シェイクスピアの作品における潜在的な性的倒錯について考察した。オーストリアでは、ジークムント・フロイトがギリシャ神話をもとにして、エディプス・コンプレックス、ナルシシズム、その他の精神分析理論の概念を説明した。さらに、一八八六年、ドイツ・オーストリアの精神科医リヒャルト・フォン・クラフト＝エビングは『變態性慾（へんたいせいよく）ノ心理』を執筆し、性的精神病質の画期的な分類法を示した。この本は文学の世界から数多くの例を引用した興味深い内容になっており、そのなかでも特に有名な例が、マルキ・ド・サドの物語だった。クラフト＝エビングは、サドを「欲望の対象に、血が出るまで針を突き刺すような性交でしか興奮できない人物」と分析し、「サディズム」という造語をつくって、残虐行為や暴力から性的興奮を覚える傾向を定義した。こうして、「サド」という言葉が世界的に使われるようになった。

クラフト＝エビングと同様、ブロッホもまたサドに魅了された。彼は一八九九年の『マルキ・ド・サドとその時代（*The Marquis de Sade and His Time*）』から著作を始め、そのなかで、サドは革命時のフランスの堕落と無法状態を体現していると主張し、「［十八世紀の］主な特徴である不正、利己主義、性的不道徳が、マルキ・ド・サドの生涯と作品に色濃く表れている」と述べている。サドはその堕落を明るみに出すことを自らの使命とし、現代社会が同じ轍を踏まないようにしたかったのだろうというのだ。

彼は執筆準備中、イギリスの有名なエロティカ蒐集家、ヘンリー・スペンサー・アシュビーと知り合った。ふたりは親交を深め、アシュビーが亡くなる一九〇〇年七月まで友好的な手紙のやりとりをしている。往復書簡のなかで、アシュビーは決して口外しないことを念押ししたうえで、自分がピサヌス・フラクシであり、『禁書目録』をふくむ全三巻の著者であることを明かした。ブロッホは、秘密を明かしてくれたことを嬉しく思い、のちに亡き友のことを「善良、率直、寛容」の象徴であり、「最も偉大なエロティカの書誌学者にして蒐集家」と称賛した。

ブロッホはアシュビーからほかの話、つまり、エロティカの挿絵画家ショーヴェから『ソドムの百二十日』の購入を勧められたときのことも詳しく聞いていた可能性がある。ブロッホはその話に興味を引かれ、巻物にたどり着いた。おそらくだが、最後の正当な所有者である、亡くなったばかりのマルキ・ド・ヴィルヌーヴ＝トランの親族か代理人の保管場所で巻物を見つけ、それを手に入れたあと、たぶん列車でドイツに持ち帰り、ベルリンに到着後、サドの失われた巻物にじっくりと目を通したのではないだろうか。

しかし、それはブロッホが期待していたようなものではなかった。黄ばんだ羊皮紙にびっしりと走り書きされた繊細な文字の動きは、無数の小さな刃先を彷彿とさせ、彼が予想していた革命の混乱に巻きこまれた退廃的な貴族の罵詈雑言とは異なっていた。これまでの作品ともまったく別物で、サドが書いたほかのどんな作品よりもはるかに過激だった。ブロッホは読めば読むほど、驚くほど予見的な作品だと感じた。この小説の本質、つまり性描写が、ブロッホや彼の仲間が現在抱えている不安を予測しているように思えたのだ。まるで数世紀の時を経て、サドがそばで語りかけてくるように感じられた。

一九〇四年、独房での構想から百十九年後、『ソドムの百二十日』の初版本が刊行され、想定読者を医師、弁護士、人類学者、そのほかの科学専門家にしぼって限定版で発行されることになった。部数はおよそ二百部で、紙質によって百五十から三百五十フランの値段がつけられた。いずれも豪華版で、エリート層の読者に向けた装幀にした。ちなみに当時のパリでは、建設労働者の平均月収はわずか二百十六フランだった。

この本の書誌情報はほぼすべてでたらめだった。フランス語の原文で出版され、装飾が施されたタイトルページには、〈パリの愛書家クラブ〉発行と記されている。違法な題材を扱ったほかの多くの本のように、出版の詳細は意図的に曖昧にされており、実際には、ベルリンで稀覯本を扱うディーラー兼出版人のマックス・ハルヴィッツによって出版された。またタイトルページには、注釈者「ウジェーヌ・デューレン博士」によって印刷される運びになったと記されたが、それもブロッホの偽名だ。ブロッホは、この巻物の真正性をサドの研究者に確認してもらい、語学の専門家を雇って原稿を拡大し読みやすいテキストにしてもらったあと、先頭に立って出版に向けて尽力した。

ブロッホが偽名で書いた長い序文には、匿名のドイツ人愛書家が彼の協力のもと、フランスで原稿を見つけて相当な金額で購入したと書かれている。しかし、たぶんこれもでたらめで、スキャンダラスな小説の発刊人だということがばれて社会的評判を落とさないようにするためだろう。このあと数年間、ドイツでこの巻物が新たな所有者の手に渡ったという噂は流れていない。ブロッホはかねてから独占欲の強い蒐集家で、彼を知る者はのちに次のように語っている。「何年も無駄骨を折って、やっと探し出した本をほかのだれかの手に渡すなんて考えたくもなかったはずだ」ブロッホが巻物を購入し、ヴィルヌーヴ＝トランの特注でつくったペニスを模したねじ式の蓋がついたケースに入れて所有していたと考えてまずまちがいないだろう。

彼の序文は誠実に書かれていたが、ひとつ問題があった。彼はこの巻物を読んで、サドが作品を通じて、当時の革命的混乱を伝えようとしていたというこれまでの持論が崩れたと述べているのだ。さらに、『ソドムの百二十日』は人間の性の目録として書かれたと考えている。彼によれば、サドは「人間の性生活に関するあらゆる観察記録や所見を集め、そうした例を系統立てて、科学的に分類している」。そうでなければ、なぜサドは小説に出てくる六百種類もの性的倒錯をこれほど几帳面に整理したうえ、月ごとに「単純な情熱」「複合的情熱」「犯罪の情熱」「殺人の情熱」に分類したのか？　サドが物語の中盤で「こうした堕落のひとつひとつをあきらかにし、説明できれば、風俗に関する最高傑作が生まれ、だれもが読みたがるにちがいない」と書いた理由がほかにあるとも思えない。

ブロッホは、サドはリヒャルト・フォン・クラフト＝エビングの性的精神病質の一例としてのみ扱われる存在ではないと思った。サドはクラフト＝エビングの先達であり、自分が精神科医として影響力のある論文を発表する百年以上も前にその道を切り開いたと確信したのだ。ブロッホは、『ソドムの百二十日』を「性的精神病質」の例を網羅した初めての例と考え、サドを性科学の先駆者として位置づけた。

その後の数年間、ブロッホはサドの足跡をたどるかのように、エロティックな欲望の調査に身を投じた。薄くなった髪、手入れのゆきとどいた口ひげ、襟の高いシャツとネクタイという、いかにも学者らしい姿で、ベルリンの中心地にある活気に満ちた高級レストラン〈ケンピンスキー〉を訪れ、クリスタルシャンデリアや鏡張りの柱に囲まれた席に座り、宗教的堕落やセックスカルトについて、仕事仲間と話し合った。一九〇一年から一九一二年にかけて、自分のなかで温めていたものが一気に噴き出し、さらに十冊もの本を刊行した。梅毒の起源や複雑なイギリスの性生活から、売春の歴史やエロティックな香りの科学までさまざまなテーマを扱い、その多くが国際的なセンセーションを巻き起こした。それはおそらく官能的な主題のおかげでもあるが、科学的な洞察があってこそだろう。こうして、ブロッホは自ら選んだ研究分野において地位を築いていった。

彼は、一九〇六年に出版された『現代の性生活（*The Sexual Life of Our Time*）』という八百五十ページにわたる性の知識に関する百科事典で、自分の選んだ研究分野に名前をつけ、研究者としての評価をさらに確かなものにした。彼はこの百科事典で、人間の性の研究に必要とされる学際的アプローチを定義するために「性科学（sexology）」という用語を使用した。さらに、人間の欲望の秘密を解き明かす唯一の方法は、医学、心理学、哲学、生物学、人類学、民族学、そして彼自身が以前から精通している文学研究を融合することだと主張した。

一方、名声が高まるにつれて、この分野で注目される以前から信じてきた見解に迷いが生じてきた。この不安の種は、よりによって、『ソドムの百二十日』を読んで生じたものだった。サドは、フランス社会のあらゆる階層の多種多様な性的行動を描写することで、性行為は善か悪か、道徳的か非道徳的かという基準のみで測られるようなものではなく、多くの要素の上に成り立っていると示唆しているように思われたのだ。ブロッホは長い間、性的指向は外部からの影響によるものだと信じてきたが、小説のなかで主要な登場人物のひとりが、彼の主張を真っ向から否定するようにこう宣言していた――「私には自分の指向を抑えて［神を］喜ばせる必要はない。そもそも、私にこうした指向を与えたのは、自然界なのだ」。この作品ほど淫らではないが、同性愛者の権利を主張した先駆者、カール・ハインリッヒ・ウルリヒスもまったく同じ考えを表明していた。

しかし、性的な逸脱が自然に生じるというなら、社会通念から逸脱した性的指向を持った人々のために何ができるというのか？　この新たな難問を解決するために、ブロッホは思いきって調査の場を広げ、ベルリンのゲイ・コミュニティーの人々と定期的に会うようになった。彼らの習慣、言動、交流を実際に見ることで、それまでの想像とは違って、彼らはごく普通の人たちであることに気がついた。彼は自分自身の目で確かめ、同性愛者の男女も、そのほかの人々も同じように、健康を害したり、堕落したり、異常な振る舞いをすることがあると考えるようになった。おそらく彼は、治療の必要がないことにもうすうす気づき始めたのだろう。

こうした調査の過程でブロッホは、裕福なユダヤ人医師、マグヌス・ヒルシュフェルトと密に連絡を取るようになる。彼は瞬く間にベルリンで最も有名な同性愛活動家になった人物だった。一八九六年、ヒルシュフェルトはその後の人生を変えてしまうほどの出来事を経験した。彼の患者が結婚式の前夜に自殺したのだ。遺書には、自分には同性愛的な欲望があり、この恥ずべき秘密を抱えて生きていくことに耐えられなくなった、と書かれていた。彼の死により、ヒルシュフェルトは行動を起こさなくてはならないと決意し、科学的人道主義委員会という、史上初の同性愛者の権利を守る団体を結成し、刑法一七五条の廃止を目指した。彼は精力的な調査を行い、その結果、国民の二パーセントが完全に同性愛者であると自認していることを証明した。ドイツ当局に働きかけ、男も女も異性の服を着ることを許可する証明書を発行させた。さらに、仲間たちとともに、広範囲に影響を及ぼす「本人によるカミングアウト」のような直接的な行動に訴えることを検討していた。多くの著名人が同性愛者であることを公にすれば、当局は彼らの行動を容認するほかなくなるだろうと考えたのだ。

ブロッホはヒルシュフェルトと頻繁に会って、ベルリンのティーアガルテン公園の並木道を散歩するようになった。年齢は少ししか離れていなかったが、はたから見ると奇妙な組み合わせだった。ブロッホは細身で控えめな性格で、ヒルシュフェルトは恰幅(かっぷく)がよく社交的な性格だったからだ。ただ、ふたりとも自分たちには重要な共通点があり、どちらも、知識を渇望し、物事を正しい方向に導くための情熱を持っていることに気づいていた。

ブロッホはヒルシュフェルトの確固たる信念に感銘を受けたのだろう。ヒルシュフェルトは、セクシュアリティーは自然の領域に存在しており、人間の多様な欲望の形はすべて正常だと考えていた。この洞察に導かれ、ブロッホは性やジェンダーに対する考えを百八十度転換し、もはや、早くに結婚して夫婦で生涯をともにすれば性的に健康でいられるとは考えられなくなった。実際、彼は妻ローザと一九〇五年に離婚している。ブロッホは、自由で束縛されない愛は、従来の結婚よりもはるかに効果的に、不健康な乱交を防ぐことができると考えるようになっていた。

こうして、ブロッホは女性の権利運動による影響を恐れることはやめ、「男性と女性の完全なる平等」を求める声を上げた。しかし、彼の最も大きな変化は、性的指向に関するものだった。彼はあらゆるものを見て、あらゆる経験をしたのち、「私は、もはや疑いの余地なく、同性愛と完全な精神的・身体的健康は両立できると考えています」と宣言し、刑法一七五条の廃止を主張した。

ヒルシュフェルトの人生もまた、ブロッホとの出会いで転機を迎えた。彼は長年にわたって、自分の主張を実現するため、美辞麗句や反論に勝る方法を探していた。そしてブロッホと彼の膨大な読書量によって培われた洞察のおかげで、解決策を見つけることができた。性科学を用いれば世界を変えられると確信したのだ。

一九一九年六月の暖かい夜、祝福の歌がティーアガルテン公園の木々の間を縫って聞こえてきた。この市営庭園の端にある、豪奢な煉瓦造りの邸宅は、街の上流階級の人々でにぎわっていた――医師、知識人、政治家もいた。出席していたユダヤ教の先唱者〔ユダヤ教で祈禱の歌唱部分を先導する人〕がキリスト教の神に捧げる歌を終えると、マグヌス・ヒルシュフェルトは前に出て、聴衆に向かって挨拶の言葉を述べ、〈性科学研究所〉のオープン記念パーティーに集まったゲストを歓迎した。人間のセクシュアリティーを研究対象とする世界初の施設の誕生だ。ここで、彼はブロッホの提唱した専門分野の壁を越えた性科学の概念を取り入れ、世の中のためにそのアプローチを推進しようとしていた。この組織は、ヒルシュフェルトの信条である〝科学の力で正義を〟をまさに体現したものになる。

その夜、参加した人々は先進的な設備を見学した。まずは診察室に案内された。ここで施設のスタッフが性病の治療、避妊に関する情報提供、そして同性愛者の男性と女性に対してカウンセリングを行い、同性愛は恥じることではないと伝えていくという。次に、集会スペースに案内された。政治的な戦略を立てるために会議を開いたり、異性用の服を着た人々がお洒落をしてアフタヌーンティーを楽しんだりする場所だ。さらに施設にある展示室を見学した。ここでは世界中から集められたフェティシズムの対象物の展示会や「異性の服を着る人」の暮らしにまつわる写真展が開催され、年間何千人もの人々が訪れるようになる。「異性の服を着る人（transvestite）」は、ヒルシュフェルトがラテン語の「越えて（trans）」と「服を着た（vestitus）」から造った言葉だった。また、まもなくこの複合施設に最先端の医療技術が導入され、X線装置を用いた望まない体毛の処理、初期のホルモン療法、世界初となる性別適合手術も何度か行われるようになる。

ヒルシュフェルトは絶好のタイミングで、この研究所を立ち上げている。第一次世界大戦の敗戦後、皇帝ヴィルヘルム二世の帝国は解体され、進歩的だが（戦争の借金のため）苦境に立たされたワイマール共和国が樹立された。その頃のドイツ国民は堕落に身を任せていたが、失うものもなく、それを咎（とが）める者もいなかった。ベルリンはかつてないほど性的に荒廃し、享楽の都が生まれた。ゲイバー、ドラァグクイーン・キャバレー、レズビアンの社交クラブ、同性愛の定期刊行物。さらには、あからさまに同性愛を題材にした映画『ほかの人とは違う（*Different from the Others*）』まで公開され、ヒルシュフェルトも共演者として登場している。「るつぼのなかで、歴史が煮えたぎっていた時代」と、小説家のクリストファー・イシャウッドは当時のベルリンでの暮らしを綴った回想録のなかで述べた。るつぼに放りこまれたさまざまな要素から刺激を受け、ヒルシュフェルトは自分のメッセージを世界中に広めていったのだ。彼がこの施設で開催した性科学に関する初の国際会議は、世界中から三千人の科学者が出席したうえ、性改革世界連盟の成立にも一役買った。アメリカの報道陣はその活動に感銘を受け、彼のことを〝性のアインシュタイン〟と呼んだ。

何年にもわたって、ブロッホはヒルシュフェルトと協力して仕事をした。共同で『性科学ジャーナル（*Journal of Sexology*）』を創刊し、性科学分野の手引書を企画したこともある。ブロッホは相変わらず本の安らぎを求めていたが、ヒルシュフェルトが新たな事業のために連れてきたさまざまな人々に対して、もうなんの不安もなかった。ただ、ブロッホは〈性科学研究所〉の主軸ではなく、この頃にはもう、抜け殻のようになっていた。

一九一五年、ブロッホは多くの医療関係者と同じく、第一次世界大戦に徴兵された。専門知識を活かし、かつての敵である梅毒と闘う任務を与えられたのだ。そして病気に苦しむ兵士を治療し、国の認可を受けて兵士相手に商売をしていた売春婦に対し、週に一度、医療検査を行った。前線から遠く離れた野戦予備病院に配置されたが、それでも世界的な戦争の惨状を目の当たりにした。彼はこうした環境に向いていなかった。四十三歳の彼は、灰色の将校用チュニックと円筒形のケピ帽を身に着けた迷える幽霊のようだった。

終戦間際、ブロッホはいつのまにか『ソドムの百二十日』とともに攻撃の対象になっていた。一九一八年、フランスの画家でジャーナリストのルイ・モランがプロパガンダのパンフレットを発行した。タイトルは『ドクター・ボッシュは、いかにしてドイツ人の不名誉をあらかじめ正当化し、フランス人全般と特にパリ市民を血に飢えたサディズムの罪で非難したか（*How Doctor Boche, to Justify in Advance the German Infamies, Accused the French in General and the Parisians in Particular of Bloody Sadism*）』。「ボッシュ」という名前は「フン族」という意味のフランス語で、ドイツ人を侮蔑する言葉であり、あきらかにブロッホを指していた。このパンフレットは生々しい挿絵入りで、略奪するドイツ人兵士、性行為や拷問に耽溺（たんでき）するひげ面の学者が描かれ、ボッシュは、サドの堕落がフランスの文学と習慣を象徴しているという考えを世界に広めて、「フランス文明の類い稀な優雅さを奪おうとしている」と非難した。さらにボッシュがサドの調査をもとに、ドイツ皇帝や彼の軍隊に「残虐なサドが悦びそうな強姦、誘拐、殺人、拷問などの極悪非道な行為」を勧めたと主張した。パリのセーヌ川沿いに並ぶ露店式（ブキニスト）の古本屋が世界でいちばんのお気に入りだったブロッホにとって、こうしたフランス人の非難はあまりにも屈辱的で耐え難かった。

戦争からぼろぼろになって戻ってきたブロッホは、すべてにおいてやる気を失っていた。一九二一年十一月、〈性科学研究所〉の設立から二年後、さらなる不運が彼を襲う。重篤なインフルエンザに倒れ、敗血症を併発したのだ。数カ月間、病院のベッドに拘束され、脚を一本、そしてもう一本も切断せざるを得なくなった。長い回復期間中、彼は再婚してリズベットという女性と結ばれ、五十歳を迎えた。一九二二年秋には退院し、ようやく仕事に復帰する意欲を見せていた。しかし、その機会が訪れることはなかった。数週間後、それまでに発見していた十八世紀の重要な手紙についての短い論文を完成させた直後、重い脳卒中を起こし、そのまま回復することはなかったのだ。一九二二年十一月十九日、彼はこの世を去った。ブロッホの友人たちは彼の早すぎる死を悼んだ。ジークムント・フロイトは仕事仲間に宛てた手紙に、「科学にとって大きな損失だ」と書いている。しかし、あとになって、この死を天からの贈り物のように考える人もいた。彼はこれから起こる悲劇を目撃せずにすんだからだ。

一九二九年、科学的人道主義委員会は主要な政治目標の達成まであと一歩のところまできていた。この年、政府の委員会で刑法一七五条の廃止に関する投票が行われ、同性愛が国内で合法化されるはずだった。ところが、最終決定を前にして、政府の機能は財政破綻と政治闘争により停滞してしまった。政治情勢の激変のなか、新たな勢力が台頭したためだ。それが国民社会主義ドイツ労働者党、すなわちナチスだった。ヒルシュフェルトはユダヤ人であるうえ同性愛者であり、ナチスが提唱する性の抑圧や祖国繁栄のための繁殖とは相容(あいい)れない生き方を支持する立場を表明していたため、最大の標的になった。ナチスを信奉する暴徒は彼の活動を非難するビラをばらまき、講演を妨害するために、演説中に観客席で花火を打ち上げた。そしてついにヒルシュフェルトは通りにいたところを襲撃された。彼は重傷を負い血まみれのまま放置されていたため、新聞各社は負傷により死亡と報じた。

ヒルシュフェルトは回復したが、彼の尽力により立ち上げられた社会改革運動は行き詰まった。ドイツのゲイ・コミュニティーは、その戦略や目標についての意見の食い違いから内部に亀裂が生じており、ナチスの指導者アドルフ・ヒトラーが絶対的な権力を握った時点で、発展する可能性はほぼ皆無となった。ベルリンでは街中の店が次々とナチスの鉤(かぎ)十字の旗を掲げ、拡声器から「ドイツは目覚めた」という声が響くなか、同性愛者の集まる夜の店は軒並み閉まり、同性愛を扱った雑誌は廃刊に追いこまれた。そして、同性愛者の権利擁護団体は会員の記録を抹消した。

一九三三年五月六日、午前九時をちょうど回った頃、〈性科学研究所〉の近くの公園に音楽が再び鳴り響き、黒いトラックの一団が研究所の建物の前で音を立てて停車した。一台のトラックからは、勝利の賛歌を奏でる吹奏楽団が出てきた。ほかのトラックからは学生が次々と吐き出された。合計で百人はいただろう。若者たちは通りに整列し、くるりと研究所のほうを向いた。胸を張り、毅然(きぜん)とした態度で威嚇するように立っている。ぱりっとした白いシャツの左腕には、赤地にナチスの鉤十字が入った腕章が巻かれていた。

学生たちは施錠された扉を蹴破り、建物内に突入した。ヒルシュフェルトをはじめほとんどのスタッフが不在だと分かると、怒りに任せて施設で暴れ回った。家具を叩き壊し、窓ガラスを粉々に割り、いたるところにインクを撒(ま)き散らした。診察室をめちゃくちゃにし、展示品や蔵書を二度と使えなくした。解剖模型は窓から投げ捨て、本棚や戸棚の中身をひっかきまわし、床の上にばらまいてあちこちに紙の山をつくり、性の多様性に関する資料を引き裂いた。この日の午後には民兵将校の一団が到着し、数千冊もの本や記録文書が運び去られた。これについては、あるナチ党員の性的行動に関する証拠が明るみに出ることを恐れたのではないかともいわれている。

四日後、研究所の膨大な本や雑誌のコレクションは、ベルリン国立歌劇場の前の巨大な公共の広場〔ベーベル広場〕に、ほかの何千冊もの本とともに堆(うずたか)く積まれた。その夜、大勢の見物人が右手を斜め前に上げてナチス式敬礼を行う前で、学生たちが本に火をつけた。炎を見つめながら、宣伝大臣ヨーゼフ・ゲッベルスは群衆に向かって演説を行った。「未来を担うドイツの男性諸君は本を読むだけの人間であってはならない。気骨のある人間であれ」彼は、何百万ページもの本が燃やされる炎の音にも負けない声で、そう宣言した。

この夜の破壊行為により、ドイツにおける性的多様性に関する大胆な実験に終止符が打たれた。

世界各地で講演を行っていたヒルシュフェルトは、ドイツに二度と足を踏み入れることはなかった。彼は焚書（ふんしょ）の二年後、フランスのニースで心臓発作によって死亡し、組織の再建に取り組む時間も与えられなかったのだ。数年のうちに刑法一七五条は厳格化され、ナチスは数万人の人々を同性愛の容疑で逮捕する。そのうち数千人が有罪判決を受けて強制収容所へ送られ、戻ってきた人はほとんどいなかった。

ナチスの思惑どおりに事は進み、ドイツの同性愛者の権利を擁護した先駆者たちの遺産はほぼ完全に消し去られた。東西ドイツでは、同性愛の関係は一九六〇年代後半まで、処罰の対象から完全に除外されることはなく、刑法一七五条の残滓（ざんし）は一九九四年まで刑法典から払拭されることはなかった。つまり一七五条の廃止まで、科学的人道主義委員会が設立されてから百年近く待たなければならなかったということになる。ドイツの性の革新的な研究に携わった重要人物のなかでも、とりわけ性科学の創始者の痕跡はことごとく消し去られた。大学や民間の研究機関がブロッホの遺産を保管していなければ、その功績は、彼の弟子ともいえるヒルシュフェルトの活躍や、もっと広い範囲でいえば、仕事仲間のジークムント・フロイトの偉業の陰にすっかり隠れてしまっていただろう。一九七二年、ブロッホの生誕百周年を記念して、ニュージーランドの心理学教授が短い追悼文を寄せた。「彼の著作物は壊滅的な被害を受けた——その被害はほかの心理学者の著作物でも類をみないほどだ——手を下したのは、剽窃（ひょうせつ）者、たちの悪い出版社、［そして］焚書を行ったナチの連中だった」

ブロッホの著作の多くは、一九三三年のあの夜、まちがいなく火のなかに投げ入れられた。彼が執筆したサドに関する本もそのなかにあったはずだ。しかし、サドに関する彼の先駆的研究の原点であり、彼の物の見方を変えた巻物は焚書を免れた。第三帝国がヨーロッパへの勢力を拡大するなか、『ソドムの百二十日』はすでにこっそりとこの地からいなくなっていたのだ。

# 第五章　帝国の勃興

二〇〇七年

ジャン＝クロード・ル・クステュメは熱心に耳を傾けていたが、あまりにも都合のいい儲け話で、にわかには信じられなかった。六十一歳の彼は、小さな居間で、向かいに座っているファイナンシャルアドバイザーの説明を注意深く聞いた。ル・クステュメの家は、半木造建築のファームハウスで、人口十八万人の都市ランスの郊外にあった。パリからなら車で東へ二時間の距離だ。彼は以前、妻の友人がこのアドバイザーからいくつかの興味深い投資案件を手配してもらったという話を聞いて、家に招き入れたのだった。

ル・クステュメは、所有していた四つの美容室を大手企業に相当の額で売却したばかりだった。常に金に細かく、稼いだ金はサンチーム単位で把握し、新車のような贅沢品とは縁のない生活を送ってきた彼は、貯めこんだ金の使い道に頭を悩ませていた。自分が簡単に理解できない話には手を出したくなかったので、不動産や株などの選択肢は頭になかった。これは、まもなく大不況が深刻化することを考えると、先見性のある選択だったといえるだろう。しかし、このファイナンシャルアドバイザーが持ちかけてきた取引内容は、そんな彼の心をも動かすほどシンプルな内容に思われた。それは、アリストフィルという会社が所有する手紙や手稿に出資するというものだった。

ル・クステュメはとりたてて博識なわけではない。ふたりの息子がテニスをやりたがったときは特に応援する気にならず、将来のためになることをやってほしいと思っていた。彼自身、若い頃からそうしてきたからだ。それでも、フランス人のご多分に漏れず、文学作品の価値は認めていた。イタリアといえば画家、ドイツといえば作曲家、フランスといえば作家だ。フランスほど書店や古本屋が密集している国は世界でもあまり類をみない。フランスは全国の本の価格を設定し、書店の支援対策として無利子融資を導入している。毎週水曜夜のゴールデンタイムに放送される九十分の本の紹介番組『ラ・グランド・リブレリー』が国民的テレビ番組になるような社会だ。フランス人にとって、文学は神聖な地位にあり、国の極めて重要な文化遺産（パトリモワン）、つまりノートルダム大聖堂、ルーヴル美術館、エッフェル塔といったフランス文化に深く根ざした文化遺産のような存在といえる。そして、このファイナンシャルアドバイザーの話では、その〝パトリモワン〟のひとつを所有できるというのだ。

アドバイザーはこの出資のシステムの詳しい内容を説明した。彼によれば、さまざまな手紙や手稿の共同所有権を購入できるということだった。そのなかには、ジャン・コクトーの署名入り直筆原稿や画家ウジェーヌ・ドラクロワが書いた手紙もあるという。こうしたコレクションは、ロンドンのロイズ保険組合で保険をかけられ、パリにあるアリストフィル社の施設で保管されるのだが、それは銀行が顧客の財産を保管するのとほぼ同じようなやり方で管理される。おまけに、手紙や手稿をふくむ芸術品はフランスの富裕税の課税対象外なので、ル・クステュメが取得した資産に対して税金は課されないという話だった。

アドバイザーが提示した契約書には、五年後にアリストフィル社に自分の保有する共同所有権の販売を申し出ることができるとされていた。その頃には、手稿の資産価値が大幅に上がると期待されるという。それはなぜか？　まず、アリストフィル社が手紙や手稿を積極的に宣伝してその知名度を上げるからだ。さらに重要なことに——そして、これが鍵だ——文書の価値が将来的に急騰するのには、単純だが説得力のある理由があった。つまり、地球上の人口は増え続けているが、手書きで文章を書く人の数がどんどん減少している。Ｅメールやワープロの発明に次いで、テキストメッセージやテキスト読み上げソフトウェアが使われるようになったことで、手書き文書は過去のものとなりつつあった。

ほとんどの人はまだ注目していなかったが、この問題に関係している人々は、数十年も前からこうした変化を見守ってきた。一九八四年、アメリカ出版協会（ＡＡＰ）は、アメリカの文学作家全員の五十パーセント近くが手書きからワープロに移行したと発表した。トマス・ピンチョンは『ニューヨーク・タイムズ』紙で、「あらゆる分野の作家がワープロを買いに走っている」と書いた。「現代の機械はとても使い勝手が良くなったので、ラッダイト〔イギリスで産業革命のとき、機械化に反対し、機械を打ち壊した労働者の運動」に参加するような頑固者もたまらず古い大型ハンマーを置いて、ワープロのキーを叩きたくなるはずだ」

百年前、マーク・トウェインは新しい技術を喜んで活用し、それまでだれも試したことのない方法で、回想録『ミシシッピ河上の生活』を書いた。「タイプライターで小説を書いたのは私が初めてだ」と、彼は史上初の商業用タイプライターの宣伝広告で自慢している。ところが、コンピューター時代の到来で、多くの作家や文学愛好家は、言葉を書くというよりも処理するという考え方に、不安を覚えた。考えやアイデアを書き留め、並べ替える作業があまりにも簡単にほんの一瞬でできるようになり、執筆過程における重要な何かが失われるのではないかと心配したのだ。小説家ゴア・ヴィダルは文芸誌『ニューヨーク・レビュー・オブ・ブックス』で、「二千年間、知恵を残すための唯一の方法だった文字を書くという行為は、これからどうなるのか？　文学の司祭たちは寺院が捨て去られるなかで、どうすればいい？」と嘆いた。

ル・クステュメが自宅の居間に腰かけて、ファイナンシャルアドバイザーの営業トークを聞いていた頃にはもう、そんな反発があったことは遠い昔の話になっていた。ラッダイトの労働者たちは闘いに敗れ、ペンや鉛筆のほとんどが、デジタルの「1」と「0」に置き換えられた。アリストフィル社が蒐集している直筆原稿は、確かにその種の最後の遺産になるはずだ。歴史を振り返れば、資源の減少や品不足のせいで物の価格が高騰する例は、一九七〇年代の石油危機から、鉱山の枯渇にともなう金の高騰までごまんとある。きっと、手紙や手稿も例外ではないだろう。「将来的に、かなり望みの持てる投資なので、すべての関係者が利益を得られるはずです」とアドバイザーは説明した。彼はアリストフィル社の社員ではなかったが、見るからにこの会社にいれこんでいた。「アリストフィル社はあなたやほかの出資者から手書きのテキストを買い戻したあと、また別の出資者に利潤を上乗せして販売します。一方、あなたはこの出資で相当な収益を得ることができます」アドバイザーは五年後には利益率が四十パーセントと請け合った。「優良な株ほどには儲かりませんが、株と違って相場変動の影響はありません」

フランスでもほかの国々でも、独立系のファイナンシャルアドバイザーが似たような内容でアリストフィル社の出資話を勧め、それに関心を示す人々が出てきた。アヴィニョンでは、ロベール・チポリーナというオートバイレーサーから中小企業の経営者へ転身した男が、三万五千ユーロを科学技術関連の文献に出資し、その収益をハイブリッド車の購入資金に充てるつもりでいた。パリの郊外では、甘いマスクの俳優で五人の子の父親でもあるジョフロワが、印象主義とシュルレアリスム関連の文献に対し、十五万ユーロを出資した。その収益があれば、俳優の仕事がない時期にも家族を支えることができると考えたのだ。パリにある通信会社のマネージャーを退職したジャン＝マリー・ルコントは、フランス元大統領シャルル・ド・ゴール、ナポレオン、ボードレールといった著名人の手紙に二十五万ユーロを出した。さらに彼の義兄も、持っていたレストランを売却して資金をつくり、五十五万ユーロで中世の写本などに出資している。ふたりは最終的な利益を年金の足しにするつもりだった。ここに挙げた人々のほかにも、神父、警察官、商人、企業の重役、弁護士、陸軍軍曹、歯科医、銀行家、不動産業者、獣医、ジャーナリスト、医師、裁判官、航空管制官といった数千もの人々が、アリストフィル社と契約を交わしている。

ル・クステュメもそのうちのひとりに加わった。彼はアリストフィル社を知ってすぐ、同社が入手したラブレターの束に出資している。その手紙は『星の王子さま』の作者、アントワーヌ・ド・サン゠テグジュペリのものだった。のちに、アリストフィル社のいくつかのほかのコレクションの共同所有権も購入した。合計でおよそ百七十万ユーロ、それは彼のほぼ全財産だった。

一九九〇年、ジェラール・レリティエはアリストフィル社を設立した。ニースとカンヌの事業がスキャンダルのせいで立ち行かなくなる数年前のことだ。彼が名付けた「アリストフィル（Aristophil）」という社名は、「芸術（art）」「歴史（history）」「文献学（philology）」のスペリングを組み合わせたものだ。会社のロゴには、紋章に描かれるようなライオン、海上の船、空に浮かぶ熱気球が特徴的な風格あるデザインを採用した。当初、この会社は一八七〇年のパリ包囲戦に関連する手紙やテキストにしぼって買い取りと販売を行ってきたが、そのうちに、本をふくむ歴史的文書にも手を広げていった。

このベンチャー企業の業績は、それほど大きくなかったが、二〇〇二年十月、レリティエが見事な手腕を発揮して業績が一気に上がった。大手オークションハウスの〈クリスティーズ〉がニューヨークで科学論文のオークションを開催したとき、彼は電話で競売に参加し、アルベルト・アインシュタインと彼の研究パートナーだったミケーレ・ベッソのやりとりが記された直筆原稿を競り落としたのだ。それは一九一三年のもので、複雑な方程式がびっしり書かれたページは、アインシュタインの一般相対性理論の誕生につながるものだった。レリティエは専門家の意見をもとに、この直筆原稿には数百万ドルの価値があると確信した。落札した額の五十五万九千五百ドルをはるかに超える額だ。しかし、彼のまわりにそれほどの額を持っている蒐集家はいないに等しかったので、どうやってそれを売ればいいのか悩んだ。そこで思いついたのが、直筆原稿の共同所有権を複数の人々に売るというアイデアだ。不動産ではよくあるやり方だったが、原稿や芸術では珍しかった。この方法であれば、それほど資産のない人も、アインシュタインの手紙のような高価な文書を所有することができる。二週間のうちに、レリティエは購入意欲のある顧客を四百人近く集め、その総額は千二百万ユーロに達した。

この革新的アイデアのおかげで、フランス中のファイナンシャルアドバイザーはさっそく顧客にアリストフィル社の金融商品への投資を勧めるようになった。同社は販売会社フィネスティム社とその子会社のアール・クルタージュ社を通して株を販売した。アドバイザーたちはアリストフィル社から給与をもらってはいなかったが、同社から営業の訓練を受けていた。こうした仲買人のなかには、この革新的なチャンスに大いに期待する者も多く、自らも共同所有権を購入した。また、高額の仲介手数料にも感謝していた。売買成立ごとに、五〜十一パーセントの手数料を受け取っており、それは通常の株式や不動産の売却手数料に比べるとはるかに大きかったのだ。

稀少な文献を一般市民に提供するというアイデアは新しいものではなく、すでにアメリカでもこのビジネス戦略は試されていた。一九八〇年代から九〇年代にかけて、進取の気性に富んだオートグラフディーラーであるトッド・アクセルロッドが、手紙と手稿を扱うチェーン店を開業し、全米あちこちの高級ショッピングモールに事業を展開していた。店名は〈ギャラリー・オブ・ヒストリー〉。しかし、高価な手紙や手稿は、アメリカの顧客に受け入れられなかった。最終的に、事業は縮小され、ラスベガスにギャラリーがひとつと、オンラインストア（historyforsale.com）のみになった。これに対し、レリティエのアプローチはいくつかの改善が加えられているのが売りだった。まず、アリストフィル社独自の共同株主権契約では、契約者は非常に貴重で将来性の高い手書きのテキストの所有権を――部分的な所有権ではあるが――主張できた。また、家電メーカー〈シャーパー・イメージ〉やファッションブランド〈バナナ・リパブリック〉で買い物をするようなアメリカのショッピングモールの客層はターゲットにしていなかった。ターゲットにしていたのは、世界で最も文学や文献に魅力を感じるフランス人だった。

アリストフィル社のビジネスシステムは成功を収めた。裕福な人々を中心に、一部の出資者は、同社の「アマデウス」という契約に署名した。これは特定の手紙や手稿を即金で購入するものだ。多くの出資者は「コラリーズ（Coraly's）」という契約、つまり共同所有権のオプションを選んだ。この不必要なアポストロフィは、代表的なオークションハウス〈クリスティーズ（Christie's）〉や〈サザビーズ（Sotheby's）〉を参考にしている。レリティエはソルボンヌの著名な法律学の教授に、このプロセス全体に法律的な問題がないかどうか、契約書の条項や条件を確認してもらった。さらに、家族一丸となって運営を行い、娘のヴァレリーに購買部門の責任者を任せた。

資金が増えたレリティエは、パリのシャンゼリゼ大通りに店を構え、アリストフィル社を手紙や手稿の市場において、主要企業に成長させようと動いた。同社の代理人たちがオークションに参加し入札したことで、あっというまに価格が急騰し、歴史的文書は上昇相場に転じ、あちこちの城の書斎に長く眠っていた手書きの文書が引っ張り出されるようになった。フランスの日刊紙『ル・フィガロ』は、フランスは「手稿の全盛期」を迎えていると大々的に報じた。

パリの南にある〈フォンテーヌブロー・オークションハウス〉で、アリストフィル社は世界最大級の美術館であるロシアのエルミタージュに競り勝ち、ナポレオンが一八一二年にクレムリン宮殿を爆破すると暗号で記した手紙を落札した。その額は予想落札額の十倍にあたる十五万ユーロだった。ロンドンの〈サザビーズ〉では、十四歳のシャーロット・ブロンテによる手書きのミニチュア本を八十万ユーロで落札した。これは予想落札額の二倍以上だった。おかげで、ブロンテ博物館は、これを入手してウェスト・ヨークシャーにあるブロンテ姉妹の家に返すという夢を断念しなければならなかったという。さらに二〇〇八年、パリの〈サザビーズ〉で、シュルレアリスムの創始者であり指導者のアンドレ・ブルトンが起草した宣言書と補足原稿が競売にかけられたときには、アリストフィル社の代表者らはそれぞれが別々に落札されるのを静かに見守っていた。そして、オークションにかけられた全九点の直筆原稿をまとめて三百二十万ユーロで購入することを発表し、コレクションの予想販売価格を四倍まで引き上げて、満場の大喝采を浴びた。

こうして、アリストフィル社が所有する宝は最終的に十三万五千点まで膨れ上がった。主要な蒐集家のほとんどは、苦労して集めた蔵書などについては口外しないので、手稿コレクションの公式ランキングは存在しないのだが、アリストフィル社が着実に、世界でも有数規模の手紙と手稿のプライベートコレクションを誇るところまでいこうとしているのはあきらかだった。

この新興企業の大躍進は、直筆原稿の業界に対する真っ向からの挑戦といえた。この業界は、フランスの多くのエリート組織と同様、深く根付いた伝統や排他的な社会的集団に長く支えられてきた。この国の権威あるほとんどの文学賞では選考委員の任期は終身と決まっていた。圧倒的に白人が多く、ほぼ全員が男性で構成されたこの集団は、当然のように同僚や友人に投票していた。また、七十年にわたり、パリの稀覯本市場に君臨していたのは、ただひとりの影響力のある古書ディーラー、ピエール・ベレスだった。彼は二〇〇五年に引退するまで、オークションハウスを仕切り、親しくしていた画家のパブロ・ピカソやアンリ・マティス、哲学者シモーヌ・ド・ボーヴォワールのおかげで、ほかの追随を許さない品揃(しなぞろ)えを誇っていた。フランスにおける直筆原稿の業界は変革の時を待ちわびており、自力で成功した配管工事人の息子は、まちがいなくその挑戦を受けて立つにふさわしいと自負していた。

二〇〇四年六月、ほかに類をみない施設が、パリの中心部にある近代的なギャラリースペースに現れた。木の梁がむき出しの天井と赤い大理石の床の部屋に、唯一無二の文書が収められたガラスのショーケースがいくつも置かれている。あるケースには、ナポレオン・ボナパルトの乱雑な筆跡で埋められたインク染みだらけの黄ばんだ紙や、ルートヴィヒ・ヴァン・ベートーヴェンの走り書きしたような音符が書かれた楽譜。ほかにも、赤衛軍の創始者レフ・トロツキーが彼らしい赤いインクで書いた優雅な筆記体の手紙や、画家ホアン・ミロがふんぞりかえったアクセント記号を添えたサインが、さながら芸術作品のように展示されていた。照明のやわらかな光の下、これらの展示品は各時代の感動的な瞬間を物語っていた。第二次世界大戦前、シャルル・ド・ゴールは装甲軍用車両の妥当性について思案していたし、クロード・モネは資金援助者を探し回り、エドゥアール・マネの絵画が国外に持ち出されるのを食い止めようと必死で動いていた。これらの中心に、特別展示として、このギャラリーの創設につながった遺物が公開されている。レリティエが落札したアインシュタインの直筆原稿だ。

レリティエは、フランス人の愛する直筆原稿に特化した博物館がパリに存在しないと知って驚き、自ら〈手紙と手稿の博物館〉を開館した。六年後には、この私設博物館を拡大し、市内の高級住宅街に移転している。移転先は、並木に囲まれたサン＝ジェルマン大通りに位置する約九百三十平方メートルの大邸宅だった。ここでは、年間二万人の学生、研究者、観光客が、数ユーロの入館料で専門のキュレーターによる展示会に訪れ、アリストフィル社の顧客が所有する直筆原稿を鑑賞できた。もしこの博物館が、同社の新顧客を開拓するためのショールームとしても機能すれば、願ったり叶ったりだった。

レリティエは、ニースとアリストフィル社の本部があるパリを行き来していたが、自分の会社を大きくすることだけが目的ではなかった。彼は野心的なマーケティング活動や慈善活動に力を入れることで、フランス社会の上層部にくいこもうとしていたのだ。彼の指示のもと、アリストフィル社は歴史的価値のある文書をテーマにした機関誌『プリュム』の刊行に乗り出し、会社が所有する文書を選集して、光沢のあるハードカバーの本にして数十冊出版した。また、北京の中国美術館やニューヨーク近代美術館など世界中のさまざまな施設に収蔵品を貸し出した。シンポジウムを開催する際には、かなりの報酬を払って専門家やジャーナリストを招いた。また、豪華なパーティーをしょっちゅう開き、幅広い人脈を使って、各界の著名人たちを招待した。そのなかには、フランスでとても有名なニュースキャスターのパトリック・ポワーヴル・ダルヴォルや、ゴンクール賞受賞作家のディディエ・ヴァン・コーヴラールもいた。レリティエが会社を通じて、ナチスの占領からニースを解放したことを発表した一九四五年のシャルル・ド・ゴールの演説原稿を入手したときには、彼の第二の故郷となったその街に寄贈した。また、フランス国立図書館が十五世紀の装飾写本や、のちにフランスの哲学者ミシェル・フーコーの手稿を入手するための資金が必要になったときには、会社から四百万ユーロを超える額を寄付した。メディアはレリティエのことを〝手稿の王〟とか〝テキストハンター〟と呼んで、インディ・ジョーンズとエルキュール・ポワロを足して二で割ったような人物であり、古い文書を金塊に変える才能があると報じた。

レリティエは野心に燃え、フランス国外にも目を向けた。二〇〇五年には、ブリュッセルにアリストフィル社の子会社を設立し、次いで、ベルギーに〈手紙と手稿の博物館〉の別館をつくった。彼はさらに事業を拡大しようと、スイス、オーストリア、ルクセンブルク、香港でも同様の計画を進めた。そして、世界中の手書きのテキストを手に入れようと東奔西走するなかで、ケネス・レンデルと知り合った。レンデルはアメリカで有数の手紙や手稿のディーラーで、一九五〇年代からこの業界に身を置き、こういった文書のギャラリーをニューヨーク、ビバリーヒルズ、東京につくっていた。彼は非常に尊敬される歴史的文書の世界的専門家でもあり、業界内の数々の不正行為を暴いてきた実績があった。一九八三年に、新たに発見されて国際的な注目を浴びた

「ヒトラーの日記」が捏造(ねつぞう)だったことを証明したのは彼だ。数年後にも、レンデルの協力により、ユタ州の稀覯本ディーラーであるマーク・ホフマンが、膨大な量の偽造テキストをモルモン教会やほかの買い手に数百万ドルで売っていたことが判明した。この事件は、詐欺が露呈することを恐れたホフマンが、自作の爆弾を使ってふたりを殺害することで終わった。

怪しい動きを見抜くレンデルの能力は、業界で群を抜いていた。しかし、レリティィエと知り合ったとき、レンデルの頭のなかで警報が鳴ることはなかった。このフランス人は興奮と情熱に駆られた本物の蒐集家に見えたという。あるとき、レリティィエが数百万ユーロで掘り出し物を手に入れたことがあった。レンデルがお祝いの言葉を述べると、レリティィエは、「私なら、二倍の額でも払いましたよ！」と答えたという。しかも、アリストフィル社のコレクションは、世界的に評判の高いオークションハウスやディーラーから入手したものであり、本物であることに疑いの余地はなかった。

こういうわけで、レンデルは喜んでレリティィエとの取引に応じた。取引により双方が大きな利益を得るとなれば、なおさらだ。二〇〇八年、レリティィエはレンデルから、五百通ものナポレオンの手紙のコレクションを数百万ドルで購入し、ナポレオンが眠る廃兵院(アンヴァリッド)の巨大なパリの教会で、派手な所蔵作品展を開催している。その翌年にも、レンデルから、革命中のルイ十六世が国外逃亡前に国民に向けて書いた十六ページの別れの手紙を、高額だったにもかかわらず気前よく買った。レリティィエがこの手紙を入手したことについて、メディアは、愛国的な偉業と称賛している。

それでもやはり、レンデルはレリティィエのたがの外れたような行動に驚かされていた。高級レストランで食事をとり、極上のワインを飲み、ニースからパリへの通勤に自家用ジェットを利用するようになっていたからだ。レンデルはこの業界でこれほど贅沢な暮らしをしている人を知らなかった。フランスに滞在中、彼はレリティエの豪華な新しい事務所に招待してもらったことがあった。「事務所というより、謁見室じゃないか」とレンデルはいった。そのあと、いたずらっぽい笑みを浮かべてこう警告した――「ナポレオンの末路を忘れないように」

Sade

サド

# 第六章　残虐な欲望

一七七二年六月二十七日

教会の鐘が朝八時を打つ頃、ラトゥールという長髪の若い男が、マルセイユの古い港湾地区の狭い通りを歩いていた。人目につかないようにそっとドアをノックし、地元の娼婦の家を訪ねて回って、特殊な契約を結んでくれるお人好しを探していたのだ。当時、革命前のフランスで貴族に仕えていたこの若者は、その交渉に権威を利用してどうにか四人の女を説得し、近くにある共同住宅の三階の部屋に連れてくることができた。

若い女たちがその一室に集まり、客を待っていると、正午になって、男が現れた。三十二歳のマルキ・ド・サドは、ブロンドの髪に繊細な顔立ちで相変わらず魅力的だった。橙色の鮮やかな絹のチョッキとキュロットを身に着け、手には金の丸い握りのついたステッキを持っている。彼のかたわらには、下男のラトゥールが水兵の着るような縞模様の服を着て立っていた。「報酬は、はずもう！」とサドは宣言した。ただし、彼を満足させられたらという条件つきだった。そしてポケットから金貨をひとつかみ取り出し、女たちに金貨の数を当てさせた。女たちがそれぞれ答えたあと、サドはいちばん若い女、十八歳のマリアンヌ・ラヴェルヌを選んだ。ほかの女たちに外で待つよう指示し、サドはマリアンヌを下男と一緒に寝室に連れて入り、ドアに鍵をかけた。金貨の数を当てた褒美として、彼女を最初の相手に選んだのだ。

この四年、サドはパリの喧噪（けんそう）から遠く離れたラ・コスト城という、プロヴァンスの山岳地帯の高台にあるサド家の城に居を移していた。サドは物乞いのローズ・ケレルへの暴行事件のあと、ラ・コストの領地を離れないことを条件に監獄から釈放されたのだ。一七六九年に妻との間に次男のドナシアン＝クロード＝アルマンをもうけ、その二年後に娘のマドレーヌ＝ロールをもうけた。父となったサドは心を入れ替え、放蕩生活の過去を捨てようとしているかに思えた。ドナシアン＝クロードが生まれる前、サドは妻に手紙を送り、もうすぐ生まれてくる子を待ち望む心境について述べ、「そのことで希望が芽生え、自分にとって何か変化があるのではないかとおとなしく待つことができている」と書き添えた。

サドは更生するための活動の一環として、長年情熱を傾けてきた演劇に没頭することにした。ラ・コストで、彼は数年前に建てた劇場に、手のこんだ舞台背景、装置、照明器具を設置している。また、プロヴァンスの村マザンにも、もうひとつサド家の城があり、そこの劇場も同様に改装した。自身の道楽のために散財していたうえ、亡き父の借金返済にも追われていたので、深刻な経済的困窮に直面し、一時的に債務者監獄に送られたこともあったが、歯止めは利かなかった。

彼は演劇の世界で名を成そうと心に決め、一七七二年初頭、演劇祭の企画に乗り出し、ほぼ一年を通して、ラ・コストとマザンの領地でイベントを開催することにした。

その年の六月、演劇シーズンの半ばでサドはマルセイユへ演劇祭の資金集めに出向いた。ところが、その地に着いたとたん、いつもの悪い癖が始まった。サドが立ち去ったあと、下男が雇った四人の若い娼婦が数々の性的拷問を受けたと訴えを起こした。彼女たちは、サドに鞭打たれ、彼を鞭打つよう命じられたと話した。同時に彼は、ラトゥール相手に男色行為をしたという。その日の夜遅くにサドが訪ねた五人目の娼婦もふくめ、女性たちは口をそろえて、サドから息の香りを楽しむためといわれて、大量のアニス風味の砂糖菓子を無理やり食べさせられたと報告した。しかし、そのあとで何人かがひどく体調を崩したため、当局は、サドがスパニッシュフライを過剰摂取させて毒殺しようとしたのではないかと疑った。それは甲虫の粉末で、長く媚薬（びやく）として使われてきたが、大量に摂取すると身体に害を及ぼすことがあったのだ。彼女たちから話を聞いたあと、マルセイユの地方裁判所はすぐにサドとラトゥールの逮捕状を発行した。

サドは、マルセイユでの女性への凌辱行為について、「女たちと宴をしていただけだ。それくらい、パリなら毎日八十回は行われている！」と一笑に付した。被害者の何人かが訴えた嘔吐（おうと）、腹痛、発熱については、単なるその地域特有の一般的な病気だと述べ、のちの手記にも、「腸の働きの軽い乱れはマルセイユではよくある病気だ」と書いている。生まれたときから特権階級の暮らしに浸ってきたサドは、自分に法はおよばないと思いこんでいたのだ。彼は手紙でこうも書いている。「男はどんな悪行や非道を犯しても、娼婦の尻をなでてやれば許される。これは単純明快な話で、娼婦は金をもらい、男は金をもらっていないからだ」

さらにサドは独自の哲学を展開し、自分の犯罪行為を正当化して、自己中心主義を一種の美徳にまで昇華させている。彼は自分の考え方を「孤立主義」と呼び、だれもが完全にひとりなのだから、他人の幸せを気にかける必要などないと主張し、「隣人は私にとってどうでもいい存在だ。私たちの間にはほんのわずかなつながりもない」と断言している。このような言葉からみると、サドにとって、他人の痛みや苦しみは、自分の心が望むものを手に入れて悦びを感じられるなら、どうでもいいことなのだろう。

欲望を解放することをためらわないサドの生き方は、ヨーロッパ全土に広まっていた大胆な新しい思想から影響を受けていた。この時期はのちに啓蒙時代と呼ばれるようになる。十八世紀が進むと、経済学者は政府の規制がほぼない自由競争という斬新な概念を探求し、フランスの主要な思想家は人類の知識をすべて集めて、とてつもなく壮大な百科事典にまとめようとしていた。特筆すべきは、ヴォルテールやルソーのような哲学者が、社会における新しい生き方を強く訴えたことだ。彼らは、社会は自然や人間の理性に基づく決まりによって統治されるべきで、教会や王の命令で統治されるものではないと考えていた。こうした動きのなかで、博覧強記のサドは自分の行動を正当化して、自然界から与えられた欲望を無視するのは不合理極まりないと考えるようになった。

サドはこう主張する。「心から湧き上がってくる激しい情熱、それがどんなものであれ、それに身を委ねれば必ず幸せを感じられる……良心は自然の声ではない。そんなものに惑わされてはいけない。それは偏見の声にすぎないのだから」ただし、サドは決して、啓蒙時代の中心を貫く、全人類にとってよりよい世界をつくるという思想に賛同しているのではなかった。人間は情熱に身を任せるべきだと固く信じていたが、この信条は自分にだけ当てはまるものであり、自分より下の人間や、まして自分が虐待した者には当てはまらないものだった。

　サドは放蕩に取り憑かれ、すべて——社会的地位、経済的繁栄、家族の支援、自由——を犠牲にして、暴力的で虐待的な性行為に耽った。「欲望への情熱は抑えることはできない。それは要求し、影響を及ぼし、支配してくる。だから満足させてやるしかないのだ。そのためなら、ほかのことはまったくどうでもいい」と彼は書いている。妻には、自分に性的欠陥があることを告白し、性的欲望（リビドー）を「思いきり引き絞った」弓の弦に喩（たと）えて、「矢を射ようとしても、放つことができない」と述べた。このせいで、ひどく欲求不満になり、彼いわく「靄（ヴェイパーズ）がかかった気分」——この言葉は当時、躁病（そうびょう）やヒステリーなどの精神状態を指していた——に襲われていた。そしてようやく張りつめた性的緊張から解放されると、痙攣（けいれん）して震え、苦痛の叫び声を上げながら、発作に似たオーガズムに達した。サドの告発者のひとりは、彼が彼女を鞭で打ちながら絶頂に達したとき、「非常に大きな、非常に恐ろしい叫び声」を上げたと証言している。

　しかし、サドはただ単に犯罪行為を通じて、性的な解放を求めていただけではなかった。意識していたかどうかは別にして、そのあとにもたらされる人々の反応を渇望するようになっていたのだ。彼は後年、「品行方正かどうかは関係ない。大騒ぎして、暴れまくる人間だけが何かを手に入れるものだ」と述べている。幼少期から甘やかされて育ち、芝居がかった振る舞いをするこのひとりっ子は、いつのまにか親が決めた相手と結婚し、自分の階級のしきたりに縛られていた。彼はあらゆる規則を破ることから生まれる劇的な展開を求めていた。

一七七二年九月十二日、エクサン＝プロヴァンスで、住民たちがこの街の中心部に近い、にぎやかなプレシュール広場に集まった。この公共の広場は絵のように美しく、木々が点在し、オベリスクが天高くそびえる噴水があった。地域の中心的な交流の場であり、青空市場や盛大な宗教の祭典が開催されていた。しかし、この日、人々が集まったのは、処刑を見物するためだった。サドと下男のラトゥールが、三カ月前にマルセイユで犯した罪で処刑されることになったのだ。

十日前、マルセイユの王立検察官は、ふたりに男色行為のかどで有罪判決を下した。サドは娼婦たちに対する毒殺未遂でも有罪となっている。判決により、サドとラトゥールはひざまずいて、簡素なスモックを着て、首には縄をかけ、手には燃える黄色い蠟燭(ろうそく)を持って罪を告白するよう命じられた。そして、神と国王に謝罪したあと、処刑されることになった。

処刑台へ導かれるふたりの姿に、群衆は静まり返り、敬意さえ表した。そこかしこから、小さな歌声や祈りの声が聞こえてきた。マルセイユで起きた事件は、その共同体に対する犯罪だった。死刑執行は、王の正義を証明し、血に飢えた民衆を鎮めるためだけでなく、それ以上に、市民全体で贖罪(しょくざい)の儀式を行うことに意味があったのだろう。

群衆が見守るなか、死刑執行人は仕事に取りかかった。ラトゥールは絞首台に吊るされ、風に吹かれて揺れた。ラトゥールより重罪のサドは斬首刑に処せられた。次いで、ふたりの屍体(したい)は焼却され、灰は風に散った……。

とはならず、実際には、サドとラトゥールは生きていて、数百キロ離れた美しい都、ヴェネツィアを楽しんでいた。二カ月前のこと、逮捕を恐れたふたりは事前に国外逃亡していたのだ。彼らの居所がつかめないまま、欠席裁判が開かれ、死刑判決が下されたというわけだ。死刑当日、群衆はふたりの身代わりが処刑されるのを見物しに集まっていたのだが、これは珍しいことではなかった。というのも、過去二百年間、当局は国内の死刑のおよそ三分の一の死刑囚を取り逃がしたため、代わりに肖像画や藁人形を処刑していたのだ。この日、執り行われた模擬処刑のパフォーマンスは、正義と平穏を求める民衆の欲求を満たすとともに、マルキ・ド・サドの民事死を意味した。この処刑により、彼は貴族の権利や特権を剝奪された。

サドは、自分の処刑のまねごとが行われたという知らせを耳にしても特に困ることはなかったようで、のちにこう記している。「かの侯爵の話はだれもが知っているだろうが……彼は自分の身代わりが焼かれたと聞くや否や、ズボンから一物を取り出して叫んだ。『それみたことか！ ついに私は望みどおりの人間になり、ついに恥と不名誉にまみれることができた。ほっといてくれ、ほっといてくれ、もういかせてくれ！』と」

サドがご機嫌なのにはもうひとつ理由があった。彼は、二十歳の美しい義理の妹アンヌ＝プロスペル・ド・ロネイという愛人とともに、イタリアを旅していたのだ。彼女は普段、上流家庭の娘たちを受け入れている修道院で、世俗的な律修修女〔修道誓願に拘束されない修道女〕として暮らしていた。そこでは、敬虔（けいけん）な生活が求められてはいるものの、最終的に結婚することは自由だった。しかし、アンヌ＝プロスペルは健康上の理由から何度か修道院を離れ、ラ・コストに滞在したことがあった。三年前の一七六九年の夏のこと、ラ・コスト城にいたサドは、黒と白の修道衣に身を包んだ彼女が、鋭い黒い目を持つ美人だと気づき、やがて、自分たちが相思相愛だと知って喜んだ。彼女はのちに修道院から、義理の兄に宛ててこのような手紙を送っている。「愛するお義兄様、私はあなたを生涯愛することを誓います。ほかのだれとも結婚いたしませんし、この身を捧げることもありません。この誓いを封印した血が私のなかに流れている限りずっと、私はあなたに忠実であり続けることでしょう」手紙の最後には彼女自身の血をもって書いた署名が残っている。

サドの妻はふたりの関係を耳にしていたが、それを咎める勇気はなかった。サドがマルセイユ事件から逃げたときも、妻はラ・コストに残り、妹が夫とイタリアへ逃亡するのを黙って見ていた。

このロマンティックなイタリア逃避行はサドの自制心のなさが災いし、早々に終わってしまう。アンヌ＝プロスペルに彼の浮気がばれたのだ。彼女はひどく傷つき、フランスへ戻って、神に身を捧げ、生涯独身でいることを誓った。「厳しい生活に身を置けば、こんな欲望も断ち切ることができるでしょう」とサドに手紙を書き、自分勝手な振る舞いを過去のものとして葬り去るために、もう放っておいてほしいと懇願した。

サドもまたイタリアを離れ、「マザン伯爵」と名乗って、ラトゥールとともに、フランス東部に接するサヴォワ家が支配する小国へ行き、アルプスの山々に囲まれた古都シャンベリーに身を潜めた。しかし、アンヌ＝プロスペルを失ったことで絶望し、法律的な面倒ごとなどどうでもよくなるくらい深く傷ついていた。愛する人を手に入れられない苦しみに悩んだのは、彼の人生においてこれが最初で最後だった。「いやというほど分かっている……君との幸せを諦めるよりほかないことを」と彼は義理の妹に手紙を書いた。「こんな残酷なほど確かな事実を目の当たりにして、私が望むのは死だけだとしても不思議はないと思わないか？」

一七七二年十一月二十日、サドは自殺を試みた。銃を使う、首を吊る、喉を掻き切るといった当時最も一般的な自殺方法のなかで、彼がどの方法を選んだかは分かっていない。おそらく、毒を使ったと思われる。実際、彼はマルセイユ事件で毒に興味を示していたからだ。どんな自殺方法を試したにせよ、一歩まちがえばあの世行きだった。十日間、彼は生死をさまよった。地元の外科医が内密に彼を治療し、真相がばれないよう配慮した。フランスに帰国したとき、国王の命令により、めったにないことだが、自殺未遂のかどで処刑を命じられる可能性があったからだ。

サドは回復したが、穏やかな時は長く続かなかった。数日後、シャンベリーで宿にしていたところに地元警察が踏みこんできたのだ。警官は逮捕状を持っていた。マルセイユでの犯罪行為に対して、王の署名入りの逮捕状（レトゥル・ド・キャシェ）が発行されていた。

この裏で糸を引いていたのは、恐るべき新たな敵、サドの義母だった。サドは義母の次女を堕落させ、長女との結婚を台無しするという許されない罪を犯してしまったのだ。これ以降、〝閣下〟は政治権力を行使して、彼を糾弾する側に回った。

サドとラトゥールは捕らえられ、ミオラン要塞へ連行された。この人里離れた監獄はアルプス山岳地帯の突出部にそびえ立ち、〝サヴォワ公のバスティーユ〟の名で知られていた。サドはそこから自由になろうと手を尽くし、看守を買収しようとしたり、サヴォワの知事に慈悲を乞うたり、義母に手紙を書いて不服を並べ、悪口雑言を浴びせたりした。しかし、数カ月もするうち、ようやく自分の運命を受け入れたかに思われた。一七七三年の四月中旬、刑務所長が〝閣下〟に宛てた手紙に、サドが前の復活祭の日、要塞の見張り番たちに不作法を詫(わ)びたと書かれていたのだ。看守は次のように断言した。「彼は改心しているようです。神の恩寵(おんちょう)を授かったからでしょう。彼が脱獄を企てているようには思えません」

二週間後、看守はなんとなく胸騒ぎがして、深夜にサドの独房を確認しに行くと、そこはもぬけの殻だった。サドはラトゥールともうひとりの囚人とともに、便所の窓からはい出て、共犯者が用意した縄梯子(なわばしご)を使って下り、逃走していた。空っぽの部屋で、看守は自分宛の手紙を見つけた。そこには、あとを追うのは無駄だとあった――「十五人の武装した男たちが、立派な馬にまたがって城の下で私を待っており、彼らは全員、命がけで、私を救出するつもりでいる」。数カ月前、絶望のあまり自殺を図った男のしわざにはとても思えない。手紙の最後には、これ見よがしに署名までしてあった――マルキ・ド・サド。

欠けいく月の薄明かりに照らされ、警官隊がピストルと細身の両刀の剣(レイピア)を携え、急峻(きゅうしゅん)なプロヴァンスの丘を登っていく。岩だらけの道に蹄の音が響き、馬の吐く白い息が、一月の夜の闇を漂っていた。やがて、手に持ったたいまつの光が、ラ・コスト城を照らし出した。警官隊は、偵察により、城のなかに逃亡中のサドがいることを突き止めており、激しい戦いになることが予想されたので、十分な数の副官と巡査がいた。今回はもはや、どこにもサドの逃げ道はなかった。

　昨年の秋、サドはフランスとスペインで数カ月間にわたる逃亡劇を繰り広げたのち、ラ・コストに戻り、妻と再会した。彼の偏執的な傾向はますますひどくなり、この人里離れた要塞を唯一の安全な隠れ家と考えるようになっていた。〝閣下〟は、娘婿が再逮捕されるよう、また家族の名を穢（けが）す恐れがある資料を押収するため、警察と大がかりな作戦を立て、農民に変装したスパイをこの村の近くに送りこんだ。また、パリにある彼女の自宅を守るため、サドが街に戻ってきた場合に備えて弓兵を雇った。

　そして、一七七四年一月六日の夜、そのときが訪れた。城壁に梯子をかけ、数人の警官がそれを登り、ほかの者は城門を押し破った。警官隊は地所内に散らばり、一方は銃眼付きの胸壁の上に陣取って城外にいる相手側の反撃に備え、もう一方は城内を荒らした。家族の肖像画を片っ端から破り、机や本棚をあさって文書の山を押収し、残りはすべて中庭で燃やした。だが、主たる命令は単純で、マルキ・ド・サドに銃弾を三発撃ちこみ、死体を義母のもとに届けることだった。指揮官は、この大混乱のなか、恐怖ですくみ上がっているルネ＝ペラジを見つけると、夫を引き渡すよう要求し、「あいつを捕まえなきゃならないんだ。生きていても死んでいてもかまわない」と怒鳴り声を上げた。「夫はもうここにはいません」とルネ＝ペラジは答えた。三十分前にはすでに、サドは内密の情報を受けて山に逃げこみ、プロヴァンスの夜の闇に消えてしまっていたのだ。

　サドはすんでのところで警官を振り切って国外に逃れ、再びイタリアに避難した。そこで秋まで身を隠したのち、フランスに戻って、リヨンで再び妻のルネ＝ペラジに温かく迎えられた。このサド侯爵夫人は、母親の鋼(はがね)の意志を受け継いでいなかったばかりか、夫の不品行を咎める気概もなければ、それに加担しないという意志も表明できなかった。彼女の女友だちはルネ＝ペラジのことを「クモの巣のような細い糸だけでできている人」といい、次のように述べた。「あの不運な男が幾度となく愚行を繰り返したことは、もはや驚くべきことではありません。彼のような人は、気骨のある女性と一緒になるべきだったんでしょう」結婚当初からルネ＝ペラジは、夫がどんな愚かなまちがいを犯しても敬愛し、支えようと心に誓っていた。彼女は、自分の母がサドの庇護(ひご)者の役割を放棄すると、その役割を引き受け、借金や浪費を重ねる夫のために家計を管理し、告発者たちの口を封じるために動いた。夫がどんな罪深いことを思いついても、それに手を貸し、後始末を引き受ける義務があると考えていたのだ。

しかし、ルネ＝ペラジは単にサドにいいように使われる存在ではなかった。サドと過ごした十二年の年月が彼女を変えた。結婚当初、サドが不満をこぼしていた「非常によそよそしく敬虔な」女性はもうそこにはおらず、寝室で彼の好みを受け入れる女になっていた。のちにサドは彼女に宛てた手紙で、「その尻をめちゃくちゃにかわいがってやろう。おまえの尻への敬意とともに、手淫ができないようなら、私など悪魔に食われてしまえ！」と綴っている。一方で、彼女もまたサドのように世の中を軽蔑の目で見るようになっていた。彼女はサドに「私は自分のいる世界がどんなものかよく知っています。この認識のせいで、私にとって人類は憎むべき存在になってしまいました」と語り、さらにこう続けた。「あらゆる面において、あなたほどの知性と精神にめぐまれた人にお会いしたことはほぼないといってもいいくらいです」何年もの間、ルネ＝ペラジは、彼女の母親とサドの必死の努力のおかげで、その放蕩ぶりのあれこれを知らずにすんでいたが、今では、パリに暮らす母のもとに三人の子どもを預け、彼の悪事に直接付き合わされるようになっていた。サドが投獄されている間、彼女はレモン汁で秘密のメッセージをしたためて手紙を送った。アルプスにあるミオラン要塞の監獄では面会を禁じられたので、男装をして監視の目をすり抜けようとした。特筆すべきは、何年も母親のいうことに黙って従ってきたあのルネ＝ペラジが、サドと同じくらい熱のこもった口調で、〝閣下〟を激しく非難するようになっていたことだ。彼女は「母の支配から自由になれたら、二度と母のもとには戻りません。そんなことをするくらいなら、大地を耕すほうがましです」とも書いている。

ルネ＝ペラジだけがいつも変わらず、監獄に入れられますます孤立していくサドのそばに居続けた。「私はいつまでもあなたをお慕い申しあげます。あなたにどれほど侮辱されたとしても、この気持ちに変わりはありません」と彼女はよくサドへの手紙に書いた。また、サドが自身や家族にどれほどの災いをもたらそうとも、また別の手紙で「私の心には今も変わらずあなたへの激しい愛が燃えています」と綴っている。こうして彼女は、彼がこれまでにない手のこんだ不愉快な計画を思いついたときでさえ、夫のいうことに忠実に従ったのだった。

季節が変わる頃、サドは妻とともに、プロヴァンスの屋敷の外れに到着した。新しい使用人も一緒で、少女が六人と少年がひとり。ほぼ全員がまだ十代だった。一行は石畳の狭い通りを上がっていき、ラ・コストの古い集落の曲がりくねった坂道を進んでいったが、親しげに挨拶する者も、石造りの家の雨戸付きの窓から好奇の目を向けてくる者もほとんどいなかった。村人たちは、奇矯な趣味を持つこの地主貴族には用心しなくてはならないと分かっていたのだ。「このあたりではオオカミ男で通っている」とサドは嬉しそうに話した。

荒れた小高い丘の頂に出ると、ラ・コスト城があった。城の橋を渡り、中央の門を抜けると、そこに立っているのは陰鬱な石の要塞で、豪華な田舎の屋敷ではなかった。しかし、そびえる石の塔や屋敷のなかに、サドは贅を凝らしたオアシスのような空間をつくっていた。厚手の布張りの肘掛け椅子や華美なカードテーブルを置いたサロン、銅製の湯わかし釜と携帯用便器を備えた浴室、金の縁飾りがついたベッドカバーと天蓋付きベッドのある寝室。城には、いつでもサドが気まぐれに思いついたどんな演目でも上演できる劇場まであった。書斎にずらりと並んだエロティカ文学の膨大なコレクションは、だれでも、いつでも手に取れるようになっていた。隠し扉の向こうにある秘密の部屋には、さまざまな性具やわいせつな骨董(こっとう)品が並べられた。そして、暗い階段を下りていくと、そのいちばん下に岩を深く掘ってつくられた地下牢があった。ここの鍵を持っているのはサドだけだった。

若い使用人たちが新しい家を見て回っているとき、背後で不吉な音が聞こえた。サドが門を閉めて施錠する音だった。まもなく彼は「さまざまな事情があって、この冬はほとんどだれとも会わないつもりだ」とガスパール・フランソワ・グザヴィエ・ゴーフリディに手紙を書いた。彼はサドの幼なじみで、この頃にはサド家の弁護士兼公証人になっていた。サドはこう書き添えた。「日が落ちると、城の扉は固く閉ざされ、灯(ひ)も消される」だれも城から出ることは許されなかった。

城の外にいる人々は、その冬、城壁の内で起こっていることを正確には知り得なかった。おおかたサドは、自分が過去に犯した逸脱行為を詳しく話し、これまで以上に残酷な暴力、放蕩、冒瀆の計画を立てたのだろう。そして、社会の道徳や王の法律から遠く離れた場所で、無垢な少年少女を完全に支配した。しかも今回は警察も、激怒した親族もいない。今回は、すべて彼の思いのままだった。

年が明けた一月、黒い噂が広がり始めた。城を訪れたある人物が庭に埋められた人骨を発見したというのだ。不安になった一部の使用人の家族がサドを誘拐罪で訴えた。サドは少女たちを解放せず、修道院やサドの叔父の家といったさまざまな場所に預けて、拷問の事実が表沙汰にならないようにした。おそらく、罪に問われるような傷の治療も兼ねていたのだろう。叔父はサドから任された使用人を解放しようとしたが、ルネ＝ペラジから脅しを受けた。同年の春、少女のひとりが女児を出産し、ラ・コストで起こったことを公にしようしていると思われたときも、ルネ＝ペラジは、その少女が銀食器と金を盗んだとして、警察に突き出している。赤子はラ・コストに置き去りにされ、餓死した。

若い使用人たちについてサドは、「私が雇ったのだから、どうしようと勝手だ」と書き残している。「半年経った頃、一部の親が訪ねてきて、『親として、娘たちを返してもらいにきた』と訴えてきたから、返してやった。なのに突然、誘拐だの強姦だのと騒いで訴えてくるとは！」サド本人が認めているように、人骨のコレクションを見つけた者がいた。「面白いじゃないか。悪趣味かどうかはともかく（判断は任せるが）、自分の書斎に飾っているんだ」

サドは再び身の危険を感じ、イタリアへ三度目の逃亡をしている。そこでまた「マザン伯爵」という偽名を使って、フィレンツェ、ローマ、ナポリといった街をめぐり手記を書き溜めた。こうして、彼にとって初の文学的試みとなる旅行記『イタリア紀行』が生まれた。彼は気づいていなかったが、警察はネットワークを張りめぐらし、報酬を払って情報提供者――踊り子、俳優、煙突掃除人の息子など――から細かい報告を受けていたので、サドの動きはパリの風紀取締当局の責任者であるマレ警部に筒抜けだった。

ほとぼりが冷めた頃、サドはラ・コストに戻り、前の冬と同じことを繰り返そうと新たに若い使用人を何人も雇い入れた。ところが、そのうちの二十二歳の台所担当の女中（スカラリーメイド）――この娘は城でジュスティーヌと呼ばれていた――の父親が、サドが使用人に性的な要求をしていると知って、娘を取り返そうとラ・コストに乗りこんできた。一七七七年一月、父親は城を訪ね、サドと激しい口論になった。その最中、父親はピストルを取り出し、至近距離からサドの胸に向かって発砲した。銃口は光ったが、サドは何も感じなかった。どういうわけか、雷管が発火しただけだった。父親は気が動転して、逃げ去った。平民が貴族の命を奪おうとしたことは、たとえ相手がサドのような堕落した貴族であっても、サドが城で行った数々の悪行よりもはるかに重い罪とみなされていたからだろう。

ラ・コストで一命をとりとめたサドは、まもなく妻とともに、激しい冬の嵐のなかパリへ急いだ。サドは、長く修道院で暮らしている母親が重病を患っているという知らせを受けていた。しかし、二月八日にパリに到着したときにはすでに手遅れだった。三週間前の一七七七年一月十四日に亡くなっていたというのに、だれもサドに知らせなかったのだ。サドを知る人々は、だれかが知らせないように画策したのではないかと疑っていた。〝閣下〟は、自分の娘からの脅迫めいた手紙に対してこう告げたばかりだった――「ふたりがこの私に刃向かうつもりなら、こちらにも考えがあります。この世に、私を脅かすものなどひとつもありません」

パリに到着して五日後、サドはジャコブ通りの宿屋にいたところをマレ警部に発見され、逮捕され、気づけば再びヴァンセンヌの薄暗い塔の監獄に放りこまれていた。このパリ郊外にあるこの要塞は、十四年前、サドが初めて収監された場所だった。サドの叔父は、かつてこの甥の行動について、単に「情熱を持て余した若者」にありがちなことだと擁護していたのだが、この叔父さえその知らせを聞いて喜んだ。さらに「これで私も安心できます。みんなも喜んでいることでしょう」と述べ、その年のうちに逝去した。

「いつ外に出られるだろうか？」とサドは、パリに留まっていた妻に手紙を書いた。「教えてくれ。教えてくれ。でないと、私を閉じこめている壁に何度も頭を叩きつけるぞ！」〝閣下〟には血で手紙をしたため、自分を解放してくれと懇願した。しかし、幾度となく哀願しても思いは叶わず、ヴァンセンヌで一年以上の月日が流れた――そのほとんどの時間を「孤独を感じ、泣きながら」過ごしたと彼は述べている。一七七八年の夏、彼はマレ警部に連行されてエクサン＝プロヴァンスにやってきた。法廷に出頭し、数年前に彼の模擬処刑につながった、マルセイユでの娼取させたことを裏付ける決定的な証拠をつかんでいなかったのだ。
を受け取り、証言を取り下げたほか、捜査当局はサドが彼女たちにスパニッシュフライを過剰摂
婦たちへの行為に関しては容疑が晴れることとなった。何人かの女性がサドの妻から相当額の金

婦たちへの行為に関しては容疑が晴れることとなった。何人かの女性がサドの妻から相当額の金を受け取り、証言を取り下げたほか、捜査当局はサドが彼女たちにスパニッシュフライを過剰摂取させたことを裏付ける決定的な証拠をつかんでいなかったのだ。

とはいえ、これでサドが自由の身になったわけではなかった。今回の判決により、〝閣下〟の家族の名誉は回復した。ただ、シャンベリーでサドが拘束されたときの王の署名入りの逮捕状(レトゥル・ド・キャシェ)は依然として有効だったので、彼女は裁判をして世間に恥をさらすことなく、この厄介な娘婿の身柄を永久に閉じこめておくことができた。まさに彼女の計画どおりだった。

サドがこんな状況を喜んで受け入れるわけはなかった。エクサン＝プロヴァンスからパリに戻る途中でマレ警部と部下が宿屋に泊まったとき、サドは隙をついて逃げ出した。妻はまだパリにいたので、ラ・コストに戻ったサドは城に残っていた使用人たちと逃亡の成功を祝った。

しかし、マレ警部は諦めなかった。すぐに、絹商人に扮した捜査員を送りこんで、城を見張らせた。そして、八月二十六日の早朝、警官隊を引き連れてラ・コスト城に強行突入し、寝巻姿のままのサドを逮捕した。マレは数年にわたってサドを取り逃がしていたため、その鬱憤が爆発し、罵詈雑言を浴びせた。五週間前にどうやって逃げたのか問い詰め、「とっとと吐け、チビ」と怒鳴り散らし、その横で部下たちは剣とピストルをサドに突きつけ、こう続けた。「おまえはこれから一生、監獄で過ごすことになる」

この貴族に対する暴言が災いした。「そのような態度で、そのような言葉を使うのは許されません」マレの振る舞いを知った〝閣下〟はそう述べ、すぐさま彼に対する苦情を申し立てた。こ

れにより、彼は上司から減給処分を言い渡され、サドの追跡にかかった費用の請求も認められなかった。マレ警部は屈辱のなか、二年後に亡くなる。彼もまたサドと同じ轍を踏み、厄介な女性を怒らせてしまったのだ。

それでもマレ警部は、しばらくは勝利の喜びに浸ることができた。彼と部下たちは、サドの手足を縛って囚人護送用の馬車に乗せ、ラ・コストを出発した。一行が北に向かう途中、男の顔をひと目見ようと道沿いに数百人もの人だかりができた。それもそのはず、新聞に、物乞いを切りつけて見慣れない塗り薬を試したと書かれていたからだ。また、仮装舞踏会に妙な砂糖菓子を持ちこんで乱交パーティーをした悪人（「女たちは体のなかが掻き乱されるような子宮のうずきに抗えなかった」という）、あるいは義理の妹と関係を持つために妻に毒を盛った狂人という噂まで流れていた。

野次馬が集まるなか、一行はのろのろとパリへ進み、ヴァンセンヌ城へ向かった。こうして、一七七八年九月七日、日が暮れる頃に警官たちは囚人を連れて跳ね橋を渡り、そびえ立つ要塞に押しこんで、門を施錠したのだった。

The Scroll

巻物

# 第七章　赤い子爵夫人

一九二九年六月十九日

窓という窓から明るい電気の光が漏れ、合衆国広場十一番地（プラース・デ・ゼタ＝ジュニ）にある豪邸はまるで夜の灯台のように輝き、一九二九年の社交シーズンの夜会に集まってきたパリの上流階級の人々を歓迎した。円筒形のケピ帽をかぶった警官たちが光る誘導棒を振って交通整理をするなか、ロールスロイスのリムジンやメルセデスのコンバーチブルが、十九世紀に建てられた大邸宅の玄関前に生えている栗の木の下で、先を争って車を停（と）めようとしていた。車から降りてくるのは、整髪料で髪を固めた上流階級の男やボブスタイルの女。ただ、タキシードやロングドレスではなく、鳥の羽根と葦（あし）でつくったドレスや、厚紙や椅子張り用の生地でつくったジャケットを身に着けている。主催者たちが〝物質主義者たちの宴（バル・デ・マティエール）〟と呼ぶこの夜会の招待状には「いつもの服装はご遠慮ください」と書かれていた。斬新でなくてはならなかった。

両開きのガラス扉を通ってなかへ入り、広々とした玄関ホールを通り過ぎ、コリント式の円柱が並び、上からは水晶のシャンデリアが下がる大理石の階段を上がると、大勢の客のなかにパリを代表する革新的な芸術家たちがいた。豪華な大広間には、ゴヤやルーベンスのような巨匠の手になる名画が羊皮紙でおおわれたモダンな壁に掛かっており、ちぐはぐな印象を与えた。作家のポール・モランはブックカバーでつくったコートで歩き回り、芸術家のヴァランティーヌ・ユゴーは紙のランチョンマットでつくったドレスを披露している。庭では、招待客がオーケストラの生演奏を聴きながら幻灯機を使ったショーを楽しみ、大小の石でつくったスーツに身を包んだ作家のモーリス・サックスが音を立てながら移動していた。

この華やかな夜会の中心に、主催者のマリー＝ロール・ド・ノアイユがいた。世間ではノアイユ子爵夫人の名でよく知られている。プラスチック製のヒイラギの葉でできたロングドレスとそれに合わせた髪飾りを身に着けた二十六歳の女性は、今宵の宴を満足そうに見渡した。彼女はパリで大きな影響力のある芸術のパトロンのひとりだ。あくまでも支援者で、芸術家ではない。彼女の役割で必要とされるのは、センス、人脈、そして何より、財産だった。美人とはいえなかったが、芸術家に高い報酬を支払って、自分の姿を残してもらったおかげで、彼女の顔は有名になっていた。パブロ・ピカソは物憂げな表情の若い彼女を描き、マン・レイは哀愁を帯びた暗い瞳を写真に収めている。

マリー＝ロールはパーティーを楽しんでいたが、それはこうした場により、高い評判がさらに高まるからというだけではなかった。酒に酔って騒いでいれば、なんの不自由もない退屈な日々を忘れられたし、奇抜な衣装を身に着ければ、内向的な性格を隠すことができた。それに、こうしたにぎやかな集まりに出れば、彼女が育った上流階級のうわべだけ立派な世界から解放される気がした。一九〇二年十月三十一日、彼女はユダヤ人の有力な銀行家の御曹司であるモーリス・ビショフスハイムのひとり娘として生まれた。幼くして父親と祖父を亡くし、少女マリー＝ロールはフランス全土で最も裕福な相続人のひとりになった。母親は娘も父のように身体が弱いのではないかと心配し、南フランスにある静かな別荘に住まわせた。この場所で、少女は妖精の王国や邪悪な魔法使いについて想像を膨らませ、文学の世界にのめりこんで、ダンテやエドガー・アラン・ポーなどを読み漁（あさ）った。また、家族ぐるみの付き合いがあった作家ジャン・コクトーに夢中になり、母方の祖母シュヴィニエ伯爵夫人に憧れた。この伯爵夫人は高慢なパリっ子気質で、マルセル・プルーストの有名な小説『失われた時を求めて』に出てくる重要な登場人物のモデルにもなった。さらに、上流社会の貴婦人のなかで、「ちくしょう（メルド）」という言葉を発した最初の女性ともいわれている。少女は伯爵夫人からスキャンダラスな血を受け継いでいた。すなわち、ふたりはマルキ・ド・サドの直系の子孫だったのだ。

二十一歳のとき、マリー＝ロールは十一歳上の口ひげをたくわえた貴族シャルル・ド・ノアイユと結婚した。ふたりはお似合いの夫婦だった。若い妻と同様に、シャルルもまた莫大な富を築いた名家の出だ。結婚により、マリー＝ロールは「子爵夫人」という貴族の称号を手に入れた。社会階層でいえば「侯爵夫人」より二段階下の階級になる。この夫婦は新婚当初からすでに互いの情熱をぶつけ合うような関係ではなかったかもしれない。クルーズ船でハネムーンに出かけたときには、夫は日焼けを楽しみ、妻は客室にこもってフロイトの『精神分析入門』を読んでいたようだが、夫婦仲はうまくいっていた。ふたりはそれぞれの財産、影響力、ありあまる自由な時間を使って、自分たちの育ちとは何から何まで正反対の文化活動、つまりフランスのアヴァンギャルド運動を支援することにした。

あらゆる過激なものが賛美されたこのバル・デ・マティエールという夜会で、マリー＝ロールはゲストを脇に寄せ、夫妻の新たな戦利品『ソドムの百二十日』の巻物を披露した。その年の初め、一九二九年一月二十九日、フランス人作家のモーリス・エーヌはベルリンを訪れ、夫妻の代理人として一万ライヒスマルク〔ドイツの旧通貨単位〕で、出版人で書籍商のマックス・ハルヴィッツからその手稿を購入した。ハルヴィッツは十年ほど前に死んだブロッホによるサドに関する本を刊行した人物だ。それから五カ月後、今や『ソドムの百二十日』は、この邸宅の秘宝とともに骨董品として保管され、宝石があしらわれた嗅ぎタバコ入れやビザンティン美術の彫像のそばに並べられた。サドの曾々々孫の手に渡ったわけで、この新しい家はこの手稿にふさわしい場所といえるだろう。

しかし、この巻物はただの魅惑的な作品を超えた存在になる運命にあった。まもなく、ノアイユ夫妻の出資により、この巻物に触発された前代未聞の問題作が誕生する。この作品はパリを震撼（しんかん）させ、夫妻が大切にしていたすべてを脅かし、ノアイユ子爵夫人は悪名高い先祖と同じ道をたどることになる。その後長きにわたって、彼女はよくまわりから「何歳のとき本当の自分を知りましたか？」とたずねられた。彼女にとって、その答えは考えるまでもなかった。それは一九二九年、彼女が『ソドムの百二十日』を手に入れた年だった。

〈ステュディオ28〉――パリを一望するモンマルトルの丘に近い石畳の坂道を途中まで登ったところにある小さな映画館――の明かりの落ちた観客席で、客はその夜上映されることになっている『黄金時代（*L'Age d'Or*）』を待っていた。このタイトルは調和のとれた壮麗な時代を思い起こさせた。しかし、一九三〇年十二月三日の夕方、上映が始まると、人類の偉業を讃えているとは到底思えない映像が流れた。もっといえば、何か意味らしきものが隠されているとさえ思えなかった。

スクリーンに現れる数々のモノクロ映像は、互いにほとんど関連性がないように思われた。怒り狂ったサソリがネズミを襲う科学ドキュメンタリーのようなシーンのあと、みすぼらしいごろつきたちが出てくる短いシーンが続く。次いで、四人のカトリックの司教がスペインの岩だらけの海岸でしぼんで骸骨になり、一九三〇年、その遺骨があった場所にローマ帝国が建国される。新しく発明された映画に対応するために導入されたスピーカーから流れてきたサウンドトラックは、まったく別の映画のためにつくられたもののようで、たとえば沸きたつ溶岩のシーンでは、トイレの水を流す音が観客席に響いた。映画は進むにつれ、どんどん現実の枠から外れていくようだった。通りでヴァイオリンを蹴り飛ばす男。女のベッドでくつろぐ雌牛。実の息子を射殺する父親。窓から転がり落ちるキリン。彫像の足の指を愛撫（あいぶ）する女。まるで、観客の頭のなかをのぞいて夢の断片を切り取り、そのままスクリーンに投影しているかのようだ。

　この映画はシュルレアリスムと呼ばれるジャンルの作品だ。シュルレアリスムとは哲学的かつ芸術的な運動で、狂気の発作のようにパリの文化界に広がっていた。第一次世界大戦による荒廃から生まれたシュルレアリスムは、制限的な社会的慣習に縛られるのではなく、無意識の力、偶然によるひらめき、解き放たれた人間の欲望のエネルギーを尊重することを目的とした。この運動の生みの親であるアンドレ・ブルトンはフランスの作家であり詩人だ。戦時中、神経科病棟で働きながら、独自の哲学を発展させた。当時、彼は信奉者に囲まれて、パリにあるお気に入りのカフェでマンダリン・キュラソーのカクテルを楽しみながら、自分が打ち砕こうとしていた古い社会構造のあらゆる教条主義とともに、この運動の教義を伝えた。

　ブルトンと彼の仲間たちは近代文学の虚飾を非難し、自動記述〔意識的でない筆記法〕によりナンセンスな詩を生み出した。また機関誌『シュルレアリスム革命』を発行し、メンバーの夢を記事にして、よくある出産や結婚報告の代わりに「自殺者」と題されたコラムを掲載した。ルネ・マグリットやマン・レイといったシュルレアリストの芸術家は、ヴェール越しに口づけを交わす恋人を描いたり、メトロノームの振り子に眼（め）の写真を取りつけたりして、幻覚の不気味な領域を表現した。シュルレアリストたちは、神の冒瀆、裸体、突飛なパフォーマンスを楽しんだ。なかには、獣のような叫び声を上げる表現者や静寂のなかでくるくる回るバレリーナもいた。こうしたイベントではしばしば乱闘騒ぎが起こったが、殴られてあざをつくって会場をあとにする客はいい夜だったと満足した。

　シュルレアリストたちは、映画に目を向け、人々に衝撃を与えるのに最高の表現手段だと考えた。三十年ほど前に生まれた映画産業は、あくまで気楽な大衆娯楽と一般的にはみられていたが、ブルトン派は映画の超写実主義（ハイパーリアリズム）を利用すれば現代生活を新たに認識できると思い至った。最も驚くべきシュルレアリスムの作品といえば、十七分の無声映画『アンダルシアの犬』だろう。男が女の目を切り裂くシーンが流れたとき、パリに衝撃が走った。

ノアイユ夫妻が『アンダルシアの犬』の上映会に出席したのは、一九二九年六月のことだった。〝バル・デ・マティエール〟を開催する直前のことだ。夫妻は以前から、自分たちの屋敷や別荘に、マックス・エルンスト、フランシス・ピカビア、マン・レイ、イヴ・タンギーといったシュルレアリスムの芸術家の作品を飾っていた。シュルレアリスムの定期刊行物やそのほかの取り組みにも出資し、ブルトンや彼の仲間からこうした財力を軽蔑の目で見られているのは知っていたが、大目に見てやった。また、夫妻はいちはやく、お洒落で神経質そうな笑い方をするカタルーニャ出身の変わった若者、サルバドール・ダリの才能を見出し、彼のために、カタルーニャ沿岸にある漁師小屋を自宅兼アトリエに改築する資金を提供している。『アンダルシアの犬』はダリとスペイン出身の映画監督ルイス・ブニュエルとの共作で、これがダリのデビュー作となる。夫妻はこの映画を観（み）て感動し、このコンビに次回作の製作費を出すと申し出た。

ノアイユ夫妻は最終的に彼らの次の企画に百万フラン近く出資し、映像に音のついた初のフランス映画がつくられた。製作の途中で、ダリとブニュエルの意見が食い違ってけんか別れになり、ブニュエルがひとりで指揮を執ることになった。一九三〇年一月、筋骨たくましいしかめ面の監督は——裕福な家庭の育ちで物腰が上品だったが、因習を打破してやろうという反骨精神も持ち合わせていた——南フランスにある夫妻の邸宅に移り住んで脚本を執筆した。夜になると、ブニュエルは決まってこのパトロン夫妻のために書き上げたばかりの原稿を朗読した。そのお返しに夫妻は、創造的なインスピレーションを与えた。それが『ソドムの百二十日』だった。

この頃すでに、サドはシュルレアリストたちのなかでよく知られた存在だった。ギヨーム・アポリネールという、実験的な詩人であり初期のアヴァンギャルド運動の推進者だった男が、フランス国立図書館の禁書セクションを調べていたときに、サドの手稿を数多く掘り当て、その魅力を引き出したのだ。禁書セクションは〈地獄〉と呼ばれていた〔仏語enferには「禁書」の意味もある〕。一九〇九年、アポリネールはアンソロジーとしては短いが影響力のある『マルキ・ド・サド作品集（*L'Oeuvre du Marquis de Sade*）』を刊行し、そのなかで、サドは単にブロッホの想像するような性科学の先駆者ではなく、究極の芸術的反逆者であり、当時の道徳的、政治的、宗教的な偽善を破壊しようとした人物だと主張した。また、サドのことを〝聖サド〟と呼んで、「かつて存在した最も自由な精神」を持つ彼の考え方はまちがいなく「二十世紀を支配する」のにふさわしいと主張した。

サドは何かに憑かれたように三十七日間で『ソドムの百二十日』を書き上げており、シュルレアリストたちはサドのことを、自分たちよりずっと昔に自動記述を試みた先駆者と考えた。また、サドのポルノへの執着に、エロティックな欲望を賛美する自分たちの原点を見出した。シュルレアリストたちは、サドの生き方に触発されて性的に露骨な作品を生み出し、彼の理論に関する難解な論文を執筆し、彼が幼少期を過ごしたプロヴァンスの家を訪ねる企画を立て、シリング城で行われた快楽の宴をまねて、廃墟となった屋敷で仮面乱交パーティーを計画した。また、サドにならって主に男性から成るグループをつくり、女性の身体を物として扱い自由に触って奥まで調べ、彫刻や写真や絵画を通して、分解し組み立て直して表現した。ブルトンは、彼の極めて重要な著書『シュルレアリスム宣言』で、「サドはサディズムにおいてシュルレアリストだ」と宣言し、このはるか昔に死んだ作家を自分の派閥に歓迎した。

この前年、ルイス・ブニュエルは、プルーストから『ソドムの百二十日』を借りた。ブニュエルはこの小説を啓示と感じ、「サドに比べれば、ほかのどんな傑作も色あせてしまう」と書いた。そして今、彼はノアイユ夫妻のおかげで、その手稿をいつでも手にすることができるようになった。

完成したブニュエルの『黄金時代』には、サドの小説の影響がいたるところにみられた。六十三分の映画の中心となるプロットは――そんなものがあるとすればだが――あるカップルに焦点をあてている。この男女は互いを求め合いながらも邪魔が入って情欲を満たすことができずいらしており、こうした設定にサド的な要素が色濃く反映されていた。映画の最後では、山中に高くそびえるセリニー城に場面が切り替わる。インタータイトル〔本編中に差しはさまれる中間字幕〕によれば、汚辱と放蕩の限りを尽くした百二十日間を終えて、四人の悪党が要塞から出てくるシーンだ。最初に城から姿を現すのは、快楽の宴を催した中心的人物。ひげをたくわえた髪の長い男はたっぷりしたローブを身にまとい、慈愛に満ちた雰囲気を漂わせて、堂々とした足取りで跳ね橋を歩いている。ブニュエルは『黄金時代』で、『ソドムの百二十日』を銀幕の世界に持ちこみ、主人公の悪党をイエス・キリストに重ねてみせたのだ。

一九三〇年夏、ノアイユ夫妻は屋敷のプライベートシアターでこの映画を初上映し、次いでソルボンヌ近くにある〈シネマ・デュ・パンテオン〉〔パリ最古の映画館のひとつ〕で盛大なプレミア上映会を行った。ブニュエルは上映会の盛況ぶりに満足し、一方でダリは、最終的にハリウッド映画みたいになったじゃないかと、称賛の意をこめて述べた。しかし、なかにはこの作品を快く思わない人々もいた。上映後、ノアイユ夫妻が出口で観客に挨拶をしても、この街の特権階級の多くは無言で立ち去った。上映後に夫妻の大邸宅の豪華なサロンで行われたレセプションパーティーでは、ひとりのシュルレアリストが騒ぎを起こした。暴言を吐きながら、給仕たちを押しのけ、並べられた料理をめちゃくちゃにし、貴族の施しを受けて革命的な芸術をつくるなど言語道断だと激怒した。

主催者たちはひるむことなく上映を続けた。モンマルトルにある〈ステュディオ28〉では上映期間の延長が予定され、ロビーにダリ、エルンスト、タンギー、マン・レイの作品が飾られた。金箔を使った四十八ページのパンフレットを制作し、ブルトンやほかのシュルレアリスムの作家たちが本作とレーニン、フロイト、ヘーゲルの理論を結びつけた解説記事を掲載した。こうしてついに十一月二十八日に公開日を迎え、短編映画何本かとアニメ——おそらくウォルト・ディズニーの『シリー・シンフォニー』——が一緒に上映された。初日の夜も、その後の四日間の夜も何事も起きなかった。

ところがこの日、十二月三日の上映中には、観客席から「ユダヤ人に死を！」「フランスにまだキリスト教徒がいることを教えてやる！」といった怒号が飛び交った。その叫び声を発したのは、極右の愛国者同盟と反ユダヤ主義同盟のおよそ五十人のメンバーだった。彼らは映画館に突入すると、通路に発煙筒をいくつも置いて、スクリーンに紫のインクをぶちまけた。館内は大混乱に陥り、抗議者たちはスタッフをこん棒で殴り、ロビーに飾ってあった何枚もの絵画を破壊しながら映画館の外へ出ていった。

スクリーンのインクで汚れた部分に紙を貼って、映画は再開された。しかし、こうした反発の声は市外にも広がっていく。新聞各社はボリシェヴィキの思想を反映した過激なパフォーマンスだとして非難しだし、批評家たちはこの作品を『ガラクタ時代（*L'Age d'Ordure*）』と呼んだ。イタリア人外交官たちは、ローマ帝国の描写やベニート・ムッソリーニのファシスト政権への侮辱ととれる描写に対して抗議した。暴動から一週間後には、国家の検閲によって上映禁止となり、警察は手を尽くしてほぼすべてのフィルムを没収した。この映画はそれから五十年間、上映禁止とされる。

シュルレアリスムのメンバーは映画が惨憺(さんたん)たる失敗に終わったのを好機ととって論文を執筆し、「挑発的行為を利用して、その後の警察の介入を正当化するのは、ファシズムの兆候ではないか」と疑問を投げかけた。しかし、攻撃の標的となった人々はそんなふうに楽しんではいられなかった。ブニュエルはＭＧＭスタジオから短期の仕事を受けてハリウッドに行っていたが、現地から電報を打って騒動の全責任は自分にあると伝えた。ダリはスペインに強制送還されるのではないかと心配した。シャルル・ド・ノアイユは〈ジョッキー・クラブ〉という街でいちばん由緒ある団体からの除籍を余儀なくされたうえ、彼の母親が息子を破門から救おうと、ローマで教皇ピウス十一世に謁見したと噂された。

この騒動から逃れるため、夫妻は南フランスに避難して、いつになく静かなクリスマス休暇をふたりの幼い娘ロールとナタリーとともに過ごした。とりわけシャルルは今回の騒動に動揺しており、前衛的な芸術活動への支援は控え、二度と映画製作に手を出すことはなかった。聞くところによると、彼は翌年ある同僚に、「音楽ならリスクは少ないだろう」と漏らしていたという。

一方、妻マリー＝ロールの反応は違った。『黄金時代』が引き起こしたスキャンダルと混乱の渦中、晴天の霹靂（へきれき）のように啓示に打たれたのだ。それは解放感といってもいい。彼女はいつのまにかそんな状況を楽しんでいる自分を発見していた。

地中海沿岸の邸宅で、マリー＝ロールはベッドから抜け出し、白いロング丈のネグリジェを着て廊下に出た。夫と三十一歳の彼女は、何年も前に結婚祝いでコート・ダジュールにある丘陵地帯の土地を譲り受け、そこにキュビズム様式の複合施設のような広大な邸宅を建てた。寝室十五室、美容院、スカッシュコート、最新式の屋内プールも備えている。この夜、満月の光に照らされて、その広々とした近代的な空間とゴムでコーティングされたパイプ式家具には、方向感覚を失わせるような奇妙な陰影ができていた。

マリー＝ロールは別の寝室のドアの前で立ち止まり、そっとなかに入った。ベッドに横たわっているのは、ノアイユ夫妻がこの海辺の別荘に迎えた長期滞在中のたくさんの著名なゲストのひとりだ。彼の名はエドワード・ジェイムズといい、イギリスの詩人であり裕福な芸術のパトロンでもあったが、彼が何者かは特に重要ではない。これから何年にもわたって、彼のような人はたくさん現れるだろうし、何度となく同じようなことが繰り返されるだろうから。彼女は声をかけることもなく、彼のベッドにもぐりこんだ。こうした私的な現実逃避は『黄金時代』の騒動から始まっていたが、次いで起こったある出来事が彼女の変化に拍車をかけることになった。彼女は、別荘のジムで働いているキャリステニクス〔自身の体重を使ってさまざまな運動を行うトレーニング〕のトレーナーと夫が寝ているところを目撃してしまったのだ。離婚にはいたらなかったが、これをきっかけにふたりの関係はすっきりしたものになった。変わらず仲が良く、離れている間も毎日のように手紙のやりとりをしていたが、求めるものがそれぞれ違ったため、別々の道を歩むことにしたのだった。シャルルは園芸に興味を持ち、ツバキ、ツゲ、ユリを育てるというシンプルな楽しみに没頭した。一方の妻は、もっとエキゾチックなものを選んだ。つまり、反逆心だ。

こうして、彼女は舞台袖で手助けするのではなく、自分自身のドラマで主役を務めるようになった。詩人のジェイムズから始まって、次々と愛人をつくった。若きロシア人作曲家イーゴリ・マルケヴィチ、荒々しいスペイン人画家オスカル・ドミンゲス、自分よりはるかに年下の闘牛ブリーダーのジャン・ラフォン。彼女はファッションのアイコンにもなり、モデルとしてココ・シャネルやエルザ・スキャパレッリがデザインした服を着て、『ヴォーグ』や『ハーパーズ バザー』といった雑誌のページを飾った。また、『地上の十年（*Ten Years on Earth*）』という奇想天外な短編集を出して出版活動に乗り出し、十一冊の本と数多くの記事を残している。やがて絵も始め、奇妙な動物や幽霊のような人間のいる幻影的な風景の絵を描いた。こうして、彼女はパリの上流社会において扇動的な女王として君臨し、嘘にまみれた艶聞を流してスキャンダルを巻き起こし、マグヌス・ヒルシュフェルトによる性科学の本を読んで実践した。彼女の知人はその行動について次のように語っている。「マリー＝ロールはまずもって子どものような人だ。第二に芸術家で、第三に子爵夫人……第四に聖人、第五にマゾヒスト……第六にあばずれ……なにより優しい人だが、いうまでもなく、頭のねじが飛んでいる」

彼女のお気に入りの小道具のひとつは『ソドムの百二十日』だった。集まりがあると、巻物を取り出して、わいせつな部分を声に出して読み上げた。「マリー＝ロールはマルキ・ド・サドの子孫だ。だから、お察しのとおり、とても気性が激しいんだ」と夫はのちに述べている。

マリー＝ロールの悪名高い先祖、サドもまた新たに評価されることになった。それは、夫妻の代理人としてドイツで『ソドムの百二十日』を入手したモーリス・エーヌのおかげといえる。元医師で、極端な左翼活動家であり、また献身的なシュルレアリストでもあったエーヌは、フランス共産党員だったが、一九二三年に党から除名された。その直前に平和主義者と公言していたこの男は、会議の席でピストルを取り出し、激高して宙に向けて発砲し、妻に傷を負わせるという事件を起こしていた。その後の数年間、エーヌは、自分と同じくらい自由を渇望していると思われる人物にのめりこんだ。マルキ・ド・サドだ。彼はノアイユ夫妻のために『ソドムの百二十日』を見つけ出したあと、この新たな所有者から巻物の閲覧を許可されたため、この小説の版を新たにし、ブロッホの版にあった数々の誤りに修正を加えた。

エーヌは一九三一年から三五年の間に、全三巻から成る『ソドムの百二十日』の〝批評版〟を上梓した。三百九十六部の限定版で、エーヌがサドの生涯を記念して主宰した〈哲学小説の会〉から刊行された。この会は毎年サドの生誕祭を開催し、ザリガニのビスク、ミモザサラダ、トリュフを添えたフォアグラといった豪華な料理を振る舞っていた。『ソドムの百二十日』について、ブロッホは科学的な一覧と説明していたが、エーヌは芸術的な解放と捉えていた。彼は序文で、この作品は「一般大衆ではなく、合理的思考の究極の表現を受け入れるだけの文化的素養のあるエリート層」に読まれるべきだと述べている。サドも自分と同じように、信念を貫くために挑発者となり不当に迫害されたと考えていた。エーヌはシュルレアリスムに関して多くの記事を書いているが、そのひとつでサドのことを「自然を調教する者」「神を攻撃する者」「法を侮辱する者」「性を解放する者」などと表現した。一九四〇年に病死するまで、ほぼすべての時間と財産を費やし、彼の守護聖人による作品をいくつも発掘して世に広めた。エーヌの功績により、サドはシュルレアリストの枠をはるかに超えて、芸術の自由を象徴する存在として広く知られるようになった。

その間、サドの熱烈な愛好家であるシュルレアリストたちは苦境に立たされていた。ブルトンは相変わらず狭量な暴君で、彼のグループにいた初期メンバーの多くを追放あるいは疎外しており、シュルレアリスムの活動自体も、その思想を政治に結びつけるべきか、もしそうなら、どう結びつけるべきなのかをめぐって深刻な内部分裂が起こり、壁にぶち当たっていた。社会変革を求める声がますます高まるなか、突然、シュルレアリストは約束された革命を芸術的創造の枠を超えて広める力がないように思われるようになった。

一方でマリー＝ロールはすっかり革命家だった。左派の急進派だったミッシェル・プティジャンと親しくなり、街頭デモに参加して、一九三六年の議会選挙で圧勝した進歩的なフランスの人民戦線（左派連合）を支持した。また、スペイン内戦でフランシスコ・フランコ将軍と戦った左派の旅団に対する軍需物資の調達に手を貸したとも報じられている。社交仲間は彼女を嘲笑（あざわら）って〝赤い子爵夫人〟と呼ぶようになった。彼女はその名をどちらかといえばほめ言葉として受け取ったようだ。

しかし、一九四〇年六月十四日、赤い子爵夫人は、パリにやってきたナチス兵がまっすぐ伸ばした脚を高く上げて、シャンゼリゼ大通りを行進していく様子を黙って見ているばかりだった。前月に発生したドイツ軍の侵攻によりフランス軍の無力さが露呈したため、彼女はリムジンでパリを脱出しようとしていたというのに、いつ抜け出せるとも分からない雑踏に戻り、荷物を山積みした馬車、クラクションを鳴らす自動車、青い顔をして重い足取りで歩くパリの人々に交じった。

夫が南フランスに留まったのに対し、彼女は占領下のパリに落ち着き、どうにか再び以前のような暮らしを楽しんだ。彼女は街に残った社交界の友人らと〈カフェ・ド・フロール〉で食事をしていたが、パリ市民の大半は毎日、ほんのわずかのパン、肉、チーズが配給され、コーヒーの代わりにヒヨコ豆やドングリを煎じたものを飲む状況にあった。彼女には信頼できるつてがあったし、両親のうちユダヤ人は父親だけだったので、ナチスの法の下では過度に穢（けが）れていないと判断された。おかげで、何万ものフランス系ユダヤ人が強制収容所に送られる状況下においても、彼女は合衆国広場（プラース・デ・ゼタ＝ジュニ）にある大邸宅でほぼ平穏無事に暮らすことができた。そして、自己保身のためか、退屈だったのか、あるいは単にスキャンダルから離れられない運命なのかは不明だが、サドの血を引く彼女は、一部の人から彼女自身の根本的な信念に対する最大の裏切りとみなされてもおかしくない過ちを犯してしまった。

一九四〇年十一月二十一日、真っ暗なパリの夜、一台の車が道路脇に突っこんだ。車の残骸のなかに、マリー＝ロールと彼女の連れが横たわっていた。連れはナチスの将校だった。彼女はこの事故で鼻に重傷を負い、その後遺症で呼吸をするたびに、ヒューヒューという喘鳴（ぜんめい）がはっきり聞こえるようになった。損傷が大きくて治療のしようがなく、傷痕が残った。この日、子爵夫人の宴は幕を閉じたのだった。

「パリよ立ち上がれ！」という声が繰り返し、パリ中心部にあるオデオン座周辺の曲がりくねった路地にこだました。それは一九六八年五月十七日のことで、この叫び声は真実の力を持って春の空に響きわたり、わずか数週間のうちに、パリ市民はフランス当局から自由を勝ち取った。

数週間前にこの暴動は始まった。ヨーロッパとアメリカで根付きつつあった左翼の運動に触発され、首都とその周辺の大学生が団結して大規模なデモを行い、校則による締め付けや若年層の失業率上昇に抗議した。まもなく、催涙ガスの雲に包まれた学生街カルチエ・ラタンに結集した若者が、根こそぎにした木やひっくり返した車でバリケートを築き、道路からはがした敷石で武装して、ヘルメットをかぶった警官隊と衝突した。この混乱は、第二次世界大戦の英雄シャルル・ド・ゴールによる長期にわたる抑圧的な体制に不満を抱いていた労働者が工場、百貨店、医療施設でストライキを始めたのをきっかけに広まった。こうして、国の労働力の半分が仕事をストップし、フランス史上最大のゼネラルストライキに発展していったのだった。

勢いづいた学生たちはソルボンヌに突入し、講堂を「革命の要塞」にして通りすがりの人々を迎え入れ、来(きた)るべき新たな世界秩序について徹底的に議論した。この二日前には、「すべてのブルジョワ劇場は国民議会にすべきだ」と宣言し、オデオン座を占拠して議論の場として開放し、だれでもステージに上がって、思いついたことを発言できるようにした。

当時、多くの人は、シュルレアリスムの公式な変遷はとうに終わったものと考えていた。第二次世界大戦の頃は、その恐怖や核による人類滅亡の迫り来る脅威により、ニヒリズムを派手に持ち上げたこのグループの表現は、甘い考えだが恐ろしいほど的を射たものだった。ブルトンは一九六六年、すでにこの世を去っている。彼がかつて追放したシュルレアリストの画家をサドの命日に、サド家の紋章を大胆にも自身の胸に焼きつけたからという理由で再び仲間に迎えたのは、亡くなる数年前のことだ。しかしこのとき、パリの新たな解放区で、シュルレアリスムの理想が突然息を吹き返していた。オデオン座の赤いベルベットの座席や金箔の片蓋柱〔装飾的に壁面に取り付けられる柱〕に囲まれて、酒を飲んで興奮した者たちが昔の舞台衣装を着て、「今世紀最大のシュルレアリストのイベントだ」と高らかに叫んで自由奔放なショーを繰り広げていたのだ。劇場の近くには、「現実主義者であれ、されど不可能を求めよ」や「国立図書館よ、本を解放せよ」と書かれたリトグラフのポスターが貼られ、近くの建物の壁にも、「ナザレ〔キリストゆかりの地〕のヒキガエルをつぶせ」や「性的欲望を解放せよ」といった落書きがあった。まるでサド本人が、シルクスクリーンやスプレーペイントを手にして、楽しそうに暴れ回っているかのようだった。

その日の午後、混乱のなかでオデオン座の周辺に群がっていた過激派の若者たちのもとに思わぬ訪問者があった。光沢のある黒のシトロエンDSが劇場の前で停まった。貫禄(かんろく)のあるお抱え運転手付きの車の後部座席から、ゆっくりと出てきたのは、六十五歳になったマリー＝ロール・ド・ノアイユだった。ぶかっとしたシャネルのツイードスーツを着て、髪を茶色に染め、派手なサングラスをかけた彼女は、奇妙な服装のロマ民族のようにも見えた。時の流れとともに華奢(きゃしゃ)だった身体に肉がつき、〈ゴロワーズブルー〉を愛煙していたせいで耳障りなしゃがれ声になっていたが、その瞳にはまだ赤い子爵夫人としての情熱の炎が宿っていた。彼女がここに現れたのは、長年培ってきた経験に基づく知恵を新世代の問題児たちに伝えるためだった。

彼女はおそらく、オデオン座とその周辺の建物がコンデ館の跡地（権威あるコンデ家の豪奢な邸宅は革命直前に取り壊されていた）に建てられたことを知らなかっただろう。つまり彼女は偶然、悪名高い先祖マルキ・ド・サドが生まれた場所で自身の革命的な立場を表明したことになる。

彼女は大演説をぶってみせたが、聞いていた人々を唖然とさせはしたものの、それだけで終わった。国を麻痺状態にした学生たちは、彼女の敬愛するシュルレアリストたちの計算し尽くした挑発的な言葉など必要としていなかったし、エリート主義によって汚染された彼女の財力や影響力にも興味はなかったのだ。近所に貼られていた街頭ポスターのひとつにも、「カルチャーはブルジョアジーのお気に入りの武器」と書かれていた。マリー＝ロールはもはや魅力的な遺物にすぎず、合衆国広場（プラース・デ・ゼタ＝ジュニ）の大邸宅にあふれている骨董品のような存在だった。そういうわけでこの日、反体制派の学生たちは、礼儀正しくはしていたが、彼女の意見にはまったく取り合わなかった。ただ、無駄に弁舌を振るう子爵夫人の邪魔はせず、運転手付きの車に戻り立ち去るまで好きにさせておいた。

　翌月、動揺したフランス当局は、なんとかオデオン座とソルボンヌを反体制の学生から取り戻した。一九六八年に起きた五月の出来事は革命にはならなかったが、フランスはもう以前のままではなかった。翌年、シャルル・ド・ゴール大統領は辞任した。比較的小さな政府問題に関する投票で敗北したあとのことだ。辞任の理由について問われると、「ばかばかしいからだ」と答えている。

　赤い子爵夫人の抗議行動は、彼女の最後の冒険のひとつに数えられた。二年後の一九七〇年一月二十九日、恐怖に満ちた悲鳴が、合衆国広場（プラース・デ・ゼタ＝ジュニ）の大邸宅にこだました――「死にたくない！　死にたくない！」前日の晩、マリー＝ロールは脳卒中を起こした。六十七歳の彼女はベッドに横たわり、息をするのも苦しそうだったが、相変わらず現状を受け入れようとはしなかった。長年住みこみで働いていた使用人に必死でつかまり、その両腕に深いひっかき傷を残した。だがもはや、そんな奇行に走っても無駄だった。その日の朝のうちに、マリー＝ロール・ド・ノアイユはこの世を去った。

　あとに遺されたシャルル・ド・ノアイユは、彼女の恋人とはいえなかったが、最後の最後まで大切な友人だった。彼は妻が死んでから十一年生き、ガーデニングに情熱を傾け、大切にしていたツバキの品種に〈ヴィコント・ド・ノアイユ〉という名前を付けた。ふたりの娘と四人の孫もあとに遺されたが、彼らにとって彼女は親しい家族というより、生きる伝説のような存在だった。いつも物笑いの種になるようなことをするのに忙しく、家族へ愛情を向けるエネルギーまで残っていない人。そして、もうひとつ彼女が遺したものがあった。それは『ソドムの百二十日』の巻物だった。

この手稿は次女のナタリーの手に渡った。プロ騎手だったナタリーは母親の派手な生活にあまり興味はなかったが、『ソドムの百二十日』に魅了されたひとりだった。マルキ・ド・ヴィルヌーヴ＝トランが百年前にデザインしたペニスを模したケースは、長い年月のうちに失われていたので、革の箱に入れて自宅の戸棚にしまった。そして、母のように、箱から巻物を取り出してテーブルの上に広げ、自宅を訪れた著名な客に披露した。そのなかには、イタリア人作家のイタロ・カルヴィーノや、かつてシュルレアリスムの作家だったルイ・アラゴンがいた。ところが、ナタリーはとうとう不適切な人物に巻物を見せてしまった。一九八二年十一月、彼女の息子カルロ・ペローネが、パニックに陥った母親から電話を受けた――「巻物がなくなったわ」『ソドムの百二十日』が盗まれたことを、彼女は息子に告げた。

手紙の帝国

# 第八章　本の街の混乱

二〇〇七年

レリティエはワインをひと口飲み、昼食会の客に笑顔を向けた。テーブルの向かいにはフレデリック・キャスタンが座っていた。彼はパリの手稿ディーラーであり、フランスの稀覯本の販売業者が集う由緒正しき全仏古書籍商組合の会長だった。レリティエは自社を案内したあと、キャスタンをパリの高級な老舗カフェ・ブラッスリー〈フーケ〉での昼食に誘った。今回の打ち合わせは、好印象を残すことが目的だった。キャスタンのエレガントなスーツ、髪を後ろに流したポンパドール〔前髪で高さを出して膨らませたリーゼントに似た髪型〕、洗練された立ち居振る舞い、そうしたすべてが、旧世界の権威を醸し出していた。アリストフィル社に影響力を持たせるために、レリティエがだれより必要とする人物だ。

レリティエは六十に手が届きかけていた。髪はだいぶ薄くなり、背は低いがたっぷり肉がついて、アルフレッド・ヒッチコックのようになった。彼の顕著な特徴ともいえる、ずる賢そうな、いたずらっぽい笑みは健在で、このときもその笑みを見せてから本題に入った。手紙や手稿の世界が閉鎖的だとは思いませんか、と彼は切り出した。そういったものを扱うフランスの市場は日に日に価値を失っています。今こそ、手書きの時代の終焉を利用して、このビジネスをフランスがかつて見たことのない高みへと導くときではないでしょうか。あなたの専門知識と私のビジネスの才覚を合わせれば、このビジネスはどこまでも大きく成長するはずです。そして、ぜひとも力を貸してくださいませんかと話を結んだ。

キャスタンは食事中ずっと、愛想はいいが曖昧な態度を崩さなかった。そして時間を割いてくれたことに礼を述べたあと、ジャコブ通りにある彼の手稿店に戻った。セーヌ川からそう遠くないこの狭い通りにはアートギャラリーやデザイナーズブランドのブティックが軒を連ねている。キャスタンは小さいながらも美しい仕事場を見回した。くすんだ淡い水色の壁にはD・H・ロレンス、オスカー・ワイルド、ジャック・ロンドンの手紙が額縁に入れて掛けられ、ジェイムズ・ジョイスとヴィクトル・ユゴーの小さな彫像が、専門書や革装の学術書を整然と並べた店の棚を見守っている。奥にある、使いこまれた飾り戸棚には、貴重な文書が百年以上もの間、保管されてきた。この場所でキャスタンは、馴染(なじ)み客のために、何世代にもわたり受け継がれてきた文書の信憑(しんぴょう)性と価値について助言し、上客には五百ユーロからその千倍以上の価値のある手紙や手稿を提供していた。静かな店内に立ってみれば、この城にあるものはすべて、レリティエが時代遅れで古くさいと考えているものばかりだ。キャスタンは静かに心に誓った——アリストフィル社とは決して組まないと。

キャスタンは手稿を扱う店に生まれた。父方の祖母、マドレーヌ・キャスタンは二十世紀における最も偉大なフランスのアンティーク・ディーラー兼インテリア・デザイナーのひとりで、父親のミシェルは〈メゾン・シャラヴェイ〉の最後のオーナーだった。フランスの手稿店のなかではいちばん古く、どこよりも長く続いた店だったが、二〇〇六年に閉店している。子どもの頃、キャスタンはパリにある祖母のデザイナーズ家具の店を探検して遊んでいた。ロシア製の張りぐるみの肘掛け椅子、ヒョウ柄のじゅうたん、造花のツタなど多種多様なものが置いてある店だった。そのすぐ近くにあった〈メゾン・シャラヴェイ〉で、当時のキャスタン少年は、今は自分の店の飾り戸棚に保管されている昔の文書を熱心に読んでいた。そこには小説家のマルセル・プルースト、彫刻家のオーギュスト・ロダン、小説家のギュスターヴ・フロベールの手稿まであった。夏になると北フランスで過ごし、家族が所有している郊外の別荘で遊んだ。そこで祖母はジャン・コクトー、シャイム・スーティン、パブロ・ピカソなどの友人をもてなしていた。

成長するにつれ、キャスタンは父と政治的な意見が合わず、しょっちゅう対立するようになった。父ミシェルは、一九六八年の五月革命のとき、敷石でマドレーヌ・キャスタンの店の窓を割られたのは息子のせいだと信じたまま、死んでいった。当初、キャスタンは家業を捨てて歴史の教師になる道を選んだ。ところがある授業で、〈メゾン・シャラヴェイ〉のコレクションから借りてきた、フランスの革命家マクシミリアン・ロベスピエールやジョルジュ・ダントンの手紙の原本を披露した。そのときの生徒たちの興奮に輝く目を見て、彼は父の跡を継ごうと決めた。

世間では、彼がただ家族の威光を借り、〈メゾン・シャラヴェイ〉の名声と顧客を利用し、かつてジャコブ通りにあった祖母のインテリアギャラリーの敷地の一部に店を開いただけだとささやく声も聞かれた。しかし、キャスタンは自分で道を切り開き、父親の支援をほとんど受けていない。彼は子どもの頃大好きだったハリウッドの西部劇映画やそのほかのアメリカ文化に影響を受けて、F・スコット・フィッツジェラルド、ウィリアム・フォークナー、アルフレッド・ヒッチコックの直筆原稿に目を向けた。これはフランスのディーラーの多くがアメリカの著名人の魅力に気づくずっと前のことだ。古書籍商組合の会長になると、毎年開催しているブックフェアを、エッフェル塔の近くにあるガラス張りの展示会場〈グラン・パレ〉に移して、そのイベントを年に一度の大規模な催しにした。

キャスタンは〈メゾン・シャラヴェイ〉の膨大な歴史文書や資料を研究して、その道の権威となり、やがて本、芸術、骨董品の専門家が結集した民間組織〈コンパニー・ナシオナル・デ・ゼクスペール〉の会長を任されるまでになった。この組織の専門家はしばしば法廷に証人として呼ばれることもある。彼は紙の原材料、ウォーターマークと呼ばれる透かし模様、書誌情報、インクの吸収率から、文書が書かれた正確な年代を特定する方法を学んだ。筆跡の微細な違いから、羽根ペンで書かれたものか、その後のスチールのペン先で書かれたものなのかを識別する方法も知っていた。さらに、文書の真贋（しんがん）を見極められるようにもなり、すらすらと書かれた一貫性のある筆跡、急いで書かれた筆跡、ぞんざいな筆跡、どれであろうと本物かどうか見抜くことができた。歴史的文書もまた、人生と同じく、完璧すぎるものは怪しい。

キャスタンはフランスの手稿市場において最も名高い人物と認められていたが、それもレリティエが現れるまでのことだった。キャスタンからすれば、貴重な文献を出資対象にするという考え方は、自分が大切にしているものすべてを冒瀆する行為だった。とりわけアリストフィル社が彼の店のすぐ近く、まさにこの地区にあることで、なおさら侮辱されたように感じた。

最新の統計によると、国際古書籍商連盟にはパリにある百三十八もの書店が加盟しており、その数はニューヨーク、ロンドン、ローマを合わせた加盟店数を上回っている。これらの書店の多くは、キャスタンの店もふくめて、パリ六区のサン＝ジェルマン・デ・プレやオデオンの周辺にあった。そこは左岸に面した、ソルボンヌのまわりにある歴史的なエリアだ。十六世紀に書籍商と出版人が大学に近いこの地域を選んで集まってきたのが始まりで、今ではこの小さなエリアにパリの書店のおよそ三分の一がある。観光客のほとんどはセーヌ河岸に並ぶ露店式(ブキニスト)の古本屋に集まるが、主要な取引はセーヌ川から少し離れた中世の路地で行われていた。この裏通りには、〈古書〉や〈自筆原稿〉の飾り文字を扉に掲げた小さな雑然とした書店が軒を連ねており、店内にはヴィクトル・ユゴーのサイン入りの初版本から、マリー・アントワネットのラブレター、マンモス・インキュナブラ、すなわち活版印刷の黎明(れいめい)期における十五世紀につくられた大型本、縦数センチのミニチュア本まであった。この世界には革装幀の表紙や小口に箔押しを施した書物があふれ、埃や古くなって劣化した紙の匂いが漂っている。本扉の挿絵の位置が正確であるか否かで、数千ユーロの差を生むこともあった。

一九二〇年代に、まだ売れない作家だった若き日のアーネスト・ヘミングウェイは、セーヌ川沿いに並ぶ古本屋を見て回り、店主と話をしながらフランスの本の価値を見る眼を養った。「本が良ければ、持ち主はそれ相応の装幀を施すものよ」と店主は彼に語った。「英語の本はすべて装幀されているけど、ひどい装幀ばかりで、評価のしようがないわ」

このあたりにはもうひとつ文学にまつわる名所、オデオン通りがある。サン＝ジェルマン大通りとリュクサンブール公園の間に位置する一ブロックだけの格式高い通りで、おそらく世界中のどの通りを歩くよりも、文士たちの偉大な足跡を感じることができる場所だ。この通り沿いに並ぶ一軒家のなかには、トマス・ペインが『人間の権利』を執筆した家や、作家兼出版人のロバート・マコールモンがヘミングウェイの処女作『三つの短編と十の詩』の出版に向けて作業をしていた家があった。この狭い通りの半ばにあるオデオン通り七番地で、アドリエンヌ・モニエが書店〈本の友の家〉を開いた。女性が経営する国内初の書店のひとつで、ポール・ヴァレリー、アンドレ・ジッド、ポール・クローデルといったアヴァンギャルドのフランスの作家たちが集まった。もちろん若き日のアンドレ・ブルトンもここで仲間とシュルレアリスム革命について語り合った。

この書店の成功に刺激を受けた、モニエの友人でアメリカ生まれのシルヴィア・ビーチは、通りをはさんで向かい側のオデオン通り十二番地に、英語書籍専門の書店兼図書室〈シェイクスピア・アンド・カンパニー〉を開いた。ビーチの店は、ヘミングウェイ、F・スコット・フィッツジェラルド、エズラ・パウンド、ガートルード・スタインといった失われた世代（ロストジエネレーション）の作家たちのたまり場になった。ここで、ジェイムズ・ジョイスによる『ユリシーズ』（仏版）の初版が生まれた。ビーチがモニエの助けを借りて、一時的な出版元をつくり、だれもがこの小説を避けていたなか、ジョージ・バーナード・ショーの警告も無視して刊行したのだ。ショーはこの小説を「文明のいまわしい転換期における至極不快な記録」と述べた。

そういったすべてのことが起こる前、オデオニア――モニエとビーチは街のこの小さなエリアをそう呼んでいた――は、あまり知られていないが極めて重要な文学的出来事を目撃していた。この通りはかつてコンデ館があった敷地からオデオン座まで続いていた。つまり、オデオン通りは、マルキ・ド・サドの生家から三十メートルほどしか離れていないのだ。

このあたりの書籍商や手稿ディーラーはトレジャーハンターのように、プロの情報屋のネットワークを築き、死亡記事から重要なコレクションの手がかりをつかむと、〝使い走り〟を雇って蚤の市やエステートセール〔遺品整理のためのバザー〕で珍しいお宝を探させた。彼らは難解な専門用語でしゃべり、「紙面の褪色」「パラフ〔署名のあとの飾り書き〕」「ゴーファード小口装飾〔小口に精緻な模様を施した豪華な装幀〕」「装幀掛け替え」といった言葉をやたらに使った。公開オークションでは、仲間と共謀してよそ者や素人の落札を阻止し、著名な人物の文書が自分たちの手元から離れないように防いでいたという。ディーラーというのは、特別に大切なお宝はどれだけ金を積まれても手放すのを渋ることがある。興味を持った買い手が貴重な戦利品の所有者としてふさわしいと思われない場合は特にそうだった。こうした態度を取るのは、高慢だからでも、強欲だからでもない。彼らは、自分たちがただ単に興味深い手稿を売買しているのではなく、芸術作品を扱っていることを理解していたのだ。

キャスタンはこの環境にすっかりなじんでいた。それどころか、彼のような手稿や手紙を専門にしたパリのディーラーは少なかったので、特に手書きの文字を熱心に集めているコレクターが顧客になった。こうした顧客が求めるのは、著者本人の手による直筆原稿だった。

　キャスタンはパリのオークションに出品されたものには手を出さないようにしていた。彼は祖母のように――彼女は顧客に何度かギャラリーを訪れてもらい、自分の店の客としてふさわしいかどうかを見極めていた――、自分の静かな店で、顧客をよく観察してから取引を行うことを好んだ。あるときは、顧客の反応を見るため、一九三八年にオーソン・ウェルズが放送したSFラジオドラマ『宇宙戦争』の稀少な台本のひとつを披露した。この台本のほとんどは、放送を聞いていたリスナーがあまりの臨場感にパニックを起こし、警察の手入れがあった際に処分されていた。またあるときは、整頓された作業台で顧客とお茶を飲みながら、第二次世界大戦の終わりに『誰がために鐘は鳴る』を手に入れた話をして、相手の反応を窺った。その本は、ヘミングウェイが〈オテル・リッツ〉のバーを〝解放〟に向かう途中、サインをしてドアマンに手渡したものだった〔一九四四年、ヘミングウェイはドイツ軍からホテルのバーを解放した英雄として語られている〕。

　しかし、キャスタンのいる世界はすでに変化していた。インターネットの台頭で、稀覯本や手紙を探すのに、専門的な知識を持つ必要性がぐっと低くなったのだ。さらに今度は、アリストフィル社の出現により、業界全体が根底から揺るがされた。フランスでは遠い遠い昔から、この小さな業界は、ひと握りのディーラーの情熱と、数千人の熱狂的な顧客によって支えられてきた。それが今や、手稿は取引のあと金庫にしまわれてしまう。国内外の所有者はたいてい、手に入れたものを見たこともなければ、触れることもない。本や手稿の価値は長きにわたって、蒐集家の一時の気まぐれや、オークションハウスの熱心な入札者によって、大きく上がったり下がったりするものだった。ところが今では収益率の安定した出資対象としてみられていた。キャスタンは、レリティエを止められなければ、自分が理解し、愛した世界が瓦解してしまうかもしれないと案じた。

まもなく稀覯本のオークションが、パリのオークションハウス〈オテル・ドゥルオー〉の五番ホールで始まろうとしていた。ほかのよくある本のオークションと同じように進めば、厳粛な場になるはずだった。多くのディーラーにとってこの手のオークション会場は聖地で、何世代にもわたるオークションの歴史のなかで培われた厳格な礼儀作法を守らなければならないと考えられていた。入札者のほとんどは静かに座ったままで、入札の際は、声を上げる代わりに、オークショニアに小さく合図を送るだけだ。会場では控えめな拍手より大きな音はめったに聞こえない。だれもがこの会場では品位と節度ある行動が求められていることを理解していた。

そこへ、黒のフェルト製中折れ帽をかぶったジャン＝クロード・ヴランという男が入ってきて、こうしたルールをことごとく破っていった。オークションが始まって数分後、ヴランのしゃがれ声がほかの入札者の沈黙を破り、最高金額を提示した。その額およそ七万一千ユーロ。彼が落札したのは、マルキ・ド・サドのあまり知られていない小説のひとつ『フランス王妃イザベル・ド・バヴィエール秘史』の直筆原稿だった。そのあと、ヴランは立ち上がってコートを脱いだ。がっしりした身体を包むコバルトブルーのスーツが、まわりの入札者が着ているグレーとブラウンの地味なスーツのなかで輝くようだった。彼は部屋のなかを歩き回って、パフォーマンスを続けた。カール・マルクスの政治論文の入札合戦にも参加して、予想落札額の五倍以上になる七万六千ユーロで競り落とした。「マルクスにはそれだけの価値がある！ 彼は世界一の経済学者だ」と会場の人々に向かって高らかにいった。次いで、ギュスターヴ・フロベールの『ボヴァリー夫人』の豪華な初版本の入札にも参加したが、値段が十五万五千ユーロを超えたところで興味を失った。「これが適正価格なのに」と、引き続き入札の声が上がるなか、どうでもよさそうな口振りでいった。

「最高だ！」次から次へと競り落としていくヴランを見ていた男性が、興奮を抑えきれずに叫んだ。女性たちも集まってきて、素晴らしいわ、と声をかけ、駆け寄ってきて彼の写真を撮ろうとする人たちまでいた。オークションが終わると、ニュースの取材班はその日のスターになったヴランを囲んだ。「うまくいって満足だ。こんな年寄りの労働者階級の男にしては、悪くない結果だろう」とマイクに向かって語り、注目を浴びて気をよくした。

ヴランはブルーカラー出身で、もともと自動車の製造ラインで働いていたが、三十代で稀覯本のビジネスに参入した。その後、オデオン通りのすぐ近くに雑然とした店を開き、攻めの姿勢と容赦ない率直さで、フランスでも有数の稀覯本のディーラーにのし上がった。彼の取引相手には、ファッションデザイナーのイヴ・サンローラン、イギリス人デザイナーのアレキサンダー・マックイーン、億万長者の実業家フランソワ・ピノーがいた。元フランス首相ドミニク・ド・ヴィルパンに資料を提供したこともあったし、ハリウッド俳優のジョニー・デップが文学的遺物をいくつかほしがっていたときには、アルチュール・ランボーの『地獄の季節』とアルベール・カミュの『異邦人』の初版本を二十五万ユーロで売った。

ヴランはほかのことでも有名になっていた。フレデリック・キャスタンとの間に根深い確執が生まれ、激しく対立していたためだ。

議論が百年続くこともある閉鎖的な手稿市場でも、キャスタンとヴランの確執は伝説的だった。彼らの仲たがいは共産主義のイデオロギーに対する意見の相違から始まったという人もいれば、ヴランは派手好きで傲慢な態度を取るから、几帳面できまじめなキャスタンの仕事のやり方と合わなかっただけだという人もいた。そして今、キャスタンが彼の敵を嫌う理由がもうひとつ増えた――ヴランはレリティエと手を組むようになったのだ。

ヴランはアリストフィル社が雇っている文書専門家の主力メンバーとして、出資者に販売する前にその文書を鑑定していた。広報担当者としても活躍し、アリストフィル社のプロモーションビデオに出演して、同社のビジネスモデルを称賛し、報道陣に対しては「公的機関や国立図書館は国の遺産に投資する力がないので、その代わりを務めているのです」と宣言した。

キャスタンはこの協力関係を腹立たしく思っていた。二〇〇五年、アリストフィル社をよく知る前、彼は『赤い灰（*Rouge Cendres*）』という犯罪小説を出版し、ヴランをモデルにして、主要な悪役のひとりオーギュスタンを登場させた。キャスタンはオーギュスタンを次のように描写している。「［オークションで］彼はあなたや私のように、良識を持って静かに座っていられなかった。それどころか、ずっと部屋の後ろに立ち、まわりにうるさく声をかけて、まるでカフェ・クレームでも注文するみたいに入札した」小説に描かれるオーギュスタンは、富と権力を渇望するあまり、うさん臭い実業家と手を組んで、パリの手稿市場を独占しようとする。今、この物語が現実になりつつあった。

パリの書籍商や手稿ディーラーたちは、内輪で遠まわしにだが、レリティエと彼のビジネスモデルに対して不安を口にしていた。結局のところ、全仏古書籍商組合はずいぶん前から、本や歴史的文書を出資対象にすることをよく思っていなかったのだ。しかし、こうした意見を公然と述べるディーラーは少なかった。多くのディーラーは、アリストフィル社が文書を購入し、市場の景気が良くなっていたおかげで、懐が十分に潤っていたからだ。なかには、報酬をもらって、貴重な掘り出し物の情報を提供する者までいた。しかし、キャスタンは黙っていられなかった。彼は古書籍商組合の会長として、公の場でアリストフィル社を非難し始めた。二〇一一年、『ク・ショワジール（*Que Choisir*）』〔フランスの消費者団体が発行する月刊誌〕の記者から、アリストフィル社のコレクションについて取材を受けたときには、言葉を選ぶことなく意見を述べた。「私たちが扱っている文書は金儲けの道具ではありません。需要はありますが、蒐集家や公共の図書館といった比較的小規模の顧客を対象としています。ですから、ヴィクトル・ユゴーや詩人のステファヌ・マラルメの書いた手紙の価値が毎年、自動的に上がっていくなどとほのめかすのは不誠実な話です」

この記事と呼応するように、一般市民の間からもアリストフィル社に対する不安の声が聞こえてきた。同社が流星のごとく急成長を遂げたことについて、筋の通る説明がつかず、完全に合法というわけでもなさそうだった。二〇一二年十一月、ベルギーの検察当局がアリストフィル社のブリュッセル支社を詐欺行為の疑いで捜索した。翌月、フランスの金融市場庁が消費者に対し、手紙や手稿などの「変則的な投資」に関する警告を通知し、こうした投資商品の売買には十分な規制がないと発表した。アリストフィル社の契約は個人取引なので、厳密にいえば国家は規制できないが、この警告が同社を指しているのはあきらかだった。

それから程なく、警告どおりと思われる展開になった。アリストフィル社は常に顧客に対して、五年の契約期間が終わって会社が手稿を買い戻す際、四十パーセントの利益が期待できるといって契約を持ちかけていた。ところが、会社はついに、出資者の期待どおりの利率で、手稿をすべて買い戻すことに苦労するようになった。

キャスタンはアリストフィル社への懸念を表明し続け、そのせいで友情を犠牲にすることもあった。彼には長く親しくしていた友人がいた。アラン・ニコラという有名なパリの手稿ディーラーで、フランスの歴史的文書の手引書『直筆原稿』の著者でもある。ニコラはキャスタンの父親の葬儀でスピーチを行い、キャスタンはニコラにゴンクール兄弟――この兄弟は緻密な調査により十九世紀のパリの文学を克明に記録した――の浮彫(レリーフ)を贈った。それは〈メゾン・シャラヴェイ〉に飾ってあったものだ。しかし、キャスタンはニコラがレリティエと組んでいると知ると、彼との縁をきっぱり断つことにした。

キャスタンは、ニコラやレリティエに味方する人々から陰で中傷され、〝ドン・キホーテ〟とか〝白馬の騎士〟と呼ばれて嘲笑されても気にしなかった。好ましくない事態に陥るかもしれなかったが、恐れることもなかった。厳しい状況に立たされるのは、これが初めてではなかったからだ。

一九八五年、キャスタンは共産主義時代のワルシャワを訪れ、労働者の権利を訴えるポーランドの独立自主管理労働組合〈連帯(ソリダルノシチ)〉のメンバーと密会し、彼らの主張を広める手助けをしたことがあった。そこで彼は現地の警察に見つかり、逮捕されてしまった。警察は彼を取り調べ室に連れていき、タバコを押し付けたあと、キャスタンが持っていた一枚の紙を掲げ、「ヴィクトル・ユゴーとは何者だ⁈　ボードレールとはだれだ⁈」と怒鳴った。身体検査を行った際、彼の店の在庫目録を見つけ、スパイの暗号名が書かれていると勘違いしたのだ。

キャスタンは危険人物ではないと判断され、最終的には釈放されたが、身体的にも精神的にもぼろぼろになってフランスに帰国した。事件後に撮られた一枚の写真には、両手に包帯を巻いた若き日のキャスタンが写っている。目はくぼみ、うつろだ。こんな苦難を乗り越えた彼なら、アリストフィル社を相手に臆することはないだろう。

二〇一三年四月の暖かい夕方、太鼓の音が鳴り響き、アリストフィル社の新たな本部である〈手紙と手稿の研究所〉の盛大なオープンニングパーティーが開かれた。パリ中心部の高級エリアの一角で、正装した政治家やセレブリティたちが、錬鉄製の門を通って、赤いカーペットの上を歩いていく。その両脇には、ナポレオン時代の正式な軍服に身を包んだ兵士が並び、軍楽隊の演奏に合わせて足で拍子を取っている。ほぼ四百年の歴史がある白亜の大邸宅のなかに入ると、荘厳な空間が広がり、どの部屋にも金箔貼りの壁、フレスコ画で埋め尽くされた天井、クリスタルのシャンデリアといった豪華な装飾が施されている。招待客はシャンパンを楽しみながら、照明に照らされた手紙や手稿を鑑賞した。そのなかを、髪粉をつけたかつらとキュロット姿の給仕係たちが動き回っていた。また部屋のあちこちに、〝歩くテーブル〟と呼ばれる女性の給仕がいた。彼女たちの身に着けている十八世紀のドレスの腰部分にはテーブルがしっかりと固定され、その上にオードブルが並べられており、まるで『不思議の国のアリス』から抜け出してきたかのようだった。

その中心にいる人物がレリティエだ。一年前、彼は三千四百万ユーロを投じて〈オテル・ド・ラ・サール〉を購入した。パリで指折りの壮大な私邸にはかつて公爵夫妻や、フランス民法典の起草者のひとりジャン＝ジャック＝レジ・ド・カンバセレスが暮らしていた。レリティエはこの邸宅を本社にし、特別な展示やイベントのための大広間をつくった。彼の数々の功績を証明するかのようなこの建物は、フランスで最も権威ある出版社ガリマールの真向かいにあった。これはまさにアリストフィル社が得意とするブランド戦略の一種といえた。こうしてレリティエは今、しわひとつない黒のスーツに身を包み、ナポレオンの巨大な肖像画の下で微笑(ほほえ)んでいる。まさに手稿の王であり、ここは彼の王宮だった。

パリに住む富裕な人々が人混みをかきわけて、イベントの主催者に挨拶をしにきたが、相手がまさかこの国有数の大金持ちとは思っていなかったはずだ。五カ月前、レリティエは巨万の富を手にしていた。ただ、それは会社とはなんの関係もないところからだった。

労働者階級の出だったからか、彼はしょっちゅう宝くじを買っていた。二〇一二年十一月、数字選択式宝くじ（ユーロミリオンズ）の賞金が九桁に達したと聞いたとき、彼は宝くじを大量に購入した。数字の組み合わせは、自分や子どもたちの誕生日の数字から選んだ。十一月十三日、娘からその地区で当たりくじが出たと知らされ、オンラインで結果を確認したところ、七つすべての当選番号――1、16、21、24、29、2、6――が自分の買ったくじの一枚と完全に一致し、一億六千九百万ユーロの賞金を獲得した。ユーロミリオンズの当選賞金額としては、当時、フランスで史上最高の額だ。

　レリティエはこの思わぬ幸運を公表しなかったが、生活の質は格段に変わった。数百万ユーロを子どもたちと前妻に贈ったあと、ニースの丘に別荘を購入し、その敷地に魚の泳ぐ池をつくり、屋内と屋外にプールを完備した。ほかにも、メルセデス・ベンツ、約十八メートルのクルーザー〈ナーバルII〉、数頭の競走馬、そしてアリストフィル社のロゴが入った熱気球二機を手に入れた。そのうえ、四千百万ユーロを会社の資金に充て、会社の財務状態を強化する余裕まであった。

　こうしてついに、〈手紙と手稿の研究所〉のオープンの日を迎え、レリティエはガラス製の演壇へ歩いていき、いたずらっぽい笑みを浮かべながら、〝手紙と手稿の神殿（パルテオン）〟に集まった人々を歓迎した。彼はアリストフィル社の歴史や過去二十年にわたる彼の業績について語った。スピーチが終盤に差しかかると、聴衆に向かって、自分を非難してくる人々もいるがそれは頭のおかしい臆病者で、私の成功を妬んでいるのだと述べた。そして行く手を阻もうとする者たちにこう警告した――「我々を脅かし、攻撃を仕掛けてくる者がいれば、どんな相手であろうと、徹底抗戦する構えでいます」。実際のところ、彼はすでに反撃に乗り出していた。

　ベルギーの検察当局の捜査を妨害するため、アリストフィル社の弁護団は、担当判事が事件の情報を不正に共有したことを示唆する証拠を提示した。これにより、その判事は担当から外れることになった。もっと身近なところでは、パリに拠点を置く資産管理業界のトップもまた、レリティエのやり方に批判的だったせいで標的になり、法的手段に訴えると脅され、公然と攻撃を受けた。アリストフィル社のビジネスモデルに疑問を呈したブロガーたちは脅迫状を送りつけられ、あるインターネット上の批評家には匿名の電話がかかってきて、投稿を削除しなければ膝の骨を折ると脅しを受けた。

アリストフィル社は、批判的な記事を載せた『ク・ショワジール』誌を名誉段損で告訴した。発行元はこの告発を受けて立ったが、結果的に、厳密な法解釈により敗訴している。同誌は、レリティエに対するモナコ切手事件関連の訴えが全面的に棄却されていることを適切に伝えていなかった点について訂正文を出し、一ユーロの損害賠償金と、レリティエ側の裁判費用、千五百ユーロを支払うことになった。

あとはキャスタンだけだった。レリティエは自分を声高に非難するこの男に、特別な報復のシナリオを用意した。二〇一二年十一月十四日、報復の日は訪れた。この日、フランス文学の手稿オークションが〈オテル・ドゥルオー〉で開催され、キャスタンはこのオークションを仕切る専門家として呼ばれた。この役割はキャスタンの評判を認めるものであり、また彼の地位や能力を公の場で示すものでもあった。ところが、オークションが始まってすぐ、キャスタンは何かがおかしいと感じた。会場の前方に座った彼は、静まり返ったままオークションが進行していく様子を失望しながら眺めていた。手書きの小説にも、オリジナルの戯曲の台本にも、未発表作品の草稿にも、興味を示す者はいなかった。六十五点が競売にかけられ、その価値は百万ユーロを超えると評価されていたが、たった十六ロットしか買い手がつかず、売り上げはわずか十四万六千ユーロだった。

キャスタンはあとになってこの理由を知った。レリティエが会社のスタッフにそのオークションでいっさい入札しないよう指示していたのだ。彼の言葉は絶対だったので、ほかの多くの業界関係者もきっとそれに従ったのだろう。

数カ月後のある朝のこと、キャスタンが自分の店に到着すると、玄関前の階段に失敗に終わったオークションのカタログが置いてあった。その翌朝も、その翌朝も同じことが起こった。この警告は一週間にわたって続いた。

サド

# 第九章　市民サド

一七九〇年四月二日

パリ市民が聖金曜日（グッドフライデー）〔復活祭の前の金曜日〕を祝うなか、サドは十三年の幽閉生活を終えて自由の身になった。昨年のバスティーユ襲撃から始まった革命が、ようやく彼に自由をもたらしたのだ。ただし、気がおかしくなるほどに待たされた末のことだった。前年の夏、バスティーユに収監されていたサドは、それまで許可されていた城の胸壁での毎日の散歩まで禁止された。近くで暴動が起こり、警備態勢が敷かれたためだった。サドは激怒し、長い金属製の漏斗（じょうご）をつかんだ。室内用便器の中身を監獄の堀に流すために使われていたものだったが、それを拡声器にして、部屋の窓から「看守が囚人の喉を切り裂いているぞ」と叫んだ。

これはやりすぎだった。次の夜、所長の指示で、武装した六人の看守が、サドを独房から引きずり出し、服を着替える間も荷物をまとめる間も与えずに馬車に放りこみ、パリ近郊にあるシャラントン精神科病院に移送した。そこで、これまでにない厳しい監禁状態に置かれることとなった。サドは当時のシャラントンについて、「外の空気も入ってこない恐ろしい場所だ。囚(とら)われた者たちのむせび泣く声や叫び声はだれの耳にも届かない」と表現し、この施設にあふれる「惨めな人たちは理性を持ち合わせているというのに、この悲惨な精神科病院で何世紀も忘れ去られている」と記している。

　この移送はあまりにも急だったので、サドは自分が書いたものをバスティーユに置いていかざるを得なかった。後日、なんとしてでもそれらを取り戻そうと、委任状に署名して、妻に家具と本と原稿を回収してもらうことにした。七月十四日の朝、サドが独房から引きずりされてから十日後のこと、ルネ＝ペラジは監獄に同行してくれることになっていた警官と会った。しかし、ちょうどそのとき、近くの通りで騒動が起き、警官はその仕事をあと回しにしなければならなくなった。この時点で、もう手遅れだったのだが。その日の午後には、怒れるパリ市民がバスティーユを襲撃し、そこに残っていた囚人を解放したが、サドの独房は、十日前に彼が強制的に連れ去られたときのままの状態だった。フランス革命の始まりだった。

　サドはその後死ぬまで、『ソドムの百二十日』はバスティーユで行われた略奪や破壊行為によって、永遠に失われたと信じていた。その喪失感について彼は、「毎日、私は血の涙を流している」と綴っている。

　しかし、この聖金曜日(グッドフライデー)、サドはずいぶんと上機嫌だった。フランスで新たに生まれた憲法制定国民議会が、国王の恣意的な逮捕と拘留の権限を廃止したのだ。当局は王の署名入りの逮捕状(レトウル・ド・キャシェ)により投獄されていたサドやほかの囚人たちをやむを得ず解放することになり、サドはシャラントンに拘留されてから八カ月後に自由の身になった。「良い日には、善い行いを！」と四十九歳のサドは、喜びの手紙を弁護士のゴーフリディに書いて、自分はこれから真人間になると誓い、「これからは自分の生き方を改め、約束を守る！」と宣言した。

サドは変わり果てたパリに姿を現した。街ではアメリカ独立革命の象徴〈自由の木〉の植樹が行われ、革命の色である青・白・赤の花飾りで彩られた。これらの色がのちに自由・平等・友愛を象徴するものとなる。市内の壁という壁には、新たな革命政府の過激な声明文が貼られていたが、つい一年前には禁じられていた内容だ。街の教会は次々と解体され、鐘は溶かされて銃身になった。そしてバスティーユも取り壊され、もはや自己主張のファッションとしてのみ存在した。この要塞を模した安物の装飾品が、パリっ子のシンプルな服装に合うようにデザインされ、路上で売られたのだ。フランス革命前の派手な服や髪粉をつけたかつらはすでに時代遅れだった。

新政府は一連の包括的な法令により、教会の封建的特権などフランス社会に古くから根付いてきた防壁のような制度の多くを廃止した。ルイ十六世はパリの革命的な民衆の監視下に置かれていたので、この動きを阻止することはできなかった。突如として、男性市民から選ばれた精肉店の店主、商人、教師が権力の座につくようになった。フランスの景観にパッチワークのように広がっていた中世の教区は消え去り、小郡、地区、県に行政区分された。

空間や時間の計測法にも変化がもたらされ、この数年のうちに、複雑な度量衡の単位の代わりに、はるかに使いやすいメートル法が提案された。さらに劇的な改革として、古い暦(こよみ)が一新され、各月は十日ごとの週に分けられた。さらに、キリスト生誕の年ではなく、フランス革命による共和制成立の年を暦の第一年元日とすると宣言した。

サドはこうしたさまざまな変化に衝撃を受け、ずっと切望してきた外の世界から疎外されたかのように感じ、次のように記した。「何に対しても興味が持てない。時折、いっそ厳律シトー修道会に入ってしまいたくなる。そのうち、姿を消し、それきり行方知れずにならないとはいいきれない」

たった一枚の金貨をラチネ織の黒いコートのポケットに入れて、サドは出所したその足で妻のいるサントール修道院に向かった。彼女はそこの粗末な一室で暮らし、監獄の高額な飲食費などの経費をまかない、夫からあらぬ疑いをかけられぬようにしていた。一方で、彼女はサドとの関係を絶ちたいと考えるようになった。しばらく前から、彼女の心は夫から離れていた。母親からさんざん厳しい言葉を投げつけられ、修道院の暮らしで熱心な信徒となった彼女は、あれやこれやと要求してくる夫の手紙や神を冒瀆する作品が煩わしくなっていた。子どもたちは彼女の両親のもとで育てられ、自身もそろそろ五十歳近くになり、法を犯して夫の悪事をもみ消してきた頃の自分はもういなかった。急に夫が自由の身となったことで、彼女は再び混乱の渦に巻きこまれる危険にさらされた。身の危険も感じた。刑務所に面会に行くと、夫がしばしばひどく興奮し、看守に押さえつけてもらわなければならないことがあったからだ。そのうえ革命が起こり、王によって剝奪されていた夫の市民権と財産権はすべて返還された。彼女は夫のことをよく分かっていたので、サドが家族の社会的および金銭的な問題をどう処理するのかもとても不安だった。

こうして、妻ルネ＝ペラジは、サドとの人生に終止符を打とうと決意した。しかし、恐ろしくて、面と向かって伝えることはできなかった。彼女は修道院に訪ねてきた彼と会おうとせず、簡潔な手紙で別れの意思を示した。だが、そう簡単にはいかない。当時、離婚は認められていなかったので、彼女の最善の選択はおそらく夫婦別産制だった。これは婚姻中に得た夫婦の財産を分割する法的手続きで、通常は妻が夫の不適切な行動から財産を守るためのものだった。しかし、サドがこの手続きに応じない場合、ルネ＝ペラジにはもっと珍しく極端な選択肢が残されていた。それは「人と住居の分離」と呼ばれる手続きだった。この手続きで裁判所の許可が下りれば夫婦の離別が許されたのだが、それはどちらか一方、たいていは夫が放蕩、重婚、過度の暴力、殺人未遂、そのほか許し難い罪を犯した場合に認められていた。

彼女はまちがいなく後者の手続きを最後の手段と考えていただろう。この手続きをすれば、彼女自身だけでなく家族もまた法的に調べられることになるからだ。しかし、サドにしても、自分が納得しなければ、彼女は後者の手続きを選び、たくさんの不利な証拠を突きつけてくることは分かっていた。そうなれば、すでに失墜している彼の評判はさらに地に落ち、やっと取り戻した自由まであっというまに奪われることはほぼまちがいない。彼女はお抱え弁護士に手紙を書き、サドと別れる決意を記した。「マルキ・ド・サドが良心の声に耳を傾けてくれれば、私がこうするのは当然で、ほかに選択肢がなかったと分かってくれるでしょう。醜聞については、彼は慣れています。彼が追い詰めてこない限り、私は何も証言するつもりはありません。もし、私が何かいうとしたら、それは彼のせいです」

実際、当初サドは妻から最初の別離申請書を渡されたとき、「虚偽に満ちた愚劣な文書だ。薄っぺらで愚かな言葉を羅列しただけの、粗雑で意味不明な内容じゃないか」と非難していたが、最終的には彼女の要求を受け入れた。この九月、ふたりは別離契約書に署名し、ルネ＝ペラジは、彼女の莫大な持参金の返却を要求しない代わりに、扶養手当として年間四千リーヴルを受け取ることに同意した。しかしその後、元夫から一リーヴルも支払われることはなかった。

もう少し待っていれば、ルネ＝ペラジはもっと簡単な方法で結婚を解消できた。二年後、革命政府はどこよりも急進的な離婚法を可決したのだ。これにより男性からでも女性からでも、虐待から性格の不一致までさまざまな理由で離婚を申し立てることができるようになった。離婚法はたった十一年間で、新たな政権によって廃止されることになるのだが、その期間中の離婚件数は一万二千件に上り、新たに結婚した夫婦のおおよそ四組に一組が離婚している。そのほとんどが、女性からの申し立てだった。あの内気なルネ＝ペラジは、人生においてあまりないことだったが、この一点で時代の先を駆けていた。

別離が法的に認められる数カ月前、サドは、よりによって義母から金を借りて未払いの借金を清算して、宿を転々とし、最終的に中庭つきの小さな家をパリの一等地に借りている。そこで新たに知り合った人物と親しくなった。その相手はマリー＝コンスタンス・ケネ。三十三歳の彼女は女優でありシングルマザーで、六歳の息子シャルルを連れてサドの家に越してきた。サドは彼女のことを、〝慈悲深い人〟という意味で、マリー＝コンスタンス・〝サンシーブル〟と呼び、まわりには純粋にプラトニックな友人と説明した。サドはゴーフリディ——彼はサドが今も連絡を取り合う数少ない相手だった——に次のような手紙を書き送っている。「私の小さな家ほど穢れのない場所はない。なんといっても、ここで愛の言葉がささやかれることはないのだから」

本人のいうように性的関係がなかったかどうかはともかく、サドは放蕩への執着よりも、金に対して異常な執着を見せるようになっていた。サドは困窮を極めていた。その主な理由は、プロヴァンスの領地から十分な収入を得るのが難しくなったからだ。フランスの田舎に暮らす農民や住民は長年にわたる不作によって打撃を受けていたうえ、貴族が政治権力を取り戻すために国中に盗賊団を送りこんでいるという噂に怯(おび)えて蜂起していた。彼らは城を荒らしまわって、封建的な義務労働を明記した記録を破壊し、貴族にも攻撃を加えた。サドはこうした混乱を考慮し、財産の整理をするために南フランスを訪れることを避けていた。

その選択は正しかった。というのも翌年、ずっと従順だったラ・コスト村の住人たちがこん棒や槍を手に取り、興奮で我を忘れ、丘の上にそびえる城を襲ったのだ。一時間もたたないうちに、サドの愛する隠れ家は無残な姿になった。ワイン貯蔵室は略奪され、窓は割られ、家具は叩き壊され、貴重品は持ち去られた。

急場をしのぐためにできることといえば、執筆業くらいしか思いつかなかった。サドは、自分が作家であるという紹介文とともに、パリ中の劇場に戯曲を送った。いくつかの劇団から断られるなか、ある劇場の演出家からは作品について「あるべき礼節を欠いている」と指摘を受けたこともあった。戯曲では官能的で冒瀆的な内容をできるだけ避けるようにしていたようなのだが。

最終的には、サドの書いた戯曲を上演してくれる劇団がいくつか見つかった。一七九一年十一月頃、設立されたばかりの挑発的かつ革命的な演劇に特化したモリエール座で、散文劇『オクスティエルン伯爵あるいは放蕩の報い（*Le Comte Oxtiern, ou les Effets du Libertinage*）』の幕が上がった。ところが、初日から一部の観客が物語に出てくる横柄な態度の貴族に腹を立て、幕を下ろせと騒いだせいで、劇団は二度とこの作品を上演することはなかった。数カ月後、イタリア座で一幕物の散文劇『誘惑者（*Le Suborneur*）』が喜歌劇前の開幕劇として初演を迎えた。しかし、第四場で、ジャコバン派と呼ばれる急進的グループが赤いフリジア帽をかぶって劇場を襲い、こう宣言した。「どの劇場だろうが、我々は自由の友として、貴族の戯曲と闘う！」「前の月、ジャコバン党がイタリア座で騒ぎを起こしたせいで、私の舞台が中止されてしまった。［元貴族］が書いたからという理由だけで」とサドはゴーフリディに不平を垂れた。「私は最初の犠牲者になる運命だ。きっとそのために生まれてきたのだ」

サドには作家になるという野心もあった。一七九一年夏、パリに拠点を置く出版人で書籍商のジャック・ジルアールが、匿名で小説『ジュスティーヌあるいは美徳の不幸』を刊行した。これはサドがバスティーユで書いた短い小説に加筆したもので、『ソドムの百二十日』と肩を並べるくらいわいせつな内容だった。革命期のフランスでは過激なポルノ小説が広く出回っていたので、サドとこの出版人は売れると期待していた。サドは、ほとんどの競合作品は真の欲望のなんたるかが分かっていないもぐりが書いた「惨めな冊子」だと一蹴していた。このジャンルの専門家としての自負があるサドは、物語の主人公である信心深く善良なジュスティーヌを、気のふれた医師、堕落した修道士、残忍な貴族の手に委ね、想像しうるあらゆる手段を尽くして凌辱した。最終的に彼女は、姉のジュリエットに救われるが、結局、雷に打たれて死んでしまう。

このスキャンダラスな内容に、批評家たちは非難の声を上げた。ある作家は地元の新聞に「危険極まりない」と評し、タイトルについても「未熟な若者を誤った道に導く可能性がある」と警告した。別の記事では、「成熟した男性」に限り「人間の想像力というものがどこまで異常になれるものなのかを知る目的で読むのはいいが、読み終わったらすぐに火のなかに投げこむこと」という忠告が書かれてあった。

こうした扇情的な記事は一般の人々の興味を掻き立て、『ジュスティーヌ』はアンダーグラウンドで密かにベストセラーになった。その後十年の間に、さらに五つの版が刊行された。当時の随筆家は次のように書いている。「この本は望まれ、求められ、世の中に広まっている。世にも恐ろしい毒薬が致命的な量で出回っているのだ」サドは、自分がこの小説をふくめのちに刊行されるわいせつな作品の著者であることを公にしていなかったが、事実を知る人は増えていった。サドは評判を築いていったが、それは紙の上で犯した罪に基づいたもので、そのほかの場所で犯した罪に基づくものではなかった。この作家活動は歴史に名を残すうえで、最初の重要な一歩となった。

しかし、小説の売り上げはサドの運命を根本から変えるほどのものではなかった。そんなわけで、彼はすでに自分の才能を新たな取り組みに向けていた。それは革命だった。

一七九一年六月二十四日、三十万のパリ市民が街に繰り出した。大通りは人でいっぱいになり、屋根の上や木や城門に登って、信用を失った王の帰還を見物しようと待っていた。四日前、ルイ十六世は家族とともに、国外逃亡を企てたとみられていた。国王は外国政府と同盟を結び、革命政府から支配権を奪い返そうとしていたのだ。兵士や武装した市民に護られた王の馬車で国王一家がテュイルリー宮殿に連れ戻され、軟禁されるのを、群衆はおとなしく見守った。パリ中の壁には「国王を称賛する者はこん棒で殴られ、国王を侮辱する者は処刑される」とチョークで警告文が書かれた。

王の馬車が音を立てながら、革命広場と呼ばれるようになった広場〔現在のコンコルド広場〕を通り過ぎたとき、ある男が人混みのなかから馬車に向かって飛び出し、王に手紙を投げつけた。その直後、男は群衆のほうを振り返り、正体を見せた。サドだった。

あるいは、そういう噂がパリ中に広まった。肥え太り、身体も弱っていたサドが、国王を直接挑発するような危険を冒すだろうか。そもそも体力的に、そんな大胆な行動に出られるものだろうか。こうした疑問は残るものの、サドは確かにルイ十六世に手紙を書いており、出版人のジルアールがさっそく八ページの冊子にして、『フランス市民からフランス王への挨拶状』というタイトルで刊行している。サドはこの手紙のなかで、ルイ十六世が封建的権力を復活させようとしたことを批判し、「フランス人で……横暴極まりない専制政治を復活させるくらいなら死を選ばない者はひとりもいない」と書いた。また、自分自身の経験を顧みて「惨めな者たちがいることをご存じだろうか。陛下の署名ひとつで……涙を流す家族から引き離され、死ぬまで、王国に散らばっている恐ろしい監獄の独房に放りこまれる者たちがいることを」と嘆いた。さらに、オーストリア出身の王妃マリー・アントワネットを激しく非難し、国王にこう求めた。「彼女を国に送り返してください。彼女がここに送りこまれた唯一の理由は、歴史を通して彼女の国が我々に抱いてきた破壊的で悪意に満ちた憎悪の念を徹底的に蒸留するためなのです」

ルイ十六世が逃亡を企てた時点で、貴族のほとんどは国外へ逃れていた。のちに、当時二十代だったサドのふたりの息子たちも軍隊から逃亡している。一方、サドは逃亡を拒んだだけでなく、ゴーフリディ宛の手紙に「革命にどっぷりつかって、感情も理性も捧げている」と書いた。

彼は貴族の称号をやめ、労働者のように〝ルイ・サド〟や〝市民サド〟と称して、革命運動が盛んなパリの地区で積極的に活躍した。彼はためらうことなく活動に打ちこみ、過激な活動家や、ますます力を増すジャコバン派の指導者マクシミリアン・ロベスピエールの支配により、その地区の政治活動が市内でも特別過激になっていたというのに関わり続けた。過激派は地区の名前をピック（Piques）地区に改名した。この名は一七九二年に起こった「九月虐殺」で使われた血まみれの槍（pikes）からとられている。ちなみにこの事件で千人以上の囚人、司祭、王党派の支持者の嫌疑をかけられた者が命を落としたといわれている。

サドは革命派の仲間のなかでなくてはならない存在になっていた。ピック地区の本部である廃墟となった教会での二十四時間の警備も進んで引き受けたし、地区の病院、孤児院、そのほかの慈善施設の委員にも任命されたほどだ。通りの名を変更するときには、名付け親になって「フランス国民通り」「自由人の通り」「スパルタカス〔古代ローマの奴隷反乱の指導者〕通り」のような愛国的な名前を提案した。彼は随筆を書いて、従来の軍事力の代わりに民兵組織を結成すべきだと提唱し、国の新しい憲法は、選出された代表者だけでなく、直接国民によって承認されるべきだと訴えた。こうした訴えは、当時としては急進的な考えだった。

その文才に感心した地区の仲間は、サドを地区の書記に任命し、紙幣偽造事件の陪審員にも選んだ。「この私が判事、まさか、判事になるとは！……だれが予想しただろうか」と彼はゴーフリディに驚きの心情を綴り、さらにこう続けた。「とにかく祝福してほしい。そして、何よりもまず、この判事に金を送ってくれ。いうとおりにしないと、おまえを死刑に処す！」

表面的には、サドの革命への熱意は理にかなっている。長らく宮廷内の古くさい風習にうんざりしていた無神論者の彼は、武装した仲間たちと共感するところが多かったし、バスティーユの陥落や革命の勃発とも密接に関わっていたからだ。とはいえ、根はあくまで貴族だった。一七八八年、彼が自由、平等、友愛の象徴を身にまとうちょうど二年前にバスティーユの独房で書いていたように、平民が貴族の身分を超えるという考えは、「不潔で不快極まりないヒキガエルが、泥から一時的に逃げようとするものの、しまいには泥に落ちて消えてしまう姿」を思い起こさせた。

実際、彼は名ばかりの革命家の役割を果たしているにすぎなかった。自己保身に走り、身を投じて一世一代の演技をしたのだろう。一歩まちがえば、命取りになる道化芝居だ。彼は地区の模範市民を装う一方で、家系の記録を廃棄しようとする全国的な動きのなか、財産の所有権や家族の記録が保全されるよう水面下で動いた。数人の財産管理人とも秘密裡に会っているが、彼らはのちに貴族の財産が国に没収されないように手助けした罪で処刑されている。

独房で書いた手紙を長年にわたり警察に検閲されてきたサドは、個人の情報が分かる記録の扱いに配慮することがどれほど重要か分かっていた。知人にも、「手紙には用心しなければならない。[なぜなら] 自由が開かれつつある今、暴政によってかつてないほどたくさんの封が切られているのだから」と語っている。サドは国外逃亡した息子たちを厳しく批判する手紙を書いているが、実際に送っていないことを考えると、おそらく見せかけにすぎなかったのだろう。また、どうにか手元に残しておいた監獄で書いた作品を見直し、次のように問題になりそうな箇所を削除した。「私は貴族として、国王が喜んで特権を与えた、最初の成り上がりの平民に、法律を与えられることを望むはずがない」一七九二年に起こった九月虐殺のあとには、彼は手紙に「このたびの大量虐殺ほど恐ろしいものは見たことがない」と書き残しているが、その後、これはまずいと気づいたようで、行間に「だが、これは正しかった」と付け加えている。

マリー・アントワネットは一七九三年十月、夫のルイ十六世がギロチンにかけられてから九カ月後、断頭台に上がった。このときサドは公式の報告書で、「このオーストリア人への処罰は正しかった」とぬかりなく明記した。しかし、個人的なノートには、この処罰に対して異なる見解を綴っている。サドは、王妃が処刑の日を待ちながら何を思っていたかを想像していた——「獰(どう)猛(もう)な獣たちは私を取り囲み、日々、どんな屈辱を与えれば私の運命をいっそう恐ろしいものにできるのか考えています……私がため息をつくたびに狂喜し、私の涙で喉の渇きを潤しているのです」

手紙で本音を打ち明けても大丈夫だと感じたときには、物語の登場人物を通しては伝えられなかった微妙な感情を露(あら)わにすることもあった。一七九一年のゴーフリディに宛てた手紙には次のように綴っている。

> 私は反ジャコバン派だ。あの連中が心底憎い。国王は崇拝しているが、古い悪習には辟易(へきえき)している。憲法の条項の多くには満足しているが、嫌悪を覚えるものもある。私は貴族の栄光が回復することを望んでいる。貴族から特権を奪って、何が解決するのか。王には国の指導者であってもらいたい。国民議会などいらない。イギリスのように二院制であれば、王に節度ある権限が与えられるし、必然的にふたつの階級〔庶民院と貴族院〕によって構成されるから国家意思が統一されてバランスも取れるだろう。第三の階級〔聖職者〕など無意味だし、関わりたくもない。これが私の信条だ。今の私は何者なのか？　貴族主義者か民主主義者か？　弁護士さん、よければ教えてくれないか。私にはまったく分からない。

一七九三年四月の夕方、サドが地区の書記として働いていた事務局に、思わぬ来客があった。七十八歳のクロード＝ルネ・ド・モントルイユ。サドがこの元義父とは会うのは十五年ぶりのことだった。外に出ると、暗い通りの壁に、三色旗のイラストとともに「一体性、不可分性、自由、平等、友愛、さもなくば死を」のスローガンが書かれたポスターが貼られている。新たに成立したフランス共和国は、国家の敵を根絶すべく革命裁判所〔反革命派の検挙を目的とした恐怖政治の特別法廷〕を設けていた。貴族であるモントルイユ家は、子どもや孫のほとんどが国外に逃亡しており、標的にされるのを恐れていた。こうした事情で、元義父は、モントルイユ家がよく知るピック地区で影響力を持つ人物を訪ねてきたのだった。

「あれほど愉快なことはなかった。今にも私を家に招待しそうな勢いだった」とサドはその夜の再会について書いている。しかし、サドはこの一家にされた仕打ちを忘れていなかった。この前年、彼は「モントルイユ家は私の最大の敵だ」とゴーフリディに伝え、こう続けていた。「この一家は悪党であり犯罪者とされているから、私がその気になれば、破滅させることができる」

その機会はすぐに訪れた。一七九三年七月末、サドはピック地区の委員長に任命されたのだ。委員長という象徴的な役職はメンバーが短期間で交代して務めていたが、サドはこの一時的な在任期間中に重要な行政任務を任されており、モントルイユ家を政治犯として告発し、ギロチンにかけることもできた。しかし、サドはモントルイユ家の名を、助命する市民のリストに加えた。「私のひと言で彼らをひどい目にあわせることもできただろうが、黙っておいた。これが私の復讐だ」とゴーフリディに書いている。サドは単に自己中心的な考えからこうした復讐を選んだわけではなかった。実際のところ、彼は自身が物語に描いたような大量虐殺を受け入れることができなかったのだ。それには、彼の子どもたちの祖父母もふくまれていた。

一七九三年八月二日、はげかかった頭に赤いフリジア帽をかぶった委員長サドは、地区の会議中にその職を辞した。彼は「恐ろしく非人道的な動議を採決するよう求められた」と書き残しているが、具体的にどのようなものだったのかは書かれておらず、「そんなことはしたくなかった」とだけある。もしかすると、モントルイユ夫妻の運命を左右することだったのかもしれないが、夫妻は最終的に革命を生き延び、その後十年内に亡くなっている。あるいは、ほかの疑わしい反逆者を糾弾するよう求められたのかもしれない。いずれにせよ、日常化した恐怖政治は、悪名高きマルキ・ド・サドから見ても度が過ぎていた。

とはいえ、サドが熱狂的な革命家の役を降りたわけではない。それどころか自ら飛びこんだ茶番劇から抜け出せなくなっていた。二十年前、警察に追われながら、ますます放蕩に耽っていたときと同じように、今度は革命政権においてさらに上を目指し、何をいわれようとどこ吹く風だった。一七九三年十一月、サドは新たなフランス共和国の立法府である国民公会の議場前で自由を賛美し、あらゆる宗教を否定する請願書を読み上げた。生涯を通じて無神論者のこの男は、イエスを〝ローマのユダヤ人奴隷〟、マリアを〝ガリラヤの娼婦〟と呼び、フランス市民に対して「宗教などばかばかしい。そんな、くだらないおもちゃ」を捨てるように呼びかけた。

このときだけは、市民サドは革命の同志に対して真の思いを語っている。ただ、これが致命的な過ちだった。着々と独裁的な権力を掌握していたロベスピエールは、国中に広がる反キリスト教の嵐に焦燥感を募らせていたのだ。聖地は冒瀆され、街には「死は永遠の眠りにすぎない」と書かれたポスターが掲げられ、ノートルダム大聖堂は「理性の神殿」と化し、ルソー、ヴォルテール、ベンジャミン・フランクリンの胸像が飾られた。こうした宗教に対する露骨な挑発行為は、国内の不和を引き起こし、潜在的なヨーロッパ同盟国を遠ざける危険をはらんでいた。ロベスピエールは、堂々と無神論を口にする者をもはや容認することはできなかった。

サドの演説から一週間後、ロベスピエールはパリにあるジャコバン派の本部で演壇に立ち、この問題に対する意見を表明し、「無神論は貴族的だ」と断言した。

この八カ月後の一七九四年七月二十六日（共和暦二年熱月八日）、革命裁判所の執行吏はパリのあちこちを回って、その日の即決裁判の対象となった新たに反革命の疑いがある人々を集めた。執行吏は、恐怖と血にまみれた街を移動した。恐怖政治は頂点に達し、パリ中に設置された仮設刑務所は収容者であふれ、この二カ月足らずで千五百人以上の市民が処刑された。執行吏が扉を叩けば、それはたいてい死を意味した。ごくわずかな例外を除いて、裁判は単なる形式上の手続きにすぎず、被告人は即刻ギロチンにかけられた。この日の執行吏のリストには、元聖職者、化学者、大工、花屋、レモネードの売り子、そして「共和国に対する陰謀により告発された、文筆家であり、騎兵士官であり、元貴族にして伯爵のアルドンズ・サド」と明記されていた。

このときサドはパリ近郊にある、かつて修道院だった囚人病院、コワニャル館で運命の時を待っていた。キリスト教を非難する演説をしてから三週間後、彼はすでに自宅で逮捕されていたのだ。次いでサドは、愛国者を装いながら王党派を支持しており、「あらゆる点で非常に不道徳で、社会にとって非常に信用できない無価値な人物」として起訴された。また、匿名で書かれた小説『ジュスティーヌ』の作者であることも暴かれ、危険な状況にあった。というのも当局は、ロベスピエールが「不道徳は専制主義の基盤だ」と宣言してから、売春やわいせつ文書を厳重に取り締まっていたのだ。

逮捕後、サドは収容施設をたらい回しにされた。百人以上の司祭が虐殺された元修道院、改装されたハンセン病病院、更生した娼婦のための施設などを転々としたが、どこもぎゅう詰めで、不潔なトイレで眠らなければならないほどだった。最終的に、サドの献身的な友人であるマリー＝コンスタンス・ケネの尽力により、コワニャル館に落ち着いた。ここでは裕福な囚人が金を払って、治療の名目で比較的快適な環境で過ごすことができた。しかし、彼が到着してすぐ、市はパリの中心地にあったギロチンの処刑場を、この囚人病院からおよそ数百メートルのところに移した。大量の処刑による悪臭が問題になっていたのだ。病院の庭に掘られた大きな墓穴は、夏の暑さで腐敗していく千以上の斬首死体で埋め尽くされており、サドはいつか自分もそこに入るのではないかという考えが頭から離れなくなった。

七月二十六日、執行使は市内の収容施設を回り、囚人を革命裁判所に連行した。裁判官は即刻、ふたりを除く全員に死刑を宣告したが、サドはそのふたりのうちのひとりではなかった。午後三時、憲兵は死刑囚移送用の無蓋馬車に囚人を乗せ、列をなして処刑場へ向かった。途中で、殺戮にうんざりした市民の群れが激昂してその行列を阻止し、馬を馬車から放した。囚人たちはもう少しで自由を得られるところだったが、その寸前で国民衛兵司令官が到着し、騒動を鎮圧した。死刑囚の移送車は再び処刑場へ向かって走りだした。

囚人たちはひとりずつ処刑台へ連れていかれ、台の上に乗せられた。ギロチンは処刑方法のなかでも、効率的かつ人道的な手段として評判が良かった。順番に台の上にうつぶせに寝かせられ、木の首かせで頭を固定された。囚人には、およそ四メートル頭上にある八十八ポンドの斜めの刃も、左耳近くにあるレバーも見えない。そして、血のように赤い服を着た死刑執行人がそのレバーに手を置くと、一瞬のうちに、鉄が木に擦れる轟音とともに、刃が陽光を反射し、鈍い音を立てて首を切り落とした。最後は、下に置いてあるかごに重いものが落ちる音が響いた。

夜になると、死体が墓掘り人たちによって、囚人病院の庭に掘られた共同墓地に運ばれた。サドはそこにいた——ただし、死体の山のなかではなく、その庭に面した病院のなかに。

その即刻裁判の日、収容施設を回って囚人を集めていた執行吏は、サドは不在と記録している。ひょっとしたら、混乱のなかで不手際があったのかもしれない。もしくは、マリー＝コンスタンスがしかるべき役人に助命を嘆願したか、賄賂を渡したかしてくれて、命拾いした可能性もある。サドはのちに、彼女によって救われたと信じるようになり、遺言書にも、彼女にすべてを遺贈すると記し、「まちがいなく私の頭上にぶら下がっていた革命の大鎌から、彼女が救い出してくれた」と書いている。

理由はともあれ、革命裁判所にその誤りを正す機会は訪れなかった。翌日、信用を失ったロベスピエールは当局によってギロチン台へ連れていかれ、彼の恐怖政治は終焉を迎えたからだ。数カ月後、サドは再び自由の身になったが、今回の収容生活によりかつてないほど精神的に打ちのめされていた。「目の前で見たギロチンは、バスティーユが行ったであろう行為の百倍もの苦痛をもたらした」とゴーフリディに書き送っている。

気づけばサドは大混乱の渦中にある都市に身を置いていた。貨幣価値が上がって物価が暴落し、多くの人々は貧困を極め、サドもそこから逃れられなかった。プロヴァンス地方のサド家の地所や財産は収監中に没収されていたが、サドの名前が国外逃亡した貴族のリストに誤って加えられていたため、当局は差し押さえを解こうとしなかった。彼は人生で初めて職に就こうと、当局に「ヨーロッパの国々をしょっちゅう旅していましたので、文学作品の執筆と編集、図書館や政府機関や博物館の運営および維持管理についてお役に立てるかもしれません」と手紙を書いた。

彼の訴えは叶わなかった。サドはラ・コスト城の残りと、サド家が所有する土地の売却を決め、その収入で一七九六年、パリの北にある田舎町に小さいが居心地のいいカントリーハウスを購入した。しかし、やがて残りの金は底をつき、二年後には困窮のどん底に追い詰められ、サドとマリー＝コンスタンスはその家を手放し、別々に暮らすことにした。それぞれが独立して暮らせば少しは生活が楽になるだろうと考えたのだ。その後の数カ月間、サドは住まいを転々としていたが、どんどん宿の質は落ちていった。やがて、金を貸していた小作人の家に転がりこみ、屋根裏の隅で残飯を食べて飢えをしのいでいたが、ついには市の宿泊施設に移って浮浪者とともに暮らした。「道端で野垂れ死ぬよりはましだ」と手紙に書き残している。

サドはその間も執筆を続けていた。一七九五年には、革命中に処刑された出版人ジルアールの妻が、サドの作品を匿名で二冊刊行している。ひとつはバスティーユの獄中で書かれた比較的おとなしい書簡体小説『アリーヌとヴァルクールあるいは哲学的物語』で、もうひとつの『閨房哲学（けいぼう）』は対話から成る戯曲形式をとった、前者よりはわいせつな作品だった。後者の物語では、登場人物のひとりが、「フランス人よ、共和主義者になるには、あと一歩、まだ足りぬ」という哲学的なパンフレットを読み上げる。このパンフレットは、自然の法則は死刑の廃止、中絶の自由、同性愛の非犯罪化だけでなく、近親相姦、レイプ、窃盗、殺人までも正当化していると主張したものだ。これは純粋な風刺だった。つまり、サドは以前からキリスト教にうんざりしていたが、自由崇拝にも同じく幻滅するようになっていたのだ。

その後数年にわたって、サドは匿名で、それらの作品よりはるかに野心的な連作を上梓した。それは十巻から成る生々しい挿絵つきの過激なポルノで、なかには『新ジュスティーヌあるいは美徳の不幸』（前の版の『ジュスティーヌ』に加筆したもの）、『ジュリエット物語あるいは悪徳の栄え』（ジュスティーヌの姉ジュリエットの物語）もふくまれている。『ジュリエット物語あるいは悪徳の栄え』でジュリエットは、美徳に身を捧げた妹に対し、悪徳を追求した存在として描かれている。彼女は〈犯罪友の会〉という数々の悪事を犯す秘密クラブの会員となり、ヨーロッパを旅しながら、窃盗、強姦、殺人に手を染めていく。彼女は、実在の有名人をモデルにした登場人物たちと出会い、ローマ教皇ピウス六世とも関係する。ピウス六世は実際には高潔な人物で知られていたが、サドの物語では頭のおかしな変態で、バチカンで黒ミサを開き、乱交に参加している。

この作品は当時の人々に強烈なインパクトを与えた。当時はパリのいたるところでダンスホールが再開され、過激な革命主義を激しく風刺する歌が響きわたり、流行の最先端にいる人々が古代ギリシャやローマ時代を思わせる露出度の高い服を着ていた。人気店が並ぶパレ・ロワイヤルの庭園に、性的倒錯者がたむろしてサドの物語のシーンを再現しているのを目の当たりにした警察は、「いまわしい小説『ジュスティーヌ』の教えをかつてないほど大胆に実践している」といった。

　これらの本の売り上げのおかげで、一八〇〇年四月、サドとマリー＝コンスタンスは、ふたりがもといたパリの北にある家に戻ることができた。しかし、その平穏は長くは続かなかった。十一カ月後の一八〇一年三月六日、サドが出版人の事務所で仕事の打ち合わせをしているとき、警察が押し入って、彼を逮捕したのだ。サドは新たな敵をつくっていた——ナポレオン・ボナパルトだ。

The Scroll

巻物

# 第十章　盗まれた巻物

一九八三年

警察が散らかった室内を歩き回って、盗品の捜索を行っている。このアパルトマンはフランスの出版人、ジャン・グルエの住まいだ。彼は政治論を発表して物議を醸し、反政府運動を支持した過去がある。しかし、当局の関心は、こうした過激な活動よりも、悪名高き赤い子爵夫人マリー＝ロール・ド・ノアイユの娘、ナタリー・ド・ノアイユとの交友関係にあった。昨年一九八二年九月、ナタリーはグルエに『ソドムの百二十日』の手稿を貸した。ナタリーから催促を受けて、グルエは巻物の革の箱を返したが、あとで彼女がそれを開けてみると、空っぽだった。そして今、警察は行方不明になった巻物を捜しているというわけだ。グルエの自宅を捜索中に別の手稿が発見され、彼がノアイユ家からイーゴリ・ストラヴィンスキーのバレエ音楽の譜面も盗んでいたことが分かった。しかし『ソドムの百二十日』はどこにもなかった。

グルエは巻物を盗んだことは認めたが、もう手元にないし、フランスにもないと当局に伝えた。彼は巻物を密かにスイスに持ち出し、ジェラール・ノルドマンという男性に売っていたのだ。それを知ったナタリー・ド・ノアイユの息子、カルロ・ペローネはイタリアにある自宅からジュネーヴに向かった。ペローネは二十七歳にして、大きな責任を負う成熟した人間特有の貫禄を備えていた。彼の父親アレッサンドロは、イタリアでも有数の影響力のある家系に生まれ、その財力を使って家業のメディア帝国を拡大した。二年前に父が亡くなり、イタリア日刊紙『イル・メッサジェッロ』と『イル・セコロXIX』、テレビ局ティヴェッセ・テレセーコロとレーテ・テレヴィジィバ・イタリアーナの経営は、大学を出てまもない息子が受け継ぐことになった。一家の新たな家長であるペローネに、母親ナタリーは盗まれた巻物を取り戻してほしいと頼んだ。

ペローネの面長で威厳のある顔は、赤い子爵夫人と呼ばれた祖母に似ていたが、振る舞いは祖父のシャルルそっくりで、落ち着いていて、礼儀正しく、上品だった。十歳のときに両親が離婚してからは、ほぼイタリア暮らしだという。母方の祖母とはほとんど親交がなく、記憶にある祖母は、優しいがとっつきにくい存在で、彼の母の邸宅で数時間ほど過ごしたあと、シトロエンDSで帰っていく人でしかなかった。ペローネはまた、祖母が彼の母親に遺した奇妙な小さい巻物のことにもあまり関心がなかった。一度少し読んでみたが、面白くなかったのだ。それでも、その手稿の重要性、つまり、それが自分の家族やフランスにとってどんな意味を持つのかは理解していた。

こういうわけでペローネは今、ジェラール・ノルドマンのオフィスに座っていた。ジュネーヴ中心部にある六階建てのビルの最上階にある部屋の窓からは、街がほぼ一望できた。不規則に立ち並ぶ現代的な建物、レマン湖、高さ数百十メートルまで水を噴き上げる大噴水（ジエドー）。雪をいただくモンブランも遠くに見える。オフィスより下の階は商業施設になっており、食料品、衣料品、化粧品の売り場がある。このスイス最大の百貨店〈ラ・プラセット〉はマウス・フレール社の旗艦店で、このグループ会社はほかにも世界中に数百という百貨店、スーパーマーケット、ホームセンター、レストランを所有していた。これらすべてを、当時、五十代前半のノルドマンが共同所有していた。一九〇〇年代初頭、ノルドマン家と別のスイスの一族が立ち上げたこの小売大国は、スイスが第二次世界大戦をほぼ無傷で逃れ、持続的な経済成長を遂げたおかげで繁栄してきた。

きちんと整えられた白髪交じりの髪とプラスチックの眼鏡のジェラール・ノルドマンは、この若い来客を笑顔で迎え、従業員の間でも知られている愛想の良い態度で接した。スイスの著名な資本家のご多分に漏れず、彼は常に控えめに振る舞い、権威や野心をほとんど誇示することはなかった。だからこそ、数年後、雑誌『フォーチュン』が、彼とマウス・フレール社の共同経営者が三十六億ドルの資産を蓄え、世界で最も裕福な百人に名を連ねた、と報じるまでになったのだろう。

ペローネは、母親が『ソドムの百二十日』を失い、当局により現在ノルドマンがそれを所有していることが判明した経緯を説明した。ペローネがここを訪ねてきたのは、巻物を返してもらい、その代わりに、ノルドマンにその購入額を返金するためだった。両者とも事業経営者の立場として、正しい行動と法的責任の世界で生きているものと信じていた。きっと数世紀前の手稿についての話はうまくまとまるだろう。

巻物を手放す話になったとき、ノルドマンの顔は曇り、まるでベルベットのカーテンが落ちて煉瓦の壁が露わになったような表情をした。彼はペローネにきっぱりといった。

「この手稿を自分のものにすることが夢だった。一生、手放すつもりはない」


このとき巻物は、ジュネーヴ郊外に位置するノルドマンの別荘にあり、山々の壮大な景色を望む見晴らしのいい部屋のいちばん目立つ場所に置いてあった。この部屋の天井まで届く本棚には、一個人が集めた蔵書としては世界最大級のエロティカのコレクションが収められているとされた。

ノルドマンがエロティックな書物を集めだしたのは十代の頃だった。のちに妻となる女性との初デートでは、十八世紀の高級娼婦について書かれた本をプレゼントした。また、パリの古書店を回ったり、本のオークションのカタログを隅々まで確認したりして、大英博物館の非公開蔵書やフランス国立図書館の禁書コーナーに保管されている書物よりも稀少な版を探した。彼の発掘品のなかには、イタリアの詩人ピエトロ・アレティーノによる十六世紀の『十六の色情ソネット集（*Lust Sonnets*）』の唯一の版とされる本があった。これは近代ヨーロッパにおけるポルノグラフィの最初の作品といわれているものだ。ほかにも、学生が使うノートを数冊使って書かれた、一九五〇年代のエロティカ小説のベストセラー『O嬢の物語』のオリジナル原稿も手に入れている。この作品の作者については長く謎に包まれていたが、フランス人作家アンヌ・デクロが晩年になって、恋人の作家兼評論家ジャン・ポーランとの密かな楽しみのために書いたことを明かした。ポーランはこの作品について、「これほど情熱的なラブレターを受け取った男はほかにいないだろう」と語っている。ノルドマンの蒐集品にはもれなく、彼の名前入り蔵書票（エクスリブリス）〔本の見返し部分に貼られる本の持ち主が記された小紙片〕が貼られていた。そのしゃれた羽根の形をした紙に「ジェラール・ノルドマン蔵書票（GERARD NORDMANN EX-LIBRIS）」と書かれており、そのうちのE、R、O、Sの文字を赤で強調してEROS（エロス）の単語を浮かび上がらせていた。

ノルドマンは多くの時間とエネルギーを費やしてエロティカの世界を探求してきた。絶版のエロティカ文学の復刊に出資し、発禁となった出版物の歴史に関する学術論文の出版にも資金面で協力した。同じ趣味を持つ仲間のなかでも特に気に入った相手を彼の聖域に招いて、日本の絵巻物や謎に包まれたヴィクトリア朝の作品『我が秘密の生涯』の初版など自慢のコレクションを詳細に調べた。また、イギリスで貴重なテキストを見つけて購入した際には、戦利品が郵便で届くのを待っておられず、売り主の玄関先までトラックで取りに行かせたこともあった。

彼はサドの描く常軌を逸した暴力的な物語に特別関心があったわけではなかったが、それでも『ソドムの百二十日』のような伝説的な作品は所有したいと強く望んでいた。そして何年もの間、フランス人のつてをあたって、ノアイユ家がそれを手渡す意思があるのかどうか探っていた。こうして、パリの書籍商ルイ・ボートレルから、巻物を持っているという出版人グルエの連絡先を教えてもらったのだった。一九八二年十二月十七日、グルエはスイスへ飛んで、巻物を差し出した。それは例の箱には入れられていなかった。ノルドマンはそれを三十万フラン、現在の価値にして約十万ドル以上で買った。

ノルドマンはコレクションの中心となった巻物のために新しい容れ物を用意することにした。スイスの有名な装幀家ジャン＝リュック・オネゲルと相談してエレガントなデザインの蓋つきの箱をつくり、幾何学模様を型押しした青みがかった灰色のカーフスキンでおおった。このなかに、『ソドムの百二十日』が特注のガラス製の棒に巻きつけられた形で収められた。

ノルドマンはエロティカを蒐集していた理由についてほとんど語っていない。彼がユダヤ人の家族とともにホロコーストの恐怖から生き延びることができたのは、一家が裕福であったこととスイスの外交的中立性のおかげだった。とはいえ、若い頃には、ナチスがガス室だけでなく焚書などさまざまな組織的な方法で、ユダヤ人の芸術や文化をまるごと、ほぼ根絶やしにするのを目の当たりにしている。だからといって、ノルドマンがエロティカを蒐集していたのは、利他的な保存活動のためだけではなかった。彼はただ性的な内容に興味があるわけではなく、本を探すという行為自体を楽しんでいた。彼の先人ともいえるヴィクトリア朝時代のヘンリー・スペンサー・アシュビーもまたエロティカを集めていたが、こうした禁書は秘密裡に取り引きされるうえ処分されることも多々あるため、最も入手困難なテキストであるのを実感していた。まさに究極の宝探しであり、相当な忍耐力、粘り強さ、そしてもちろん富が求められた。

こうした意味で、『ソドムの百二十日』はとりわけ魅力的な宝物といえた。なぜならこの時点で、二十世紀の最も有名な検閲事件の主役として有名になっていたからだ。一九四〇年代後半、草分け的な二十歳のフランスの出版人ジャン＝ジャック・ポーヴェールが、『ソドムの百二十日』をふくむサドの全集の出版に乗り出した。これは、イヴァン・ブロッホが一九〇四年に刊行した『ソドムの百二十日』や、そのおよそ三十年後にモーリス・エーヌが刊行した〝批評版〟などの初期に出版された私家版とは異なり、一般書として出版され、出版人の本名も出版地（ポーヴェールの両親のガレージ）も明記された。当局はこれをあからさまな挑発行為とみなし、裁判に持ちこんだ。

一九五六年十二月の法廷審問に呼ばれたのはポーヴェールだけではなかった。政府の訴追者は法廷で、「実際に裁判にかけられているのは、死んで百四十年以上たつ、高名で〝神聖な〟マルキ・ド・サドなのです」と述べた。当時の名高い知識人たちの多くが証人台に立ち、サドを擁護した。そのなかには、アヴァンギャルドの重鎮、ジャン・コクトーやアンドレ・ブルトンもいた。文学者たちは、サドの作品には半世紀前にイヴァン・ブロッホの示した科学的な価値だけでなく、倫理的な価値もあると主張し、サドは道徳を説く人であり、人間の闇の真実を描き出して、読者に警告したのだと弁護した。哲学者のジョルジュ・バタイユは裁判官に対して、「マルキ・ド・サドは革新的な人物です。彼以前にはだれひとりとして、人間は苦痛や死を見つめることに満足を覚えると主張した人はいません」といった。文芸評論家のジャン・ポーランは、サドの作品を禁書にすることは、聖書の一節ほどにも危険のない作品を検閲するのに等しいと主張している。

こうした主張で裁判官の心が揺らぐことはなかった。ポーヴェールは公序良俗に反するとして、二十万フランの罰金を科されたうえ、『ソドムの百二十日』をはじめその他の類書の破棄をも命じられた。ところが、翌年の控訴で、上級裁判所はその判決を覆し、ポーヴェールはサドの著作の出版を許されることとなった。その反響はフランスばかりでなく、国境を超えて広がっていった。ポーヴェールの事例と、一九五七年に米国最高裁判所がわいせつ物の定義を狭め、「社会的意義を完全に欠いた」ものと限定した画期的な判決に触発され、ニューヨークの型破りな出版社グローヴ・プレスがサドの著作の無検閲版の刊行に乗り出し、文化的に重要な作品と宣伝して出版した。『ソドムの百二十日』をふくめ、どの作品も、禁止されることも押収されることもなかった。それから数年間、大西洋の両側で水門が開き、当局から横槍が入ることもなく、あらゆるきわどいテーマを扱った本が次々と出版された。サドの作品が制約なしに出版できるなら、ほかの作品もすべて許可されてしかるべきというわけだ。

ノルドマンは『ソドムの百二十日』を検閲への勝利の象徴と捉えていたのかもしれないが、それだけでは彼の巻物に対する執着は説明がつかない。愛書家の間でノルドマンは寛大な人物として知られていた。巻物を購入した時点で、それがノアイユ家から断りなく持ち去られたことを知らなかったとしても、ペローネが直接訪ねてきたとき、なぜ巻物を気前よく手放さなかったのだろう。なぜそれまでの素晴らしい評判を傷つけ、平穏な暮らしを失うリスクを冒してまで、巻物に執着したのだろうか。

どうしようもなかったのかもしれない。蒐集家のなかには常軌を逸して本を集めずにはいられない人がいて、愛書狂（ビブリオマニア）と呼ばれている。愛書狂は本を手に入れるためには、嘘や詐欺や盗み、ときには殺人まで犯すという話はごまんとある。一八三六年、十四歳のギュスターヴ・フロベールは初めての短編『愛書狂』で、本に溺れて、「身内にたぎる情熱に焼かれ、命をすり減らし、生活を破滅させた」男を描いている。この物語は、ドン・ヴィンセンテという元スペイン人修道士の書籍商の話が下敷きになっている。伝えられるところによれば、彼はどうしてもほしい本を手に入れるために、その所有者である八人を殺害したという。法廷で罪を後悔しているかと問われると、「人間は遅かれ早かれ死ぬものです。ですが、素晴らしい本は守らなければなりません」と述べたとされている。

ドン・ヴィンセンテの話はおそらく作り話だろうが、本の蒐集に取り憑かれて人生を台無しにした人は大勢いる。そのひとりであるヴィクトリア朝の貴族、サー・トーマス・フィリップスは、「世界中にあるすべての本を一冊ずつ」集めることに取り憑かれ、家族を悲しませ、財産を食い尽くしてしまった。彼の屋敷を訪れた人は「どの部屋も紙や［手稿］や本や重要文書や小包などであふれかえっていた……家の窓は閉めきられていたので、空気がこもり、紙や［手稿］の耐え難いほどの臭いが充満していた」といっている。一八七二年にフィリップス卿が亡くなったときには、十万冊もの本や手稿がそこらじゅうに山と積まれていた。彼の一族はそれらの引き取り手を探すのに百年以上を要したという。

巻物の以前の所有者マルキ・ド・ヴィルヌーヴ＝トランもまた愛書狂だった。彼は異常なまでにエロティカ蒐集に執着したせいで、おそらく破産に追いこまれ、大事な書斎を手放さざるを得なかったと思われる。

ノルドマンはエロティカ蒐集に夢中になっていたが、すべてを犠牲にするほどではなかった。しかし、『ソドムの百二十日』への執着は、理性を失わせるほどのものだったのかもしれない。ひょっとすると、良識的な人物であったにもかかわらず巻物を手放すことができなかったのは、彼の心の奥底に、ビブリオマニア的な一面があったからとも考えられる。

ノアイユ家は黙って巻物を諦めるつもりはなかった。フランスで、ナタリー・ド・ノアイユはグルエを相手取って刑事訴訟を起こしたが、グルエは当局に、彼女からビジネス上の助けになるなら巻物を自由に使っていいと許可されたと主張した。数年にわたる法廷闘争の末、一九九〇年にフランスの最高裁はグルエを有罪として前回の判決を支持し、執行猶予付きの拘禁刑二年と三十万フランの罰金に処した。さらに重要なのは、裁判所が、『ソドムの百二十日』はグルエによって不正にスイスに持ちこまれ、持ち主に断りなく売却されたと判断したことだ。これはノアイユ家にとって、ノルドマンが密輸された盗品を購入したことを法的に証明するものだった。

ノアイユ家が法的手段に訴えた時期、文化財の不正取引への世間の関心が高まっていた。第二次世界大戦中、ナチスが芸術作品や文化財に対し、近代史において前代未聞の破壊や略奪を行ったが、世界はどうすることもできなかった。この反省から、関心を持つ国家間で会議が行われ、「武力紛争の際の文化財の保護のための条約（一九五四年ハーグ条約）」が採択された。しかし、その後の数年間で、貴重な遺物の略奪行為は、戦時に限らず起きることがあきらかになった。世界中の史跡や遺跡発掘現場から見つかった遺物は、主にヨーロッパとアメリカのオークションハウス、博物館の展示室、裕福な蒐集家の個人宅に多数流れていた。これらの文化財を元の場所に戻そうという試みもあったが、盗品の扱いは国によって異なっていたため、外交的および法的な問題が絡み、思うようにはいかなかった。そういった手続きを整備しようと、一九七〇年にユネスコ（国際連合教育科学文化機関）は、「文化財の不法な輸入、輸出及び所有権移転を禁止し及び防止する手段に関する条約」を採択し、条約に署名したすべての国に対し、盗取された文化財の返還への協力を求めた。フランスの裁判所は、『ソドムの百二十日』は盗取された文化財の定義に当てはまるとの判決を下したのだ。

しかし、ひとつだけ問題があった。中立性を重んじ、国民のプライバシーの保護を保障していることで知られるスイスは、一九七〇年のこのユネスコの条約にまだ署名していなかったのだ。そのため、ノアイユ家はジュネーヴで巻物の所有権を申し立てたが、それを取り戻すためにスイスに協力してもらう唯一の方法は、ノルドマンが善意の行動を取らなかったとスイスの法廷で証明するしかなかった。善意の概念は、啓蒙時代に発展し多くの法制度で採用されたもので、人間は他者との取り決めにおいて良識ある行動を取るものだという考えを前提としていた。この解釈によれば、ノルドマンの『ソドムの百二十日』のように、盗品を買った場合も、顧客が不適切な取引であるという明白で説得力のある証拠を無視したわけではないなら、その人には過失がないと推定される。

この訴訟はスイスの裁判制度の下で行われ、一九九八年にスイス連邦最高裁判所が扱った。判事たちはまずノルドマンに有利な証拠を検討した。取引を持ちかけてきた相手が、信頼できるパリの書籍商だったこと、そしてこの書籍商グルエには怪しいところがいっさいなく、むしろ巻物の前所有者と個人的な友人だったことなどだ。さらに、法廷に召喚されたフランス人の文書鑑定の専門家アラン・ニコラ――彼がアリストフィル社と手を組み、キャスタンと不仲になるのはまだ数年先のこと――は、グルエが巻物に対して提示した三十万フランという額は、実際の価値よりも不当に低いわけではないため、この金額は疑惑を引き起こすものではないと証言した。

判事たちは、ノルドマンの行動に疑惑を投げかけるいくつかの事実も検討している。たとえば、グルエがノルドマンに巻物の輸出許可書も、あの特徴的なケースもない不自然な状態で売却している点だ。何より問題と思われたのは、ノアイユ家に巻物を売る意思がないことをノルドマンがずいぶん前から把握していたこと、さらに、彼の人脈を考えれば、巻物を手に入れた時点で、ナタリー・ド・ノアイユがすでにフランス当局にその盗難届を出していたことを知っていてもおかしくないことだった。

一九九八年五月二十八日、スイス連邦最高裁判所が判決を下した。五人の判事がひとりずつ意見を述べ、ノアイユ家の主張に対し賛成派ふたりと反対派のふたりに意見が分かれたが、最後の判事が膠着（こうちゃく）状態を打破してノルドマンは善意で行動していたと結論づけた。こうして、『ソドムの百二十日』はフランスに返還されないことになったのだった。

ナタリー・ド・ノアイユはこの判決に大きなショックを受け、六年後に亡くなっている。およそ十五年におよぶ法廷闘争の末、スイスの最高裁はこういったのだ――彼女にもその息子にも、もうどうすることもできないと。

しかし、ノルドマンもまた勝利の喜びに浸ることはなかった。判決の六年前の一九九二年二月五日、彼はベッドで静かに息を引き取っていた。巻物の以前の所有者ふたりと同様にかなり若くして亡くなった。彼は六十代前半という、まだこれからという年齢だった。その日の早い時間に、棚から一冊の本が彼の足元に滑り落ちた。『紳士の愛』というフランス語の本で、まるで彼のコレクションが賛辞を贈っているかのようだった。ノルドマンはペローネに断言したとおり、最期の最期まで巻物を手放すことはなかった。

ジュネーヴの街を望む丘の突き出た部分に、ふたつの優雅なパビリオンが建っており、その下に広がる湖の壮大な眺めを縁どっている。一見、特に目立つものはないようだが、テラスの端にある塀の向こうに螺旋階段があり、それを下りていくと、隠された部屋にたどり着く。ここは地下につくられたギャラリーで、薄暗い空間にいくつもの天窓から差しこむ日の光は、明るい柱のようだった。ギャラリー全体にずらりと並んだガラス張りの展示ケースには、温度と湿度を調節する機能や光ファイバー照明装置が取りつけられ、人類史上最も重要な文献が展示されている。古代のパピルスに書かれた、知られているうちで最古の『新約聖書』の『福音書』がいくつか。『グーテンベルク聖書』やマルティン・ルターによる『九五カ条の論題』の初版。元の装幀のままのシェイクスピア初の戯曲集『ファースト・フォリオ』の完全版。これらはそれぞれ、展示品への負荷を軽減するよう角度を調整された半透明の台に置かれ、その姿はまるで飛び立とうとする鳥のようだった。

この場所はボドメール図書館という、世界有数の私設図書館だ。スイスの産業で財を成した一族の富を継いだマルタン・ボドメールは、二十世紀のほとんどを費やして十五万点もの貴重なテキストを蒐集し、〝愛書家の王〟と呼ばれた。一九七一年に亡くなる直前、彼は蔵書を永久に保存する目的で、マルタン・ボドメール財団を設立した。一九九〇年代後半、この私設財団は、多岐にわたる膨大なコレクションにふさわしい場所をつくることを決定し、コレクションのなかから一点、ミケランジェロのデッサンをニューヨークの〈サザビーズ〉に出品して七百四十万ドルで売り、その収益をもとに、もともとあったボドメールの図書館に地下博物館をつくった。

二〇〇三年に新しい博物館がオープンした際、宣伝をかねたイベントが企画された。財団は、近くにあるもうひとつの注目すべき文学コレクションを受け継いだ相続人に目を向けた。それはジェラール・ノルドマンの妻モニークだった。彼女は夫が遺したエロティカの蔵書が正当な評価を受けることを願っていた。こうして、ボドメールが特別展〈無敵のエロス〉を企画し、大々的に宣伝し、ノルドマンの蔵書から優れた作品を展示した。世界中から多くの人々が訪れ、わいせつな文書を熱心に眺め、淫らな挿絵をのぞきこんだ。この展示会の目玉は、博物館のいちばん奥にある特別な展示スペースにあった。『ソドムの百二十日』が史上初めて一般に公開されたのだ。防犯ガラスの向こうにある、淡い光に照らされた巻物は、部分的に広げられており、その両端は台に置かれていた。

展示の終了後、モニーク・ノルドマンは、ボドメール財団に巻物の修復を任せることに同意した。財団が修復を依頼したのは、紙とパピルスの保存修復専門家として実績のあるフロランス・ダルブル。同僚たちの間では魔法使いのような存在で、彼女の手にかかれば、どんな文書もその年代や状態に関係なくよみがえった。彼女をずっと魅了してきたのは、繊維でできたごく薄い、非常に傷みやすいものが、はるか昔の意味のない覚書から世界を変えるほど重要な文書まで、さまざまなものを保存してきたという事実だった。彼女は美術史とエジプト学を専攻したのち、保存修復学に没頭した。それは忍耐力と深い知識、そして何よりも狂いのない手の動きが必要とされる分野だった。

保存の技術は文字の歴史と同じくらい古く、旧約聖書の預言者のなかには、重要な記録文書を保存する方法について詳しい説明を残した者もいる〔エレミヤとイザヤ〕。しかし、本や文書の保存修復が専門職として確立したのは、二十世紀中盤になってからだ。きっかけは自然災害だった。一九六六年、イタリア中部のアルノ川が氾濫し、フィレンツェの大部分が水に浸かった。水は引いたが、市内の公文書館や図書館は甚大な被害を受け、何十万もの本や手稿や記録文書が水浸しになり、泥まみれになった。世界中から保存修復の専門家が集まって作業を行った。その過程で、文書分析、紙の化学的処理、修復技術といったさまざまな手順が標準化されていき、新しい技術が誕生した。

巻物の保存修復を依頼されたとき、フロランス・ダルブルはこの業界で知らない人はいないほど有名になっていた。彼女はボドメール財団の仕事を受けながら、個人でも文書修復士として活躍しており、当時はナショナル ジオグラフィック協会の依頼を受け、何世紀もの間失われていた『イスカリオテのユダの福音書』の保存修復に携わっていた。このパピルス文書は一九七〇年代に発見されたもので、劣化がひどく、ほとんど読めなかった。

ダルブルは、文書の保存修復とは新品のようによみがえらせることではないと考えている。年月とともに巻物に刻まれた傷や汚れはその歴史を語っている。もしかしたら、巻物の片方の端に広がる染みは、バスティーユで保管されている間についたものかもしれない。それを消し去ることは、その歴史という物語の一部を消してしまうことかもしれない。彼女の仕事は、傷や汚れを取り除くのではなく、主に巻物を現状のまま保存して、将来、損傷や劣化が進まないようにすることだった。

彼女は今回の作業は最小限ですむことに気がついた。巻物は三十三枚の質のいい羊皮紙から成っていて、それらを貼り合わせた人物(おそらくサド本人)は慎重に作業しており、すべての端と端がぴったり重なっている。そこで彼女はまず、やわらかい刷毛(はけ)で表面をそっと払った。次に、ぼろぼろに擦りきれた端の部分の修復にかかり、先の細い刷毛を使ってひとつひとつの折れ目を湿らせて伸ばしていった。最後に、特殊な接着剤と細く切った透明な和紙を用いて、羊皮紙とつなぎ目の小さな裂け目を修復した。これらの裂け目のいくつかは、サドが執筆に使った腐食性のある没食子(もつしよくし)インクによるものと思われた。

いつものように、彼女は素手で仕事をした。手袋をはめると作業がしづらく、引っかけて破ってしまう恐れもあったし、繊細な作業は、触れたときの指の感覚によるところが大きいからだ。仕事中は、指先に触れる巻物がたどってきた歴史については考えないようにした。彼女はずっと前から、作業中の遺物の起源について深く考えてはいけないと心していた。そんなことをしたら、ミケランジェロの神聖な手や、マルキ・ド・サドの歪んだ心に触れることになり、仕事どころではなくなってしまうと気づいていたからだ。

三週間の作業の後、『ソドムの百二十日』はボドメール図書館に戻ってきて、再び展示ケースに収まった。とはいえ、モニーク・ノルドマンから長期間貸し出されているだけだったので、仮住まいにすぎない。ところで数年前、巻物はボドメール図書館の常設の展示品になる寸前までいったことがあった。

ほとんどの蒐集家は、自分の死後、愛する蔵書が分散することを覚悟している。とりわけエロティカのコレクションはその運命をたどるものと考えられていた。十九世紀のイギリス人ヘンリー・スペンサー・アシュビーは、こうした現実に気づいて、強引なやり方で大英博物館に委ね、遺言書で、文学として価値のある蔵書を寄贈する条件として、エロティカも保存するよう求めた。ジェラール・ノルドマンもまた自分の蔵書を保存する場所を探しており、亡くなる直前、密かに蔵書を丸ごとボドメール財団に寄贈することを申し出ていた。

当時、財団の関係者のなかには彼の申し出に難色を示す者もいた。多くの人は、彼のエロティカのコレクションはあまりにも品位に欠けており、人類の偉大な作品と並べるにはふさわしくないと考えていた。当然ながら、コレクションの中心的な作品である『ソドムの百二十日』が当時、国際的な法廷闘争に巻きこまれていたことも問題視された。こうした事情により、財団は最終的に寄贈を断ることにしたのだった。

特別展〈無敵のエロス〉が行われたことを考えてみれば、ボドメール財団の新たな上層部は、ノルドマンのエロティカ蒐集についてあまり懸念を抱いていないようだった。ただ、この時点では、ノルドマンのコレクションの所有権は家族の手にあったため、もはや寄贈の提案は有効ではなかった。ノルドマンが集めた宝の山が風に散らされるのは時間の問題だと思われた。

二〇〇六年四月の暖かい春の日、シャンゼリゼ大通りに近いオークションハウス、〈クリスティーズ・パリ〉の白亜の殿堂が扉を開き、ある新聞が「世紀のエロティカ競売」と書いたイベントが始まった。このカタログは選ばれた少数の人にのみ送付され、その表紙には「露骨な性的表現をふくむ」と注意書きが記されていた。さらに、オークションホールの入り口には「未成年者立入禁止」の看板が置かれた。こうした制限がイベントへの興味を掻き立て、オークションが開始される頃には、板張りのホールは入札者と観客でにぎわっていた。そこにいた全員がジェラール・ノルドマンのエロティックな蔵書がオークションにかけられるのを今か今かと待っていた。

白い手袋をはめたポーターが会場の人々に向かって本や手稿を披露し、端から落札されていった。『我が秘密の生涯』全十一巻には三万八千四百ユーロの値がついた。フランス人のエロティカ挿絵画家ジュール＝アドルフ・ショーヴェ（マルキ・ド・ヴィルヌーヴ＝トランが『ソドムの百二十日』を売るときに手を貸した人物）による百二点のわいせつな挿絵には、予想価格の四倍の二千四十ユーロの値がついた。『O嬢の物語』の直筆原稿は、コロンビアの実業家によって十万二千ユーロで落札された。ピエトロ・アレティーノによる革新的な『十六の色情ソネット集』は、このオークションの最高額となる三十二万五千六百ユーロで競り落とされたが、個人の入札者だったので、この唯一無二のルネサンスのテキストがその後どうなったかは分からない。同年十二月に開催された二回目のオークションの終盤には、ノルドマンのコレクションはほぼなくなり、遺された妻の望みどおりになった。彼女はずっと夫の蒐集に協力していたが、その情熱を共有したことはなかったのだ。

ノルドマンの蔵書のなかにひとつ、〈クリスティーズ〉のオークションハウスに出品できなかったものがある。『ソドムの百二十日』だ。正当な所有者をめぐる激しい論争が起きていて、オークションに加えられなかった。特にフランスで売りに出せば、国際的なスキャンダルになることは目に見えている。こういった事情で、巻物は「世紀のエロティカ競売」に出すにはあまりにも物騒な代物として、当面の間、ボドメール図書館の地下展示室に留まることになった。

Sade

サド

# 第十一章　記憶から消えた男

一八〇五年七月五日

十九世紀初頭のパリの裕福な人々が、自前の馬車で近郊にあるシャラントン精神科病院を訪れ、文化的センセーションとなっていたイベントを心待ちにしていた。女性病棟の上にある小さな劇場に列を成して入り、入院患者たちと並んで腰かけると、有名人たちの顔を拝もうとまわりをきょろきょろ見回した。この月に一度のイベントの席は毎回完売していて、上流社会の中枢にいる人々、王族の子孫たち、皇帝ナポレオンの顧問たちの間で人気があることでも知られていた。小槌(こづち)をひとつ打ち鳴らす音とともに幕が上がった。それは一幕ものの喜劇だったが、役者たちは時々いきなり舞台を離れてしまったり、演じていることを忘れたりした。このすべての中心に、主役を演じ、采配を振るい、「檻(おり)に入れられて見世物になっている怪物の一頭のように」注目を集めていた人物がいたと観客席のひとりは話している。六十五歳のサドだ。

出版人の事務所で逮捕されてから四年が経過し、サドはナポレオンが権力を奪ってからつくり上げた警察国家の囚人になっていた。文化的弾圧の一環として、当局はパリの新聞や劇場の多くを閉鎖し、ひわいな小説『ジュスティーヌ』や『ジュリエット』の作者がサドであると特定した。さらにいまいましいことに、当局は、ナポレオンの妻ジョゼフィーヌを風刺した匿名の小説『ゾロエと二人の侍女』をサドが書いたと思いこみ、彼女をモデルにした登場人物は「［彼女の仲間］とは比べものにならないほどの享楽への情熱、［高利貸のような］金銭欲——彼女は賭博師の軽快さで金を浪費した——、そして十の地方の歳入を使い尽くすほどの贅沢に対するめまいがするような愛」を持っていると指摘した。

『ゾロエ』は、サドの作品によくある、わいせつな表現と政治的批判をふんだんに盛りこんでいた。一方で、この小説には、サドらしい的確さと辛辣なニヒリズムがない。さらに、彼が書いたという具体的な証拠も見つかっていない。とはいえ、『ゾロエ』の著者という嫌疑をかけられなかったとしても、どのみち、フランス皇帝の怒りを買っていただろう。のちに遠く離れたセントヘレナ島に国外追放され、死を待つ身となったナポレオンに関する目撃談のなかに、おそらく『ジュスティーヌ』のことをいっていると思われる箇所がある——「皇帝［ナポレオン］はあらすじを聞いて、最も邪悪な想像力が生んだ、ほかに類をみないほど不快極まりない本にざっと目を通したことがあった。［革命］の時代でさえ、公衆道徳に反する内容だったため、著者は投獄され、その後ずっと監禁されていると彼は語った」

サドを拘留したあと、パリ警視総監は公開裁判を取りやめた。法的手続きは「扇情的な騒動を引き起こすだけで、罪状にふさわしい罰を十分に与えたところでなんら益するところがない」と考えてのことだ。その代わりに、「行政処分」を決定し、秘密裡に無期限で収監した。再びサドは、罪状もなければ、申し開きの機会も与えられないまま監獄に逆戻りとなった。

当局はまず、サドをパリの修道院を刑務所にしたサント・ペラジーに収監した。ここで二年を過ごしたのち、若い男の囚人たちに不適切な行為をしているところを看守たちに見つかり、さらに「自分が使うために自作した、蠟でできた大きな道具」を所持していることもばれてしまった。当局は激怒し、かつて〝暴徒のバスティーユ〟と呼ばれた恐ろしい施設ビセートルにサドを移した。彼が一カ月ほどでそこを出ることができたのは、長らく疎遠だった元妻と子どもたちが警察に嘆願し、もう少し評判の良い施設に移すよう求めたためだ。とはいえ、サドに住みよい環境で暮らしてもらいたかったからではなく、家族のなけなしの名誉を守るためだった。当局の決定により、サドは再びシャラントンの門をくぐった。そこは彼がバスティーユを出た直後に収容された精神科病院だった。警察は疑似科学的な想像を膨らませて、サドは性への執着により「慢性的な放蕩型認知症」を発症したと結論づけたのだ。

今回はシャラントンで、サドは味方となってくれる人物を見つけた。病院の院長、フランソワ・シモネ・ド・クルミエだ。彼はカトリック教会の司祭だったが、フランス革命中に聖職を辞して病院と慈善活動に身を捧げていた。シャラントンでは、それまでの医療体制を見直し、患者ひとりひとりの診断に合わせた治療法を導入するという当時としては画期的なアイデアを打ち出した。クルミエはさっそうとした小柄な男で、洗練された知性を持ち、芝居と美女をこよなく愛していた。彼が悪名高い囚人と友情を築くにいたった理由はここにある。国の役人から、サドのペンと紙とインクを取り上げ、外界との接触を禁じるよう要求されたときには、それをはねつけて次のように述べている。「私の時間を、この男をそのような目にあわせるために使うのはじつに不幸だと思う。確かにこの男は多くの罪を犯してきたが、長い間、その過ちを悔いる態度を貫いてきたからだ」

院長の善意と、家族が毎年しぶしぶ支払っていた巨額の病院代のおかげで、サドはシャラントンの木々に囲まれた施設で特別待遇を受け、絵のように美しい敷地内の草地で過ごすことができた。二間続きの部屋を与えられ、数百冊の本を並べ、お気に入りの親族の肖像画をかけた。そのなかには、二十年ほど前にこの世を去った、彼の大切な義理の妹であり愛人でもあった女性もいた。懇意にしているマリー＝コンスタンスは、サドの世話が必要な彼の非摘出の娘のふりをして、施設の隣に住んでいた。彼は敷地内を自由に散歩することもできたし、ほかの収容者たちに新聞を読んでもらったり、週に何度か昼食会や夕食会を開いたりもしていた。長い付き合いの弁護士ゴーフリディに宛てた手紙には、「幸せとはいえないが、元気にしている」と書いている。

相変わらず執筆を続けていて、日記には捕囚生活の時間を表にしたものや、ほかのだれにも分からない奇妙な数字記号を使った計算式を書いた。また、比較的穏健なふたつの小説『フランス王妃イザベル・ド・バヴィエール秘史』と『ガンジュ侯爵夫人』を執筆した。スキャンダラスな作品『フロルベル城での会話（*Les Entretiens du Château de Florbelle*）』も書いたが、警察に見つかり原稿を押収されたうえ、世に出る前に破棄されてしまった。

なかでも注目すべきは、サドがシャラントンの演劇プログラムにのめりこんでいたことだろう。医長は、芝居によって「[患者]は活動的になり、狂気の原因として非常に多い憂鬱な考えを寄せ付けない」と考えていた。サドは劇場の設計を手伝い、脚本を書き、リハーサルを監督し、舞台装置を考え、舞台係を務め、宣伝係まで引き受けてチケットを販売し、ときには主役を演じた。気がつけば、演劇界で一定の社会的成功を収めていた。それは自由の身であるときには手に入れられなかったものだ。幕が上がる前には、病院の門の前で観客を迎えた。下腹と年齢のせいで限界はあるものの、気高く背筋を伸ばし、髪は昔のスタイルに整え、髪粉をふりかけていた。舞台のあとは、美しい女たちを自室に招いて軽い夕食をとり、社交的な一面を披露して魅了し、ときにはナプキンの折り目に恋文を忍ばせることもあった。

サドのドラマチックな舞台は劇場で観られる従来の舞台作品とは違い、高い芸術性と精神病気質の融合によって、観客がかつて経験したことのないものとなった。シャラントンを訪れたある客は観劇のあと、「奇跡の舞台を目の当たりにした私は、自分の理性が残っているのかどうかも定かでないまま、席を立たねばなりませんでした」と話したという。

サドは釈放を求めて何度も陳情書を送っているが、当局はいっさい無視した。その間も警察は頻繁に彼の部屋を捜索し、外界との接触を防ぐ策を講じ、より制限のある厳しい刑務所へ移そうと動いていた。シャラントンに閉じこめられて十年を過ぎても、当局から依然として危険人物とみなされていたのだ。院長のクルミエはサドの自由をどうにか国から守ってきたが、サドの度を越した宴会や芝居に対し、当局はもはや看過できなくなっていた。一八一三年五月、フランスの内務大臣により、シャラントンの芝居と宴会を禁じる指令が下された。

一年後、フランスはまたもや政治的な混乱に見舞われた。ナポレオン軍は諸国連合軍の前に大敗北し、ナポレオンはヨーロッパに築いた帝国の終焉とともに、一八一四年四月、皇帝の座から退位した。翌月、王党派が再び優勢となり、国民は長いこと亡命していたルイ十八世の帰還を歓迎した。ルイ十八世は前の国王だった兄の跡を継ぎ、新たに立憲君主制の時代が訪れた。サドを苦しめたナポレオンの使者たちが公職を去ったものの、状況は悪化の一途をたどり、新政府により、クルミエがシャラントンの院長の座を追われた。おそらく、彼の過去の革命に関わる活動が原因だったのだろう。新しく院長になった弁護士は有力者と強力なコネがあり、この病院の有名な放蕩者に対して前任者が示したような温情をかけることはなかった。一八一四年秋、新院長のサドに関する報告書を受けて、行政機関は「なるべく早くサド氏を当院から退院させ、彼がこれ以上社会に害を及ぼすことができない場所に移すことを検討してほしい」と警察当局に依頼した。サドは国家の敵の烙印（らくいん）を押されたのだ。四半世紀にわたってフランスでは政権が目まぐるしく変化していたが、サドを永遠に閉じこめておくべきだという一点についてだけは、いずれの政権も一致していた。

サドは、残った家族からの援助どころか同情さえほぼ期待できない状況にあった。元妻ルネ＝ペラジは一八一〇年に六十八歳でこの世を去っているが、かつての夫と再会することも和解することもなかったという。末っ子のマドレーヌ＝ロールは独身を貫き、サドの言葉を借りれば、「愚かさと敬虔な心に縛られた」人生を送り、父親とは疎遠にしていた。一時期、サドは長男のルイ＝マリーと比較的親しくしていたこともあった。ルイ＝マリーは父親に似て、文学の世界で生きたいという志を持って野心的なフランスの歴史書の執筆に乗り出し、また放蕩者としても知られていた。この父子はともに激しやすい性格で、ときには衝突もしたが、息子はシャラントンにいる父をしばしば訪ね、何度も父の芝居を観ていた。ところが、一八〇九年、ルイ＝マリーはナポレオン軍の一員として従軍中、イタリアで奇襲を受けた。当時彼は四十一歳で、この三度目の軍務につくまでは気ままな独身生活を送っていたが、この奇襲で命を落とした。

こんなわけで頼れるのは、次男のドナシアン＝クロード＝アルマンだけだった。通称アルマンは、モントルイユ家の祖父母に似て、夢見がちな兄と違って富や名声に関心があった。ドナシアンという自分と同じ名を持つ父の世話をするのがいやで、やたらと金の無心をしてくる父にほとほとうんざりしていたし、ましてや、家名に泥を塗りたくった放蕩ぶりには我慢ならなかった。サドは残された息子に、いつものように芝居がかった手紙を送っている。「おまえには許し難いほどに残酷なところがある。私がこれほど苦しんでいるというのに、よくそうやって目をそらしていられるものだ。いつか、おまえの妻が生んだ子どもにこのような仕打ちをされたら、おまえはその子を愛せるのか」

一八一四年十一月、アルマンは父に「『ガンジュ侯爵夫人』はとても面白かったです」と、ささやかな思いやりが垣間(かいま)見える手紙を書いている。それは、出版されたばかりのサドの歴史小説だった。しかし、ちょっとした優しい言葉を書き送ったからといって、長年にわたる恥辱が帳消しになるはずもなく、やがて警察が父親の遺した大量の文書や手稿を破棄することに同意する。サドは自分を取り巻く状況が悪化の一途をたどるなか、相変わらず、その原因となった自身の行動を省みようとはしなかった。それどころか、七十代にして新たにできた恋人によくしてもらっていた。それはマドレーヌ・ルクレールという十代の娘だった。母親がシェラントン精神科病院の看護師をしていたので、彼女もそこの洗濯女をしていた。ふたりの関係について、この母親はお手当がもらえるならと許していたし、サドと親しいマリー＝コンスタンスも大目に見ていた。サドはマドレーヌに読み書きを教え、嫉妬心から社交の場へ出かけるのを禁じた。彼女とは情事を楽しみ、その詳細を日記に記録している。

晩年になっても、サドは変わらなかった。態度や行動がどれほど不道徳であろうとも、それが彼という人間だった。アルマンの義母が手紙で改心するように諭してきたときには、手紙でこう返している。「あなたはとても親切で崇高な言葉を選んでいるようですが、文字どおりにとれば、『いい子にするなら出してあげますよ』といっているのと同じです。ですが、あえておたずねしたい。本気でこんなことを、この哀れな老人にいっているのですか？　病に侵され、自由を奪われ、追い詰められているのですよ。すでに私はあるべき自分でいます。もし違うとしたら、そうなることは永遠にないでしょう」

一方で、サドはこの苦痛も長くはないと感じていた。息子の義母に宛てた同じ手紙にはこうも書いている。「私を迫害したい人たちにはどうか辛抱していただきたい。苦悩と絶望が棺を開けようとしていて、私はそこに入る準備をしているところですから」

新しい国王の役人たちに、サドを次の幽閉先に移動させる時間は残されていなかった。彼の健康状態は悪化し、頭痛、胃痛、リウマチ、めまい、痙攣、脚のむくみ、部分的な失明を訴えていたのだ。そして、一八一四年十一月、激痛が下腹部と鼠径部に走り、まもなく歩けなくなった。こんな状態でありながら、若い洗濯女のマドレーヌともう一度逢瀬を楽しみ、「彼女といつものように、私たちのちょっとした遊びをした」と、彼女が出ていったあと日記に書き残している。

ところが、十二月一日、床につき、病院の医療従事者から「全身の衰弱がみられる壊疽性の熱」と診断を受けた。翌日の午後、息子のアルマンが顔を見せ、次いで病院の司祭が訪れた。十二月二日金曜日、この精神科病院で研修中の若き医学生、L・J・ラモンがベッドのそばで見守るなか、サドの呼吸はどんどん荒く、苦しげになっていった。その夜十時、部屋が静まり返った。マルキ・ド・サドは息を引き取った。

病院のスタッフはサドの遺骸を精神科病院の墓地の端に埋葬した。葬儀は教会の方式で執り行われた。名前も墓碑銘もなく、質素な十字架が刻まれただけの墓石だった。数年後、病院はサドが埋葬されたあたりを掘り起こした。このとき医療専門家が彼の頭蓋骨を研究材料として使用することになっていた。当時は骨相学という頭蓋骨から精神的特性を判断する学問が大流行していたのだ。サドの頭蓋骨は、ドイツから訪れた骨相学者が借りて、そのままになっている。おそらく、母国かアメリカで教職についている間に紛失してしまったのだろう。ただ分析は行われた。

彼によればサドの頭蓋骨は「知能と人間の感情の高度な連携を司る調和機能の退化」が見られ、「マルキ・ド・サドが道徳的哲学的にあれほど堕落していたのは、悪徳と美徳、慈善と犯罪、憎悪と愛情などが渾然一体となっていたからと考えられる」とのことだ。

一方で、ラモン――サドの死を見届けた研修医で、やがてシャラントンの医長になる――もまたサドの頭蓋骨を詳細に調べているが、「彼の頭蓋骨はあらゆる点において、教会の神父のものと類似している」とまったく異なる見解を述べている。

こうした極端に異なる評価は、骨相学が客観的な科学理論として成立することがなかったことを考えれば、不思議ではない。しかし、これらの評価もまた、サドにまつわる奇妙でしばしば矛盾する神話が根付いていく最初の兆候といっていいだろう。こうして彼の実際の行動と作品が伝説と混じり合っていく。

サドはこうした展開を望んでいなかったはずだ。もう少し若ければ、永遠の名声を歓迎していただろうが、死を前にして、彼は自分の遺産についての考え方を変えていた。何よりも、他人の評価から解放されて、スキャンダルがすべて消え去ることを切に願っていたのだ。また、遺言状にも埋葬の手続きについての意向を記していたが、息子のアルマンはほぼすべてを無視している。サドの最期の希望は、遺体をサド家に遺されていた領地の森に運び、埋葬の儀式などしないで、そのへんのやぶに葬ってもらうことだった。葬った場所には樫の実をまき、やがて草木でおおわれることを願った。彼は遺言状にこう記している――「墓が跡形もなく地上から消え去り、私の痕跡もすべて人々の記憶から消えてしまうことを望む」

# 第十二章　大きな契約

二〇一三年七月九日

ブリュノ・ラシーヌは、プロヴァンス南部にある別荘のプールサイドに座って夏の日差しを浴びていた。もうすぐ世界最大級の有名な図書館に貴重な所蔵品を迎え入れることが決まり、満ち足りた気分に浸っていた。

六年前の二〇〇七年、ラシーヌはフランス国立図書館の館長に就任した。この国立図書館は一三六八年に設立され、所蔵点数は四千万以上、その大部分は現在、パリ南部に数十億ドルかけて建設された超近代的な図書館〔フランソワ・ミッテラン館〕に保管されている。その約三万六千平方メートルという広大な敷地には、高さ約百メートルの全面ガラス張りの美しい四棟の高層ビルが建っており、その姿は空高くそびえる開いた本のようだ。ラシーヌはこれらすべてを取り仕切っていた。小柄で、公務員らしい控えめな見た目はずっと変わらなかったが、六十一歳で文学賞受賞作家になるほどの野心も持ち合わせており、政治的にも文化的にもフランスでトップに昇り詰めたといっていいだろう。前職は、パリ中心部にある象徴的な複合文化施設で近代美術館でもあるポンピドゥー・センターの館長で、上海とフランスの地方都市メッスに分館を開館する際は先頭に立って尽力した。国立図書館のトップに就任してからは、大規模な活性化プロジェクトをいくつか推進した。数百万ユーロを投じてパリ中心部にある国立図書館の旧館〔リシュリュー館〕の改修工事に着手し、複数のドーム型天井の広々としたラブルースト閲覧室も修復した。また、図書館が所蔵する写本や手稿のデジタル化を推進し、オンライン公開した歴史的文書の数を十倍に増やした。さらに、できるだけ多くの貴重な文学作品を集めて、図書館の永久保存の蔵書を増やしてきた。

この決断により、ラシーヌはフランス国内外の主要なディーラーや蒐集家と直接の競合をすることになった。理屈の上では、彼のほうがいくつかの点で有利だった。国立図書館を管轄する文化省は、特に重要な作品については売りに出される前に国宝に指定することができた。そして文化省に国宝と認定された作品は三十カ月間、国外へ持ち出すことも、競売にかけることもできなくなり、この期間中に国は価格交渉ができることになっている。しかもラシーヌは、オークションの価格変動リスクも回避できた。というのも、競売にかけられたどんなテキストに対しても国の先買権を主張し、オークショニアが木づちを叩いて落札者を決定した瞬間に、そのテキストを同じ落札価格で取得する権利を行使することができるからだ。

ただし、この権利を行使するためには、国立図書館が資金を調達しなければならない。ラシーヌは政府予算の配分を変更させたり、財政的インセンティブを提供して、民間からの寄付を募ったりした。こうして、相当の資金が集まると、大規模な蒐集活動を行った。そのなかにはマルクス主義の理論家ギー・ドゥボールの文書、フランスの哲学者ミシェル・フーコーの手書きとタイプされた文書のコレクション、ジャコモ・カサノヴァの回想録のオリジナル原稿もあった。そして、このとき彼は、新たな宝を購入することになっていた。それはマルキ・ド・サドの『ソドムの百二十日』だった。

この計画は数年前から進んでいた。二〇一〇年に、ジェラール・ノルドマンの妻、モニークが亡くなったあと、彼女の子どもたちが巻物を売る意向を表明しているのを知って、ラシーヌはすぐに動いた。彼の説得により文化省は、巻物がフランスに返還されて国立図書館に保管されれば、国宝と認定すると発表した。国宝の候補に挙げられたおかげで、ラシーヌはその獲得に向けて多額の資金を調達することができた。というのも、当時、こうした企画を支援した民間の寄付者は、税制上かなり優遇されたからだ。同時に、フランスの警察と国際刑事警察機構（インターポール）は、巻物を盗品リストに登録した。これはあくまでも形式的なものにすぎなかったが、手稿に興味を持つ個人蒐集家を寄せ付けないための対策にはなった。この時点で、ノルドマンのように、法廷で巻物が輸出入禁制品であるか知る術がなかったという主張を通すのは非常に難しくなった。

その一方でラシーヌは、ナタリー・ド・ノアイユの息子、カルロ・ペローネと頻繁に連絡を取るようになり、ともにボドメール財団へ赴いて、巻物の状態を確認した。地下にある展示室の巻物を鑑賞したとき、赤い子爵夫人の孫はあきらかに興奮していた。その後、ペローネは巻物がフランスに返還され国立図書館に保管されることになった場合、ノアイユ家の所有権を主張しないことに同意し、さらに取得資金を援助すると申し出た。次いで、ラシーヌは法的な仲介者を通じて、ノルドマンの息子セルジュとそのきょうだいたちと連絡を取り、三百五十万ユーロを支払うことで合意した。ノルドマン家は、巻物の所有権はノルドマン家にないとするフランスの法的判断にまだ納得しておらず、フランス当局に直接巻物を引き渡すことを拒んでいた。そこで、いったん仲介者に渡し、その仲介者から国立図書館に譲渡することになった。

慎重な交渉が続くなか、ラシーヌは『ニューヨーク・タイムズ』紙で、「［巻物は］ほかに類をみない特異な作品であり、今も存在していること自体が奇跡です。（略）好むと好まざるとにかかわらず、国立図書館が所蔵すべきものです」と語っている。話し合いは収束を迎え、問題の数百万ユーロという資金もヨーロッパ各地のいくつかの銀行口座に送金する準備が整い、ジュネーヴでの最終的な引き渡しは二日後の二〇一三年七月十一日を予定していた。ラシーヌはプロヴァンスにある隠れ家でプールサイドに座って夏の休暇を楽しんでおり、まちがいなく自分の夢が叶うと信じきっていた。

そのとき携帯電話が鳴り、二日後の引き渡しをキャンセルすると告げられた。ノルドマン家が考えを変え、取引は破談になった。

舞台裏で、巻物を手に入れようと暗躍していた人物がもうひとりいた。これほど世の中を翻弄してきた書を手に入れるためなら、どれほどの大金を積んでも厭わない男、レリティエだ。

アリストフィル社がノルドマン家に接触を図ったのは、ノルドマン家が巻物を売る意向を公にしてまもなくのことだった。ペローネはなんとかしようと、アリストフィル社が巻物を入手しフランスに持ち帰った場合には、弁護士を通じて差し押さえると脅したが、レリティエは動じなかった。ペローネはマルキ・ド・サドに特別思い入れがあったわけではない。ただ、文学的にも歴史的にも非常に重要な文書を手に入れる価値を理解していたので、なんとしてでも手に入れる方法を探してみせると固く誓っていた。

国立図書館への引き渡し予定日の直前、レリティエはノルドマン家に四百万ユーロを提示した。これは図書館との取引金額よりも五十万ユーロ多い。この土壇場の交渉により、ノルドマン家はラシーヌが数カ月かけて準備してきた取引から手を引いた。国がアリストフィル社の提案に対抗する資金がなかったか、またはその意思がなかったため、国立図書館は巻物を手に入れる手段を絶たれてしまった。

ペローネは、レリティエと交渉するほかに選択肢がなかった。アリストフィル社と協力することが、巻物をフランスに返還する唯一の道に思われたからだ。しかし、巻物が国家機関ではなく民間企業に渡るのは実に気分が悪く、レリティエに対して要求を強めることにした。最終的に、レリティエはペローネにも二百三十三万ユーロ支払うことに同意し、巻物を手に入れるために、税金と高額な手数料を合わせて、七百万ユーロ支払うことになった〔レリティエが巻物とともに帰国した時点で、フランス当局に押収される恐れがあったため、ペローネはそうさせないと保証する代わりに対価を要求できた〕。この手数料は、取引を手伝っていたジャン＝クロード・ヴァランに支払われている。彼は有名なパリの書籍商であり、アリストフィル社に牙をむいたフレデリック・キャスタンのライバルでもあった。

アリストフィル社は巨額の支払いに加えて、巻物をめぐる両家の立場を尊重することに同意した。あらゆる展示に際しては必ず解説などに、一九二九年にシャルルとマリー＝ロールのド・ノアイユ夫妻が入手したが、近年になってジュネーヴのジェラール・ノルドマンのコレクションに収蔵されたことを記すことになった。両家ともに自分に非があるという認識はなく、数十年におよぶ対立や法的な争いに終止符を打つ気は毛頭なかった。

レリティエは国立図書館も懐柔しようと、五年後に巻物を寄贈することを提案した。そのためにまず、その共同所有権を出資者たちに販売し、宣伝や展示を行ってから買い戻すことにした。この方法なら、出資者たちは巻物の共同所有権により利益を得ることができるし、アリストフィル社は自社の投資手段の実績を成功例として宣伝できるからだ。また、図書館に寄贈すれば、同社は巻物の入手にかかった費用の最大六十パーセントまでを税金から控除できる。フランスでは、企業に国の施設への貢献をうながすために、こうした法律がつくられていた。

ラシーヌは、以前アリストフィル社が国立図書館に寄贈をしたときにも、レリティエとかかわったことがあったので、この契約書に署名した。ところが、この契約には、文化省の承認も必要だった。レリティエのこれまでのビジネスのやり方を考えると、この段階で引っかかる可能性があった。

この複雑な状況は、二〇一〇年にアリストフィル社が、第二次世界大戦中にシャルル・ド・ゴールが亡命先のイギリスからレジスタンス運動を呼びかけていた頃に書いた一連の手紙を取得した時に遡る。これらの手紙は、ロンドンでド・ゴールの個人秘書をしていた人の家族が数十年にわたって密かに保管していたのだが、レリティエの会社がそれを突き止め、購入した。ところが、その翌年、アリストフィル社主催の手紙の展示会は初日から大きな騒ぎになった。ド・ゴールの手紙は公文書として保管すべきものだと国から通告があったのだ。フランスの法律では、公職についている者による文書はすべて国有財産として要求でき、賠償の必要もなかった。

アリストフィル社はこの件を裁判に持ちこみ、ド・ゴールがそれらの手紙を書いたとき、厳密には、フランスの公職についていなかったと主張した。その根拠として、当時のフランスの大部分を占領していたナチス・ドイツの傀儡（かいらい）政権といわれるヴィシー政府によって、ド・ゴールは国籍を剝奪され、欠席裁判のまま死刑宣告されていた事実を挙げた。二〇一二年、裁判所の要請に基づき、政府職員がアリストフィル社の博物館へ出向き、手紙を押収した。ところが、国立公文書館で専門家が鑑定したところ、コピーだったことが判明する。これはアリストフィル社による意図的な侮辱といっていい。この事実が突きつけられたとたん、同社は本物を提出したが、文化省の職員はこの侮辱を忘れなかった。おそらくこの過去の因縁が主な原因のひとつとなり、一年後、文化省は最終的に『ソドムの百二十日』に関する取引を行わないことを決定し、将来、国立図書館に巻物を寄贈するという同社の提案を辞退したのだろう。

この展開で、レリティエの努力が水の泡になることはなかった。この決定により、会社は税制上の優遇措置の適用を受けることはできなくなったが、それと引き換えに、巻物の所有権を永久に保持し、今後、何度も出資者に売買できるようになったのだ。

二〇一四年三月二十五日の朝、自家用セスナがジュネーヴ上空の雲を突っ切って降下し、市の空港に着陸した。機内から姿を現したのはレリティエだった。淡褐色の丈の長いコートと茶色のマフラーを身に着け、黒いスーツに映えるコバルトブルーのネクタイとポケットチーフを合わせている。彼の後ろには、フランスのニュース番組のテレビクルーが張り付いていた。テレビカメラが回るなか、レリティエが空港ターミナルで待っていると、美術品の輸送と保管を専門とするスイスの運送会社から、赤い制服を着た代表者二名が到着した。そのうちひとりが、靴箱よりわずかに大きいくらいの地味な段ボール箱を抱えていた。レリティエは荷物を受け取る際のさまざまな書類に署名しながら、期待に胸を膨らませて箱を見つめていた。

「何年もこのときを待っていました」と彼はテレビクルーに語った。「幸せはどこか遠くにあるのではなく、この宝石箱のなかにあります」

　レリティエは書類上の手続きが終わると箱を受け取り、自家用ジェットに戻った。飛び立ったジェット機のなかで、さっそく梱包（こんぽう）を解くと、かつてノルドマンが特注した蓋つきのケースが現れた。レリティエは綿の白手袋をはめ、慎重にそれを開けた。巻物はガラス製の棒にしっかりと巻きつけられた状態で収められていた。幅およそ十センチ、直径はその半分程度だった。ジェット機の窓から差しこむ光が黄ばんだもろい紙にあたり、マルキ・ド・サドの小さく精密な文字を照らした。

　巻物を手にフランスに帰国したレリティエは、称賛をもって迎えられた。全国紙は巻物の帰還を喜び、フランスにおいて三番目に高い値がついた手稿であることにも触れた。フランスの日刊紙『リベラシオン』は、巻物の複雑な来歴を詳しく伝えるとともに、レリティエのことを「アレクサンドル・デュマが小説の題材として使えるほど、たっぷりひねりの利いた物語(サーガ)に新たな章を付け加えた人物」とほめ讃えた。彼はロンドンのロイズ保険組合と、保険金額千二百万ユーロで巻物の保険契約を結んだ。この金額は、サドの熱烈なファンであるヴランの鑑定評価にも一部基づいている。彼の鑑定書には、「伝説的な文書」にほかならないと記されている。

フランスの時事週刊誌『レクスプレス』の記者ジェローム・デュピュイは、この一件に引っかかりを感じて追っていた。デュピュイは時間をかけて、巻物の新しい所有者が絡んだ取引を調査するうちに、アリストフィル社に関わることすべてに不信感を抱くようになった。角刈りでラフな格好をしたデュピュイは、実績を重ねた記者のご多分に漏れず、親しみやすく堅実な印象を与えた。長い間、名誉毀損訴訟を何度も回避しながら政界を取材してきたが、二〇〇〇年代初頭になって、新たな取材対象として書籍業界に注目した。

これは彼にとって大切なテーマだった。少年時代は貪るようにして本を読み漁り、一日に一冊のペースで読むこともざらだった。また、この分野は肥沃な土壌になるだろうとも思っていた。フランスでは、中身のある人間にみられたい成功者は、たいてい文学的な作品を執筆し、なるべく格式高い出版社から本を出そうとする。デュピュイは書籍業界を取材するうちに、政界の黒幕たちとその地位を狙う人々に関する内部情報を得ることができた。そしてすぐに、本を愛する国フランスにおいては、情熱やエリート主義が――稀覯書をめぐるディーラーと蒐集家の間の巨額の金の流れはいうまでもなく――不正を引き起こす傾向にあることに気がついた。

二〇〇一年、デュピュイは『レクスプレス』誌で、ルイ＝フェルディナン・セリーヌの傑作『夜の果てへの旅』の手稿にまつわる裏話を詳しく書き、数十年にわたって行方が分からなかった手稿が最近になって発見されたことを報じた。この記事を皮切りに、その後も次々と文学界のスクープを取り上げていったが、そのなかには、出版業界を利用して自分たちに箔をつけようとする著名人を取り上げた記事もあった。二〇一一年には、フランスの有名なニュースキャスターで、レリティエの親友だったパトリック・ポワーヴル・ダルヴォルの告発記事を書き、近刊予定のアーネスト・ヘミングウェイの伝記の大部分は盗用で、アメリカで出た書籍から約百ページ分の内容を無断使用していることを指摘した。このスキャンダルにより、ダルヴォルの出版社は問題の箇所をすべて削除し、短縮版の伝記を刊行することになった。

この頃には、デュピュイはアリストフィル社の話を耳にするようになった。この会社がオークションハウスで競売にかけられたものを手当たり次第に落札しており、その攻撃的なビジネス戦略に不安を感じているディーラーもいることを知った。そして二〇一二年より、この会社の事業について本格的な調査に乗り出した。彼はオークションハウス〈オテル・ドゥルオー〉の廊下で稀覯本の販売業者たちを捕まえて、サン＝ジェルマン・デ・プレ周辺の人目につかないビストロに連れこみ質問攻めにした。フランスではたいてい、食事とワインでもてなせば、情報を引き出しやすいからだ。アリストフィル社の出資者たちからも話を聞いたが、驚くことに、彼らは自分たちの貯金の大部分を預けている会社の事業内容についてほとんど把握していないようだった。

彼はレリティエが築いた帝国の規模の大きさに驚愕(きょうがく)した。膨大な量の手紙や手稿が取り引きされ、多額の金が動き、驚異的な数の出資者がこの企業の共同所有権を購入する契約を結んでいたのだ。

これはデュピュイの本来の取材対象でもなければ、業界の内部関係者や文化界の黒幕の話でもなく、パリのオークションハウスとは無縁の普通の人々の話だった。そのほとんどが、手書き文字に将来の利益を見込んで、これまで築いてきた全財産を賭けていた。デュピュイはいやな予感がしたが、アリストフィル社をどう判断すべきか分からなかった。このとき、師と仰ぐ人からしょっちゅういわれていたことを思い出した――「調査でいちばん難しいのは、自分が具体的に何を探ろうとしているのか見極めることだ」

デュピュイはその中心にある疑問点に立ち返った――アリストフィル社はどのようにしてこの事業で大きな成功を収めているのか？　取り扱う本や手稿は実在し、出資者には金も支払われている。しかし、主観的な評価と閉鎖的な市場の気まぐれで、文書の価値は長きにわたって変動しているというのに、なぜそこまで大きな利益を安定して生み出すことができるのか？　デュピュイはこの疑問に答えるためには、作家になったつもりで考えなければならないと思った。何万点もの文書をめぐる何百万ユーロに上る取引の核心に迫るには、その中心にある歴史的なテキストの物語を語らなければならないからだ。つまり、アリストフィル社のシステムにおけるこれらの本や手稿の動きを追い、本や手稿が同社に取得されたあと、どのようにして共同所有権に分割され、出資者たちに配分され、五年後に買い戻されるのかを探る必要があった。そして、何よりも重要なのは、このプロセスに、本や手稿の出資者たちに懸念を抱かせる要素があるのかどうかを突き止めることだった。

調査を続けるうち、デュピュイのもとにレリティエから奇妙なメールが届いた。社長自ら、我が社について調べているそうじゃないかと連絡してきたのだ。メールには「君は年に数カ月、スコットランドにサケ釣りをしに行っているそうだが、ぼくも釣りが好きでね。ぼくらは気が合いそうだ」とも書かれていた。親しげな口調だが、かすかに脅迫めいた響きがあった。まるで、彼は自分を探っている人間を探っていて、それを知らせるためにメールを送ってきたように感じられた。

デュピュイはひるむことなく調査を続け、モンパルナス地区の自宅で記事をまとめていった。二〇一三年五月、『レクスプレス』誌にアリストフィル社に関する最初の記事を掲載した。デュピュイはレリティエが築いた「紙の帝国」を取り上げた。この会社が年間一億ユーロを本と手稿に投じていること、パリのエリート層が集まる華やかなパーティーを催していること、レリティエが法外な金をつぎこんでパリの邸宅や地中海の不動産を取得していること。また、彼が数カ月かけて入手した記録や情報源からの報告によると、アリストフィル社が思いもよらない手段で、同社の所有する歴史的文書の価値を吊り上げているように見えることを詳細に説明した。例として、二〇〇七年に〈サザビーズ〉のオークションで、ファン・ゴッホの手紙を二十五万ユーロで落札し、五年後に九十万ユーロ近くで出資者たちに提供したことや、三十万ユーロで入手したフランスの詩人ポール・ヴェルレーヌの手稿を百四十万ユーロで顧客に販売したことをあきらかにした。また、アリストフィル社の見積もりによると、同社のビジネスモデルを立ち上げるきっかけとなったアインシュタインの文書は現在二千六百五十万ユーロの価値があり、二〇〇二年にレリティエが買い取った額の五十倍以上だということも指摘した。

こうした価格の高騰が妥当かどうか調査されることも疑問視されることもなかったのは、アリストフィル社のシステムが閉鎖的に機能していたからだった。一度入手した本や手稿は、再び公開オークションに出品されることはなかったので、吊り上げられた評価が改めて問われることはなかったのだ。しかも、同社が新たに設定した価格は、数百人の出資者の間で分割されていたというのに、ほとんどの出資者は法外な値段がつけられていることに気づいていなかった。また、この手の取引は活況を呈し、アリストフィル社の正当性を裏付けていたが、そもそもその活況自体、主にこの会社の自作自演によるものだった。つまり、アリストフィル社が市場を支配し、高額で投資の材料を買い集めていたのだ。通常、バイヤーは常に最良の取引を求めるものだが、この会社のビジネスモデルは、できるだけ多くの資金をつぎこんで投資の対象を取得し、買値よりもはるかに高い額で出資者に販売することを奨励しているように思われた。

フランスの厳格な名誉毀損法とレリティエの訴訟好きな性格を考えれば、デュピュイは細心の注意を払って記事を書かなければならなかった。それでも彼は、実際にこの会社が大規模な詐欺を働いていると判断するにいたった。具体的には、レリティエが巧妙なポンジ・スキームを用いていると確信していた。ポンジ・スキームというのは詐欺の一種で、事業が実際には機能しておらず利益も生じていないのに、新規出資者の金を既存の出資に加えて規模を膨らませることで、事業が順調であるかのように見せかけるというものだ。ひと口にポンジ・スキームといってもさまざまなバリエーションがあり、規模もいろいろだが、ほとんどの場合、基本的な手口は変わらない。この投資詐欺を見抜くためのあきらかな特徴がいくつかある。たとえば、ほぼリスクなしで高い利益を約束するプロモーターの存在、金融監督機関の規制範囲外でのビジネスの仕組み、市場の変動にもかかわらず不自然なほど安定しているステークホルダーへの支払いなど。アリストフィル社はこれらすべてに当てはまっていた。

この会社はロマンティックな衝動も利用しており、金融詐欺師が金を引き出すためによく使う手と同じだった。ボストン大学の法科大学院の教授タマール・フランケルは二〇一二年の『ポンジ・スキームの謎――詐欺師と被害者の歴史と分析（*The Ponzi Scheme Puzzle: A History and Analysis of Con Artists and Victims*）』で、「詐欺師の持ちかける投資話には、宝探しに通じるわくわく感がある。宝探しには、高い報酬、冒険、リスクをともなう謎がつきものだ」と述べている。歴史的な手紙や手稿の蒐集にともなう数々の謎、冒険心、報酬は長きにわたって、書物や直筆原稿の蒐集家を魅了してきたが、一方で詐欺の潜在的なターゲットを誘惑するために使われる可能性もあった。

もしアリストフィル社がポンジ・スキームを使っているのなら、いずれ新規の出資者を獲得できなくなり、出費と配当をまかなえなくなるはずだ。そうなれば、同社の出資者だけでなく、手紙や手稿の市場そのものものもパニックに陥る。ある書店主がデュピュイにいったように――「いつかあのシステムが崩壊したら、とんでもないことになるだろう」

デュピュイの包括的な告発記事は十分に検証されたうえで、国内最大級のニュース雑誌のひとつに掲載されたため、訴訟を起こすという脅しやそのほかのアリストフィル社の戦術をもってしても容易に消し去ることはできなかった。デュピュイの記事に加え、ほかのメディアからも衝撃的な報道が流れるなか、レリティエの冒険的事業に対する成功のイメージは薄れていき、世界は潜在的不安を抱えている会社と見るようになった。不安を煽るマスコミ報道、キャスタンをはじめとする反対派の継続的な警告、手紙や手稿への投資に関する政府による最近の警鐘、さらにアリストフィル社がちょうど、一部の出資者への返金に苦労していた事実が重なり、フランス当局の対応が強く求められるようになった。

デュピュイの告発記事が世に出てから五カ月後、競争・消費・詐欺防止総局がアリストフィル社の調査を開始した。各所にある同社のオフィスに調査の手が伸び、多くの従業員が事情聴取を受けた。調査員らはキャスタンや、その区域のほかのディーラーとも会い、本や手稿の市場は通常どのように運営されているのか、なぜアリストフィル社が市場の規則をことごとく破れるように思われるのかたずねた。

この時期はレリティエにとって、仕事を抑える絶好の機会だったはずだ。ところが、以前にもまして行動が派手になった。数カ月前、デュピュイはパリ中のニューススタンドで、レリティエの笑顔を見た。それは光沢紙を使った高級雑誌『WINNER ル・マガザン・デ・ギャニュア』の表紙だ。ページを開くと、アリストフィル社の華やかなコレクションの写真がたくさん載っていた。フランス語と英語で書かれた長い特集記事はレリティエと彼の会社をほめちぎっており、まるで三十六ページにわたる企業広告のようだった。「レリティエが手紙と手稿の売買の世界に君臨する王であることはだれもが認めるところであり、人々を驚愕させ、魅了する存在だ。彼は人生を全力で駆けている。だからこそ、制御不能状態で加速し、常に勝利・創造・想像を追っている」と記事には書かれていた。

レリティエはさらに二〇一四年一月に、〈サルクル・アリストフィル〉というVIPプログラムを開始し、高額の出資者に対してパリの五つ星ホテルでの宿泊、カンヌ国際映画祭のチケット、プライベートジェットの旅といった特典を提供した。これまでで最大規模のイベントを開催したのもこの頃だ。これは〈手紙と手稿の博物館〉の創立十周年と機関誌『プリュム』の創刊二十周年を祝って、モナコにある〈モンテカルロ・ベイ・ホテル&リゾート〉で行われたイベントで、その開催費用はおよそ百万ユーロと報じられた。その間にもレリティエは、大胆な新規事業を立ち上げようと水面下で動いていた。自分のオークション会社をつくり、〈ドゥルオー〉のような老舗のオークションハウスを排除して高額な手数料を省こうと画策していたのだ。

社員たちは、これまでの経営戦略では立ち行かなくなり、出費に対応できなくなるのではないかと心配した。また、彼が信頼を寄せている書店主のヴランからも、目立つ行動は控えたほうがいいと注意され、「ジェラール、面倒なことになっているぞ。頼むから、ろくでもない連中に見張られていることを忘れないでくれ」というメールが送られてきていた。一方、二〇一四年二月には、政府の調査官らが二十六ページにおよぶ報告書をまとめている。これはアリストフィル社の不正な商取引を告発するもので、パリの検察官事務所に送られた。当時、この報告書は公表されなかったが、刑事事件につながる第一歩となった。しかし、レリティエにとっては、どれもどこ吹く風といった様子だった。

アリストフィル社のトップは立ち止まることなく、帝国が崩壊寸前であるというのに、これまでにない野心的な計画を強引に推し進めた。こうして、調査官による報告書が完成して一カ月経った頃、レリティエは世界で最も価値のある悪名高い手稿を取得することに、いっさいのためらいもなく、ジュネーヴへ向かったのだった。

レリティエはこれ以上ないタイミングで『ソドムの百二十日』を国に持ち帰っている。フランスは、サドを祝う一年にわたる祝賀行事の真っ最中だった。作家の長きにわたる再評価の集大成ともいえるこの祝賀行事は、サド没後二百年にあたる二〇一四年十二月二日にクライマックスを迎えることになっていた。祝賀行事の一環で、フランスを代表する何人かの作家たちが挑発的なサドの伝記を新たに執筆し、また名高い〈プレイヤード叢書(そうしょ)〉の出版社からは千百ページにおよぶサドの作品集の新版が豪華な装幀で刊行された。『ル・フィガロ』紙と『パリ・レヴュー』誌は、サドの解説記事を掲載し、ニュース週刊誌『ル・ポワン』は、「サドの謎」というタイトルで丸ごと一冊サドを扱った特集号を発行し、表紙の見出しで「現代の英雄なのか?」と問いかけた。

フランス人作家のミシェル・オンフレは、誇大な称賛に異議を唱えようと、新刊書『邪悪な情熱(*La Passion de la Méchanceté*)』を出版し、サドが性犯罪者であり、殺人を犯した可能性もあると指摘した。こうした反論の声が祝祭気分に水を差すことはほぼなかった。ジュネーヴでは、ボドメール財団が〈愛に落ちた無神論者、サド〉と題した展示を開催した。最近手放したばかりの巻物の不在が目立ったが、全二十五巻から成る『ソドムの百二十日』が展示された。これはドイツ人芸術家が三年かけて仕上げた点字版で、サドの物語を指先の触感を通して読むことができる。

最も注目すべきは、パリにあるレリティエの〈手紙と手稿の研究所〉のすぐ近くにあるオルセー美術館が〈サド、太陽を攻撃〉と題した展示会の開催を発表したことだろう。この有名な美術館は宣伝のため、プロモーション映像を公開した。それは乱交シーンを描いた穏やかなポルノで、男女が裸体を絡ませて「SADE(サド)」の文字を浮かび上がらせた。展示に際し、オルセー美術館はレリティエに『ソドムの百二十日』の借用依頼をしている。なんといっても、この展示会のタイトルはその小説の一節からとられていたからだ。小説の中盤で、主人公の放蕩者のひとりが地球上に犯すべき罪がもうあまり残されていないことに失望し、次のように訴える場面がある――「ああ神よ、何度、太陽を攻撃したいと願ったことでしょう。宇宙から太陽を奪って、それで世界を燃やしてしまいたいのです」

しかし、レリティエはこの依頼を断っている。オルセー美術館はフランス文化省の管轄下にあった。巻物を美術館に貸し出せば、文化省にいる彼の敵がなんらかの理由をつけて返却しないかもしれないと危惧したのだ。

その代わりに、オルセー美術館のサド展を一カ月後に控えた二〇一四年九月二十五日、アリストフィル社の新しい本部で巻物の初の展示が開催された。このイベントは〈サド――影の侯爵、光の王子〉と題された。

展示のために、施設の一階のギャラリーは、ベルエポック時代の娼館をイメージした装飾が施された。室内にめぐらせた真っ赤な展示パネルは、ブレーズ・パスカル、ジャコモ・カサノヴァ、モリエールの官能的な文章が飾られ、薄く透けるヴェールに描かれたエロティックな絵は、何世紀にもわたる放蕩の進化の歴史をたどっていた。中央には、展示室の端から端まで届く細長い展示ケースがあった。長さが調節できるこのガラスケースは、アリストフィル社が二年前につくったもので、そのときの移動展覧会ではジャック・ケルアックの『路上』の初稿が展示された。それは、一九五一年にケルアックが約三十七メートルのタイプ用紙をタイプライターに差しこみ、三週間、取り憑かれたように創作に打ちこんで書き上げたものだ。そのときのガラスケースに今度は、サド展の目玉となる『ソドムの百二十日』の巻物が広げて展示された。

レリティエは、目の覚めるような青のスーツにペイズリー柄のネクタイを合わせた格好で、フランスで初お披露目となる巻物を見ようと訪れた人々を歓迎し、誇らしげに「緊張感あふれる交渉が三年も続きましたが、やっとこの日を迎えられました」と語った。専門家たちはこの手稿の重要性についてコメントし、ある専門家は子ども連れの親に、「子どもたちは巻物から取り返しがつかないほどの悪影響を受けてしまうかもしれないので、近づかせないでください」と注意を呼びかけた。夜になってもにぎわいは続き、豪華な建物の周辺に設置された投光照明の赤い光を浴びた木々が、祝福の赤い血の色に染まった。

厳密にいうと、サド展の目玉はすでにアリストフィル社の所有物ではなかった。ノルドマン家から巻物を入手した直後、会社は一口五千ユーロの共同所有権に分割し、フランス全土の投資家に営業をかけていたのだ。この取引に応じた出資者は数百人に上り、そのなかにシルヴィ・ル・ガルという、フランス北東部の都市ストラスブールに暮らす保険会社の社員がいた。ル・ガルは自分の車を売却したばかりで、その金を活用して資産を多様化しようと考えていた。そんなとき、独立系のブローカーから、アリストフィル社の最新の投資を勧められた。学生時代にはサドの『閨房哲学』を読んだことがあり、ちょっと退屈だが挑戦的な作品だと思っていた。巻物の背景にある物語に心をときめかせはしたが、本当の意味で稀覯本や手稿に興味があるわけではなく、あくまでもこの古い手稿を投資の手段とみていた。こうして、二〇一四年四月十四日、レリティエが巻物を入手して三週間後、ル・ガルは、四ページ分の法的文書に署名した。そこには、彼女が六口分の「マルキ・ド・サドによるバスティーユ監獄の巻物」を総額三万ユーロで購入したことが記されていた。この契約によれば、五年後、アリストフィル社に対し四万三千四百二十五ユーロで買い取りを要求でき、四十四・七五パーセントの潜在的利益が期待できる。ル・ガルはこの話に乗り、出資者四百二十人のうちのひとりになって（これで全体の出資総額は千二百万ユーロに上った）、巻物の所有権を得た人々の行列の最後尾に並んだのだった。

アリストフィル社の展示は大盛況に終わった。海峡の向こうでは、イギリスのタブロイド紙『デイリー・メール』が、「『フィフティ・シェイズ・オブ・グレイ』〔E L ジェイムズによる二〇一一年発表のベストセラー・エロティカ小説〕の原点を公開」と報じた。しかし、巻物に関心がある人のなかには、そんなお祭り騒ぎに眉をひそめる人もいた。巻物を故国に還(かえ)すために長年にわたって闘ってきたカルロ・ペローネは展示会を訪れなかった。巻物が国立図書館に収蔵されなかったことに失望し、アリストフィル社に対し不信感を持っていたのだ。ノルドマン家もまた、あまりにも辛辣な交渉のあとで、この帰国祝賀行事に参加する気になれなかった。ラシーヌは見物に訪れたが、国立図書館に巻物を迎え入れられなかったことは、館長として最大の後悔のひとつになっていた。この失態は、アリストフィル社と文化省の対立をさらに激化させており、近いうちに両者の間の緊張が表面化するのではないかと、ラシーヌは懸念していた。

ストラスブールでは、シルヴィ・ル・ガルがパリへ巻物を見に行く計画を妄想していた。このとき、彼女はその所有者のひとりだった。ただ、彼女にとってその旅は最優先事項ではなかった。急ぐ必要はない。何世代もの時を経てついに落ち着き先を見つけたのだから、もうどこにもいかないだろう、そう思った。

Sade

サド

# 第十三章 聖サド

一九四八年一月二十二日

樹齢数百年のオークの木々が、裸の枝を冬の空に向かって伸ばしている。ジルベール・レリーはマルキ・ド・サドの秘密を求めて古い城へ向かっていた。シュルレアリスムの詩人であるレリーが、サド研究家のモーリス・エーヌと親しくなったのは、エーヌが監修した『ソドムの百二十日』が出版される十年前のことだ。一九四〇年にエーヌが死んだあと、レリーはサドを暗闇から救い出す使命を受け継いだ。サドはシュルレアリストやほかのアヴァンギャルドの芸術家から崇拝されていたが、本人についてはほとんど知られていなかったのだ。この時点でサドの生涯を詳しく述べる試みはほとんどされておらず、世紀の変わり目にイヴァン・ブロッホが彼について書いたことがあったくらいで、サドの物語は噂や神話の域を出ていなかった。

レリーは前々からこの人里離れた城を訪れる手配をしていた。城はパリの東に位置するシャンパーニュ地方の森林におおわれた丘陵地帯にある。彼はだれにも発見されていないサドの秘密が、この城にはあるはずだと信じていた。このルネサンス様式の城は、石畳の中庭を囲むように立つふたつの堂々とした翼棟を従えて、すっかり古びていた。尖塔（せんとう）は崩れかけ、白亜の正面部（ファサード）には、数年前にドイツ兵がこのあたりを荒らしたときの無数の弾痕が残っている。きしむ音とともに正面の扉が開いて、なかから紳士が現れた。訪問者を見つめる目はうるんでいる。戦時中、ナチスの強制労働収容所で受けた人体実験の名残だ。男の突き出た額、ふっくらした唇、半開きの目、わし鼻。レリーの目の前にいるのは、紛れもなくマルキ・ド・サドだった。

サド家の人々は、ドナシアン・アルフォンス・フランソワ・ド・サドの次男、アルマンをはじめとして、その悪名高い親族のあらゆる痕跡を消そうと努めてきた。だれひとり、息子にドナシアンとは名付けなかった。一方で、今でも娘が生まれると、あの有名なルネサンス時代の先祖ローラ・ド・サドの名をつけた。一九三〇年代、シャルル・ド・ノアイユがこの家族に接触し、妻の先祖について話を聞こうとしたが断られている。また、何世代にもわたって、「侯爵（マルキ）」の称号が一族の長男を指すために使われることはなかった。こうした事情で、一九二二年に誕生したグザヴィエ・ド・サドは、曾々祖父について何も聞かされていなかった。グザヴィエが幼くして父親と年上のきょうだいたちを列車事故で亡くし、家族のなかで最年長の男性になったとき、「マルキ・ド・サドの称号」を受け継がなかったのもそのためだった。

しかし、家族の城でレリーと会ったおかげで、二十五歳のグザヴィエは自分の一族の歴史には秘密があったことを知った。彼は保守的な価値観と敬虔なカトリック信仰を持つ上流貴族で、サドとの共通点はほとんどない——だが、好奇心をそそられた。グザヴィエは城のなかを案内し、壊れた石の暖炉や朽ちかけた天井のフレスコ画の前を通り過ぎた。何年も前から廃墟となり、ナチスに占領されていたこの城は、かつての記憶をいたるところに残していた。最上階の埃っぽい書斎に、捜していたものがあった。大きな古いトランクだ。戦争から戻ったとき、グザヴィエはこの書斎の隣につくられた隠し部屋を見つけた。窓をつぶしたその部屋はナチスに発見されていたようで、家族の古い記録が城のいたるところに散乱していた。彼はそれらを拾い集めてそのトランクに詰めておいた。なかには、一八一五年と記された赤い封がしてあった年代物の箱がふたつあった。箱を開けると、何千枚もの文書が出てきた。それらはすべてマルキ・ド・サドの手書き原稿だった。

家族はサドの存在を隠していたが、膨大な執筆物を完全に葬り去ることまではしていなかった。それは随筆、演説の原稿、旅行記、未発表の脚本、原稿、無数の往復書簡といった混沌とした原稿の山だった。これらの文書には、サドの生いたちや両親との関係、スキャンダルや法律との闘い、長期にわたる幽囚生活とその結果生み出された数々の文学的作品についても詳しく書かれていた。なかには、サドの血で書かれたと思われるものもあった。

レリーはグザヴィエに閲覧許可をもらい、その後の十年間で、サドの書簡集をいくつかと、上下巻の伝記を出版して、歴史の流れのなかに埋もれていたサドの生涯をつまびらかにした。サドが芸術的文学的傍流から姿を現したとき、学者や知識人たちは分析するのにふさわしい時機であると考えた。彼の作品は非常にユニークかつ過激であり、創作への情熱の根底には何か理由があるにちがいないと考えたのだ。しかし、それがなんだったのかについては、研究者の間で合意にはいたらなかった。

フランスの知識人、シモーヌ・ド・ボーヴォワールは『サドは有罪か』と題した随筆を発表し反響を呼んだ。彼女は、サドが個人の自由について重要な問いを提起したとして、次のように主張している――「我々は個性を放棄せずに、普遍性への憧れを満たすことができるだろうか。また、個々の違いを犠牲にすることでしか、集団に溶けこむことはできないのだろうか」。小説家ピエール・クロソフスキーは、サドが自然と神の対立をあきらかにしようとしていたという理論を唱えたが、哲学者ミシェル・フーコーは、人間の欲望の多面性に取り憑かれていたと考えた。なかには先駆的なフェミニストと考える人々もいた。小説家のアンジェラ・カーターは、サドは欲望を解き放った女性の登場人物たちを通して「女性にも性的な快楽を味わう権利があることを主張し、女性を強い人間として描いている」と断言した。

サドの全作品に暗い真実が垣間見えるという人もいた。シュルレアリストたちはサドを、あらゆる規則から解放された人間の可能性の記録者として讃えたが、第二次世界大戦をきっかけに、多くの読者は逆の見方をし、サドの描く絶対的な悪に、二十世紀の強制収容所やキノコ雲の前兆を見た。フランスの作家アルベール・カミュは戦後まもなく、「サドは時代の二百年先を行った人で、小さい規模で、束縛のない自由のもと、全体主義社会を称賛した」と述べている。社会哲学者のマックス・ホルクハイマーとテオドール・アドルノのふたりはナチス・ドイツから亡命を余儀なくされ、一九四七年に共同執筆した『啓蒙の弁証法』のなかでこの考えを発展させ、サドが創り上げた架空のシリング城での厳しく管理された拷問にファシズムの台頭を重ね、次のように書いている。「『ソドムの百二十日』で描かれる、厳格な管理体制が敷かれた放蕩の世界は、実質的な目的を欠いた生活全体を管理する組織を予示している」人類は偉大な存在になれない運命にあり、滅亡に向かって突き進んでいる、とサドはいっているといいたいのだろうか。

ただひとつ学者たちの意見が一致したのは、サドが現代の読者にも通じる考えをいくつか提示しているという点だった。一般読者向けにサドの作品を刊行し始めたフランスとアメリカの出版社は、本のなかに評論をひとつあるいは複数添えた。作品分析によってあきらかになったように、サドの著作はとても重要であり、抑圧されるべきではないと思われたからだ。フランスの文学理論家であるロラン・バルトは、サドの言語学的研究において、「紙に糞と書いても臭いはしない。サドが相手を糞まみれにしても、私たち読者はほんのかすかな臭いも感じることはない」と述べている。つまり、サドが描く恐ろしい犯罪行為の数々はあくまでも紙の上の話であり、実害はないということだ。

ところが一九六六年、物語のなかの残虐行為の一部が解き放たれたかのような事件が起こった。その年の四月、全世界が注目するなか、二十八歳のイアン・ブレイディと二十三歳マイラ・ヒンドリーが、イギリスの古い街チェスターで裁判にかけられた。罪状は計三人の殺害だった。そのうち少年ひとり少女ひとりの遺体は、北西イングランドの荒れ地サドルワース・ムーアに埋められていた。警察は、このカップルがほかにも行方不明の子どもたち数名を殺害したと確信しているが、遺体は見つからなかった。この事件はムーア殺人事件と呼ばれ、国際的に大きな注目を集めた。裁判では、ブレイディとヒンドリーは万が一に備えて防弾ガラスに囲まれた被告席に座り、女性は陪審員から外された。公判中、ふたりが犯行時に撮った写真を検証した写真の専門家は「英語にはそれを表現する適切な形容詞がない」と証言した。犯行時にカップルが録音した十六分におよぶ音声テープを弁護士が再生し、法廷に拷問されている犠牲者の肉声が流れたとき、多くの人は思わず泣き崩れたという。

検察側は、ブレイディが『ジュスティーヌ』の英訳版やマルキ・ド・サドの生涯や思想に関する本などを読んでいたことにとりわけ注目した。そしてブレイディがサドの哲学を用いて、まわりを洗脳しようとしていたと指摘し、ノートに書かれた一文を読み上げた。それはブレイディの仕事仲間のひとりがサドの考えを自分の言葉で言い換えたものだった――「強姦は犯罪ではなく、気持ちの問題だ。殺人は趣味であり、至極の快楽だ」。反対尋問で弁護士から、読んでいた本のポルノ的な要素について質問されたとき、ブレイディは「ポルノとは違います。どこの書店でも買えますから」と答えている。

ブレイディがすでに何人か殺害したあとに『ジュスティーヌ』の本を手に入れたことは重要ではないようだった。文芸批評家のジョージ・スタイナーは大多数の声を代弁し、文芸週刊誌『タイムズ文芸付録』に送った手紙に、「サドをはじめ、それに関連する本を読んでいたことが、重要な要因になっている可能性は高い」と書いた。

陪審員はわずか二時間でブレイディとヒンドリーを殺人罪で有罪とし、終身刑を言い渡した。

裁判のあと、イギリスはサドの全著作の出版および輸入を禁止し、以後、三十年以上この禁止令は解かれなかった。ほとんどの人は、この決定を当然と考えた。イギリスの小説家パメラ・ハンスフォード・ジョンソンは、「すべての人に適さない本はあるし、すべての本に適さない人もいる」と述べた。

プロヴァンスの夏の日が沈みかけて薄闇が降りる頃、農民の一団がトラクターに乗り、轟音を立てながら傾斜の急な丘を登っていった。なかには干し草用の熊手を持っている者もいる。二〇一〇年七月十四日、つまりバスティーユ・デイ〔フランス革命記念日〕、彼らはかつての革命に参加した民衆さながら、前方にそびえる要塞に憤怒の眼差しを向けていた。それはかつてサドが所有していたラ・コスト城の廃墟だ。ちなみに現在はラコストと呼ばれている。農民たちが怒りを募らせていた相手は、現在の城主である挑発的で論争好きの男、ピエール・カルダンだった。世界で最も影響力のあるファッションデザイナーのひとりだ。

カルダンが有名になり――そして莫大な富を手に入れたのは――宇宙時代を意識したデザインの服を大衆向けに売り出してからだった。彼は自分の名前を冠したブランドを世界に広めた先駆的デザイナーで、〈ピエール・カルダン〉のブランド名で次々と商品を生み出し、香水、化粧品、生活雑貨、タバコ、プライベートジェット、果てはボクサーパンツにまで手を広げた。二〇〇〇年、彼は遺物となったラコストを訪れた。革命中に荒らされてから劣化が進み、一部が建材として持ち去られていた。彼は〝カルダン式治療〟が必要だと判断し、修復作業を少しずつ進めていた英語教師から城を買い取って、半壊した建物を補強し、空洞となった部屋や中庭にカラフルな等身大のキリンや牛などの近代彫刻を飾った。また、城の橋の向こうの埃っぽい広場に、サドのブロンズ像を建て、頭部に金属製の檻をかぶせた。さらに、城より低い位置に広がる、丘の中腹に張り付く活気のない村の家々を買収して、アートギャラリー、高級パン屋、高級デリカテッセンに改装し、大胆な色彩設計とモダンな装飾を施した。やがて、村を縫うように走る玉石で舗装された目抜き通りには、〈ブーランジェリー・デュ・マルキ〉や〈ムーラン・デ・サド〉と書かれた店の看板が掲げられた。カルダンは、そこを「文化的サントロペ」〔サントロペはビーチやナイトスポットで有名な南仏の高級リゾート地〕にしたいと明言し、あるジャーナリストに「絵画や切手を集めるのが好きな人がいるだろう。ぼくが集めているのは家や土地なんだ」と語った。

人口四百人ほどの村のなかには、街並みが生まれ変わり、注目が集まることを歓迎する人もいたが、故郷がファッションデザイナーによってディズニーランドに変えられていくように思って不満を募らせる人もいた。負の感情が爆発したのは、カルダンがラコストの敷地外にある百エーカーの休耕地に、何体もの巨大な彫像を飾るゴルフ場の建設計画を発表したときだ。この計画を知った周辺の農民は、水資源の浪費であり、プロヴァンスの美しい田園風景への冒瀆だと考えて怒りの声を上げ、カルダンとの話し合いを求めたが、反応はなかった。こうした経緯により、とうとう武器を手に城の門を叩いたのだった。かつてのサドのように、カルダンもまた城で演劇フェスティバルを開催し、あちこちから著名な文化人が集まってきていた。バスティーユ・デイは、毎年恒例となったフェスティバルの初日だったのだ。太陽が西の緩やかな丘の向こうに沈む頃、農民たちは城の正面玄関の前に陣取って、カルダンが耳を傾けるまで客をなかに入れないようにした。

完璧な身なりをした人物が、照明に照らされた城壁の向こうから姿を現した。カルダンだ。白髪は乱れ、トレードマークの黒縁眼鏡の奥の鋭い目には腹立たしそうな表情が浮かんでいたが、フェスティバルを続行するために、農民たちの要求を聞き入れた。翌日、住民との話し合いの席を設け、ゴルフ場計画の中止を決定した。心の底から住民を思っての決定ではなかったかもしれない。ピエール・カルダンは八十八歳で、強引に計画を進めても割に合わないと判断したのだろう。

かつてサドが暮らした城の周囲の景観は、ゴルフ場やそこに建てられるはずだった彫像に侵食されずにすんだが、計画の頓挫は、かつて蔑まれた作家の商業化を遅らせる要因にはならなかった。一九〇九年にギヨーム・アポリネールが予言したように、彼が〝聖サド〟と呼んだ男は二十世紀後半において多くの面で大きな影響を及ぼしたが、それは必ずしもこの前衛的な詩人の想像どおりではなかった。新しいよりスタイリッシュなサド像が生まれたのは、アメリカだった。一九六五年の『ニューヨーク・タイムズ』紙に掲載された英訳版『ジュスティーヌ』の書評は、まるでこれからの展開を予見するかのように、サドが現代に転生したら、投獄されるどころか「きっとハリウッドで、ヴィンセント・プライスが演じるホラー映画のアドバイザーか、ジェームズ・ボンドの小説の秘密の共著者になっていただろう」と称している。

実際に、サドの生涯と作品はどこを抜き出しても、ポップカルチャーの世界にもってこいの素材だった。一九六五年には、戯曲『マラー／サド』がブロードウェイで初公演を迎えている。本作は、サド演出のもとでシャラントン精神科病院の患者たちが劇を演じるというフィクションだ。舞台はセンセーションを巻き起こし、映画化もされ、主演俳優がサドの作品の一部を朗読したLPレコードも発売された。また『ライフ』誌の表紙に「バットマン、スーパーマン、そしてマルキ・ド・サドのいる狂乱の新しい世界」の見出しが躍った。この四年後に公開された、英語オリジナルの映画『異常な快楽』は、サドの生涯をサイケデリックなどたばたセックス劇として描いた作品で、性描写は露骨ではないが乱交パーティーのシーンが多く、『プレイボーイ』誌を通じて広く宣伝された。さらに一九七五年、イタリアのアートシアター系映画監督、ピエル・パオロ・パゾリーニが映画『ソドムの市』で、シリング城での放蕩の数々を、第二次世界大戦中のファシスト共和国を背景に翻案し、大量消費主義、政治腐敗、映画ののぞき見趣味を批判して、その性と拷問の写実的な描写は論争を呼んだ。また、この映画の完成直後、イタリアの権力者に対する辛辣な批評家だったパゾリーニの謎に満ちた惨殺死体が発見され、そのことも話題になった。そして、二〇〇〇年にはハリウッドが再び、サドがシャラントン精神科病院に収容されていた時代を切り取って、映画『クイルズ』を製作した。ジェフリー・ラッシュが、芸術の自由を求めて闘い、自身の血で原稿を書く老齢のサドを演じている。

フランスでもサドはポップスターになっていった。一九九〇年、生誕二百五十年を記念して、ガリマール社から出ているフランス屈指の文学シリーズ〈プレイヤード叢書〉から、サドの小説が立派な装幀で刊行され、「聖書の紙に書かれた地獄」と宣伝された。聖書の紙というのは、この版に使われたとても薄い紙のことだ。また現在、ヴァンセンヌ監獄はパリ市内でいちばん大きい公共公園のなかにあり、そこに再現されたサドのいた監獄は観光名所になっている。街の反対側にある、パリで人気のレストラン〈モロ＝ゴドリー〉は、薄く切った赤い生肉に、鞭打（ウエル）つように泡立（ホイップド）てたムースリーヌ・ソースを添えた料理を考案し、「牛肉のマルキ・ド・サド風」と命名した。

グザヴィエ・ド・サドは、先祖にあたるサドの生涯をつまびらかにし、人気者にしたが、その変化を複雑な思いで眺めていた。ときには発言し、また訴訟を起こして、サドの名を穢すと思われる動きに対処することもあった。たとえば、サドの名を冠した文学賞〈プリ・サド〉ができてポルノ的なくだらない作品に賞を与えていると感じたときや、「サディズム」という言葉が広く使われるようになったときだ。だからといって、サドの名前を商業利用することに真っ向から反対していたわけではなく、彼は家族の名前を商標登録し、サドの名をつけたシャンパンを販売した。

しかし、グザヴィエはどんな事業よりも、マルキ・ド・サドの作品を理解することに熱心だった。そしてレリーと活動を続けたが、この伝記作家が一九八五年に亡くなってからは、ほかのサドの伝記作家たちに資料を提供した。親族から由緒あるサド家の名誉を傷つける行為だと非難されても聞く耳を持たず、金に困って先祖代々受け継がれた城を売ることになっても、活動を続けた。二〇一〇年、彼はとうとう死の床に伏し、家族をベッドのそばに集めた。

そして言葉少なだがはっきりと、家族に最後の言葉をささやいた――「私の唯一の誇りは、マルキ・ド・サドの名誉を回復させたことだ」

　上品で落ち着いた雰囲気のチボー・ド・サドは目立たないように、パリの小さなビストロの通りに面したテラス席でエスプレッソをすすりながら、リュクサンブール公園の春の景色を楽しんでいた。すぐ近くには、オデオン座、そして文学の足跡が残る有名なオデオン通りがある。つまり、曾々々祖父が生まれた場所は、目と鼻の先だ。彼の顔立ちは父親のグザヴィエに似て、突き出た額、ふっくらした唇、サドそっくりのわし鼻をしていたが、このほかに共通点は何もない。チボーは振る舞いにおいても哲学においても、節制を重んじていた。仕事は政府顧問で、年は六十二歳。白髪交じりの髪を常に短く整え、ジャケットとネクタイは控えめなものを選んだ。話すときにも慎重に言葉を選び、過激な発言は慎み、いかなるときでも目立たないよう気を配っていた。新聞各社から、サド家の出である彼が国の機関で家族の価値観や女性の権利への取り組みを担当する立場にあると取り沙汰されて大騒ぎになったとき、それを学んだのだ。

　そんな彼だったが、ほかの四人のきょうだいのなかではだれよりも父の意志を受け継いでいたといえるかもしれない。ふたりの姉妹、マリー＝ロールとマリー＝エグリーヌは遺産に興味はあるものの、人生においてそれほど大したこととは考えていなかった。いちばん上の兄、エルゼアールは報道陣から先祖について訊かれると、マルキ・ド・サドの称号について得意気に語ることもあったが、せいぜいその程度だった。真ん中の兄、ユーグはきょうだいのなかでひときわ派手で、ふさふさした銀色の長髪をして、カラフルな服装を好んだ。彼はサド家の暗黙の掟（おきて）を破って、息子のひとりにドナシアンの名をつけ、家名をビジネスに利用しようと、ワインやスピリッツやキャンドルを〈メゾン・ド・サド〉のブランド名で売り出した。さらに、〈ヴィクトリアズ・シークレット〉にまでコンタクトを取り、サドのブランドでランジェリーを展開しようと検討していた。

一方、チボーは、きょうだいのなかで父と城の書斎で過ごす時間が最も長かった。午後、家族みんなで帝政様式（アンピール）の肘掛け椅子に座って、新聞で見つけた面白い記事を披露し合うときには、だれよりも夢中になった。ソルボンヌの学生時代には、サドの政治的な世界観について論文を書き、その後も何人かの学者とサドの研究を進めていた。いつか財団を立ち上げ、サドの学術研究を支援したいと考えていたし、ふたりの成人した息子には一族の遺産を継承してもらいたいと話していた。

二〇一四年、チボーは『ソドムの百二十日』がフランスに戻ってきたと知り興奮した。アリストフィル社が巻物のオープニングパーティーを主催した際には、レリティエから直々に招待され、兄のユーグとともに開幕式に出席している。一方で、巻物は穢れて帰ってきたとも思っていた。チボーは自身の研究を通じて、サドがヴァンセンヌやバスティーユでの長い幽囚生活の間に復讐の念に取り憑かれ、自分を投獄に追いこんだ個人に留まらず、彼が獄中で惨めな思いをしているときに何にも拘束されることなく、自由を謳歌（おうか）していた人々全員を恨んでいたと確信していた。

チボーは、だからこそサドはあるひとつの目的のために『ソドムの百二十日』を書いたと信じていた。彼にはとても偶然とは思えなかったのだ。サドがこの小説でほかの彼の作品ではみられないほど何度も何度も読者に向かって語りかけていることが。「親愛なる読者諸兄、ついに人類史上ほかに類のない不潔極まる物語の幕が開く。存分にご堪能あれ」と書いていることが。チボーは、物語が進むにつれ次第に露骨で恐ろしいものになり、最終的には気の遠くなるような恐怖の猛襲が執拗に書き連ねられているのは、すべてサドの計画のうちだったと考えた。彼と同じくほかの著名なサド研究家たちも、サドがこの物語を書いたのは、読者の手を取って、彼の狂気の世界の奥深くへいざない、最終的に彼が描写する罪の共犯者同然にするためだったと結論づけている。彼は、『ソドムの百二十日』という小説は牢獄だと確信していた。

チボーの考えでは、巻物はその歪んだ構想の論理によりあらかじめ運命づけられ、毒されていた。この考えを裏付けるかのように、巻物がヨーロッパ中を旅している間、次々に混乱と悲劇が引き起こされた——財産の蕩尽（とうじん）、人間関係の破綻、社会的混乱、盗難事件に次ぐ法的紛争、孤独と苦痛、病いと死。ビストロのテラス席でそんなことを考えているうちに、無表情だった彼の顔が変化し、生き生きとした、いやむしろ熱に浮かされたような笑みが浮かんだ。頭上の青く澄んだ春の空には、不吉な煙の渦が忍び寄っていた。この日のうちに、ノートルダム大聖堂で偶発的な火事が起こり、燃え盛る炎がパリ中心部を照らし、大聖堂の屋根を破壊することになる。

「あの手稿はずっと呪われているんですよ」と、チボーはエスプレッソを飲みながら語った。

# 第十四章　海辺の囚人

二〇一四年十一月十八日

夜明けからまもなく、警察が到着した。サドの没後二百年のちょうど二週間前のことだ。早朝の霧のなかから姿を現すと、〈手紙と手稿の研究所〉の立派な赤い扉に近づいていった。レリティエはオフィスでスタッフと会議中だったが、彼の個人秘書が慌ててそのことを告げにきた。階下へいくと、パリ司法警察局の金融犯罪捜査部の私服刑事が二十人いた。

レリティエはなんとか平静を保ちながら、捜査指揮官をオフィスに案内し、「何事です？」とたずねた。「ひょっとして、盗まれた文化財について疑いでもかけられているのですか。それとも、何か誤解があったのかもしれませんね」指揮官は何も語ろうとせず、「パリ検察庁の捜査の一環だ」とだけ答えた。捜査員は館内に散らばり、文書やハードドライブを押収していった。ちょうどその頃、パリ内外の各支店にも捜査員がなだれこんでいた。さらに数ブロック先でも、捜査員が〈手紙と手稿の博物館〉だけでなくヴランの書店にまで踏みこんでいた。南東へ四百七十キロメートル離れたリヨンのオフィスビルでも、アリストフィル社の主要な代理店に関する内部資料が調べられた。さらに、コート・ダジュールの丘陵地帯では、警察の捜査員たちがレリティエの所有する数百万ユーロの別荘に押し寄せていた。

アリストフィル社はその幕を下ろそうとしていた。手稿はひとつ残らず差し押さえとなり、『ソドムの百二十日』もそのなかにふくまれた。

アリストフィル社は瞬く間に崩壊した。二〇一三年に始まったこの会社に対する政府の調査は慎重なものだったが、この時点で世間に知られるほど大々的な犯罪捜査に発展していた。強制捜査が入った日、パリ検察庁は、会社の銀行口座を凍結し、資産を差し押さえ、ウェブサイトを閉鎖した。フランスのメディアはこの話題に飛びついて、「アリストフィル社に正義の鉄槌(てっつい)が下される」や「手稿の皇帝はバーナード・マドフ〔ポンジ・スキームに関連した犯罪で有罪判決を受けた詐欺師〕と同じ末路をたどるのか」と報じた。博物館の従業員は『ソドムの百二十日』の展示を続けたが、コレクションは政府の差し押さえを示す封印が施されていたうえ、引き続き給料が支払われるのかどうかも分かっていなかった。

二〇一五年三月上旬、パリ司法警察局の金融犯罪捜査部は、レリティエを本部に呼び出して取り調べを行った。数日にわたる長い取り調べのあと、彼はパリの高等裁判所に連行され、そこで自分にかけられた嫌疑の詳細を知った。検察官によれば、アリストフィル社のあらゆる側面——

独自の投資プログラム、手紙と手稿市場の独占、自社の資産の過大評価、派手で大がかりな催し――は、記者のデュピュイやそのほかの人々が疑っていたように、手のこんだポンジ・スキームの一部だった。この事件を担当する予審判事はこの主張を認め、起訴に踏み切った。会社の創設者にして社長であるレリティエは、組織的詐欺、マネーロンダリング、会社資産の横領、誤解を招くマーケティング手法、背任、不正確な決算書の開示で告発された。組織的詐欺の罪だけでも、最大拘禁刑十年と百万ユーロの罰金が科せられる可能性があった。

捜査の一環として、当局はレリティエの所有物をすべて差し押さえた。ユーロミリオンズの当選金、地中海の別荘、競走馬、熱気球。彼は五十万ユーロの保釈金を支払い、裁判の判決が出るまでニースの別荘に住み続け、フランス国内を自由に移動することを許された。ただし、裁判所の許可なしでは国外に出られなかった。経済的に困らなかった唯一の理由は、宝くじの当選金のうち二千五百万ユーロを息子のファブリスに贈与していたからだ。

当局からアリストフィル社の疑わしい行為に関与したとして標的になったのは、レリティエだけではない。彼の娘ヴァレリーもビジネスに加担したとして、裁判所は彼女を組織的詐欺の罪に問い、会社のそのほかの活動の共犯者として取り調べた。さらに、レリティエと関わりのある数人も起訴されている。そのなかには彼の公証人、会社の会計士、会社と関わりのある手稿販売会社フィネスティム社とアール・クルタージュ社の重役、会社の売買契約の作成を手伝ったソルボンヌの法学部教授もふくまれている。書店主ヴランもまた当局の捜査網にかかり、運営に関与していたとして詐欺の罪に問われた。

デュピュイは関係筋をたどって、捜査の事件ファイルを閲覧し、アリストフィル社の内部の動きを自分の目で確認した。彼は、レリティエがテクノロジー企業に依頼して会社への批判的な記事をインターネットから削除したこと、探偵を雇ってキャスタンをはじめとする会社に敵対する者たちの動向を追っていたことを報じた。さらに、アリストフィル社のトップであるレリティエが二十五万ユーロを支払い、ふたりのジャーナリストに彼を主人公にした戯曲を書いてもらったが、結局上演されなかったことも詳しく調べ、取り上げた。そして、彼が投資プログラムを思いつくきっかけとなったアインシュタインの手稿を手に入れ、さらにそれを出資者から買い戻したあと、さまざまな著名人に売ろうとしていたこともあきらかにした。そのなかには、ビル・ゲイツ、スティーヴン・スピルバーグ、ハーヴェイ・ワインスタインもいたが、いずれも契約を交わしていない。おそらくレリティエがもともと五十五万九千五百ドルで購入した手稿に、三千二百万ドルの値をつけたからだろう。

いちばん重要なのは、デュピュイが欠けていたピースをはめ、アリストフィル社が出資者に販売する前にどんなからくりを使って資産価値を大幅に膨らませていたのかをあきらかにしたことだ。価格の引き上げは、高額な報酬で雇われた専門家たちによる寛大な評価によるものと考えられた。捜査当局が傍受した通話で、アリストフィル社と関わりのあったブローカーのひとりが「レリティエには会社のコレクションを評価する専門家のネットワークがある。彼は芸術作品を購入してから二、三年後に価格を四倍にしているが、それは彼と懇意にしている専門家たちのおかげなんだ」と話していたのだ。

このような取引の例は、デュピュイが取得したレリティエとヴランのメールのなかにもあった。二〇一二年十二月のやりとりによれば、レリティエはヴランに対して、タイタニック号の沈没事故から生還したアメリカ人作家、ヘレン・チャーチル・キャンディーの署名入り直筆原稿の評価を依頼した。アリストフィル社はこのテキストを数十万ユーロで購入したが、レリティエはヴランに、正確には百十万ユーロの価値があるはずだ、と書いている。その二時間後、ヴランから評価額について返信があった。彼は原本を確認していないのに、レリティエの見立てどおり百十万ユーロでまちがいないと評価した。彼のメールには「この手稿の保険価額は百十万ユーロでまちがいない。正真正銘の保証付きだ」と書かれていた。

ヴランのようなディーラーたちがアリストフィル社のために高額の評価額をつける一方で、捜査ファイルによると、自分たちの所有する文書を購入額の二倍、六倍、あるいは五十倍もの価格で同社に売って莫大な利益を得ていた。ヴランだけでも、二〇〇九年から二〇一四年までにおよそ八千万ユーロ相当の文書を提供している。この事実が明るみに出ると、本と手稿の市場に衝撃が広がった。この事件について、アメリカの著名な歴史文書のディーラーは、「フランスの古書ディーラーが共犯者になっている」と述べ、さらに「私からすればこの話のポイントは、古書ディーラーがこの事態をいくらか助長していたことだ。しかも、この業界の二流プレイヤーというわけではない」と語っている。

フランスの元首相ドミニク・ド・ヴィルパンもこのスキャンダルに巻きこまれた。報道機関により、彼の歴史文書コレクションの高額作品が、しばしば仲介人であるヴランを通じて、アリストフィル社に売られていたことが明かされたのだ。また、警察がニュースキャスターのパトリック・ポワーヴル・ダルヴォルを拘留し、手稿の王レリティエとの関係について事情聴取したという報道が流れ、新聞にはスキャンダラスな大見出しが躍った。すでにデュピュイによって、レリティエがこの著名な友人に、画家ウジェーヌ・ドラクロワや作家ルイ＝フェルディナン・セリーヌの手稿、さらには四十万ユーロの融資まで提供していた経緯が公になっていたために騒ぎが大きくなったのだろう。

この時点で、アリストフィル社は終焉を迎えていた。強制捜査から三カ月後、ビジネスを続けていく手段を失い、子会社ともども破産に追いこまれた。パリの商事裁判所は法定管理人を選任して事業を再生させようとしたが、検察側はそれに反対し、どれだけ努力しても再生の見込みはないと主張した。こうして、会社が所有していた施設は閉鎖され、売却された。六十一人の従業員が職を失い、手稿は運び出された。まもなく、パリのサン＝ジェルマン大通りの〈手紙と手稿の博物館〉だった場所に、〈バング&オルフセン〉の店舗が入り、高性能のデンマーク製電気製品を販売するようになった。その近くにある豪奢な邸宅の一部は、かつて〈手紙と手稿の研究所〉が入っていて、『ソドムの百二十日』の展示が行われた場所だったが、カーペットショールームになっている。

「今じゃ、マスコミから、フランスのバーナード・マドフと呼ばれているよ」とレリティエはフランス語で苦々しげに話した。「アリストフィル社がマスコミに袋叩きにされたときのことを話してあげよう。この話をするのも、どんなふうにつぶされたのか説明するのも、また一興だ」

レリティエは、ニースの街を望む丘にある別荘の板張り天井のリビングに座っていた。それは石造りの大きな建物で、かつてその敷地にあった古い教会の建材を利用していた。警察による強制捜査から二年後の十二月初旬、眼下に見える街は静まり返っていた。夏の観光客はとうに去り、クリスマスシーズンのにぎわいもまだ先だ。この別荘には、バスタブと小さな屋内プール付きの植物でいっぱいのサンルームがあり、彼の子どもや孫の写真が骨董品や金の額縁に入った絵画と一緒に無造作に並べられていた。階下のバスルームには、保温便座と自動開閉式の蓋を備えた電動式トイレがあった。配管工事人の息子にとっては究極の贅沢だろう。いつものように、レリティエの身なりは完璧だった。コバルトブルーのスーツを格子縞の開襟シャツの上にはおり、それに合わせたポケットチーフを胸ポケットに入れている。しかし、地中海から差しこむ白い光を浴びた六十八歳の彼は、老けて疲れているように見えた。たくさんの写真のなかの豪華なパーティーを主催していた頃の姿はなかった。

この家はレリティエにとって最後の砦(とりで)であり、彼の帝国の名残はもうここだけだ。活気に包まれたアリストフィル社の本社も、パリのオークションハウスのざわめきも消え去った。彼は長い年月をかけて、フランス社会のヒエラルキーを昇り、本や手稿のディーラーと絆(きずな)を結び、著名人や権力者とのコネをつくってきた。それが今や、家族を除くほぼすべての人から見捨てられている。

それでもレリティエは、諦めるつもりはなかった。何度スキャンダルや災難に襲われても、そのたびに勝利を収めてきた。彼はもう一度勝つつもりだった。「本当に詐欺を働いていたなら、どこかに隠れているよ」そういう彼の緑がかった青い目は怒りに燃えていた。「私は自分が正しいこと、だれも欺いていないことを分かっているからね、負けるはずはないんだ」

彼は日々、法的な準備書面を読みこみ、自身の事業活動に関する報告書をまとめていたので、これで身の潔白を証明できるという自信があった。今、エスプレッソのカップを片手に持ち、ステレオでフランク・シナトラの曲を流している彼は、いつでも闘う心構えができているようだった。午後の時間が進むにつれ、棚から取り出されたアリストフィル社のさまざまなマーケティング資料や歴史的文書の参考書籍が、テーブルに積み上げられていった。彼は、アリストフィル社がフランス国内に留まらず国外にまで手紙と手稿の世界を広めたまっとうな会社であること、また、戦略的な蒐集のおかげで、外国の蒐集家や公共機関に奪われかねなかった数々のフランスの宝を守れたことを証明しようとしていた。

すべて崩壊してしまったが、レリティエは組織内部の不正や詐欺行為が原因ではないと主張し、政府が水面下で陰謀をめぐらしていたのだと非難した。彼は徐々に持論を展開していった――「私が既成の秩序を脅かしたせいで、文化省、経済財務省、司法省の高級官僚たちの敵意を買ったんだ。フランスのエリート層が独占してきた本と手稿の市場をひっくり返し、権力者が蓄えてきた文学の宝の山を一般人に分配したせいで、そう受けとめられたんだろう。新風を吹きこむ男をのさばらせておくわけにはいかないから、私は引きずり下ろされた。あらゆる手段を使って、この市場を発展させたというのに、翼をもぎとられてしまった。あまりにも空高く飛んでいたからだ」

レリティエは自分の立場をわきまえることなく突き進み、堂々と成功をひけらかしたせいで敗した。「フランスで幸せを奪われたくなければ、隠れるように暮らさなければならない」と彼はいう。それは彼が望む生き方ではなかった。

彼は、デュピュイをはじめとする記者たちがこぞって、架空のスキャンダルをでっち上げ広めたせいで、敵が有利になったと主張した。さらに、ただの妬みからアリストフィル社を諸悪の根源に仕立て上げた点において、キャスタンにも責任の一端があると続けた。「キャスタンは小悪党だ」そうレリティエは言い放った。「彼は本と手稿の世界では神のような存在だった。それが突然私たちに足を踏まれたもんだから、攻撃してきたんだろう」

ついに『ソドムの百二十日』を手に入れたとき、敵はいよいよ攻撃のときだと判断したんだろうと彼は語った。「文化大臣と一部の悪意ある検察官は、アリストフィル社が崩壊すれば、ただで巻物を没収できると考えた。そこで、私の会社と博物館の中心に爆弾を仕掛けることにしたのさ。そしてそれが爆発したんだ」

アリストフィル社の捜査はいつまでも終わらないようだった。この捜査がいつ終わり、裁判がいつ開かれるのかはだれにも分からない。複雑な詐欺容疑、それに付随する無数の金融取引および数千人に上るであろう被害者がいることを考えれば、この件が法廷に持ちこまれるまでには、さらに何年もかかるだろう。

レリティエはこうした捜査の遅れに勇気づけられていた。ニースの別荘で、彼は自分に向けられた疑いを一蹴し、「二、三年かかるだろうが、どうしたって私を捕まえることはできない」といった。顧客を欺くようなことは何ひとつしていないのだから、詐欺、背任、誤解を招くビジネス手法で罪に問われるはずがないというのだ。そしてアリストフィル社は厳密にいえば、顧客の共同所有権を買い戻すと保証したことは一度もないと断言した。慎重に言葉を選んで書かれた契約書には、出資者は五年後に会社に対して共同所有権の買い戻しを請求することができると記載されていたが、同社が毎回それに応じる義務はなかった。では、出資者が期待していた四十パーセントの利回りについてはどうか？　その件について彼は、「独立系ブローカーの過度なセールストークであって、会社の方針ではなかった」と語った。

さらに、レリティエがいうように、彼は宝くじに当選後、数百万もの金を会社につぎこんでいる。もしアリストフィル社が詐欺会社なら、彼自身が最大の被害者になる。「人をだますには動機が必要だろう。私はまったく金に困っていなかったし、いつでも引退できたくらいだ」

ただし、ユーロミリオンズの当選金については怪しい点があった。このときの当選確率は一億三千九百万分の一だった。本当に、ちょうど会社が多額の資金援助を必要としていた時期に宝くじを当てたのだろうか？　それとも彼は会社から秘密裡に吸い上げた数百万ユーロを使って何者かから当選券を購入し、この思わぬ臨時収入を合法的なものに見せかけたのか？　以前、これに似た計画の成功例があった。報道によると、一九九一年、アメリカのギャング、ジェームズ・〝ホワイティ〟・バルジャーが千四百三十万ドルのボストンの宝くじ当選券の一部を購入して、合法的手段で大金を手に入れたように見せかけていたことがあったのだ。

当時、フランス史上最大の賞金を不正操作するには、当選者が報道される前に、実際の当選者を探し出し、支払いをすませなければならなかった。さもなければ、国際的な宝くじのシステム内部の仕組みを操作して、彼や彼の子どもたちの誕生日の数字と完璧に一致する当選番号の当たりくじをつくらなければならなかった。ヨーロッパ最大級の犯罪組織の首謀者でもなければ、これほどの策略を成功させるのは不可能だ。これと比べれば、アリストフィル社で彼が関与したとされた不正など児戯に等しい。「アメリカの刑事ドラマじゃあるまいし」とレリティエはいった。当局は数年かけて、彼のさまざまな事業を徹底的に調査したが、宝くじの当選金に問題があると指摘したことはなかった。

「私がフランスのバーナード・マドフなわけがない」レリティエは強い口調でいった。ウォール街にあったマドフの投資会社が売っていたのは無形資産だったが、アリストフィル社が取り引きしていた手稿は実際に存在し、実際に価値のあるものだった。真実は、やがて裁判の日を迎えればあきらかになるはずだとレリティエは断言した。刑務所に何年、服役することになると思いますかという質問には、いたずらっぽい笑みを浮かべて、指で円をつくってみせた――ゼロだ。

夕日が沈む頃、ニースの空は鮮やかなラベンダー色に染まっていった。レリティエは裏庭に出て、石を敷いたテラスを横切り、プールのまわりをゆったりと歩いて、敷地の奥にある趣のある池に向かった。その先は崖になっていて街や遠くの海が見渡せた。彼が池に餌を投げ入れると、色とりどりの錦鯉（にしきごい）が寄ってきて水面から少し顔をのぞかせ彼を迎えた。次に彼は四十羽の鳥が暮らす鳥小屋の戸を閉めた。彼が飼っているベルジアン・シェパードのスキッパーとジプシーの二匹が駆け回って、果樹やオリーブの木々が植えられた庭を自由に歩くリュウキュウガモやミカドガンを追いかけている。「こういう、なんにもない素朴な場所で育ったんだ」彼が生まれ育った家は、フランス北東部の牧草地に囲まれていたという。

「人間と違って、動物は裏切らない」そういいながら、動物たちに目をやった。「死ぬときだけだよ。私たちをがっかりさせるのは」

アリストフィル社の倒産で裏切られたと感じたのは、レリティエだけではない。会社の破産手続きによって、被害範囲があきらかになった。会社が倒産した時点で、この取引に関わっていた出資者の人数は約一万八千人、出資総額は八億五千万ユーロに上り、見込み利益をふくめると、会社は顧客に十二億ユーロの支払い義務があった。つまり、レリティエは、フランス史上最大の巨額詐欺事件の首謀者として告発されたことになる。

この数字に、アリストフィル社が詐欺を働いていると前々から確信していたキャスタンたちも驚いた。だれひとりとしてその事業の規模、つまり、どれだけ多くの人がその手に引き寄せられたのか把握していなかったのだ。宝くじの当選金に加え、レリティエが資産をすべて清算しても、顧客が出資額を回収することはほぼ不可能だった。まして見込み利益など望むべくもない。

出資者たちはほかの解決手段を模索し、消費者団体を組織してアリストフィル社の成長を支えた関連事業に対して訴訟を起こした。一部の団体は、同社の共同所有権を販売したファイナンシャルアドバイザーを標的にした。アリストフィル社のブローカーのなかにも、顧客と同じく同社の文書に出資していたため、被害者団体を立ち上げた者たちがいた。〈手紙と手稿の出資者を守る会（ADILEMA）〉と呼ばれる組織は、約六百人の加入者を集め、アリストフィル社の公証人に対し出資の契約を締結させたとして訴訟を起こした。また、この手のものとしては最大規模のある組織は、投資詐欺に強いふたりの弁護士によって立ち上げられ、千五百人以上の依頼者を集めて、アリストフィル社と取り引きしていた複数の銀行も相手取り、同社への警告文が出ていたにもかかわらずそれを無視したと主張した。さらに、当局の調査で、ある協会の創設者がレリティエの息子ファブリスから二十万ユーロの寄付を受け取っていたことが発覚し、各紙の見出しを飾った。

これらの取り組みはいずれも短期間で解決するものではなかった。すべてではないにせよ、その多くがうまくいくかどうかは、アリストフィル社の刑事事件の行方に左右されるが、その結果が出るのは数年先になる。一方で、アリストフィル社の顧客の大多数は、どの団体にも所属していなかった。なかには、レリティエと同じように、政府が干渉していなかったら、事業は成長し続けたはずだと考える人もいたし、単にどう対処すべきか分からない人もいた。全員に共通しているのは、出資をした顧客の手元には、すでに存在しない会社によって作成された所有契約書以外、何ひとつ残っていないということだ。

あたりが暗くなる頃、レリティエは動物たちの世話を終えて家に戻った。アリストフィル社の倒産について何時間も話したが、苦境に立たされている顧客について触れることは一度もなかった。

「嘆かわしい話だ」アリストフィル社の出資者についてたずねられたとき、ようやくそう口にした。しかし、顧客の窮状は自分の責任ではないと主張した。「もしかしたら私の経営上の判断にミスがあったのかもしれないが、だますようなことは一度もしていない」

出資者たちから自分が責められるのはお門違いだ、責める相手はほかにいる、といいたいのだろう。「クライアントは、私ではなく、この破滅のシナリオを書いた連中を糾弾すべきなんだ。当初からいい続けているように、私がクライアントにいえることは、忍耐強さと自信を持たなければならないということだけだよ。彼らが出資した手紙や手稿はまだ存在している。つまり、何も失っていないんだ」

しかし、だれもが忍耐強くいられるわけではない。アヴィニョンの元オートバイレーサー、ロベール・チポリーナは、投資で得た収益で新しい車を購入しようと計画していたが、自分が白血病で余命いくばくもないことを知り、二〇一四年に考えを変え、子どもたちにその収益を遺そうと決めた。すでに彼はこの世にいないが、ルクセンブルクの銀行で支店長をしている娘のオード・ネリングが父の遺志を受け継ぎ、父が失った出資金を取り戻すために闘っていた。

また、ジャン＝クロード・ル・クステュメという美容室の元オーナーは、さまざまな手紙や手稿のコレクションに百七十万ユーロを投じていた。二〇一五年三月、彼が六十九歳のとき、義理の息子がアリストフィル事件に家族が巻きこまれた経緯を語った記事が新聞に掲載された。ル・クステュメに共同所有権を売ったファイナンシャルアドバイザーはこれを読んで裏切られたと思って激怒し、彼に執拗に電話をかけた。二日後、ル・クステュメがベッドで死んでいるのを妻が発見した。そばには空の薬瓶が置かれていたという。

その後の二〇一九年春、何年もの間、失われた出資金の事態の進展を待っていた数千人の元顧客のもとに、思いもよらない郵便物が届いた。なかには『アリストフィル事件――組織的清算(*Affaire Aristophil: Liquidation en Bande Organisée*)』というタイトルの三百三十六ページのペーパーバックの本が入っていた。この本は「配管工事人の息子が手紙と手稿の業界で、世界的に有名な蒐集家、投資家、パトロン、私設博物館の創設者となり、やがてすべてを失うまで」の真実を語ると謳(うた)っており、序文には、レリティエが「史上最悪の詐欺師のひとりか、それとも前例のない陰謀により会社と個人資産を奪われた犠牲者か」を最終的にあきらかにすると書かれていた。

この本は、犯罪捜査と会社内部の財政状態について詳細に言及しながら、この問いに対する答えを明確にし、アリストフィル社の破産の責任は、腐敗した政府関係者、裏切った同僚、スキャンダルに飢えた報道関係者にあるとした。さらに、たちの悪い清算人、弁護士、オークショニアがすぐさま混乱に乗じて漁夫の利を狙ったと非難している。

また、この事件において清廉潔白な人物はジェラール・レリティエひとりで、手稿の王と呼ばれたこの男に罪があるとすれば、友人と思っていた人々を信頼しすぎたために、相手の力を見誤ったことだと書かれ、さらに次のように続く。「[彼の敵は] 独学の元軍人が自分たちをしのぐ存在になったことを認められなかった。ジェラール・レリティエの致命的なまちがいは、敵の力をみくびったことだ」『アリストフィル事件』はレリティエの功績の詳細なリストで結ばれており、アリストフィル社が取得した重要な作品群、協力した展示会、自ら執筆した本やカタログ、さまざまな事業への寄贈品や寄付金などが挙げられている。

この本の著者はイザベル・オルランというフランスの女性ジャーナリストで、キャリアは長く、このほかにも法的スキャンダルに関する本を執筆してきた。しかし、レリティエの批判者たちは、これは汚名をそそぐための手のこんだ計画で、随所にレリティエの特徴がみられるとした。モナコ切手事件のあとに彼が取った行動と似ているというのだ。序文は、〈手紙と手稿の研究所〉で責任者をしていたことのある小説家のディディエ・ヴァン・コーヴラールが執筆した。そして、この本をアリストフィル社の出資者に送ったのは、設立されたばかりの〈美しい手紙と手稿の博物館友の会（AMBLEM）〉だった。この組織の代表カリーヌ・デュショショワは、レリティエが立ち上げた、フランスの冤罪（えんざい）事件に関する作品の著者に贈られる文学賞〈モンテ・クリスト伯賞〉の最初の受賞者だ。〈AMBLEM〉が行った活動やイベントの多くは、パリのコンサルティング会社、フットプリント・コンサルタンツがバックについていた。この会社は長くアリストフィル社と提携しており、このとき、レリティエの代理を務めていた。

レリティエは、オルランの執筆に深く関わったことを否定しなかった。彼によれば、彼女に自分の業務記録や裁判所に提出した書類を提供する代わりに、出版前の原稿を読ませてくれと頼んだという。レリティエの弁護士は彼がジャーナリストのオルランに協力することにいい顔をしなかったので、レリティエはオルランに、弁護士には見本ができあがっても読ませないよう釘（くぎ）を刺した。刊行から数カ月後、レリティエは、出版費用の一部を負担したとほのめかす発言までしている。「契約書もあり、費用から仕様に関することまであらゆることが書かれている。著作を生業にしている人に本を書いてくれと頼んだら、『もちろん。ただし、無料ではできません』というだろう。フランスではまったく普通のことだ」しかし、二日後にオルランと話したあと、彼はこの発言を撤回し、あれはただの冗談だと述べた。

『アリストフィル事件』の内容にどれくらい関わったかはさておき、レリティエはこの本の中心となる主張を肯定し、自分にかけられた嫌疑をすべて否定して、何も悪いことはしていないと主張した。つまり、自分はフランス史上最大の投資詐欺ともいわれるポンジ・スキームをひとりで成功させた犯人などではないと言い張ったのだ。

レリティエの発言にはある程度の真実もある。それに彼が大規模な詐欺を企てたとしても、あるいは単に画期的な会社を築いただけだったとしても、どちらにせよ、彼がある種の天才で、深みと含蓄のある男であることは容易に想像できる。だが実際に会ったときの彼はどうしてもそんな人物とは思えなかった。会話中は、ビジネスマンとしての実績について自慢しているときがいちばん生き生きしていた。蒐集した手稿コレクションの重要性についても、ただの保険外交員だった男がパリの文化的エリートの世界を根底から変えたことがフランス社会において何を意味するのかについても、ほとんど語らなかった。パリの有名な稀覯本や手稿の取引の重要性について意義深い考えを口にすることもない。彼にとってそれらは、長い間、だれも目をつけていなかった未開拓の市場でしかなかったのだろう。

レリティエの真意がなんであれ、彼ひとりの力で成し遂げられたことではない。事業がこれほどの発展を遂げたのは、まわりの協力があったからにちがいない。かなりの報酬を受け取っていたファイナンシャルアドバイザーや文書の専門家たちは、レリティエの考えた投資システムを喜んで支え、夢のような利益率が得られると喧伝し、評価額を引き上げた。その興奮にのまれ、政府の役人、ジャーナリスト、パリの本と手稿の市場関係者の大多数は見て見ぬふりをした。そして、何千という出資者は、信じられないようなチャンスに心奪われ、蓄えた資金を進んでその事業につぎこんだ。突っこんだ質問をすることもなく、自分たちの金がどこに流れていくのか訊きもしなかった。

こうした事実を並べ立てたところで、レリティエが無実になるわけではない。コレクションのなかで最も有名な戦利品の著者マルキ・ド・サドのように、彼は敵——それが実在のものか想像上のものかはともかく——にばかり気を取られ、どうして自分自身が最悪の悪人になってしまったのかを考えることを拒否した。彼の強烈なエゴがアリストフィル社の大惨事を招き、彼と関わった人々、そして自分自身の人生さえもめちゃくちゃにしたとは、どうしても認めることができないようだった。

抱えている問題を忘れようと、レリティエは第二の故郷ニースで暮らすことにした。敷地で飼っている野生動物と過ごし、息子のクルーザーでトローリングに出かけ、少年の頃から憧れていた海辺の街の美しさを堪能した。二〇一六年のある暖かい十二月の午後、気分転換に街の海岸通りにある高級ホテルを訪れたレリティエは、開放的なテラス席で食事ができる屋上のレストランで昼食をとった。牛肉のカルパッチョを高価なフランス産シラー種のワインで流しこみ、九階下で、群れをなしたバイクが海岸沿いのイギリスの散歩道（プロムナード・デ・ザングレ）を疾走していくのを眺めた。その向こうでは、いくつもの帆船が果てしなく続く青い地中海を滑っている。午後の日差しのなか、彼は活力を得て、次の冒険的事業に乗り出す準備ができたように見えた。以前にも見事に復活をしたじゃないか、きっともう一度立ち上がれるはずだ、と。彼は「新たに始めていることがあってね。ヒントはパリ包囲戦だよ」と密かな笑みを浮かべて話した。

　レリティエについていた刑事事件専門の有能な弁護士フランシス・トリブレは、世間を騒がせた殺人事件や性的暴行スキャンダルを担当し、ナイジェリア投資詐欺の容疑者を弁護したこともある人物だった。しかし、そんな彼でもレリティエの完全復活はないだろうと考えていた。「彼は六十八歳で、もうすぐ七十です。今回の件は非常にきついはずですよ。彼が法的な問題から解放されるか、ですか？　確かにその可能性もないとはいえませんが、ひとつ確実にいえるのは、完全な復活はあり得ないということです」

『ソドムの百二十日』を求めたり所有権を主張したりしたほかの人々と同じように、その宝物がレリティエに残したのは失意と喪失感だけだった。「信じられない話だ。あの巻物を手に入れたと思ったら、七カ月あまりで会社が崩壊したんだから」とレリティエはいった。ひょっとしたら、巻物は本当に呪われているのかもしれない。「もしあれに触れていなければ」と彼は続けた。「アリストフィル社は今も存在していたかもしれない」

しかし、そういって、彼は笑った。彼は食後のエスプレッソを飲みながら、海を見つめた。実のところ、彼はサドの最高傑作の持つ意味を深く掘り下げて考えることもなければ、作品に描かれた邪悪な堕落について熟考したこともなかった。一度、この小説を読もうとしたことはあったが、その恐ろしさに強い嫌悪を感じたそうだ。数ページ読んで本を閉じ、二度と手に取ることはなかったという。

The Scroll

巻物

# 第十五章　不吉なオークション

二〇一七年十二月十九日

厳寒のパリの街は、暖かい服を着こみ、クリスマスを目前にして慌ててクリスマスの贈り物を買いに走る人々であふれていた。その頃、『ソドムの百二十日』は〈オテル・ドゥルオー〉のオークションハウスの広々とした二階のギャラリーに展示されていた。三年ぶりの公開となる。防犯ガラスのケースに入れられ、細い棒にしっかりと巻かれた手稿は、例のカーフスキンでおおわれた箱のなかにあった。レリティエがジュネーヴで受け取ったものだ。この蓋つきの箱はさながら貝のように口を開けて、なかの真珠を見せているようだった。

人々は前かがみになって顔をガラスに近づけ、この伝説的な作品をひと目見ようとした。巻物の両端にはインクで太い線がくっきり引かれていて、線の外側の細い余白は傷んでぼろぼろになっている。その太い線の間には細かく几帳面な文字が並び、羊皮紙をびっしり埋めている。これほど細かく正確な字を書いた人がいるとは信じられなかった。ましてや目の悪い男が蠟燭の光を頼りに書いたとは。こんな苦行にも似た細かい作業を三十七日間で終えるには、並大抵ではない意志力がいったはずだ。とても狂人のしわざとは考えられなかった。

薄暗いギャラリーの四方の壁には、重苦しい黒いカーテンが掛かっていた。一般人だけでなく、テレビの取材クルーも長い展示ケースに収められたアリストフィル社のコレクションの貴重な数々を熱心に眺めている。戦う騎士の姿が描かれた豪華な挿絵入りの十五世紀の写本。一九四二年にフランスの小説家アントワーヌ・ド・サン＝テグジュペリが名前を書いた来客簿（ゲストブック）。これには代表作『星の王子さま』の主人公のイラストが添えられていた。その王子さまのイラストが本に登場するのはこのサインをした一年後だ。それから、オノレ・ド・バルザックの斜めに傾いた繊細な字で書かれた一八四一年の小説『ユルシュール・ミルエ』の原稿。これらの展示品の中心に、とても小さな巻物が置かれていた。そのぽつんと置かれた巻物が、今回の主役だ。

巻物の真後ろの壁には、アリストフィル社のロゴが掲げられていたが、かつてレリティエが会社のためにデザインした堂々とした紋章ではなかった。現在のロゴは、太字の〝A〟をエレガントな枠線で囲んだデザインで、新たな出発を意味しており、〈レ・コレクシオン・アリストフィル〉という組織を象徴していた。この組織は、二カ月前に公表された、アリストフィル社の十三万点の手紙と手稿を現金化するための長期にわたる公開オークションのために立ち上げられた。告知によれば、これから六年にわたって販売が行われるという。華々しいスタートを飾ろうと、初回のオークションには会社の蒐集品のなかで特に有名な作品を百点以上、出品することになった。もちろん『ソドムの百二十日』もふくまれる。すべて——帝国は正当な取引により築かれたというレリティエの主張の是非、一万八千人の顧客の投資を回収できる能力の有無、手稿市場の安定性——は、これからのオークションが成功するかどうかにかかっていた。最初の試金石となるのは、翌日に〈ドゥルオー〉で迎えるオークション初日だ。

しかし、この計画はすでに狂っていた。オークションの二日前、フランス政府が、入札対象作品のうちアンドレ・ブルトンの『シュルレアリスム宣言』と『ソドムの百二十日』の二点を国宝に指定したのだ。フランス文化省は公式発表で、巻物にまつわるすべて——非凡な創造性、ヨーロッパをさすらう旅、二十世紀のフランス文学への影響、サドの作品のなかで「最も過激で、最も歴史的価値のある」存在であること——を高く評価すると宣言した。かつてサドの作品を例外なく取り締まってきた政府が今、なかでも最もわいせつな作品を国の文化遺産の象徴にすると結論づけたのだ。

対象となった二点は国外に持ち出すことはできず、国が裁判所やオークションの専門家と協議して公正市場価格を決定する間、オークションから除外されることになった。巻物はオークションの宣伝やメディアで盛んに取り上げられ、専門家たちがこの手稿だけで、オークション全体の落札予想価格千百ユーロから千六百万ユーロの少なくとも三分の一の額になると見込んでいたというのに、それが出品できなくなってしまった。

こうした状況のなか、オークショニアたちは、〈ドゥルオー〉でのオークション前に開かれる展示会で巻物を披露することを決定し、翌日のオークションが盛り上がることを願った。しかし、この展示ケースをのぞきこんでいただれもが、展示が終われば巻物はすぐ金庫室に運ばれ、政府の役人やオークションハウスの専門家たちがその価値について交渉している間、何年もそこに留まることになることを知っていた。もうすぐ新しい家に迎えられるというときになって、巻物は再び手の届かないところにいってしまったのだ。

前年、パリの商事裁判所はアリストフィルの資産を現金化してくれるオークション会社を募集した。その条件として、すべての品物に対し売り上げの二十五パーセントのバイヤーズプレミアム〔落札価格に加えて落札者が支払う手数料〕を約束したが、応じてくれる会社はなかなか見つからなかった。この業界に、十三万点もの関連性のない文書を整理しカタログを作成して販売したことのあるオークション会社などなかったのだ。しかも、そのほとんどは複雑な所有権問題というおまけ付きだった。このオークションを成功させるには、かなり野心的であると同時に、いくらか向こうみずな会社でなければならなかった。

この役目を任されたのは、唯一手を挙げたフランスのオークションハウス、〈アギュット〉だった。この会社は一九七四年に、クロード・アギュットが立ち上げた。彼は独学でオークショニアになった男で、控えめな物腰と服装には、大胆なビジネス戦略の歴史が隠されていた。二〇〇九年、アギュットはチームを組んで、モロッコの都市マラケシュにある、歴史に名高いアールデコ様式のホテル〈ラ・マムーニア〉の調度品をオークションにかけたことがあった。そのために彼らは六カ月かけてカタログを慎重につくり、歌手のエディット・ピアフやジョセフィン・ベーカー、俳優のオマー・シャリフといった面々が使用した肘掛け椅子や化粧台などを掲載した。もっと最近では、化石ビジネスに参入し、エッフェル塔の第一展望階で開催された特別オークションに約九メートルの恐竜の骨格標本を出品した。アギュットは現在、国内で最も成功した独立系オークションハウスの舵（かじ）を取り、フランスの休火山の山腹に建てられた築千年を誇る城を購入し、そこを別荘に改装するまでになった。

　ときには、大胆なやり方が災いして、トラブルに巻きこまれることもあった。二〇一二年、アギュットの会社が偽物の疑いのある十九世紀のロシアの絵画を売ったために、二カ月間の販売禁止処分を受けたことがあった。しかし、芸術界の多くの人はこの件を一顧だにしなかった。無謀な挑戦者（リスクテイカー）にミスはつきものであり、こうした人物でなければ、アリストフィル社のオークションを引き受けることなどできないと考えたからだ。

　まず、アギュットの会社はアリストフィル社の手紙と手稿を入手した。そして、当局がそれらを保管していたパリ近郊にある美術品の保管施設から、数百個もの箱を運び出し、何台もの装甲トラックに積んで、細心の注意を払って街を移動した。文書は某所にある空調設備と耐火性能を備えた収蔵庫に収められ、二十四時間態勢で武装警備員が配置された。次いで、十二人の作業員が各文書を組織的に調べていき、真贋を確認してその詳細を追跡システムに入力していった。この一連の作業は裁判所の執行官の監視下で行われ、六カ月を要した。その後、チームは一部の出資者に手紙と手稿を返還する作業に入った。その出資者たちは「アマデウス」と呼ばれる高額な契約を結んで、アリストフィル社が所有する文書の所有権を単独で購入しており、今はその現物を所有することを望んでいたのだ。

それでもまだ、コレクションの大半が残っていた。ほとんどは手紙と手稿で、「コラリーズ」と呼ばれる契約を交わした出資者たちが共同所有権を持っていた。複数人が所有する文書を物理的に分ける方法はない。〈アギュット〉は裁判所から権限を与えられ、これらの資産をオークションでできるだけ高く売り、その収益を出資者たちに分配することになった。一部の出資者がこの計画に同意しなくてもかまわなかった。数千点もの文書のほとんどに複数の所有者がいるため、裁判所はどんな方法であれ、全員から同意を得ることは不可能だと考えたのだ。

オークション会場は〈オテル・ドゥルオー〉をおいてほかになかった。〈ドゥルオー〉はフランスの各オークション会社によって共同運営され、世界でも屈指の歴史を誇る格式高いオークションハウスとして知られている。〈ドゥルオー〉が何世紀にもわたって富裕層向けの公共の清算機関として栄えたのは、国王の命令により与えられたフランスのオークションにおける独占権のおかげだった。このオークションハウスは、十九世紀のフランス王ルイ・フィリップの個人財産、エッフェル塔の一部、モネやルノワールの絵画、さらにはナポレオンの下着まで競売にかけたことがある。〈ドゥルオー〉は長らく切手取引の中心に君臨していた。ここに引き寄せられて、多くのディーラーが〈ドゥルオー〉のある通りに店を構えた。およそ三十年前、レリティエの手紙への執着心を掻き立てた場所、切手専門店〈ルメ〉もそのうちのひとつだ。

二〇〇〇年、法改正によって〈ドゥルオー〉の独占権が制限され、〈クリスティーズ〉や〈サザビーズ〉に高級品市場の一部を譲ることになった。さらに二〇一〇年、〈ドゥルオー〉にとって不名誉なことが発覚する。ナポレオン三世の時代から〈ドゥルオー〉の美術品の搬入や搬出を担当してきた〝コル・ルージュ〟と呼ばれる赤襟のポーターたちが、数百万ユーロ相当の美術品や宝石を盗んでいたことがあきらかになったのだ。しかし、〈ドゥルオー〉のオークションは、美術関連の品揃えの良さにおいてはどこにも引けを取らない。毎日、数千という来場者が十六部屋のオークション会場を訪れ、バンクシーのグラフィティアートから独特な世界観のフランスコミック『アステリックス』のイラストまで、さまざまな作品に見とれ、入札した。また〈ドゥルオー〉は、フランスのどこのオークションハウスよりも、本や手稿を多く取り扱ってきた。

こうして、〈アギュット〉と〈ドゥルオー〉は、アリストフィル社のオークションの初日を待つばかりとなった。このイベントは何もかもができるだけ高い入札額を引き出すために計画されていた。つまるところ、それ以外のことはどうでもよかったのだ。手紙と手稿の世界では、専門家の鑑定にも限界がある。この業界では、すべての文書が唯一無二であり、鑑定は本質的に主観的な判断なので、その価値を見極めるには、オークションにかけるほかなかった。アリストフィル社の極めて高い評価額は、市場調査と、高い報酬をもらった仲間による過剰な鑑定評価に基づいており、狭い世界でしか機能していないものだった。ついに、これまで触れられることのなかった手紙の帝国の真価が問われようとしていた。

オークションの日が迫るなか、ニースの別荘にいたレリティエは怒りに震えていた。アリストフィル社のオークションの開催について最初の発表があってから、彼は何度もパリの商事裁判所にそれを非難する手紙を書いて、まちがいだらけのアイデアだと異議を唱えた。〈アギュット〉には疑わしい評判があるし、手紙と手稿の分野での経験も浅いことを考えれば、オークションの主催者にはふさわしくない。初日のオークションで写真、絵画、骨董をふくめることにも反対した。それらはアリストフィル社の資産ではあるが、会社の専門分野とはほぼ関係がなかったからだ。さらに、クリスマス直前にイベントを開催することにも文句をつけ、とりわけヒトラーとムッソリーニの手紙が目玉になる大事なオークションを開催するには時期が悪いと指摘した。

レリティエは、アリストフィル社の出資者たちが大損するだろうと予測していた。彼は「アリストフィル社の清算はますます失敗へ近づいている」と手紙を締めくくった。こんなお粗末なやり方でオークションをすれば、かつて栄えた帝国にとどめを刺すことになる、と。

レリティエは元顧客のことだけを考えているのではなく、残された自分の評判が地に落ちることも心配していた。〈アギュット〉が失敗すれば、文献の真の重要性まで損なわれる恐れがあると考えていた。これらの文書には自分が約束した額に見合う価値があるという主張をレリティエが曲げなかったのは、何年も前から歴史的な展開が訪れることを予想していたからだ——それは迫り来る手書きの時代の終焉だった。

レリティエはいい加減なことをいっているわけではなかった。過去数十年を振り返ってみれば、文字によるコミュニケーションは、古代シュメール人が初めて粘土板に楔形文字を刻んで以来の大変革を遂げている。アメリカにおける全国共通の教育内容を定めた「各州共通基礎スタンダード」は教師に対して、字の書き方をきちんと教えるのは幼稚園と小学一年生までとし、筆記の授業はまったく推奨していない。二〇一〇年代初頭、ピュー研究所の調査によると、十八歳から二十九歳のアメリカ人は、一日に平均して約八十八通のテキストメッセージを送受信していた。イギリスで実施された二千人を対象とした調査では、対象者の三人にひとりが、過去六カ月間に手書きで特に重要なことを書くことはなかったと答えている。また、一日に二千百五十億通のメールがインターネット上を行き交っている一方で、紙の手紙は消えゆこうとしている。米国郵政公社の調べでは、平均的なアメリカの世帯において、個人的な手紙の発受は年間わずか五通だった。

各国の記録保管所や図書館で、世界的に重要な記録物を保存する責任を負う人々は、文字文化の本質的で根本的な変化に立ち会っている。重要なテキストが日記や手稿から電子データに進化し、その結果として誕生したハードドライブやディスクなどの「デジタルデータの文書」はどのように評価されるべきか。また、〝ビット腐敗〟と呼ばれる磁気の劣化や経年劣化により、数十年以内にほとんどの電子記憶媒体が使用できなくなるため、この現象からデジタル文書を保存・保護する方法についても考えなければならない。さらに、著名人も手紙を書く代わりにメールやテキストメッセージを使ったり、ソーシャルメディアへ投稿したりするようになった現在、どのようにしてその膨大な情報量を解析し、重要な文書を見つけ出すのかも問題だ。修正や訂正も、手書きで何度も原稿を書き直すのではなく、数回のキーを叩くだけでよくなったため、世界は文学の傑作の誕生や進化をたどる能力を失ってしまったのではないかと多くの人が考えている。

一方で、手紙や手稿の蒐集家は、存続の危機に直面していた。ある稀覯本ディーラーは、国際古書籍商連盟のウェブサイト記事で次のように述べている。「我々は転換期を迎えています。手書きの文書は唯一無二の存在であり、著者の創作過程について洞察を深めてくれるものでした。それが無味乾燥なきれいな印刷物に取って代わられようとしています。いくらでも印刷できますが、著者の創作過程については何も語ってはくれません。（略）手稿の蒐集と文学研究の未来は、じつに深刻な危機に直面しているのです」

レリティエの関心は常に、手書きの時代の終焉がアーキビスト〔歴史的に価値のある文書を蒐集・分析・整理する専門家〕や蒐集家にとって何を意味するかよりも、自身の収益にどう影響するかに向いていた。直筆のテキストがなくなっていくことを大変化とは考えず、適当な事前策を講じれば、ぼろ儲けができると考えたのだ。彼には確信があった。これから先、バラク・オバマの個人的な手書きの手紙、レディー・ガガが走り書きした歌詞、スティーヴン・キングの加筆修正の跡がある原稿のようなものを手に入れられなくなることを世間が認識すれば、ペンや羽根ペンや鉛筆の時代の遺物がストラディヴァリウスのつくったヴァイオリンと同じくらい貴重なものになるはずだと。

「アメリカやヨーロッパの家の地下室には、手紙の入った箱が数えきれないぐらいあるんだ。まさしく秘密の宝じゃないか」レリティエは一年前、ニースの海を見渡すホテルのレストランで話した。彼はこの事実に最初に気づいたひとりであり、できるだけたくさんの手書きの宝を集めて備えていた。そして新しいアリストフィルのオークションの背後にいる人々が、彼のコレクションの本当の価値を理解して、もう少し賢明にオークションの計画を練ってくれれば、自分を信じたすべての人は十分に報われるはずだと確信していた。しかし、彼はこのオークションは大失敗に終わると予測していた。

# 第十五章　不吉なオークション

「落札（ラジュジェ）！」

クロード・アギュットの威厳のある声がオークション会場に響きわたり、木づちの音とともに、アリストフィル社のコレクションのなかから最初のロットが落札されたことが告げられた。部屋のあちこちに配置されたビデオスクリーンには、落札品――ルネサンス期の画家ジョヴァンニ・ピエトロ・リッツォーリによる『聖母子』――および落札額の三万ユーロが表示され、次いで、ドル、ポンド、人民元などほかの通貨の換算額も表示された。これはかなりの額で、事前の予想落札額の最高価格に近いものの、驚くほどではなかった。

部屋につめかけた見物人たちが廊下まであふれだすなか、ニュースカメラは、部屋の前方の壇で身を乗り出す厳しい教授のようなアギュットにズームインした。客席では、記者のジェローム・デュピュイが手帳を持って座っていた。近くの席には、アリストフィル社の出資者によって結成された最大規模の消費者団体の弁護士がいて、オークションの相場とレリティエが約束した価値の差を確認している。後ろの人混みのなかには、チボーの派手好きの兄、ユーグ・ド・サドが立っていた。先祖の手稿が出品されるというオークションのニュースに惹かれてやってきたのだ。まわりにいるのはみな入札者――ほとんどが年配の男性――で、口元を手でおおって携帯電話で話しながら、価格が適切だったときはさりげない仕草を保っていた。

二番目のロットは十六世紀にイタリアの画家ジローラモ・フランチェスコ・マリア・マッツォーラによって描かれた仲睦（むつ）まじい恋人のスケッチだった。アギュットは長い経験を積んだ熟練者らしくてきぱきと、次々と入札に応じ、最後に落札を告げる木づちを叩いた。「七万五千ユーロで落札」彼は宣言したが、それはこの作品の最低見積額よりも五千ユーロ安く、相対的に見れば格安品といえた。ポーターがオレンジ色の引換券を前方に座っている落札者に渡した。ジャン＝クロード・ヴランだ。いつもと変わらず、つばの広い帽子をかぶって目立っていた。

オークションは続いたが、客の反応は次第に鈍くなっていった。長い間、部屋は静かなままで、こうしたオークションでよく見かける見せ場となるような入札場面も、活気ある談笑もほとんどなく、思わず息をのむ人もいなければ、控えめな拍手が起こることもなかった。リヒャルト・ワーグナーの手書きの総譜（スコア）は予想落札額よりも低い価格で落札され、フランスの詩人ポール・ヴァレリーの娘との往復書簡も同じ結果に終わった。多くは入札すらなく、マルセル・プルーストの『楽しみと日々』の初版やナポレオンの一房の髪もだめだった。見物人は徐々に減っていった。また、オークションの主催者たちは、アメリカの蒐集家の注目を集めようと、アリストフィル社が出資者たちに百十万ユーロで売ったタイタニック号の生存者の手稿も用意していた。しかし、競りが始まっても、横に並べられた電話は沈黙したままで、大西洋の向こうから入札の声が上がることはなかった。アギュットは次のロットに移った。

高額のロットはほとんどヴランが落札した。かなり珍しいアレクサンドル・デュマの手稿は八万二千ユーロ。バルザックの直筆原稿は百十七万ユーロ。だがヴランでさえ、今回のオークションの原因となったスキャンダルに関与したことに懲りているのか、いつになくおとなしかった。オークションの間ほぼずっと席に座ったままで、ライバルであるキャスタンをあからさまに挑発するような派手な振る舞いは慎んでいた。

十八世紀後半に活躍したイギリス海軍提督ホレイショ・ネルソンの手紙の入札中、ひとりの男性が立ち上がり、競りを中断させてこういった。「私は以前アリストフィル社の商品に出資していました。私のように、事態がよく分かっていない方がおられましたら、廊下でお話ししませんか」半透明のイヤホンを着けた、いかめしい顔の警備員たちが騒ぎを静めようとするなか、カメラクルーや記者たちは、部屋の外にできたアリストフィル社の出資者たちの小さな人だかりを取り囲んだ。そのなかの男が「こんなオークションはプロらしくないやり方だ。私たちのなかにはこんなオークションがあることを知らされていない人もいるんだ」と力説した。「不安だが、どうすることもできない」と別の出資者は不満を漏らしながら、会場を指さした。そこではオークションが再開されていた。「あの連中は、私たちの財産で好き勝手ができるんだ」

オークションは静かな失望感を残して終わった。出品されたものの約三分の一が落札されず、落札されたものの多くは専門家が出した予想落札額の最低価格にもおよばなかった。総額は三百万ユーロにも満たず、オークションの目玉となるはずだった二点が国宝に認定される前に専門家が予測した千百万ユーロから千六百万ユーロには到底実現しそうになかった。何より問題なのは、落札された商品のいずれも、それがいくらだったにしろ、アリストフィル社の顧客が支払った額に遠くおよばなかったことだ。翌日、デュピュイがこのオークションについて書いた記事が掲載され、その見出しにはでかでかとこう書かれた――「オークションはアリストフィル社のスキャンダルに残酷な真実を突きつける」

入札参加者が徐々に〈ドゥルオー〉を立ち去るなか、長年、パリで活動している古書と美術品のディーラーたちがこのオークションハウスの下にあるビストロ〈落札（ラジュジェ）！〉に、混乱した頭を整理しようと集まった。通常、〈ドゥルオー〉が重要なコレクションをオークションにかける際、オークションはお祝いの雰囲気に包まれ、その創作に費やされた努力を讃える場になった。しかし、今回はいつもと違っていた。「まるで葬式だった」と、オークションに参加していた写真の専門家セルジュ・プランチュルーは述べている。真っ赤なサスペンダーが印象的な彼は、エスプレッソをすすってから、暗い顔で首を振り、午後の出来事をひと言で表した——「じつに不吉なオークションだった」

キャスタンはアリストフィルの最初のオークションに参加しなかった。この手稿ディーラーは一対一で取引をする上品なやり方が好きで、レリティエが築いた手紙の帝国の崩壊を利用するようなまねをする気はなかったのだ。特権階級の生まれなら道義にこだわるのも簡単だよな、という声も聞こえてきたが、知らん顔をした。道義ととられようが、紳士気取りととられようが、アリストフィル社と関わるつもりはないと主張した。

それから数カ月にわたって、アリストフィルのオークションは続いた。二〇一八年六月に〈ドゥルオー〉で行われた七回のオークションでは、前回よりは好調な結果で、売り上げは千七百六十万ユーロ。その後の数カ月も好調で、五回のオークションで計八百八十万ユーロを達成した。そして二〇一九年、年間を通して行われた十四回のオークションで千八百万ユーロを売り上げた。

アリストフィル社の物語は延々と続くスキャンダルから、オークションの成功という新たな展開を迎えた。画家フリーダ・カーロの赤いキスマーク付きの手紙や、第二次世界大戦中のヨシフ・スターリンが書いた手紙の束などに引き寄せられ、何万人もの人々が〈ドゥルオー〉に押し寄せ、BBCニュースや『ニューヨーク・タイムズ』紙などでも報道された。期待外れだったものもあり、モーツァルトの《フィガロの結婚》の自筆譜の一部には買い手が見つからなかったが、こうした結果はほかの成功の陰に隠れた。たとえば、アリストフィル社が革新的な出資プログラムを立ち上げるきっかけとなったアインシュタインの手稿は、千百六十万ユーロで落札されており、予想落札額の約四倍に相当した。

〈アギュット〉の最も貴重な図書を保管する収蔵庫にあった作品が、今や世界中の機関へ流れていた。フランス国立図書館は、ギュスターヴ・フロベールの手稿とその他数十点を手に入れた。一方、アムステルダムのファン・ゴッホ美術館は、ゴッホの名が入った重要な手紙に飛びついた。二〇一九年十一月、ブロンテ博物館は、かつて入札合戦でアリストフィル社に敗れた、シャーロット・ブロンテ直筆のミニチュア本を、英国ブロンテ協会の会長ジュディ・デンチが集めた寄付金七十八万ユーロを使って落札した。

それでも、キャスタンをはじめとする内部関係者は真実を知っていた——一連のオークションに出品された商品に最も多額の出資をしていた人々が巨額の損失を被ったことを。シャーロット・ブロンテの直筆のミニチュア本は、アリストフィル社の顧客が数年前に出資した額のおよそ半分でブロンテ博物館に売られた。アインシュタインによる直筆原稿の落札額千百六十万ユーロは、出資者たちが約二十年前に支払った千二百万ユーロにおよばなかった。そして、ほとんどのロットの利益は、もともとの出資額に比べれば微々たるものだった。三年間にわたるオークションを終え、アリストフィルの文書の平均落札価格は、同社の顧客が支払った額の十〜十五パーセントの間で推移していた。つまり、出資者は平均してほぼ九十パーセントを失ったことになる。出資者たちは不満を抱いたが、この状況を止める手立てはなかった。そもそもパリの商事裁判所が決めたことであり、こうして文書は分散していった。

二〇一九年三月、デュピュイが『レクスプレス』誌に衝撃的な記事を掲載し、一部の出資者はまったく返済を受けられずに資産を失うことがあきらかになった。フランス政府は、アリストフィル社の数百点もの文書を補償金なしで押収する準備を進めていたのだ。そのなかには、ルイ十六世が臣下に送った送別の手紙やシャルル・ド・ゴールの手紙の束など、レリティエがかつて文化省と揉めた文献もふくまれていた。フランスの法律では、これらは国に帰属しており、アリストフィル社と取引をした人々には属するものではないとされた。

キャスタンは失望しながら事の成り行きを注視していた。ヴァランがオークションで思いのままに金を使い続け、ときには、彼自身が昔アリストフィル社に売った文書をその売値の何分の一かで買い戻すこともあった。また、〈アギュット〉がこの手の文書の専門家として、有名な手稿専門家のティエリー・ボダンを起用したことにも気づいていた。伝えられるところによれば、ボダンはアリストフィル社への文書の売却で数百万ユーロを得ており、アリストフィル社を批判したキャスタンを非難していた。現在の状況は、まるでキャスタンが書いた探偵小説のような残酷な展開だった。ヴランやボダンのような人々は、アリストフィル社の成功によって利益を得、警鐘を鳴らしていたキャスタンを軽蔑していたというのに、今や、同社の崩壊を利用して金儲けをしているのだ。

キャスタンもほかの同業者と同様、手書き文書の価値が下がることを懸念しており、その変化が彼の職業や文字の遺産の未来にどんな変化をもたらすのか危惧していた。一方で、文字のデジタル化により、現存する手紙や手稿はいずれ超がつくほど高価な遺物になるというレリティエの主張を一笑に付した。そんな話は、レリティエの嘘にまみれた帝国の虚偽の約束のひとつにすぎないと考えていたのだ。

キャスタンは民間組織〈コンパニー・ナシオナル・デ・ゼクスペール〉の代表として、当局に対し、アリストフィルのオークションをもっとゆっくり、二十年から三十年かけて行うよう請願したが、だれも耳を傾けなかった。実際、手紙と手稿の市場は供給過多で苦しんでいる兆候が表れつつあった。〈クリスティーズ・パリ〉で開催されたオークションで、マルセル・プルーストの手紙の束に買い手がつかなかったとき、アリストフィル社のオークションのせいで市場が飽和状態になったと非難する声も出た。マルキ・ド・サドの持ち物が売り出されたあるオークションでは、サドお気に入りのライティングチェアも出品されたが、芳（かんば）しくない結果に終わった。このイベントの主催者――サドの子孫の三人兄弟――は、人々が関心を示さなくなったのは、アリストフィル社の騒動による市場の激変にあると主張した。これまでにアリストフィル社のコレクションからオークションに出品されたのは数千点にすぎず、まだ十万点以上の手紙と手稿が残っていたものの、それらの価値はますます下がっていった。

　パリ中心部にある古書店と手稿店は長い間、手書き文字を愛する者同士、信頼の握手で取り引きしてきた。ところが今では、その世界に疑念と不満が渦巻いている。「アリストフィル社は、手稿の世界に汚点を残した」とキャスタンは、ジャコブ通りにある店で話した。二〇一九年の穏やかな夏の朝のことだ。静寂に包まれた彼の手稿のギャラリーで、インテリア・デザイナーの祖母がデザインしたものの名残や、世界で最初の手稿店〈メゾン・シャラヴェイ〉の面影に囲まれていると、自分がまるで時の流れから外れた領域に存在しているように感じるという。実際、現代のキャスタンが歩いている道は、昔マルキ・ド・サドが歩いていたのと同じ道で、店の数軒先にある建物は、サドが母の重篤の知らせを受けてパリに行き、マレ警部に逮捕された場所だった。

　しかし、キャスタンは手紙や手稿が社会から隔絶された世界に存在しているわけではなく、これらの所有者がその運命を握っていることを知っていた。所有者はそれらを自分たちの遺産に追加し、世界がそれらを知るにいたった経緯をあきらかにし、それらを利用して人間のありように光をあてるのだ。その一方でキャスタンは、貴重な宝が人の運命を操ることがあることを知っていた――良くも悪くも、自分が求めて手に入れたテキストと死ぬまで運命をともにすることがある。彼は、文学的な遺物は逃避にもなれば監獄にもなると考えていた。アリストフィル社が所有した遺物は関わった人々すべてを罠にかけた。当分はだれもその罠から逃れられないだろう。キャスタンは語る――「この事件は何年にもわたって続くはずだ。私が生きてその終わりを見届けることはないだろう」

Epilogue

# エピローグ

# 葬り去られて

## 二〇二一年七月九日

その発表はひっそりと行われた。『ソドムの百二十日』を国宝に認定してから三年半が経過し、二百三十二回目のバスティーユ・デイまであと数日という日、フランス政府は巻物を購入したことを発表した。

国は四百五十五万ユーロを支払って、アリストフィル社の共同所有権を購入した四百二十人の出資者から巻物を購入した。この購入資金は、フランスの裕福な投資銀行家エマニュエル・ブサールが全額を寄付した。彼はウォール街で働いたあと、フランスで数十億ユーロ規模のヘッジファンドを立ち上げた人物だ。ブサールにとって、相当な税制優遇を受けられる今回の寄付は、アメリカ式慈善活動のひとつだった。それは実際的かつ規範に則（のっと）ったもので、個人的感情とは無縁だ。彼はパリの中心部で有名な書店に囲まれて育ち、膨大な数の本を蒐集していたが、サド本人にも彼の作品にも特に興味はなかった。サドよりも、あの有名な直前の所有者レリティエのほうに、はるかに興味があった。何年もの間、彼は同僚や当局に、アリストフィル社はそのうち詐欺に問われると注意を呼びかけていた。しかし、慈善活動家の同僚から、国の役人が物議を醸している巻物を購入するための寄付を十分に集められないのではないかと懸念しているという話があったとき、投資銀行家である彼は全額を寄付することにした。どちらかといえば、政府が国宝と宣言したもうひとつのアリストフィル社の文書、アンドレ・ブルトンの『シュルレアリスム宣言』の購入資金を寄付したかったのだが、こちらはすでに、数人の裕福な寄付者によってまかなわれていた。そのなかには、赤い子爵夫人の孫息子、カルロ・ペローネもいた。

四百五十五万ユーロという額は、レリティエがスイスで『ソドムの百二十日』を取り戻すのに費やした額より数百万ユーロ少なく、シルヴィ・ル・ガルやほかのアリストフィル社への出資者たちがその共同所有権に出資した総額の半分にもおよばない。もし文化省が、二〇一四年にレリティエの提案どおり、五年後の税制優遇措置と引き換えに『ソドムの百二十日』の寄付を受け入れていたら、巻物はおそらく、追加費用なしですでに国の所有物になっていた。あるかどうかも分からない裁判をずっと待たされているレリティエは、政府に裏切られたと感じており、「フランス国家による、紛れもない詐欺行為だ」と、ニースの別荘からメールを送ってきた。

国が巻物を購入したというニュースはほとんど注目を浴びなかった。この時期、フランスをふくめ世界中の国々は、新型コロナウイルスの世界的パンデミックに襲われていたからだ。その前年はほぼ一年中、エッフェル塔は閉鎖され、ルーヴル美術館は空っぽで、セーヌ川沿いに並ぶ露店式（ブキニスト）の古本屋は軒並み店を閉めていた。パリの中心部にあるサン＝ジェルマン・デ・プレとオデオンあたりでも、本や手稿のディーラーのほとんどが店を閉め、多くの人々はかなりの数の店がもう再開しないのではないかと心配していた。これはすでに縮小しかけている市場にとって大きな打撃だった。過去二十年間で、この地域にある書店の四十パーセント以上が、ジェントリフィケーション〔低所得地域を再開発し価格が高騰する現象〕やオンラインショッピングの台頭により、閉店に追いこまれていた。

巻物はセーヌ川右岸に位置する国立図書館のアルセナル館に託され、フランス革命に関連する何千というほかの文書とともに厳重に保管された。新しい家は巻物にとてもふさわしかった。全額寄付をしたブサールの祖父はアルセナル館の主任学芸員であり、ブサールの父も子どもの頃、この図書館を遊び場にして蔵書に親しんでいたという。

『ソドムの百二十日』の手稿は、史上稀に見る恐ろしい監獄で書かれ、フランス革命の最初の砲声を耳にした。十八世紀のエロティカ蒐集家の間で、秘密のサークルを通じて人の手から手へ渡り、もう少しで大英帝国の所有になるところだった。性的な革命を鼓舞し、ホロコースト時代にはかろうじて焚書の火から逃げおおせた。二十世紀を代表する悪名高い芸術作品のひとつであるブニュエルの『黄金時代』を生み出し、暴動を引き起こし、フランス社会の土台に革命的精神を吹きこんだ。盗まれたり密輸されたりしてヨーロッパをさすらい、地球上で最も裕福なひとりといわれた男の手に渡った。文書の所有方法を世界的に変革しようとするビジネスモデルの中心的な存在になり、その代償に、世界最大の本と手稿の市場を混乱に陥れた。そしてようやく、この旅も国立図書館で終わりを迎えることになった――そこから一キロも離れていないところに、巻物が書かれた場所、バスティーユ監獄の跡地がある。

真っ先に頭に浮かぶのは、映画『レイダース／失われたアーク《聖櫃》』のラストのように、巻物が最後に安息の地にたどり着く光景だ。重要な宝物が、名も知れぬ保管庫に葬られ、忘れ去られる運命にあることを予感させる。しかし、実際には、記録保管所や研究図書館にある歴史的資産のほとんどは、一般公開されており簡単に閲覧できる。とても壊れやすいか、価値があるために公開が難しいものは、たいていスキャンされ電子データとして閲覧できるようになった。膨大な紙媒体のデジタル化が進んだことで、一部の歴史的文書へのアクセスはかつてないほど広範囲に行われるようになった。タイプされたものも手書きのものも、インターネットに何百万とアップロードされている。『ソドムの百二十日』の物語を語る中心的な文書のほとんど――マルキ・ド・サドが監獄で書いた手紙、ヘンリー・スペンサー・アシュビーの書誌学的な著作、イヴァン・ブロッホによる似非科学的な論文、マリー゠ロール・ド・ノアイユの最後の革命的立場を記した新聞記事、巻物をめぐる国際的な裁判の記録、アリストフィル社の興亡を詳しく記したニュースやブログ記事――は、世界のどこからでも閲覧できるし、たいていの場合、ほぼすべての言語に翻訳したものを瞬時に表示することができる。

コミュニケーションのデジタル化が、インターネットや電子書籍リーダーによって進むなか、「本の終焉」や「ポスト・テキストの未来」の到来を告げるニュースが報じられている。ただ、この何百年もの間、常に本の死を予言する人々はいたが、実際にそうはならなかった。グーテンベルクが活版印刷を発明したとき、学者たちは「印刷された本は、決して手書きの写本の代わりにはならない。特に印刷された本は往々にして綴りのまちがいがあり、見た目も良くない」といっている。十九世紀には、「新聞は本を死に追いやりつつある」と主張したフランスの詩人もいたし、タイプライターの台頭による「機械的な執筆」を嘆く人々もいた。一九一三年、トーマス・エジソンは、映画の出現で「本は……まもなく公立学校では使われなくなるだろう」と予言した。ところが、執筆の方法はますます多様化し、いたるところでその成果にアクセスできるようになっている。二十一世紀に入ると、ソーシャルメディア、ネットスラング、ハイパーリンク、新しい句読点や記号の使い方、絵文字、ＧＩＦ、ネットミーム〔インターネットにより他人に影響を受けて広がっていく文化や行動〕などによって、歴史上のどの時点にもなかった協力的で積極的なコミュニケーションがますます広がっているのだ。

　フランスが『ソドムの百二十日』を入手した今、それはだれのものでもなく、また、だれのものでもある。おそらくもう二度と、それを抑圧する人も、所有する人も、悪用する人も、密輸する人も現れない。それどころか、世界中どこにいても、だれもがインターネットにアクセスし、高解像度画像により巻物を細部にいたるまで閲覧できるようになるだろう。数世紀にわたって、人々の情熱に火をつけ、激変を引き起こし、大小さまざまな反乱を鼓舞した邪悪な書を、自身の目で読むことができるようになるのだ。狂人かもしれない男が独房のなかで生み出した、信じられないほど小さく正確な筆跡を観察するのもわけはない。『ソドムの百二十日』の手稿は、この世に生まれて初めてついに解き放たれる。呪いの連鎖はこれからも続いていくのかもしれない。

# 謝辞

『ソドムの百二十日』の長い歴史と同様、じつに多くの人々がこの本の旅に関わってきた。まずは、グレース・フードとヴィンス・ダーカンジェロに感謝しなくてはならない。二〇一五年、ふたりは私に信じられない話を教えてくれた。当時、ふたりはマルキ・ド・サドの悪名高い直筆原稿を見るためにパリの博物館を訪れたのだが、入り口で客を博物館の外に出していた警察官たちに呼び止められ、フランスのバーナード・マドフと呼ばれる男の話をしてもらったそうだ。私がその件について興味を示すと、グレースとヴィンスはその話を書くことを快諾してくれた。

この本の執筆と調査には、非常に多くの人々が協力してくれた。ジャン＝クリストフ・アブラモヴィッチ、サシャ・アルパー、ナオミ・バロン、バーバラ・バズベインズ、ニコラス・バスベインズ、ダン・ボム、ジョン・バクスター、ロバート・ビーチー、テリー・ベランジェー、ケイト・ブレデソン、リビー・バートン、アシュ・カーター、フレデリック・キャスタン、ロバート・ダーントン、ロン・ドイル、アンドレア・ダプリー、ジャック・デュプリロ、ジェローム・デュピュイ、アビゲイル・エッジ、スティーヴン・エニス、レイチェル・フォス、リック・ゲコースキー、ジャン＝ポール・グジョン、エルゥイン・J・ヘブル、ニール・ハナム、マイケル・

ヘンリー、ジャン＝パスカル・エス、グレン・ホロウィッツ、メガン・ハウザー、ブノワ・ユエ、フィリップ・ジュリアン、パトリック・J・カーニー、ベン・キンモント、マシュー・キルシェンバウム、アンヌ・ラモール、ラルフ・レック、トマス・ルドゥ、デイヴィッド・ローウェンハーズ、ジェフ・マーティン、ピーター・マグロウ、ウィル・マクモラン、シャルル・メラ、カロン・シネオ、レスリー・モリス、ブラッドフォード・マッジ、ネイオミ・ネルソン、セルジュ・ノルドマン、デイヴィッド・パターソン、マクシミリアン・ポッター、ニコール・プローズ、リア・プライス、ブリュノ・ラシーヌ、ケン・レンデル、マルク・アンドレ・ルノルド、ジュリアン・ルビンスタイン、デイヴィッド・シロタ、ニコール・サリヴァン、アン・トルベック、エリオン・ド・ヴィルヌーヴ・エスクラポン、ジョン・ヴォン・ソゼン、フランシス・ワールグレン、ラリー・ワイスマン。もちろん、ほかにもたくさんの方々にご協力いただいた。

私の人生初となる本に関わってくれたバーバラ、ジム、ケリー・ウォーナーには心からの感謝を伝えたい。三人はいつも温かい言葉をかけてくれて、この仕事にかけてみようと決心したときに私を支えてくれた。また、今では親友になった非凡な翻訳家コール・スタングラーの協力をなくして、本書の出版は実現しなかっただろう。

そして、何よりも私の家族、エミリー、ゲイブリエル、シャーロット、そして犬のラファイエットに感謝している。執筆には何年もかかったが、その間、私を支えてくれた。辛いときや不安になったとき、励ましてくれた。執筆中は忍耐強くそっとしておいてくれた。みんながいてくれて、本当に感謝している。

# 訳者あとがき

十八世紀末、バスティーユ監獄の独房で、数本の蠟燭の光のもと、視力の衰えた男が仮面のような革製のゴーグルを着け、羽根ペンを手に、頭のなかで膨らみきったすさまじい妄想を羊皮紙に書きつけていた。彼の名はドナシアン・アルフォンス・フランソワ・ド・サド、通称、マルキ・ド・サド。彼が異様に細かい字で三十七夜にわたって書き綴った作品が『ソドムの百二十日』だ。これは「三十三枚の羊皮紙をしっかり貼り合わせた幅約十センチ、長さ十二メートル近くの巻物」だが、フランス革命が勃発し、バスティーユ監獄が襲撃された際に行方がわからなくなってしまった。サドは破棄されたものと思いこんでいたが、巻物は無事だった。最初に発見したのは、アルヌー・ド・サン・マクシマンという男だったといわれている。この巻物だが、その後、数世紀にわたってヨーロッパをさまよい、盗まれ、行方不明になり、発見され、数カ国を点々とした末、ある男が七百万ユーロで手に入れる。二〇一四年のことだ。ところが、この巻物がやがてフランスに戻ってきたかと思うと、今度はフランス政府が介入してきて、その後、ひと騒動持ち上がり、「十年におよぶ大陸をまたいだ十億ユーロの詐欺疑惑が浮上する」。

本書は、この巻物のたどった数奇な運命を主軸に、サドの奔放と放埒をきわめた生涯、サドの作品の文学的評価の変遷、配管業者の息子として生まれ、歴史的・文学的手稿を投機の対象として新しいビジネスを始めて巨万の富を築く、ジェラルド・レリティエの半生が描かれていく。

まず、サドの生涯だが、書けばきりがないほどネタに困らない彼についてのエピソードがコンパクトに、しかし効果的に差しはさまれている。サドは背徳的な性癖のあった父親の背中を見て育ち、四歳の頃、猥褻本の膨大なコレクションの所有者だった叔父のサド神父に引き取られた。十歳になるとパリに戻され、ルイ・ル・グラン学院に入学することになる。ここで彼は教師に性的虐待を受けている。成人してからは、貴族に対する鬱憤を積もらせた民衆の格好の攻撃の的となって、矢面に立たされ、拒絶され、幽閉される。サドの眼前で社会は目まぐるしい変化をみせ、王政、立憲君主制、共和制、帝政、立憲君主制へと変わったが、どの時代においても、サドは受け入れられることはなかった。親族さえサドを一族の恥と考え、長く彼のことに触れまいとした。サド自身もこう述べている——「私は最初の犠牲者になる運命だ。きっとそのために生まれてきたのだ」

こういった一連の流れのなかから、ある意味、孤独なサドの姿が浮かび上がってくる。彼がルイ・ル・グラン学院に入学した頃から、サド家の財政状況は悪化していた。サドは心に決めた人がいたが、そうした経済的理由からルネ゠ペラジとの望まぬ結婚を強いられる。彼女は献身的な妻を務め、サドの悪事にも加担したが、結局晩年になって、離婚が一般的でなかった当時にしてサドとの離別を決める。彼は自分の子どもたちからも厄介な父と思われ、一八一四年にシャラントン精神科病院で息を引き取ったとき彼を看取ったのは、L・J・ラモンという医者の卵だったという。ラモンはのちに、晩年のサドについて、人と話しているところを見かけたことがなかったと述べている。

一方で、本書には、サドの文化的な活動についてのエピソードも盛りこまれており、たとえば十一章では、シャラントン精神科病院での演劇プログラムに参加したことが大きく取り上げられている。治療の一環とはいえ、サドはこの時期、自由を奪われながらも、短期だが、生涯を通して愛した演劇に身を投じることができた。彼はここで、「劇場の設計を手伝い、脚本を書き、リハーサルを監督し、舞台装置を考え、舞台係を務め、宣伝係まで引き受けてチケットを販売し、ときには主役を演じた」。ドイツの劇作家ペーター・ヴァイスの『マルキ・ド・サドの演出のもとにシャラントン精神科病院患者たちによって演じられたジャン＝ポール・マラーの迫害と暗殺』（一九六四年初演、題名が長いため『マラー／サド』に略されることが多い）をご存じの方にはとくに興味深いと思う。この戯曲の舞台は一八〇八年のシャラントン精神科病院で、入院中のサドが革命指導者ジャン＝ポール・マラーの刺殺事件を劇作し、ほかの患者たちとともに、看護人たちに監視されながら院内で上演を行う様子が描かれている。一九七六年に、ピーター・ブルック監督によって映像化もされている。

次に、サドの作品の文学的評価についてだが、ロマン派の時代には、サドの作品は禁書扱いになっていた。そうした評価が大きく変わったのは、とくに二十世紀に入って、フランス国立図書館の禁書セクション〈地獄（アンフェル）〉にあったものを、ギヨーム・アポリネールが「発見」してからだろう。フランスの詩人であるアポリネールは象徴主義からシュルレアリスムへの潮流をつくった人物だ。サドはシュルレアリスムの大きな流れのなかである種のシンボルとなり、彼の理論に関する難解な論文を執筆し、彼が幼少期を過ごしたプロヴァンスの家を訪ねる企画を立て、シリング城で行われた快楽の宴をまねて、廃墟となった屋敷で仮面乱交パーティーを計画」する。また、サルバドール・ダリとともに『アンダルシアの犬』を撮った映画監督ルイス・ブニュエルは、マルセル・プルーストから『ソドムの百二十日』を借りてこれを読み、「サドに比べれば、ほかのどんな傑作も色あせてしまう」と書き、この作品を銀幕の世界に持ちこんで、『黄金時代』を撮る。その他、第七章にはその手のエピソードがあふれている。第八章でもまた、オデオン通り書店をつくった〈本の友の家〉のアドリエンヌ・モニエや、同じくその通りに〈シェイクスピア・アンド・カンパニー〉をつくったシルヴィア・ビーチが登場し、文学好き、映画好きにはたまらない章が続く。また、著者の取材も徹底していて、実際の手稿のオークション風景も、リアルに詳しく描かれている。

最後に、巻物の数奇な運命についてだが、巻物の長い旅は、最後の所有者となったレリティエの手に渡り、ついに終わりを迎える。レリティエが手稿の世界に目をつけたのは、切手専門店でたまたま見つけた一枚の手紙がきっかけだった。このとき彼は損得抜きで純粋に手紙にロマンを感じたのだが、その後、手稿の世界に飛びこんで会社を立ち上げ、さまざまな手稿を投機の対象にして事業を拡大していく。そしてマネーゲームの格好の対象として『ソドムの百二十日』の巻物に執着する。その中身を最後まで読むことすらなかったという。そんなレリティエの半生もまた、スリリングだ。サドをめぐりながらもまったく非文学的で、閉鎖的なパリの手稿市場に土足で踏み入り、この市場を守っている人々を敵に回す。彼の人生は、ある種、冒険小説のようで、サド没後二百年目にあたる二〇一四年、巻物をフランスに持ち帰った際に、前代未聞の投資詐欺事件に関わった疑いで捜査の対象になるあたりは生々しくリアルだ。その後、レリティエは裁判の準備をしながら、マスコミ関係者からの接触を避けるようにパリから離れた地で暮らしており、取材が許されたのは著者だけだという。

本書のエピローグにも書かれているが、二〇一七年、この巻物はフランス政府が四百五十五万ユーロで購入し、国宝に指定した。これは国外への流出を防ぐためでもあったが、国がその文化的価値を認めたからでもあった。それ以前、一九九〇年にもすでに、サドの著作はフランスで最も権威ある〈プレイヤード叢書〉から刊行されている。しかも、聖書紙に印刷されて。こうした彼の作品の評価を振り返りながら、一九五三年に、ジャン゠ジャック・ポーヴェールが『ソドムの百二十日』を一般書として世に出そうとしたために公序良俗に反したかどで訴えられたことを思うと、隔世の感がある。

国宝に認定された巻物はおそらく以後、フランス国外に流出することはないだろうが、一方、著者が示唆しているように、デジタル化が恐ろしいほどの速度で進んでいる現在、サドには思いもしなかった方法で、世界に解き放たれることになるだろう。

サドは遺言状にこう記している。

「墓が跡形もなく地上から消え去り、私の痕跡もすべて人々の記憶から消えてしまうことを望む」

その望みはかなえられそうにない。

本書の翻訳においては、過去の多くの文献と比較し原文に疑問がある場合には、著者に細かく確認しました。しかし本書の性格からして、それでも著者、訳者の勘違い、思い違いが残っていることは想像に難くありません。どうぞ、ご寛恕のうえ、お気づきの点があれば、ぜひ出版社にご連絡いただければ幸いです。

最後になりましたが、毎回、ていねいに回答をくださった著者に感謝を。また、最初からさまざまなご相談に乗ってくださった編集の葛西陽子さん、本文編集の小林恵さん、原文との突き合わせをしてくださった大谷真弓さん、原文の件で数多くの質問に答えてくださった滝沢カレン・アンさんに、心からの感謝を！

二〇二四年五月

訳者

# サド侯爵の呪い

## 伝説の手稿『ソドムの百二十日』がたどった数奇な運命

2024年6月17日　第1版1刷

著　者　ジョエル・ウォーナー
訳　者　金原瑞人　中西史子
編　集　尾崎憲和　葛西陽子／小林恵
デザイン　コバヤシタケシ
発行者　田中祐子
発　行　株式会社日経ナショナル ジオグラフィック
〒105-8308　東京都港区虎ノ門4-3-12
発　売　株式会社日経BPマーケティング
印刷・製本　中央精版印刷

ISBN978-4-86313-569-7
Printed in Japan



乱丁・落丁本のお取替えは、こちらまでご連絡ください。
https://nkbp.jp/ngbook


本書は米国Random House社の書籍“The Curse of the Marquis de Sade”を翻訳したものです。内容については原著者の見解に基づいています。
本書では現在は差別的とされる表現を使用している箇所がありますが、当時の社会情勢をふまえ、そのまま掲載しています。

[著　者]

**ジョエル・ウォーナー**　Joel Warner

作家、編集者。「エスクァイア」「WIRED」「ニューズウィーク」「ブルームバーグ・ビジネスウィーク」「ポピュラーサイエンス」など多数の雑誌・メディアに寄稿。米国のオンライン新聞「インターナショナル・ビジネス・タイムズ」と報道メディア「ウエストワード」を経て、現在は調査報道メディア「ザ・レバー」の編集長を務める。共著に『世界“笑いのツボ”探し』（CCCメディアハウス）がある。家族とともにコロラド州デンヴァー在住。

[訳　者]

**金原瑞人**　かねはら・みずひと

翻訳家、法政大学教授。1954年岡山市生まれ。児童書、ヤングアダルト小説、一般書、ノンフィクションなど訳書は600点以上。著書に『翻訳はめぐる』（春陽堂書店）など。

**中西史子**　なかにし・ちかこ

翻訳家。兵庫県生まれ。リーズ大学院修了。金原瑞人に師事。訳書にジョン・エイジー『かべのあっちとこっち』、ハイディ・マッキノン『おともだちたべちゃった』（以上、潮出版社）、共訳にウディ・アレン『唐突ながら ウディ・アレンの自伝』（河出書房新社）。

## 翻訳参考文献

『アート・ロー入門　美術品にかかわる法律の知識』（島田真琴、慶應義塾大学出版会、2021年）
『愛書狂』（ギュスターヴ・フローベールほか、生田耕作訳、平凡社、2014年）
『一万一千の鞭』（ギョーム・アポリネール、飯島耕一訳、河出書房新社、1997年）
『一冊でわかるフランス史　世界と日本がわかる国ぐにの歴史』（福井憲彦監修、河出書房新社、2020年）
『エロティックな大英帝国　紳士アシュビーの秘密の生涯』（小林章夫、平凡社、2010年）
『閨房哲学』（マルキ・ド・サド、澁澤龍彥訳、河出書房新社、1992年）
『啓蒙の弁証法　哲学的断想』（M・ホルクハイマー、T・W・アドルノ、徳永恂訳、岩波書店、2007年）
『侯爵サド』（藤本ひとみ、文藝春秋、1997年）
『侯爵サド夫人』（藤本ひとみ、文藝春秋、1998年）
『作家主義　映画の父たちに聞く［新装改訂版］』（カイエ・デュ・シネマ編集部編、奥村昭夫訳、須藤健太郎監修、フィルムアート社、2022年）
『サド侯爵　その生涯と作品の研究』（ジルベール・レリー、澁澤龍彥訳、筑摩書房、1970年）
『サド侯爵の生涯――新版』（澁澤龍彥、中央公論新社、2020年）
『サド侯爵の手紙』（澁澤龍彥、筑摩書房、1988年）
『サドは有罪か』（シモーヌ・ド・ボーヴォワール、白井健三郎訳、現代思潮新社、2010年）
『ジュスチーヌまたは美徳の不幸』（マルキ・ド・サド、植田祐次訳、岩波書店、2001年）
『シュルレアリスムとは何か　超現実的講義』（巖谷國士、筑摩書房、2002年）
『城　夢想と現実のモニュメント』（澁澤龍彥、河出書房新社、2001年）
『新ジュスティーヌ』（マルキ・ド・サド、澁澤龍彥訳、河出書房新社、1987年）
『図説　拷問と刑具の歴史』（マイケル・ケリガン、岡本千晶訳、原書房、2002年）
『図説　フランス革命史（ふくろうの本）』（竹中幸史、河出書房新社、2013年）
『戦争と性』（マグヌス・ヒルシュフェルト、高山洋吉訳、宮台真司解説、明月堂書店、2014年）
『ソドムの百二十日』（マルキ・ド・サド、佐藤晴夫訳、青土社、2002年）
『ソドム百二十日』（マルキ・ド・サド、澁澤龍彥訳、河出書房新社、1991年）
『人間とは何か　偏愛的フランス文学作家論』（中条省平、講談社、2020年）
『バスティーユの陥落　小説フランス革命3』（佐藤賢一、集英社、2011年）
『ブックセラーの歴史　知識と発見を伝える出版・書店・流通の2000年』（ジャン＝イヴ・モリエ、松永りえ訳、原書房、2022年）
『變態性慾ノ心理』（リヒャルト・フォン・クラフト＝エビング、柳下毅一郎訳、原書房、2002年）
『物語フランス革命――バスチーユ陥落からナポレオン戴冠まで』（安達正勝、中央公論新社、2008年）
『ユリイカ　特集＝サド　没後二〇〇年・欲望の革命史』（青土社、2014年9月号）

# 参考文献

Anderson, James M. *Daily Life During the French Revolution.* Westport, Conn: Greenwood, 2007.

Apollinaire, Guillaume. *L'Oeuvre du Marquis de Sade.* Paris: Collection des Classiques Galants, 1909.

Asimov, Isaac. *Buy Jupiter, and Other Stories.* Garden City, N.Y.: Doubleday, 1975.

Barras, Paul. *Memoirs of Barras, Member of the Directorate.* Vol. 1, *The Ancient Régime and the Revolution.* New York: Harper & Brothers, 1895.

Barthes, Roland. *Sade, Fourier, Loyola.* New York: Hill and Wang, 1976.

Basbanes, Nicholas A. *A Gentle Madness: Bibliophiles, Bibliomanes, and the Eternal Passion for Books.* New York: Henry Holt, 1995.

———. *On Paper: The Everything of Its Two-Thousand-Year History.* New York: Alfred A. Knopf, 2013.

———. *A Splendor of Letters: The Permanence of Books in an Impermanent World.* New York: HarperCollins, 2003.

Bataille, Georges. *Literature and Evil.* London: Marion Boyars, 1985.

Baxter, John. *Saint-Germain-des-Prés: Paris's Rebel Quarter.* New York: Harper Perennial, 2016.

Beach, Sylvia. *Shakespeare and Company.* New York: Harcourt, Brace, 1959.

Beachy, Robert. *Gay Berlin: Birthplace of a Modern Identity.* New York: Alfred A. Knopf, 2014.

Benaïm, Laurence. *Marie Laure de Noailles: La Vicomtesse du Bizarre.* Paris: Bernard Grasset, 2001.

Benjamin, Mary A. *Autographs: A Key to Collecting.* New York: Dover, 1986.

Berkeley, Edmund Jr., ed. *Autographs and Manuscripts: A Collector's Manual.* New York: Charles Scribner's Sons, 1978.

Bernier, Olivier. *Pleasure and Privilege: Life in France, Naples, and America 1770–1790.* Garden City, N.Y.: Doubleday, 1981.

Bloch, Iwan. *Beiträge zur Aetiologie der Psychopathia Sexualis.* Dresden: Verlag von H. R. Dohrn, 1902.

———. *Marquis de Sade: His Life and Works.* New York: Castle, 1947.

———. *Marquis de Sade's Anthropologia Sexualis of 600 Perversions: "120 Days of Sodom, or the School for Libertinage" and the Sex Life of the French Age of Debauchery from the Private Archives of the French Government.* New York: Falstaff, 1934.

———. *Neue Forschungen über den Marquis de Sade und Seine Zeit: Mit Besonderer Berücksichtigung der Sexualphilosophie de Sade's auf Grund des Neuentdeckten Original-Manuskriptes Seines Hauptwerkes "Die 120 Tage von Sodom."* Translated by Eugene Duhren. Berlin: Max Harrwitz, 1904.

———. *Sex Life in England.* New York: Panurge, 1934.

———. *The Sexual Life of Our Time in Its Relations to Modern Civilization.* London: Rebman, 1909.

Bocher, Héloïse. *Démolir la Bastille: L'Édification d'un Lieu de Mémoire.* Paris: Vendémiaire, 2014.

Bongie, Laurence L. *Sade: A Biographical Essay.* Chicago: University of Chicago Press, 1998.

Bonnardot, Alfred. *The Mirror of the Parisian Bibliophile: A Satirical Tale.* Translated by Theodore Wesley Koch. Chicago: Lakeside, 1931.

Bredeson, Kate. *Occupying the Stage: The Theater of May '68.* Evanston, Ill.: Northwestern University Press, 2018.

Breton, André. *Manifeste du Surréalisme.* Paris: Éditions du Sagittaire, 1924.

Bruce, Jean, and Miguel Elliott. *Drouot Vu Par.* Paris: Éditions Binôme, 1999.

Bullough, Vern. *Science in the Bedroom: A History of Sex Research.* New York: Basic Books, 1994.

Buñuel, Luis. *My Last Sigh: The Autobiography of Luis Buñuel.* New York: Vintage Books, 2013.

Camus, Albert. *The Rebel: An Essay on Man in Revolt.* New York: Vintage International, 1991.

Carter, Angela. *The Sadeian Woman and the Ideology of Pornography.* New York: Pantheon, 1978.

Carter, John. *ABC for Book Collectors.* New Castle, Del.: Oak Knoll, 1995.

Castaing, Frédéric. *Rouge Cendres.* Paris: Ramsay, 2005.

Caws, Mary Ann. *Creative Gatherings: Meeting Places of Modernism.* London: Reaktion, 2019.

Charavay, Étienne. *La Science des Autographes: Essai Critique.* Paris: Charavay Frères, 1887.

Church, Clive H., and Randolph C. Head. *A Concise History of Switzerland.* Cambridge: Cambridge University Press, 2013.

Cloonan, Michele Valerie. *Preserving Our Heritage: Perspectives from Antiquity to the Digital Age.* Chicago: Neal-Schuman, 2015.

Darnton, Robert. *The Forbidden Best-Sellers of Pre-revolutionary France.* New York: W. W. Norton, 1996.

Datz, Stephen. *Stamp Investing.* Loveland, Colo.: General Philatelic Corporation, 1997.

Delon, Michel. *La 121ème Journée: L'Incroyable Histoire du Manuscrit de Sade.* Paris: Albin Michel, 2020.

Denton, Chad. *Decadence, Radicalism, and the Early Modern French Nobility: The Enlightened and Depraved.* Lanham, Md.: Lexington Books, 2017.

Desan, Suzanne. *The Family on Trial in Revolutionary France.* Berkeley: University of California Press, 2006.

Desan, Suzanne, and Jeffrey Merrick, eds. *Family, Gender, and Law in Early Modern France.* University Park: Pennsylvania University Press, 2009.

Dickinson, Edward Ross. *Sex, Freedom, and Power in Imperial Germany, 1880–1914.* New York: Cambridge University Press, 2014.

Dulaure, Jacques-Antoine. *Liste des Noms des Ci-devant Nobles: Nobles de Race, Robins, Financiers, Intrigans, & de Tous les Aspirans à la Noblesse, ou Escrocs d'Icelle; avec des Notes sur Leurs Familles.* Vol. 1. Paris: Garnery, 1791.

Duprilot, Jacques. *Gay et Doucé: Éditeurs sous le Manteau,* 1877–1882. Paris: Éditions Astarté, 1998.

Durozoi, Gérard. *History of the Surrealist Movement.* Chicago: University of Chicago Press, 2002.

Dworkin, Andrea. *Pornography: Men Possessing Women.* New York: Perigee, 1981.

Eerdmans, Emily Evans. *The World of Madeleine Castaing.* New York: Rizzoli International, 2010.

Fenby, Jonathan. *France: A Modern History from the Revolution to the War on Terror.* New York: St.

Martin's, 2015.

Fisher, John. *Airlift 1870: The Balloons and Pigeons in the Siege of Paris*. London: Max Parrish, 1965.

Flaubert, Gustave. *Bibliomania: A Tale*. London: Rodale, 1954.

Frankel, Tamar. *The Ponzi Scheme Puzzle: A History and Analysis of Con Artists and Victims*. New York: Oxford University Press, 2012.

Fraxi, Pisanus. *Index Librorum Prohibitorum: Being Notes Bio-Biblio-Icono-graphical and Critical, on Curious and Uncommon Books*. London: privately printed, 1877.

Froulay Créquy, Renée-Caroline-Victoire. *Souvenirs de Marquise de Créquy: 1710 à 1800, Tome Troisième*. The Hague: G. Vervloet, 1834.

Gabin, Jean-Louis. *Gilbert Lely: Biographie*. Paris: Librairie Séguier, 1991.

Garrioch, David. *The Making of Revolutionary Paris*. Berkeley: University of California Press, 2002.

Gerould, Daniel. *Guillotine: Its Legend and Lore*. New York: Blast, 1992.

Gertzman, Jay A. *Bookleggers and Smuthounds: The Trade in Erotica, 1920–1940*. Philadelphia: University of Pennsylvania Press, 2011.

Gibson, Ian. *The Erotomaniac: The Secret Life of Henry Spencer Ashbee*. Cambridge, Mass.: Da Capo, 2001.

Glass, Loren. *Rebel Publisher: Grove Press and the Revolution of the Word*. New York: Seven Stories, 2018.

Goncourt, Edmond de, and Jules de Goncourt. *Journal des Goncourt: Mémoires de la Vie Littéraire*. Vol. 2, *1862–1865*. Paris: G. Charpentier, 1888.

Grau, Günter. *Iwan Bloch: Hautarzt, Medizinhistoriker, Sexualforscher*. Teetz: Hentrich & Hentrich, 2007.

Gray, Francine du Plessix. *At Home with the Marquis de Sade*. New York: Penguin Books, 1999.

Halverson, Krista, ed. *Shakespeare and Company, Paris: A History of the Rag and Bone Shop of the Heart*. Paris: Shakespeare and Company Paris, 2016.

Hamelin, Lancelot, and Luca Erbetta. *Dans les Eaux Glacées du Calcul Égoiste*. Vol. 1, *Le Bal des Matières*. Grenoble: Éditions Glénat, 2018.

Hamilton, Charles. *Collecting Autographs and Manuscripts*. Rev. ed. Santa Monica, Calif.: Modoc, 1993.

Hammond, Paul. *L'Âge d'Or*. London: British Film Institute, 1997.

Hankey, Frederick, Jacques Duprilot, and Jean-Paul Goujon. *Ce N'Est Pas Mon Genre de Livres Lestes... : Lettres Inédites à Richard Monckton Milnes, Lord Houghton (1857–1865)*. N.p.: Miss Jenkins, 2012.

Hayden, Deborah. *Pox: Genius, Madness, and the Mysteries of Syphilis*. New York: Basic Books, 2003.

Hemingway, Ernest. *A Moveable Feast: The Restored Edition*. New York: Scribner, 2009.

Hibbert, Christopher. *The Days of the French Revolution*. New York: Harper Perennial, 1980.

Holmes, Richard. *Falling Upwards: How We Took to the Air*. New York: Pantheon, 2013.

Hopkins, David, ed. *A Companion to Dada and Surrealism*. West Sussex: John Wiley & Sons, 2016.

Horkheimer, Max, and Theodor W. Adorno. *Dialectic of Enlightenment: Philosophical Fragments.* Stanford, Calif.: Stanford University Press, 2002.

Horlans, Isabelle. *Affaire Aristophil: Liquidation en Bande Organisée.* Paris: Le Passeur, 2019.

Horne, Alistair. *Seven Ages of Paris.* New York: Alfred A. Knopf, 2002.

Isherwood, Christopher. *Christopher and His Kind, 1929–1939.* New York: Farrar, Straus and Giroux, 1976.

Joline, Adrian Hoffman. *Meditations of an Autograph Collector.* New York: Harper & Brothers, 1902.

Jones, Colin. *The Great Nation.* New York: Columbia University Press, 2002.

Kahan, Benjamin. *The Book of Minor Perverts: Sexology, Etiology, and the Emergences of Sexuality.* Chicago: University of Chicago Press, 2019.

Kearney, Patrick J. *A Catalogue of the Publications of Jules Gay, Jean-Jules Gay and Gay et Doucé.* Rev. ed. Santa Rosa, Calif.: Scissors & Paste Bibliographies, 2019.

———. *Frederick Hankey (1821–1882): A Biographical Sketch.* Santa Rosa, Calif.: Scissors & Paste Bibliographies, 2019.

Kendrick, Walter. *The Secret Museum: Pornography in Modern Culture.* Berkeley: University of California Press, 1996.

Kennedy, Emmet. *A Cultural History of the French Revolution.* New Haven, Conn.: Yale University Press, 1989.

Kirschenbaum, Matthew G. *Track Changes: A Literary History of Word Processing.* Cambridge, Mass.: Belknap Press of Harvard University Press, 2016.

Krafft-Ebing, Richard von. *Psychopathia Sexualis.* Translated by Charles Gilbert Chaddock. Philadelphia: F. A. Davis, 1894.

Kugelberg, Johan, and Philippe Vermés. *Beauty Is in the Street: A Visual Record of the May '68 Paris Uprising.* London: Four Corner, 2011.

Kushner, Nina. *Erotic Exchanges: The World of Elite Prostitution in Eighteenth-Century Paris.* Ithaca, N.Y.: Cornell University Press, 2013.

Large, David Clay. *Berlin.* New York: Basic Books, 2000.

Le Brun, Annie. *Á Distance.* Issy-les-Moulineaux, France: Éditions Carrère, 1984.

———. *Sade: A Sudden Abyss.* San Francisco: City Lights Books, 1990.

Leck, Ralph M. *Vita Sexualis: Karl Ulrichs and the Origins of Sexual Science.* Urbana: University of Illinois Press, 2016.

Lefebvre, Georges. *The Great Fear of 1789: Rural Panic in Revolutionary France.* Princeton, N.J.: Princeton University Press, 2014.

Legman, Gershon. *The Horn Book.* New Hyde Park, N.Y.: University Books, 1964.

Lély, Gilbert. *The Marquis de Sade: A Definitive Biography.* New York: Grove, 1961.

Lerner, Paul. *Hysterical Men: War, Psychiatry, and the Politics of Trauma in Germany, 1890–1930.* Ithaca, N.Y.: Cornell University Press, 2003.

Lever, Maurice. *"Je Jure au Marquis de Sade, Mon Amant, de Nêtre Jamais Qu'à Lui…"* Paris: Librairie Arthème Fayard, 2005.

———. *Sade: A Biography*. New York: Farrar, Straus and Giroux, 1993.

Lhéritier, Gérard. *Collection 1870: Ballons Montés, Boules de Moulins*. Paris: Éditions Aristophil, 2000.

———. *Intime Corruption: L'Affaire des Timbres Rares de Monaco*. Paris: L'Archipel, 2006.

———. *Les Ballons de la Liberté*. Paris: Plon, 1995.

Linguet, Simon Nicolas Henri. *Memoirs of the Bastille*. Vol. 2. Edinburgh: privately printed, 1885.

Lord, James. *Six Exceptional Women: Further Memoirs*. New York: Farrar, Straus and Giroux, 1994.

Luck, J. Murray. *A History of Switzerland: The First 100,000 Years; Before the Beginnings to the Days of the Present*. Palo Alto, Calif.: Society for the Promotion of Science and Scholarship, 1985.

Lüsebrink, Hans-Jürgen, and Rolf Reichardt. *The Bastille: A History of a Symbol of Despotism and Freedom*. Translated by Norbert Schürer. Durham, N.C.: Duke University Press, 1997.

Mackay, Charles. *Memoirs of Extraordinary Popular Delusions and the Madness of Crowds*. Vol. 1. London: Office of the National Illustrated Library, 1852.

MacLean, Rory. *Berlin: Portrait of a City Through the Centuries*. New York: Weidenfeld & Nicolson, 2014.

Mahon, Alyce. *The Marquis de Sade and the Avant-Garde*. Princeton, N.J.: Princeton University Press, 2020.

Mancini, Elena. *Magnus Hirschfeld and the Quest for Sexual Freedom: A History of the First International Sexual Freedom Movement*. New York: Palgrave MacMillan, 2010.

Marcus, Steven. *The Other Victorians: A Study of Sexuality and Pornography in Mid-Nineteenth-Century England*. New Brunswick, N.J.: Transaction, 2009.

Mare, Alexandre, and Stéphane Boudin-Lestlenne. *Charles et Marie-Laure de Noailles: Mécènes du XX Siècle*. Paris: Bernard Chauveau Édition, 2018.

Marhoefer, Laurie. *Sex and the Weimar Republic: German Homosexual Emancipation and the Rise of the Nazis*. Toronto, Ont.: University of Toronto Press, 2015.

Mason, Rainer Michael, ed., *Eros Invaincu: La Bibliothèque Gérard Nordmann*. Paris: Fondation Martin Bodmer, 2004.

McAuliffe, Mary. *Paris on the Brink: The 1930s Paris of Jean Renoir, Salvador Dalí, Simone de Beauvoir, André Gide, Sylvia Beach, Léon Blum, and Their Friends*. Lanham, Md.: Rowman & Littlefield, 2018.

———. *When Paris Sizzled: The 1920s Paris of Hemingway, Chanel, Cocteau, Cole Porter, Josephine Baker, and Their Friends*. London: Rowman & Littlefield, 2016.

McCulloch, Gretchen. *Because Internet: Understanding the New Rules of Language*. New York: Riverhead, 2019.

McDill, John R. *Lessons from the Enemy: How Germany Cares for Her War Disabled*. Philadelphia: Lea & Febiger, 1918.

McPhee, Peter. *Liberty or Death: The French Revolution*. New Haven, Conn.: Yale University Press, 2016.

Mirabeau, Honoré-Gabriel de Riquetti. *Enquiries Concerning Lettres de Cachet: The Consequences of*

*Arbitrary Imprisonment, and a History of the Inconveniences, Distresses, and Sufferings of State Prisoners.* France: Whitestone, Byrne, Cash, Moore, and Jones, 1787.

Morin, Louis. *Comment le Docteur Boche, pour Justifier à l'Avance les Infamies Allemandes, Accusait de Sadisme Sanglant les Français en Général et les Parisiens en Particulier.* Paris: C. Bosse, 1918.

Muensterberger, Werner. *Collecting: An Unruly Passion.* Princeton, N.J.: Princeton University Press, 1994.

Munby, A. N. L. *The Cult of the Autograph Letter in England.* London: Athlone, 1962.

Murciano, Jean-Pierre. *Juge sur la Côte d'Azur: Missions Impossibles.* Neuilly-sur-Seine, France: Michel Lafon, 2001.

Nadeau, Maurice. *The History of Surrealism.* New York: Macmillan, 1965.

Nelson, Christine. *The Magic of Handwriting: The Pedro Corrêa do Lago Collection.* Cologne, Germany: Taschen, 2018.

Nicolas, Alain. *Les Autographes.* Paris: Maisonneuve & Larose, 1988.

Onfray, Michel. *La Passion de la Méchanceté.* Paris: Éditions Autrement, 2014.

Parker, Kate, and Norbert Sclippa. *Sade's Sensibilities.* Lewisburg, Penn.: Bucknell University Press, 2015.

Paulhan, Jean. *Le Marquis de Sade et Sa Complice.* Brussels: Éditions Complexe, 1987.

Pauvert, Jean-Jacques. *Nouveaux et Moins Nouveaux Visages de la Censure, Suivie de l'Affaire Sade.* Paris: Les Belles Lettres, 1994.

———. *Sade's Publisher: A Memoir.* New York: Paris Writers Press, 2016.

Pearsall, Ronald. *The Worm in the Bud: The World of Victorian Sexuality.* Toronto, Ont.: Macmillan, 1969.

Pernoud, Georges, and Sabine Flaissier. *The French Revolution.* New York: G. P. Putnam's Sons, 1960.

Perry, Heather R. *Recycling the Disabled: Army, Medicine, and Modernity in WWI Germany.* Manchester, U.K.: Manchester University Press, 2014.

Petrarca, Francesco. *The First Modern Scholar and Man of Letters: A Selection from His Correspondence with Boccaccio and Other Friends, Designed to Illustrate the Beginnings of the Renaissance.* New York: G. P. Putnam's Sons, 1909.

Plant, Richard. *The Pink Triangle: The Nazi War Against Homosexuals.* New York: Henry Holt, 1986.

Polizzotti, Mark. *Revolution of the Mind: The Life of André Breton.* New York: Farrar, Straus and Giroux, 1995.

Ponzi, Charles. *The Rise of Mr. Ponzi: The Long-Suppressed Autobiography of a Financial Genius.* Austin, Tex.: Despair, 2009.

Price, Leah. *What We Talk About When We Talk About Books: The History and Future of Reading.* New York: Basic Books, 2019.

Quignard, Marie-Françoise, and Raymond-Josué Seckel. *L'Enfer de la Bibliothèque: Eros au Secret.* Paris: Bibliothèque Nationale de France, 2019.

Rendell, Kenneth W. *History Comes to Life: Collecting Historical Letters and Documents.* Norman: University of Oklahoma Press, 1995.

Riqueti, Honoré Gabriel, Comte de Mirabeau. *Des Lettres de Cachet et des Prisons d'État,* Vol. 2. Hambourg: n.p., 1882.

Roberts, William. *A Portrait of Holywell Street and Its Environs.* Santa Rosa, Calif.: Scissors & Paste Bibliographies, 2019.

Roe, Sue. *In Montparnasse: The Emergence of Surrealism in Paris, from Duchamp to Dalí.* New York: Penguin Press, 2019.

Rosenblum, Joseph. *Prince of Forgers.* New Castle, Del.: Oak Knoll, 1998.

Sade, Donatien Alphonse François de. *Aline et Valcour.* Paris: Gallimard, 1990.

———. *Die Hundertzwanzig Tage von Sodom, oder die Schule der Ausschweifung.* Translated by Karl von Haverland. Leipzig: Privatdruck, 1909.

———. *Juliette.* Translated by Austryn Wainhouse. New York: Grove, 1968.

———. *Justine, Philosophy in the Bedroom, and Other Writings.* Translated by Richard Seaver and Austryn Wainhouse. New York: Grove, 1965.

———. *Letters from Prison.* Translated by Richard Seaver, New York: Arcade, 1999.

———. *120 Days of Sodom.* Translated by Will McMorran and Thomas Wynn. London: Penguin Classics, 2016.

———. *The 120 Days of Sodom and Other Writings.* Translated by Austryn Wainhouse and Richard Seaver. New York: Grove, 1966.

———. *120 Journées de Sodome, ou l'École du Libertinage.* Translated by Eugène Dühren. Paris: Club des Bibliophiles, 1904.

Schaeffer, Neil. *The Marquis de Sade: A Life.* New York: Alfred A. Knopf, 1999.

Schaffner, Anna Katharina. *Modernism and Perversion: Sexual Deviance in Sexology and Literature, 1850–1930.* New York: Palgrave Macmillan, 2012.

Schama, Simon. *Citizens: A Chronicle of the French Revolution.* New York: Vintage Books, 1989.

Shattuck, Roger. *Forbidden Knowledge: A Landmark Exploration of the Dark Side of Human Ingenuity and Imagination.* San Diego: A Harvest Book/Harcourt Brace, 1996.

Silverman, Willa Z. *The New Bibliopolis: French Book Collectors and the Culture of Print, 1880–1914.* Toronto, Ont.: University of Toronto Press, 2008.

Singer, Daniel. *Prelude to Revolution: France in May 1968.* Cambridge, Mass.: South End, 2002.

Steintrager, James A. *The Autonomy of Pleasure: Libertines, License, and Sexual Revolution.* New York: Columbia University Press, 2016.

Thruston, Gates P. *Autograph Collections and Historic Manuscripts.* Sewanee, Tenn.: University Press, 1902.

Trubek, Anne. *The History and Uncertain Future of Handwriting.* New York: Bloomsbury, 2016.

Villeneuve-Trans-Flayosc, Romée de. *Notice sur les Villeneuve Arcs, Trans, Flayosc, Suivie d'un Appendice Où Se Trouvent Relatés les Titres Ayant Existé ou Existant Encore dans la Maison de Villeneuve en Provence.* Lyon: Société Anonyme de l'Imprimerie A. Rey, 1926.

Villeneuve Esclapon, L. Romée de. *Histoire de la Maison de Villeneuve en Provence: Généalogie et*

*Preuves des Nouvelles Générations de 1850 à Nos Jours*. Fontenay-le-Comte, France: Imprimerie Loriou, 1989.
Waters, Sheila. *Waters Rising: Letters from Florence*. Ann Arbor, Mich.: Legacy, 2016.
Waxman, Sharon. *Loot: The Battle over the Stolen Treasures of the Ancient World*. New York: Times Books, 2008.

## 原　注

特に断りのない限り、各国語から英語への翻訳はすべて著者による。

### エピグラフ

［最後の最後］Maurice Lever, *"Je Jure au Marquis de Sade, Mon Amant, de Nêtre Jamais Qu'à Lui ..."* (Paris: Librairie Arthème Fayard, 2005), 120.

［親愛なる読者よ］Alfred Bonnardot, *The Mirror of the Parisian Bibliophile: A Satirical Tale,* trans. Theodore Wesley Koch (Chicago: Lakeside, 1931), 1.

### プロローグ　塔の囚人

15 ［ルイ十四世の御治世に］Donatien Alphonse François de Sade, *120 Days of Sodom,* trans. Will McMorran and Thomas Wynn (London: Penguin Classics, 2016), 3.

16 ［男は小さな羊皮紙に］Iwan Bloch, *Neue Forschungen über den Marquis de Sade und Seine Zeit: Mit Besonderer Berücksichtigung der Sexualphilosophie de Sade's auf Grund des Neuentdeckten Original-Manuskriptes Seines Hauptwerkes "Die 120 Tage von Sodom"* (Berlin: Max Harrwitz, 1904), 389–91.

16 ［机に向かう男のそばで］Simon Nicolas Henri Linguet, *Memoirs of the Bastille,* vol. 2 (Edinburgh: privately printed, 1885), 33.

16 ［冷えこむ夜］Francine du Plessix Gray, *At Home with the Marquis de Sade* (New York: Penguin Books, 1999), 263.

16 ［高価なオーデコロンの］Donatien Alphonse François de Sade, *Letters from Prison,* trans. Richard Seaver (New York: Arcade, 1999), 346–47.

16 ［張形の貴重なコレクションも］Gray, *At Home,* 238.

17 ［運動不足のうえ］Maurice Lever, *Sade: A Biography* (New York: Farrar, Straus and Giroux, 1993), 310–11, 208; Gray, *At Home,* 283.

17 ［片頭痛、痛風］Neil Schaeffer, *The Marquis de Sade: A Life* (New York: Alfred A. Knopf, 1999), 312.

17 ［視力は衰え］Lever, *Sade,* 312–13.

17 ［サドの妄想は膨らみ］Sade, *Letters from Prison,* 166; Lever, *Sade,* 326; Sade, *Letters from Prison,* 148.

18 ［そうでないときは、次第に］Lever, *Sade,* 321.

18 ［「我が芸術の女神の」Sade, *Letters from Prison,* 359–60.

18 ［彼はひたすら手紙］Gray, *At Home,* 11, 412–13.

18 ［研究者からは「文学史上］Schaeffer, *The Marquis de Sade,* 336; Jean Paulhan, *Le Marquis de Sade et Sa Complice* (Brussels: Éditions Complexe, 1987), 28.

19 ［四人のなかでずば抜けて］Sade, *120 Days of Sodom,* 56.

19 ［一九五七年、フランスの］Georges Bataille, *Literature and Evil* (London: Marion Boyars, 1985), 121.

19 ［サドの小説を出版した］Jean-Jacques Pauvert, *Sade's Publisher: A Memoir* (New York: Paris

Writers Press, 2016), 145.

20 ［一九六〇年代に、この本を］ Loren Glass, *Rebel Publisher: Grove Press and the Revolution of the Word* (New York: Seven Stories, 2018), 136–37.

20 ［一九八〇年代には］ Annie Le Brun, *Sade: A Sudden Abyss* (San Francisco: City Lights Books, 1990), 12.

20 ［もっと最近では］ Will McMorran, "Translating Violence," *The Bad Books Blog,* September 26, 2016, www.thebadbooksblog.com/2016/09/26/translating-violence/.（2020年10月21日確認）

20 ［彼はこの経験を終える］ ウィル・マクモランへの著者取材での発言、2020年9月24日。

20 ［サドの執筆時間が］ Bloch, *Neue Forschungen über den Marquis de Sade und Seine Zeit,* 383.

21 ［そして二〇一四年］ "L'Épilogue Français des 'Cent Vingt Journées de Sodome,'" *Le Point,* April 3, 2014, www.lepoint.fr/livres/l-epilogue-francais-des-cent-vingt-journees-de-sodome-03-04-2014-1808871_37.php.（2019年12月16日確認）

21 ［世界でも有数の貴重な］ John J. Goldman, "Gutenberg Bible Is Sold for Record $4.9 Million," *Los Angeles Times,* October 23, 1987, www.latimes.com/archives/la-xpm-1987-10-23-mn-10733-story.html（2020年3月5日確認）；"Sale 6012: Wentworth: Lot 2: Chaucer, Geoffrey (c. 1345–1400). The Canterbury Tales," Christie's, www.christies.com/lotfinder/lot/chaucer-geoffrey-the-canterbury-tales-wes-998506-details.aspx（2020年3月5日確認）；"Sale 9878: The Library of Abel E. Berland: Lot 100: Shakespeare, William (1564–1616). Comedies, Histories, & Tragedies," Christie's, www.christies.com/lotfinder/lot/shakespeare-william-comedies-histories-tra-3098350-details.aspx.（2020年3月5日確認）

21 ［巻物の新たな落ち着き先が］ John Lichfield, "Marquis de Sade: Rebel, Pervert, Rapist... Hero?," *Independent,* November 14, 2014, www.independent.co.uk/news/world/europe/marquis-de-sade-rebel-pervert-rapist-hero-9862270.html.（2021年1月30日確認）

22 ［『ソドムの百二十日』の帰国直後に］ パスカル・フュラシェへの著者取材での発言、2019年4月14日；ジャン＝ピエール・ゲノへの著者取材での発言、2019年5月29日。

22 ［『ソドムの百二十日』を浄書し始めた］ Sade, *120 Days of Sodom,* 59.

## 第一章　自由の遺物

23 ［パリの夏空に］David M. Ludlum, "Bad Weather and the Bastille," *Weatherwise* 43, no. 3 (June 1989): 141.

23 ［バスティーユ監獄の塀の］ David Garrioch, *The Making of Revolutionary Paris* (Berkeley: University of California Press, 2002), 1, 18–20, 48.

25 ［都市周辺の農地は］ Peter McPhee, *Liberty or Death: The French Revolution* (New Haven, Conn.: Yale University Press, 2016), 7.

25 ［その夏、引き金を］ McPhee, *Liberty or Death,* 70–71.

25 ［武力による鎮圧の］ Christopher Hibbert, *The Days of the French Revolution* (New York: Harper Perennial, 1980), 69–70.

25 ［この州刑務所で］ Hans-Jürgen Lüsebrink and Rolf Reichardt, *The Bastille: A History of a Symbol of Despotism and Freedom,* trans. Norbert Schürer (Durham, N.C.: Duke University Press, 1997), 15.

26 ［バスティーユを出た囚人たちの］Lüsebrink and Reichardt, *The Bastille,* 11–18.

26 ［その日、午後の早い］Lüsebrink and Reichardt, *The Bastille,* 42–43.

26 ［バスティーユ監獄では、司令官が］Hibbert, *The Days of the French Revolution,* 72.

26 ［朝の雨が上がる頃］Hibbert, *The Days of the French Revolution,* 70–80; Georges Pernoud and Sabine Flaissier, *The French Revolution* (New York: G. P. Putnam's Sons, 1960), 40–41.

27 ［革命派の群衆はこの要求を］Pernoud and Flaissier, *The French Revolution,* 41–42.

28 ［その日の夜遅く］Simon Schama, *Citizens: A Chronicle of the French Revolution* (New York: Vintage Books, 1989), 420.

28 ［一方バスティーユ監獄では］Hibbert, *The Days of the French Revolution,* 72.

29 ［バスティーユは陥落して］Michel Delon, *La 121ème Journée: L'Incroyable Histoire du Manuscrit de Sade* (Paris: Albin Michel, 2020), 75.

29 ［その代わりに巻物は］Jacques Duprilot and Jean Paul Goujon, "Le Rouleau de la Mer Morte, *120 Journées de Sodome,* de 1789 à l'Aube du XXIe Siècle," *Histoires Littéraires* 18, no. 70 (2017), 37.

29 ［おそらく、陥落した監獄に］Schama, *Citizens,* 409–3, 416–18.

31 ［アルヌーが生まれた］Monique Cubells, "Les Mouvements Populaires du Printemps 1789 en Provence," *Provence Historique* 36, no. 145 (1986), 309–23.

31 ［監獄を襲撃し占拠した］"Tableau des Vainqueurs de la Bastille, par Ordre Alphabétique, Noms, Surnoms, Qualités & Professions: Publiée pour la Première Fois d'Après le Manuscrit Authentique, Conservé au Musée des Archives Nationales," *Journal Officiel de la Bastille,* supp. (Paris: 1889).

31 ［国家記録や裁判記録どころか］"Archives Nationales," www.archives-nationales.culture.gouv.fr/en/web/guest（2020年11月12日確認）; Jean-Paul Goujon, "Une dernière question," 2020年10月23日付けのメール。

32 ［となり町のブリニョールに］Duprilot and Goujon, "Le Rouleau de la Mer Morte," 26, 34.

32 ［数十年間、ヨーロッパは］Jonathan Fenby, *France: A Modern History from the Revolution to the War on Terror* (New York: St. Martin's, 2015), 124.

33 ［巻物は東へ向かい］Duprilot and Goujon, "Le Rouleau de la Mer Morte," 34; Romée de Villeneuve-Trans-Flayosc, *Notice sur les Villeneuve Arcs, Trans, Flayosc, Suivie d'un Appendice Où Se Trouvent Relatés les Titres Ayant Existé ou Existant Encore dans la Maison de Villeneuve en Provence* (Lyon: Société Anonyme de l'Imprimerie A. Rey, 1926), 88.

33 ［『ソドムの百二十日』がこの人里離れた］L. Romée de Villeneuve Esclapon, *Histoire de la Maison de Villeneuve en Provence: Généalogie et Preuves des Nouvelles Générations de 1850 à Nos Jours* (Fontenay-le-Comte, France: Imprimerie Loriou, 1989), 31, 251

33 ［この家系は政略結婚を］Guillaume Barles, "Le Dernier Seigneur de Trans: Louis Henri de Villeneuve, 1739–1794," *Bulletin de la Société d'Études Scientifiques et Archéologiques Draguignan et du Var* 25 (1980), 14.

33 ［若い頃から、エリオンは］Villeneuve Esclapon, *Histoire de la Maison de Villeneuve,* 251.

34 ［革装本に使用された］John Carter, *ABC for Book Collectors* (New Castle, Del.: Oak Knoll, 1995).

35 ［多くの蒐集家にとって］ジョン・バクスターへの著者取材での発言、2019年4月14日。

35 ［国内の古書店は瞬く間に］Willa Z. Silverman, *The New Bibliopolis: French Book Collectors and the Culture of Print, 1880–1914* (Toronto, Ont.: University of Toronto Press, 2008), 5, 64, 79–80.

36 ［当時のパリでは］Gershon Legman, *The Horn Book* (New Hyde Park, N.Y.: University Books, 1964), 61–62.

36 ［出版人が密かに］Marie-Françoise Quignard and Raymond-Josué Seckel, *L'Enfer de la Bibliothèque: Eros au Secret* (Paris: Bibliothèque Nationale de France, 2019), 194–219.

36 ［また古典的なポルノグラフィである］Legman, *The Horn Book,* 82, 91, 102.

36 ［一部の蒐集家は］Silverman, *The New Bibliopolis,* 178.

36 ［やがてフランス当局による］Patrick J. Kearney, *A Catalogue of the Publications of Jules Gay, Jean-Jules Gay and Gay et Doucé,* rev. ed. (Santa Rosa, Calif.: Scissors & Paste Bibliographies, 2019), 5–6.

37 ［この実態を知る者は］Gray, *At Home,* 414.

37 ［一部には、サドの悪名高い］Laurence L. Bongie, *Sade: A Biographical Essay* (Chicago: University of Chicago Press, 1998), 282.

37 ［かなり大胆な発言を］Sade, *120 Days of Sodom,* xxii.

37 ［若き日のギュスターヴ・フロベールは］Gray, *At Home,* 414.

37 ［ヴィルヌーヴ＝トランも］Frederick Hankey, Jacques Duprilot, and Jean-Paul Goujon, *Ce N'Est Pas Mon Genre de Livres Lestes... : Lettres Inédites à Richard Monckton Milnes, Lord Houghton (1857–1865)* (n.p.: Miss Jenkins, 2012), 78.

38 ［さらに、アングラ本を］Jacques Duprilot, *Gay et Doucé: Éditeurs sous le Manteau, 1877–1882* (Paris: Éditions Astarté, 1998), 49.

38 ［また、マルセイユの職人に］Duprilot and Goujon, "Le Rouleau de la Mer Morte," 40.

38 ［一八五七年に父親が他界し］Villeneuve-Trans-Flayosc, *Notice sur les Villeneuve Arcs, Trans, Flayosc,* 90.

38 ［彼は巻物を持って］Duprilot and Goujon, "Le Rouleau de la Mer Morte," 30.

38 ［自由奔放なフランスの］Ronald Pearsall, *The Worm in the Bud: The World of Victorian Sexuality* (Toronto, Ont.: Macmillan, 1969), xi, endpapers, 371–72.

39 ［その中心にホリウェル通りが］William Roberts, *A Portrait of Holywell Street and Its Environs* (Santa Rosa, Calif.: Scissors & Paste Bibliographies, 2019), 3.

40 ［ふたりがまず目をつけたのは］Patrick J. Kearney, *Frederick Hankey (1821–1882): A Biographical Sketch* (Santa Rosa, Calif.: Scissors & Paste Bibliographies, 2019), 2, 6.

40 ［数は少ないが厳選された］Edmond de Goncourt and Jules de Goncourt, *Journal des Goncourt: Mémoires de la Vie Littéraire,* vol. 2, *1862–1865* (Paris: G. Charpentier, 1888), 134–35.

41 ［一八七五年、ショーヴェは］Duprilot and Goujon, "Le Rouleau de la Mer Morte," 30; Robert Allen, "Prices and Wages in Paris, 1400–1914," Nuffield College at the University of Oxford, www.nuff.ox.ac.uk/users/Allen/studer/paris.xls.（2020年12月5日確認）

41 ［ハンキーは巻物を慎重に］Duprilot and Goujon, "Le Rouleau de la Mer Morte," 30.

41 ［彼はたいてい］Kearney, *Frederick Hankey,* 9.
41 ［当時、彼は貴重な］Kearney, *Frederick Hankey,* 14–15.
42 ［もうひとりのイギリス人愛書家に］Ian Gibson, *The Erotomaniac: The Secret Life of Henry Spencer Ashbee* (Cambridge, Mass.: Da Capo, 2001), 22–23.
42 ［ショーヴェはアシュビーの］Hankey, Duprilot, and Goujon, *Ce N'Est Pas Mon Genre de Livres Lestes,* 76–77.
43 ［その調査は気が遠くなるほど］Steven Marcus, *The Other Victorians: A Study of Sexuality and Pornography in Mid-Nineteenth-Century England* (New Brunswick, N.J.: Transaction, 2009), 72.
43 ［一八七七年、彼はその成果を］Gibson, *The Erotomaniac,* 26, 39.
44 ［「私は、迷える羊たちを］Pisanus Fraxi, *Index Librorum Prohibitorum: Being Notes Bio-Biblio-Icono-graphical and Critical, on Curious and Uncommon Books* (London: privately printed, 1877), li.
44 ［彼自身は現物を］Fraxi, *Index Librorum Prohibitorum,* 422–24.
44 ［アシュビーは 、エロティカの］Fraxi, *Index Librorum Prohibitorum,* lxx.
44 ［ところが、一八七七年］Hankey, Duprilot, and Goujon, *Ce N'Est Pas Mon Genre de Livres Lestes,* 77.
45 ［一八八〇年代後半］Gibson, *The Erotomaniac,* 166, 194–229.
45 ［一八九一年、アシュビーは］Gibson, *The Erotomaniac,* 128.
46 ［一九〇〇年、彼はこの世を］Gibson, *The Erotomaniac,* 153; Legman, *The Horn Book,* 115.
46 ［一八九三年、ヴィルヌーヴ＝トランは］Villeneuve Esclapon, *Histoire de la Maison de Villeneuve en Provence,* 250.

## 第二章　気球便

47 ［この運命的な手紙が］Gérard Lhéritier, *Intime Corruption: L'Affaire des Timbres Rares de Monaco* (Paris: L'Archipel, 2006), 31–33.
48 ［レリティエは一九四八年六月二十一日］Lhéritier, *Intime Corruption,* 23–24.
49 ［レリティエの数少ない楽しみの］Lhéritier, *Intime Corruption,* 26–27.
50 ［実力を示したくても］Lhéritier, *Intime Corruption,* 28–31; ジェラール・レリティエへの著者取材での発言、2019年7月18日。
52 ［一八七〇年九月］Richard Holmes, *Falling Upwards: How We Took to the Air* (New York: Pantheon, 2013), 251–52.
52 ［地方から難民がパリに］Holmes, *Falling Upwards,* 256–57.
52 ［こうした状況が続くなか］Holmes, *Falling Upwards,* 262.
53 ［プロイセンによる包囲で］Holmes, *Falling Upwards,* 279; John Fisher, *Airlift 1870: The Balloons and Pigeons in the Siege of Paris* (London: Max Parrish, 1965), 39, 268, 280.
53 ［やがて、伝書鳩が］Gérard Lhéritier, *Collection 1870: Ballons Montés, Boules de Moulins* (Paris: Éditions Aristophil, 2000), 361–65.
54 ［一八七一年の初め］Holmes, *Falling Upwards,* 291–93.
54 ［さらに、このテーマに関する］Lhéritier, *Collection 1870,* 44.

54 ［一九九五年には］ Lhéritier, *Intime Corruption,* 137–38.

55 ［古代シュメール人は］ Joseph E. Fields, "The History of Autograph Collecting," in *Autographs and Manuscripts: A Collector's Manual,* ed. Edmund Berkeley, Jr. (New York: Charles Scribner's Sons, 1978), 40–41; Christine Nelson, *The Magic of Handwriting: The Pedro Corrêa do Lago Collection* (Cologne, Germany: Taschen, 2018), 18.

55 ［古代ローマの学者は］ Mary A. Benjamin, *Autographs: A Key to Collecting* (New York: Dover, 1986), 7.

55 ［古代最大のアレクサンドリア図書館が］ Fields, "The History of Autograph Collecting," 42.

56 ［似たような例として］ Nicholas A. Basbanes, *On Paper: The Everything of Its Two-Thousand-Year History* (New York: Alfred A. Knopf, 2013), 49.

56 ［ローマ帝国の滅亡とともに］ Nicholas A. Basbanes, *A Gentle Madness: Bibliophiles, Bibliomanes, and the Eternal Passion for Books* (New York: Henry Holt, 1995), 72.

56 ［十六世紀には］ Benjamin, *Autographs: A Key to Collecting,* 9.

56 ［十九世紀のヨーロッパでは］ Gates P. Thruston, *Autograph Collections and Historic Manuscripts* (Sewanee, Tenn.: University Press, 1902), 16; A. N. L. Munby, *The Cult of the Autograph Letter in England* (London: Athlone, 1962), 11.

57 ［当時の著名人たちのところに］ Munby, *The Cult of the Autograph Letter in England,* 10.

57 ［手紙や手稿の取引はフランスが］ Étienne Charavay, *La Science des Autographes: Essai Critique* (Paris: Charavay Frères, 1887), viii, xi.

57 ［その後四十年の間に］ Joseph Rosenblum, *Prince of Forgers* (New Castle, Del.: Oak Knoll, 1998), 8–9.

57 ［〈メゾン・シャラヴェイ〉の創業者の］ Charavay, *La Science des Autographes,* xiv.

58 ［「世間からは、私がいつも］ Adrian Hoffman Joline, *Meditations of an Autograph Collector* (New York: Harper & Brothers, 1902), 2–3.

58 ［つまり、アメリカ独立宣言が］ Mary A. Benjamin, "Values," in *Autographs and Manuscripts: A Collector's Manual,* 182.

58 ［また、小説家シャーロット］ Kenneth W. Rendell, *History Comes to Life: Collecting Historical Letters and Documents* (Norman: University of Oklahoma Press, 1995), 65, 203, 207.

59 ［文書の種類も非常に］ Clifton Waller Barrett, "Introduction," in *Autographs and Manuscripts: A Collector's Manual,* xvii.

59 ［一九八八年にフランスで］ Alain Nicolas, *Les Autographes* (Paris: Maisonneuve & Larose, 1988), 10.

59 ［メアリ・ベンジャミン——アメリカでも］ Benjamin, "Values," 187.

60 ［あの日、レリティエは］ Lhéritier, *Intime Corruption,* 33.

60 ［レリティエは小規模な］ Lhéritier, *Intime Corruption,* 34–35.

61 ［切手への投資は特に］ Stephen Datz, *Stamp Investing* (Loveland, Colo.: General Philatelic Corporation, 1997), 5–7.

62 ［しかし、一二九七年から］ Roger-Louis Bianchini, "Enquête sur la Fortune des Grimaldi," *L'Express,* June 15, 2000, www.lexpress.fr/actualite/monde/europe/enquete-sur-la-fortune-des-grimaldi_491985.html.（2020年2月3日確認）

62 ［モナコ公国で新たに］Jon Henley, “Stamps Scandal Leaves Mark on Royals,” *Guardian,* March 7, 1999, www.theguardian.com/world/1999/mar/08/jonhenley.（2020 年 2 月 3 日確認）

62 ［切手にまつわる犯罪を］“Monaco Stamp Scandal,” Stamp-Scandal.com, Wayback Machine（ウェイバックマシン）より閲覧。web.archive.org/web/20040219035058/http://www.stamp-scandal.com/Stamp_Scandal1.htm.（2022 年 3 月 23 日確認）

63 ［一九九五年十二月］Jean-Pierre Murciano, *Juge sur la Côte d'Azur: Missions Impossibles* (Neuilly-sur-Seine, France: Michel Lafon, 2001), 36, 40, 48.

63 ［「君が市場に出している］Lhéritier, *Intime Corruption,* 18–20; ジャン＝ピエール・ミュルシアノは数度にわたる著者取材の申し出をすべて拒否。

63 ［三カ月後の一九九六年］Lhéritier, *Intime Corruption,* 127.

64 ［囚人番号５５４６は］Lhéritier, *Intime Corruption,* 137–38.

64 ［レリティエの名誉回復の］Lhéritier, *Intime Corruption,* 149, 165, 203, 230, 255.

66 ［「まるで悪魔の集まりだ］Lhéritier, *Intime Corruption,* 12.

66 ［そして、レリティエは文学賞］Lhéritier, *Intime Corruption,* 256.

66 ［二〇〇七年、判決への］Judgment of the Cour d'Appel d'Aix-en-Provence, February 28, 2007.

**第三章　富と贅沢に溺れて**

67 ［ジャンヌ・テスタルは］Lever, *Sade,* 120.

68 ［エロティックな小説が］Robert Darnton, *The Forbidden Best-Sellers of Pre-revolutionary France* (New York: W. W. Norton, 1996), 3.

68 ［貴族たちは〝小さな家〟と］James A. Steintrager, *The Autonomy of Pleasure: Libertines, License, and Sexual Revolution* (New York: Columbia University Press, 2016), 81–82.

68 ［男色をたしなむ男性だけの］Chad Denton, *Decadence, Radicalism, and the Early Modern French Nobility: The Enlightened and Depraved* (Lanham, Md.: Lexington Books, 2017), xiv.

68 ［マレがこの世界の監視役に］Nina Kushner, *Erotic Exchanges: The World of Elite Prostitution in Eighteenth-Century Paris* (Ithaca, N.Y.: Cornell University Press, 2013), 10, 29–42.

68 ［彼女は昨晩、若い貴族から］Lever, *Sade,* 119–20.

69 ［サド家は、最も古く］Lever, *Sade,* 3–10.

70 ［ジャン＝バティストは、人を惹き付ける］Lever, *Sade,* 36–39.

70 ［恥知らずな放蕩者でも］Lever, *Sade,* 25–26, 27, 82.

71 ［それどころか、奔放な］Lever, *Sade,* 31–32.

72 ［事件から数日後］Lever, *Sade,* 120.

72 ［サドが連れていかれた監獄は］Honoré Gabriel Riqueti, Comte de Mirabeau, *Des Lettres de Cachet et des Prisons d'État, Seconde Partie* (Hambourg: n.p., 1882), 47.

72 ［この若き廷臣は］Olivier Bernier, *Pleasure and Privilege: Life in France, Naples, and America 1770–1790* (Garden City, N.Y.: Doubleday, 1981), 7.

72 ［しかし、この惨めな］Riqueti, *Des Lettres de Cachet,* 47–48.

72 ［彼はまた贅沢な食事に］Lever, *Sade,* 310–11.

72 ［それが今や、羊や］Riqueti, *Des Lettres de Cachet,* 15–16.

72 ［サドは、身長約百六十八センチ］Schaeffer, *The Marquis de Sade,* 519; Gray, *At Home,* 21;

Lever, *Sade,* 530.

73 ［一七四〇年六月二日］Lever, *Sade,* 38, 49–50.

73 ［サド少年は歪んだ］Donatien Alphonse François de Sade, *Aline et Valcour* (Paris: Gallimard, 1990), 403. 引用元、Lever, *Sade,* 51.

73 ［サドが二歳のとき］Bongie, *Sade,* 29.

74 ［一方、母親のマリー］Bongie, *Sade,* 20–21, 71.

74 ［気晴らしに、農民を］Lever, *Sade,* 50.

75 ［サドの新しい家は］Schaeffer, *The Marquis de Sade,* 262; Lever, *Sade,* 14–15.

76 ［サド神父はいかがわしい］Lever, *Sade,* 57–58.

76 ［その第一段階として］Lever, *Sade,* 61–62.

76 ［サドの晩年に書かれた］Bongie, *Sade,* 82.

77 ［サドは〈シュヴォー・レジェ〉と］Gray, *At Home,* 46.

77 ［思春期の頃］Lever, *Sade,* 69.

78 ［仲間の兵士たちから］Lever, *Sade,* 84–85.

78 ［休暇に入ると、すぐ近くの］Lever, *Sade,* 86.

78 ［ルネ＝ペラジは特別美しいわけでも］Gray, *At Home,* 53.

79 ［サドはもっとロマンティックな］Schaeffer, *The Marquis de Sade,* 38.

79 ［一七六三年五月十五日］Lever, *Sade,* 108–09.

79 ［数年後、サドは親に］Lever, *Sade,* 116.

79 ［花嫁に対しなんの情熱も］Schaeffer, *The Marquis de Sade,* 49.

79 ［サドと同じく、ルネ＝ペラジも］Gray, *At Home,* 52, 60, 61.

80 ［彼は結婚したばかりの］Gray, *At Home,* 56; Lever, *Sade,* 109.

80 ［「まったくのやんちゃ坊主］Lever, *Sade,* 111.

80 ［マレ警部が報告書のひとつで］Lever, *Sade,* 120.

81 ［この三年後には、北フランスで］Bongie, *Sade,* 105.

81 ［刑務所の所長に、神父に］Lever, *Sade,* 122.

82 ［ところが、彼は家庭の外では］Kushner, *Erotic Exchanges,* 5.

82 ［「今は情熱を持て余していますが］Lever, *Sade,* 144.

82 ［たとえば、サドは娼婦を］Lever, *Sade,* 152.

83 ［そしてついに、一七六八年の］Lever, *Sade,* 153–56.

84 ［〝閣下〟の名で知られていた］Gray, *At Home,* 54, 141.

84 ［おそらく〝閣下〟は、ケレルが］Lever, *Sade,* 164.

85 ［「許されない不名誉を犯した者が］Lever, *Sade,* 171.

85 ［マレ警部は、この貴族が］Lever, *Sade,* 152.

**第四章　性的精神病質**

86 ［まわりの本棚には］Günter Grau, *Iwan Bloch: Hautarzt, Medizinhistoriker, Sexualforscher* (Teetz: Hentrich & Hentrich, 2007), 10, 16–17.

86 ［数十年前までは］Rory MacLean, *Berlin: Portrait of a City Through the Centuries* (New York: Weidenfeld & Nicolson, 2014), 172.

87 ［ブロッホの目に映る］David Clay Large, *Berlin* (New York: Basic Books, 2000), 82–87.

87 ［「ベルリンはまったく新しい］Eva-Maria Schnurr, "Berlin's Turn of the Century Growing Pains," *Spiegel International,* November 22, 2012, www.spiegel.de/international/germany/the-late-19th-century-saw-the-birth-of-modern-berlin-a-866321.html.（2020年11月21日確認）

88 ［一八六七年には、すでに］Robert Beachy, *Gay Berlin: Birthplace of a Modern Identity* (New York: Alfred A. Knopf, 2014), 5.

88 ［その二年後には、オーストリアの］Beachy, *Gay Berlin,* 31.

88 ［この法律は紙の上で］Beachy, *Gay Berlin,* 55–58.

89 ［一八七二年、彼は］Erich Ebstein, "In Memoriam: Iwan Bloch with Bibliographia Blochiana," *Medical Life* 30, no. 2 (February 1923): 57–70.

89 ［さらに、梅毒の恐ろしい］Deborah Hayden, *Pox: Genius, Madness, and the Mysteries of Syphilis* (New York: Basic Books, 2003), xviii.

90 ［「性的に健康でありたければ］Iwan Bloch, *Beiträge zur Aetiologie der Psychopathia Sexualis* (Dresden: Verlag von H. R. Dohrn, 1902), 377.

90 ［彼は、女性の権利運動は］Edward Ross Dickinson, *Sex, Freedom, and Power in Imperial Germany, 1880–1914* (New York: Cambridge University Press, 2014), 164.

90 ［同性に惹かれる原因は］Benjamin Kahan, *The Book of Minor Perverts: Sexology, Etiology, and the Emergences of Sexuality* (Chicago: University of Chicago Press, 2019), 1.

90 ［彼は、ドイツ刑法］Bloch, *Beiträge zur Aetiologie der Psychopathia Sexualis,* 251–52.

90 ［都市の人口が増加し］Vern Bullough, *Science in the Bedroom: A History of Sex Research* (New York: Basic Books, 1994), 6, 10.

90 ［ブロッホをはじめ、新進気鋭の］Bullough, *Science in the Bedroom,* 59.

91 ［しかし、この新たな］Anna Katharina Schaffner, *Modernism and Perversion: Sexual Deviance in Sexology and Literature, 1850–1930* (New York: Palgrave Macmillan, 2012), 60.

91 ［フランスでは、心理学者の］Schaffner, *Modernism and Perversion,* 176–77.

91 ［イギリスでは、医師の］Schaffner, *Modernism and Perversion,* 182–84.

91 ［オーストリアでは、ジークムント］Anna Katharina Schaffner, "Fiction as Evidence: On the Uses of Literature in Nineteenth-Century Sexological Discourse," *Comparative Literature Studies* 48, no. 2 (2011), 165.

91 ［クラフト＝エビングは、サドを］Richard von Krafft-Ebing, *Psychopathia Sexualis,* trans. Charles Gilbert Chaddock (Philadelphia: F. A. Davis, 1894), 57, 71.

92 ［彼は一八九九年の］Iwan Bloch, *Der Marquis de Sade und Seine Zeit: Ein Beitrag zur Kultur- und Sittengeschichte des 18* (Berlin: H. Barsdorf, 1906), 57.

92 ［ふたりは親交を深め］イヴァン・ブロッホからヘンリー・スペンサー・アシュビー宛ての1900年7月21日付けの手紙（イヴァン・ブロッホ／ローベルト・ブロッホの所蔵品、ドイツのベルリンにあるマグヌス・ヒルシュフェルト協会のアーカイブより）。

92 ［往復書簡のなかで］Gibson, *The Erotomaniac,* 141–42.

92 ［ブロッホは、秘密を］Bloch, *Sex Life in England* (New York: Panurge, 1934), 348, 352–53.

93 ［一九〇四年、独房での］Donatien Alphonse François de Sade, *120 Journées de Sodome, ou l'École du Libertinage,* trans. Eugène Dühren (Paris: Club des Bibliophiles, 1904), ii, vii.

93 ［いずれも豪華版で］Allen, "Prices and Wages in Paris, 1400–1914."
93 ［この本の書誌情報は］Sade, *120 Journées de Sodome,* iii.
94 ［ブロッホが偽名で］Bloch, *Neue Forschungen über den Marquis de Sade und Seine Zeit,* 390.
94 ［ブロッホはかねてから］Ebstein, "In Memoriam: Iwan Bloch," 59.
94 ［彼はこの巻物を読んで］Sade, *120 Journées de Sodome,* vii.
95 ［サドが物語の中盤で］Sade, *120 Days of Sodom,* 28.
95 ［サドはクラフト＝エビングの先達であり］Iwan Bloch, *Marquis de Sade's Anthropologia Sexualis of 600 Perversions: "120 Days of Sodom, or the School for Libertinage" and the Sex Life of the French Age of Debauchery from the Private Archives of the French Government* (New York: Falstaff, 1934), x.
95 ［薄くなった髪］Ebstein, "In Memoriam: Iwan Bloch," 70.
95 ［一九〇一年から一九一二年にかけて］Grau, *Iwan Bloch,* 59–60.
96 ［彼はこの百科事典で］Arthur Bernstein, "Iwan Bloch: Ein Nachruf," *Zeitschrift für Sexualwissenschaft* 9, no. 10 (January 1923), 265.
96 ［ブロッホは長い間］Sade, *120 Journées de Sodome,* 11.
97 ［この新たな難問を］Iwan Bloch, *The Sexual Life of Our Time in Its Relations to Modern Civilization* (London: Rebman, 1909), 488–90.
97 ［一八九六年、ヒルシュフェルトは］Beachy, *Gay Berlin,* 86–87, 97, 113, 172.
98 ［ブロッホはヒルシュフェルトと頻繁に］Erwin Haeberle, "Interview About Iwan Bloch and the Marquis de Sade," 2019年8月29日付けのメール。
98 ［ブロッホはヒルシュフェルトの確固たる］Beachy, *Gay Berlin,* 88.
98 ［この洞察に導かれ］Grau, *Iwan Bloch,* 14.
98 ［ブロッホは、自由で束縛されない］Bloch, *The Sexual Life of Our Time,* 236.
98 ［こうして、ブロッホは］Bloch, *The Sexual Life of Our Time,* 250.
98 ［彼はあらゆるものを見て］Bloch, *The Sexual Life of Our Time,* 490, 524.
99 ［一九一九年六月の暖かい夜］Laurie Marhoefer, *Sex and the Weimar Republic: German Homosexual Emancipation and the Rise of the Nazis* (Toronto, Ont.: University of Toronto Press, 2015), 3–4.
99 ［その夜、参加した人々は］Beachy, *Gay Berlin,* 163–84.
100 ［第一次世界大戦の敗戦後］MacLean, *Berlin: Portrait of a City,* 173–74.
100 ［「るつぼのなかで、歴史が］Christopher Isherwood, *Christopher and His Kind, 1929–1939* (New York: Farrar, Straus and Giroux, 1976), 49.
100 ［彼がこの施設で開催した］Beachy, *Gay Berlin,* 184.
100 ［何年にもわたって］Elena Mancini, *Magnus Hirschfeld and the Quest for Sexual Freedom: A History of the First International Sexual Freedom Movement* (New York: Palgrave MacMillan, 2010), 40; Ralph M. Leck, *Vita Sexualis: Karl Ulrichs and the Origins of Sexual Science* (Urbana: University of Illinois Press, 2016), 181.
101 ［専門知識を活かし］John R. McDill, *Lessons from the Enemy: How Germany Cares for Her War Disabled* (Philadelphia: Lea & Febiger, 1918), 101.
101 ［一九一八年、フランスの画家で］Louis Morin, *Comment le Docteur Boche, pour Justifier à*

*l'Avance les Infamies Allemandes, Accusait de Sadisme Sanglant les Français en Général et les Parisiens en Particulier* (Paris: C. Bosse, 1918).

102 ［パリのセーヌ川沿いに］Johannes Werthauer, "Iwan Bloch: An Obituary," *Abendblatt,* January 26, 1923.

102 ［戦争からぼろぼろに］Grau, *Iwan Bloch,* 24.

102 ［一九二二年秋には退院し］Werthauer, "Iwan Bloch: An Obituary."

102 ［ジークムント・フロイトは］ジークムント・フロイトからユリウス・シュスター宛ての1923年1月7日付けの手紙（イヴァン・ブロッホ／ローベルト・ブロッホの所蔵品、ドイツのベルリンにあるマグヌス・ヒルシュフェルト協会のアーカイブより）。

103 ［この年、政府の委員会で］Beachy, *Gay Berlin,* 220.

103 ［ナチスを信奉する暴徒は］Beachy, *Gay Berlin,* 169.

103 ［ベルリンでは街中の］Isherwood, *Christopher and His Kind,* 128; Beachy, *Gay Berlin,* 244.

103 ［一九三三年五月六日］Isherwood, *Christopher and His Kind,* 128.

104 ［学生たちは施錠された］Isherwood, *Christopher and His Kind,* 128–29.

104 ［四日後、研究所の］MacLean, *Berlin: Portrait of a City,* 184.

105 ［世界各地で講演を行っていた］Beachy, *Gay Berlin,* 243.

105 ［数年のうちに刑法一七五条は］Richard Plant, *The Pink Triangle: The Nazi War Against Homosexuals* (New York: Henry Holt, 1986), 110, 149, 180.

105 ［東西ドイツでは、同性愛の］Beachy, *Gay Berlin,* 246.

105 ［一九七二年、ブロッホの］Murray J. White, "The Legacy of Iwan Bloch (1872–1922)," *New Zealand Psychologist* 1, no. 2 (1972).

## 第五章　帝国の勃興

107 ［ジャン＝クロード・ル・クステュメは熱心に］グザヴィエ・デローシュ（ジャン＝クロード・ル・クステュメの継息子）への著者取材での発言、2019年10月30日；ファイナンシャルアドバイザーは数度にわたる著者取材の申し出に応じなかった。

108 ［フランスほど書店や］Barbara Chabbal, "Les Librairies Parisiennes: Résistance et Mutations, Evolution 2003–2014," L'Apur: Atelier Parisien d'Urbanisme, May 2016; ヴィンセント・モナドへの著者取材での発言、2019年4月11日。

109 ［一九八四年、アメリカ出版協会］Matthew G. Kirschenbaum, *Track Changes: A Literary History of Word Processing* (Cambridge, Mass.: Belknap Press of Harvard University Press, 2016), xiv–xv.

109 ［トマス・ピンチョンは］Thomas Pynchon, "Is It O.K. to Be a Luddite?," *New York Times,* October 28, 1984, www.archive.nytimes.com/www.nytimes.com/books/97/05/18/reviews/pynchon-luddite.html.（2020年9月16日確認）

110 ［百年前、マーク・トウェインは］Kirschenbaum, *Track Changes,* ix.

110 ［「二千年間 、知恵を］Gore Vidal, "In Love with the Adverb," *New York Review of Books,* March 29, 1984, www.nybooks.com/articles/1984/03/29/in-love-with-the-adverb/.（2020年9月16日確認）

111 ［アヴィニョンでは］オード・ネリング（ロベール・チポリーナの娘）への著者取材での発言、

2016年11月5日。

111［パリの郊外では］ジョフロワ（本人の希望により姓は匿名）への著者取材での発言、2019年10月23日。

111［パリにある通信会社の］ジャン＝マリー・ルコントへの著者取材での発言、2016年11月10日。

111［ここに挙げた人々の］Isabelle Horlans, *Affaire Aristophil: Liquidation en Bande Organisée* (Paris: Le Passeur, 2019), 181.

112［彼はアリストフィル社を］グザヴィエ・デローシュへの著者取材での発言、2019年10月30日。

112［一九九〇年、ジェラール］ジェラール・レリティエへの著者取材での発言、2016年12月8日。

112［大手オークションハウスの］"EINSTEIN, Albert and Michele BESSO. Autograph manuscript, comprising a series of calculations using the early version ('Entwurf') of the field equations of Einstein's general theory of relativity... ," Christie's, www.christies.com/lotfinder/lot/einstein-albert-and-michele-besso-autograph-manuscript-3983409-details.aspx.（2019年11月14日確認）

113［二週間のうちに］Vincent Noce, "Aristophil Gavé en Lettres d'Or," *Libération,* February 1, 2013, www.liberation.fr/societe/2013/02/01/aristophil-gave-en-lettres-d-or_878630.（2019年11月14日確認）

113［この革新的アイデアのおかげで］アラン・ポンセへの著者取材での発言、2019年6月13日。

113［また、高額の仲介手数料にも］Horlans, *Affaire Aristophil,* 272.

113［一九八〇年代から］"Welcome to HistoryForSale," www.historyforsale.com/profile.（2020年7月6日確認）

114［レリティエはソルボンヌの］Horlans, *Affaire Aristophil,* 166; ジャン＝ジャック・デグレは法的手続きが継続中のため、取材を辞退。

115［フランスの日刊紙］Mohammed Aïssaoui, "Les Beaux Jours du Manuscript," *Le Figaro,* December 20, 2012, www.lefigaro.fr/livres/2012/12/20/03005-20121220ARTFIG00642-les-beaux-jours-du-manuscrit.php.（2020年6月4日確認）

115［パリの南にある］"Napoleon's Coded Kremlin Letter Sold for $243,500 at Fontainebleau Auction House," *ArtDaily,* December 3, 2012, www.artdaily.cc/news/59301/Napoleon-s-coded-Kremlin-letter-sold-for-243-500-at-Fontainebleau-Auction-House-#.Xc3j6FdKg2w.（2019年11月14日確認）

115［ロンドンの〈サザビーズ〉では］Bryony Jones, "Miniature Bronte Manuscript Sparks Bidding War," CNN, December 15, 2011, www.cnn.com/2011/12/15/world/europe/bronte-manuscript-sold-at-auction/index.html.（2019年11月14日確認）

115［さらに二〇〇八年］Henry Samuel, "André Breton's Surrealist Manifesto Sold at Auction in France," *Telegraph,* May 22, 2008, www.telegraph.co.uk/news/worldnews/europe/france/2003659/Andre-Bretons-Surrealist-Manifesto-sold-at-auction-in-France.html.（2019年11月14日確認）

115［こうして、アリストフィル社が］Horlans, *Affaire Aristophil,* 313–16.

116［この国の権威ある］Norimitsu Onishi and Constant Méheut, "Pedophile Scandal Can't Crack the Closed Circles of Literary France," *New York Times,* November 28, 2020, www.nytimes.

com/2020/11/28/world/europe/france-literary-prizes-matzneff.html.（2020年12月4日確認）

116［また、七十年にわたり］William Grimes, "Pierre Berès, Tenacious Book Collector, Dies at 95," *New York Times,* August 3, 2008, www.nytimes.com/2008/08/03/world/europe/03beres.html.（2020年12月4日確認）

116［二〇〇四年六月］Thomas Anquetin, "Les Autographes Ont Leur Musée: Des Lettres et Manuscrits d'Artistes et de Personnages Historiques Rassemblés à Saint-Germain-des-Prés," *Le Figaro,* August 20, 2004; Alexis Geng, "Les Manuscrits Ont Leur Musée à Paris," *Le Monde,* September 17, 2004.

117［六年後には、この私設博物館を］Horlans, *Affaire Aristophil,* 26.

117［また、北京の中国美術館や］Horlans, *Affaire Aristophil,* 324–26.

117［シンポジウムを開催する］Jérôme Dupuis, "Aristophil: La Chute d'un Empire de Papiers," *L'Express,* March 10, 2015, www.lexpress.fr/actualite/societe/justice/aristophil-la-chute-d-un-empire-de-papiers_1659704.html（2019年11月15日確認）；パトリック・ポワーヴル・ダルヴォールとディディエ・ヴァン・コーヴラールは取材を辞退。

118［レリティエが会社を通じて］Horlans, *Affaire Aristophil,* 88.

118［また、フランス国立図書館が］Horlans, *Affaire Aristophil,* 89–90.

118［メディアはレリティエのことを］Vincent Monnier, "Affaire Aristophil: Gérard Lhéritier, le Madoff des Lettres?," *L'Obs,* December 5, 2014, www.nouvelobs.com/societe/20141205.OBS7091/affaire-aristophil-gerard-lheritier-le-madoff-des-lettres.html（2020年3月5日確認）；Didier van Cauwelaert, "Gérard Lhéritier — Chasseur de Textes," *Le Point,* June 21, 2012, www.lepoint.fr/livres/gerard-lheritier-chasseur-de-textes-21-06-2012-1477643_37.php（2020年3月5日確認）；Vincent Noce, "Aristophil Gavé en Lettres d'Or," February 1, 2013, www.liberation.fr/societe/2013/02/01/aristophil-gave-en-lettres-d-or_878630.（2020年3月5日確認）

118［レリティエは野心に燃え］Horlans, *Affaire Aristophil,* 305, 254.

118［彼は非常に尊敬される］ケン・レンデルへの著者取材での発言、2019年8月8日。

119［こういうわけで、レンデルは］Horlans, *Affaire Aristophil,* 192–93; Jacques de Saint Victor, "Le Testament Politique de Louis XVI Retrouvé," *Le Figaro,* May 20, 2009, www.lefigaro.fr/actualite-france/2009/05/20/01016-20090520ARTFIG00025-le-testament-politique-de-louis-xvi-retrouve-.php.（2019年11月22日確認）

120［フランスに滞在中］ケン・レンデルへの著者取材での発言、2019年8月8日。

**第六章　残虐な欲望**

121［教会の鐘が朝八時を］Lever, *Sade,* 195–96.

122［この四年、サドは］Lever, *Sade,* 180.

122［サドは更生するための］Lever, *Sade,* 187, 192–93.

123［サドが立ち去ったあと］Lever, *Sade,* 198–199, 202, 206.

123［サドは、マルセイユでの］Schaeffer, *The Marquis de Sade,* 174.

123［被害者の何人かが訴えた］Lever, *Sade,* 203.

123［生まれたときから特権階級の］Lever, *Sade,* 160.

124［さらにサドは独自の哲学を］Lever, *Sade,* 396.

124 ［十八世紀が進むと］ McPhee, *Liberty or Death,* 25–28.

124 ［サドはこう主張する］ Schaeffer, *The Marquis de Sade,* 122–23.

125 ［サドは放蕩に取り憑かれ］ Donatien Alphonse François de Sade, *Juliette,* trans. Austryn Wainhouse (New York: Grove, 1968), 269–70.

125 ［妻には、自分に性的欠陥が］ Schaeffer, *The Marquis de Sade,* 132.

125 ［サドの告発者のひとりは］ Gray, *At Home,* 94.

125 ［意識していたかどうかは］ Schaeffer, *The Marquis de Sade,* 142.

126 ［一七七二年九月十二日］ Lever, *Sade,* 210.

126 ［マルセイユで起きた事件は］ Paul Friedland, "Beyond Deterrence: Cadavers, Effigies, Animals and the Logic of Executions in Premodern France," *Historical Reflections / Réflexions Historiques* 29, no. 2 (2003), 314.

126 ［群衆が見守るなか］ Lever, *Sade,* 211.

127 ［というのも、過去二百年間］ Friedland, "Beyond Deterrence," 309.

127 ［この日、執り行われた］ Bongie, *Sade,* 133.

127 ［サドは、自分の処刑の］ Sade, *120 Days of Sodom,* 256.

128 ［三年前の一七六九年の］ Lever, *"Je Jure au Marquis de Sade,"* 31.

128 ［このロマンティックな］ Lever, *"Je Jure au Marquis de Sade,"* 47.

129 ［愛する人を手に入れられない］ Lever, *"Je Jure au Marquis de Sade,"* 56.

129 ［銃を使う、首を吊る］ Jeffrey Merrick, "Patterns and Prosecution of Suicide in Eighteenth-Century Paris," *Historical Reflections / Réflexions Historiques* 16, no. 1 (1989), 4, 10.

129 ［数日後、シャンベリーで］ Lever, *Sade,* 215–16.

129 ［サドとラトゥールは捕らえられ］ Lever, *Sade,* 223, 227.

130 ［二週間後、看守はなんとなく］ Lever, *Sade,* 229.

130 ［欠けいく月の薄明かりに］ Lever, *Sade,* 230.

131 ［〝閣下〟は、娘婿が再逮捕されるよう］ Schaeffer, *The Marquis de Sade,* 169.

131 ［そして、一七七四年一月六日の夜］ Lever, *Sade,* 230–32.

132 ［このサド侯爵夫人は］ Schaeffer, *The Marquis de Sade,* 301.

132 ［サドと過ごした十二年の］ Lever, *Sade,* 117, 144.

132 ［彼女はサドに「私は自分のいる］ Schaeffer, *The Marquis de Sade,* 180.

133 ［サドが投獄されている間］ Schaeffer, *The Marquis de Sade,* 223; Gray, *At Home,* 143.

133 ［彼女は「母の支配から］ Lever, *Sade,* 286.

133 ［「私はいつまでもあなたを］ Lever, *Sade,* 324.

133 ［また、サドが自身や家族に］ Gray, *At Home,* 59.

134 ［村人たちは、奇矯な］ Lever, *Sade,* 254.

134 ［荒れた小高い丘の頂に］ Gray, *At Home,* 89, 163.

134 ［まもなく彼は「さまざまな］ Lever, *Sade,* 249.

135 ［年が明けた一月、黒い噂が］ Lever, *Sade,* 251, 256, 258.

135 ［若い使用人たちについて］ Schaeffer, *The Marquis de Sade,* 175, 187.

136 ［ところが、そのうちの］ Lever, *Sade,* 278.

137 ［サドを知る人々は］ Lever, *Sade,* 282.

137［サドの叔父は、かつて］Lever, *Sade,* 283.
137［「いつ外に出られるだろうか？」］Lever, *Sade,* 289.
137［しかし、幾度となく哀願しても］Gray, *At Home,* 187.
138［すぐに、絹商人に扮した］Gray, *At Home,* 208.
138［この貴族に対する暴言が］Schaeffer, *The Marquis de Sade,* 255–56.
139［男の顔をひと目見ようと］Lever, *Sade,* 173–74, 208

## 第七章　赤い子爵夫人

140［窓という窓から］Lancelot Hamelin and Luca Erbetta, *Dans les Eaux Glacées du Calcul Égoiste,* vol. 1, *Le Bal des Matières* (Grenoble: Éditions Glénat, 2018), 6.
140［車から降りてくるのは］Alexandre Mare and Stéphane Boudin-Lestlenne, *Charles et Marie-Laure de Noailles: Mécènes du XX Siècle* (Paris: Bernard Chauveau Édition, 2018), 93–94.
141［両開きのガラス扉を］James Lord, *Six Exceptional Women: Further Memoirs* (New York: Farrar, Straus and Giroux, 1994), 103–06; Mare and Boudin-Lestlenne, *Charles et Marie-Laure de Noailles,* 92–93.
141［プラスチック製のヒイラギの］"Le Bal des Matières: La Fête Comme Célébration Artistique," *Festival de L'Histoire de l'Art,* www.festivaldelhistoiredelart.com/programmes/le-bal-des-matieres-1929/.（2020年12月10日確認）
141［美人とはいえなかったが］Mare and Boudin-Lestlenne, *Charles et Marie-Laure de Noailles,* 18.
141［マリー＝ロールはパーティーを］Laurence Benaïm, *Marie Laure de Noailles: La Vicomtesse du Bizarre* (Paris: Bernard Grasset, 2001), 168, 230.
142［一九〇二年十月三十一日］Benaïm, *Marie Laure de Noailles,* 12.
142［二十一歳のとき］Benaïm, *Marie Laure de Noailles,* 107.
143［その年の初め］Mare and Boudin-Lestlenne, *Charles et Marie-Laure de Noailles,* 296.
143［その後長きにわたって］Benaïm, *Marie Laure de Noailles,* 165.
144［スクリーンに現れる］"*L'Age d'Or* (1930)," YouTube video, 1:02:37, Eric Trommater, June 2, 2014, www.youtube.com/watch?v=RDbav8hcl5U.（2020年12月12日確認）
145［第一次世界大戦による荒廃から］Maurice Nadeau, *The History of Surrealism* (New York: Macmillan, 1965), 11–12.
145［この運動の生みの親である］Sue Roe, *In Montparnasse: The Emergence of Surrealism in Paris, from Duchamp to Dalí* (New York: Penguin Press, 2019), 29; Mary Ann Caws, *Creative Gatherings: Meeting Places of Modernism* (London: Reaktion, 2019), 242.
145［ブルトンと彼の仲間たちは］Roe, *In Montparnasse,* 135, 157, 162.
146［ノアイユ夫妻が『アンダルシアの］Marie Audran, "Les Noailles, Ces Personnages de Roman Qui Ont Vraiment Existé," *Le Point,* July 29, 2010, www.lepoint.fr/culture/les-noailles-ces-personnages-de-roman-qui-ont-vraiment-existe-29-07-2010-1220323_3.php.（2020年12月13日確認）
146［夫妻は以前から］Mare and Boudin-Lestlenne, *Charles et Marie-Laure de Noailles,* 17–18, 151–53.

146 ［ノアイユ夫妻は最終的に］ Mare and Boudin-Lestlenne, *Charles et Marie-Laure de Noailles,* 181–84.

146 ［製作の途中で］ Luis Buñuel, *My Last Sigh: The Autobiography of Luis Buñuel* (New York: Vintage Books, 2013), 115–16.

147 ［一九〇九年、アポリネールは］ Guillaume Apollinaire, *L'Oeuvre du Marquis de Sade* (Paris: Collection des Classiques Galants, 1909), 24–30.

147 ［サドは何かに憑かれたように］ Alyce Mahon, *The Marquis de Sade and the Avant-Garde* (Princeton, N.J.: Princeton University Press, 2020), 93.

147 ［シュルレアリストたちは、サドの生き方に］ Mark Polizzotti, *Revolution of the Mind: The Life of André Breton* (New York: Farrar, Straus and Giroux, 1995), 367, 529.

147 ［また、サドにならって］ Roe, *In Montparnasse,* 182.

148 ［ブルトンは、彼の極めて］ André Breton, *Manifeste du Surréalisme* (Paris: Éditions du Sagittaire, 1924), 26.

148 ［ブニュエルはこの小説を］ Buñuel, *My Last Sigh,* 217–18.

148 ［六十三分の映画の中心となる］ "*L'Age d'Or* (1930)."

149 ［一九三〇年夏、ノアイユ夫妻は］ Delon, *La 121ème Journée,* 93.

149 ［モンマルトルにある〈ステュディオ28〉では］ Paul Hammond, *L'Âge d'Or* (London: British Film Institute, 1997), 58–60.

149 ［ところがこの日、十二月三日の］ Hammond, *L'Âge d'Or,* 60–61.

150 ［スクリーンのインクで汚れた］ Benaïm, *Marie Laure de Noailles,* 203–04.

150 ［シュルレアリスムのメンバーは］ Hammond, *L'Âge d'Or,* 64.

151 ［とりわけシャルルは今回の］ Mare and Boudin-Lestlenne, *Charles et Marie-Laure de Noailles,* 253.

151 ［地中海沿岸の邸宅で］ Benaïm, *Marie Laure de Noailles,* 268.

152 ［こうした私的な現実逃避は］ Lord, *Six Exceptional Women,* 93.

152 ［詩人のジェイムズから］ Benaïm, *Marie Laure de Noailles,* 271, 266, 385.

152 ［彼女はファッションの］ Mare and Boudin-Lestlenne, *Charles et Marie-Laure de Noailles,* 272.

152 ［また、『地上の十年］ Mare and Boudin-Lestlenne, *Charles et Marie-Laure de Noailles,* 303–04.

152 ［やがて絵も始め］ Mare and Boudin-Lestlenne, *Charles et Marie-Laure de Noailles,* 273.

152 ［こうして、彼女はパリの］ Lord, *Six Exceptional Women,* 128, 130; Benaïm, *Marie Laure de Noailles,* 377.

153 ［彼女の知人はその行動について］ Francine du Plessix Gray, "The Surrealists' Muse," *New Yorker,* September 24, 2007, www.newyorker.com/magazine/2007/09/24/the-surrealists-muse.（2020年12月16日確認）

153 ［「マリー＝ロールはマルキ・ド・サドの］ Benaïm, *Marie Laure de Noailles,* 271.

153 ［元医師で、極端な左翼活動家であり］ Delon, *La 121ème Journée,* 80–84, 94–96.

155 ［一方でマリー＝ロールはすっかり］ Benaïm, *Marie Laure de Noailles,* 288.

155 ［前月に発生したドイツ軍の］ Mary McAuliffe, *Paris on the Brink: The 1930s Paris of Jean Renoir, Salvador Dalí, Simone de Beauvoir, André Gide, Sylvia Beach, Léon Blum, and Their Friends* (Lanham, Md.: Rowman & Littlefield, 2018), 275.

155 ［彼女は街に残った社交界の］ Gray, "The Surrealists' Muse"; Alistair Horne, *Seven Ages of Paris* (New York: Alfred A. Knopf, 2002), 364.

156 ［一九四〇年十一月二十一日］ Benaïm, *Marie Laure de Noailles,* 313.

156 ［彼女はこの事故で鼻に］ Lord, *Six Exceptional Women,* 101.

156 ［数週間前にこの暴動は］ Daniel Singer, *Prelude to Revolution: France in May 1968* (Cambridge, Mass.: South End, 2002), xviii–xix.

157 ［この二日前には］ Singer, *Prelude to Revolution,* 166.

157 ［ブルトンは一九六六年］ Polizzotti, *Revolution of the Mind,* 605–06.

157 ［オデオン座の赤いベルベットの］ Kate Bredeson, *Occupying the Stage: The Theater of May '68* (Evanston, Ill.: Northwestern University Press, 2018), 52, 59.

157 ［劇場の近くには］ Johan Kugelberg and Philippe Vermés, *Beauty Is in the Street: A Visual Record of the May '68 Paris Uprising* (London: Four Corner, 2011), 184, 185, 195.

158 ［貫禄のあるお抱え運転手付きの］ Edgar Schneider, "C'est la Vicomtesse au 'Happening' de l'Odéon," *Paris Presse,* May 18, 1968.

158 ［彼女は大演説をぶってみせたが］ Lord, *Six Exceptional Women,* 152.

158 ［近所に貼られていた］ Harold Rosenberg, "Surrealism in the Streets," *New Yorker,* December 21, 1968, 52–55, www.newyorker.com/magazine/1968/12/28/surrealism-in-the-streets.（2020年12月7日確認）

159 ［そういうわけでこの日］ Lord, *Six Exceptional Women,* 153.

159 ［翌年、シャルル・ド・ゴール大統領は］ Fenby, *France: A Modern History,* 402.

159 ［二年後の一九七〇年一月二十九日］ Lord, *Six Exceptional Women,* 85–86.

159 ［彼は妻が死んでから］ "Camellia Sasanqua 'Vicomte de Noailles,' " La Maison du Camélia, www.la-maison-du-camelia.fr/camelias-sasanqua/camelia-vicomte-de-noailles/.（2020年12月18日確認）

160 ［ふたりの娘と四人の孫も］ カルロ・ペローネへの著者取材での発言、2019年10月11日。

160 ［この手稿は次女の］ カルロ・ペローネへの著者取材での発言、2019年10月11日。

160 ［一九八二年十一月］ カルロ・ペローネへの著者取材での発言、2019年10月11日。

## 第八章　本の街の混乱

161 ［レリティエはワインを］ フレデリック・キャスタンへの著者取材での発言、2016年12月15日。

163 ［キャスタンは手稿を扱う店に］Emily Evans Eerdmans, *The World of Madeleine Castaing* (New York: Rizzoli International, 2010), 7.

163 ［成長するにつれ］ フレデリック・キャスタンへの著者取材での発言、2019年4月11日。

164 ［彼は紙の原材料］ Rendell, *History Comes to Life,* 14–15, 21–26.

165 ［最新の統計によると］ "Booksellers," International League of Antiquarian Booksellers, www.ilab.org/page/booksellers.（2022年3月21日確認）

165 ［十六世紀に書籍商と出版人が］ Chabbal, "Les Librairies Parisiennes," 2.

165 ［一九二〇年代に、まだ売れない］ Ernest Hemingway, *A Moveable Feast: The Restored Edition* (New York: Scribner, 2009), 35–36.

166［この通り沿いに並ぶ］John Baxter, *Saint-Germain-des-Prés: Paris's Rebel Quarter*（New York: Harper Perennial, 2016), 128–29.

166［この狭い通りの半ばにある］Gérard Durozoi, *History of the Surrealist Movement*（Chicago: University of Chicago Press, 2002), 1.

166［この書店の成功に刺激を］Sylvia Beach, *Shakespeare and Company*（New York: Harcourt, Brace, 1959), 20, 52.

168［あるときは、顧客の反応を］フレデリック・キャスタンへの著者取材での発言、2019年4月11日。

169［まもなく稀覯本のオークションが］著者による観察、2016年11月8日。

170［彼の取引相手には］Jérôme Dupuis and Laurent Léger, "L'Incroyable Histoire du 'Madoff' Français," *L'Express,* November 3, 2018, www.lexpress.fr/actualite/societe/l-incroyable-histoire-du-madoff-francais_2043901.html.（2019年11月15日確認）

171［議論が百年続くこともある］Bonnardot, *The Mirror of the Parisian Bibliophile,* xxvii.

171［ヴランはアリストフィル社が］"ARISTOPHIL film de presentation," YouTube video, 7:32:52, Aristophil, June 7, 2012, www.youtube.com/watch?v=S_AbE2uKfpg（2020年9月12日確認）；Vincent Noce, "Aristophil Gavé en Lettres d'Or," *Libération,* February 1, 2013, www.liberation.fr/societe/2013/02/01/aristophil-gave-en-lettres-d-or_878630/.（2021年5月18日確認）

171［二〇〇五年、アリストフィル社を］Frédéric Castaing, *Rouge Cendres*（Paris: Ramsay, 2005).

172［二〇一一年、『ク・ショワジール］Erwan Seznec, "Lettres et Manuscrits, Étranges Investissements," *Que Choisir,* March 31, 2011, www.quechoisir.org/actualite-lettres-et-manuscrits-etranges-investissements-n10453/.（2019年11月20日確認）

172［二〇一二年十一月］Radia Sadani, "Bruxelles: Soupçons d'Escroquerie dans le Marché des Manuscrits," *RTBF,* November 28, 2012, www.rtbf.be/info/societe/detail_bruxelles-soupcons-d-escroquerie-dans-le-marche-de-l-art?id=7883105.（2020年11月20日確認）

173［翌月、フランスの金融市場庁が］"L'Autorité des Marchés Financiers Appelle les Épargnants à la Plus Grande Vigilance en Matière de Placements Atypiques Proposés au Public," Autorité des Marchés Financiers, December 12, 2012, www.amf-france.org/technique/multimedia?docId=workspace://SpacesStore/41202e80-6bd2-4a4b-87a6-ed12bdf401bc_fr_1.0_rendition.（2019年11月20日確認）

173［アリストフィル社は常に顧客に］フランシス・トリブレへの著者取材での発言、2016年11月10日。

173［彼には長く親しくしていた］フレデリック・キャスタンへの著者取材での発言、2019年7月11日；アラン・ニコラへの著者取材での発言、2019年7月9日。

173［キャスタンは、ニコラやレリティエに］Horlans, *Affaire Aristophil,* 82.

174［一九八五年、キャスタンは］フレデリック・キャスタンへの著者取材での発言、2016年12月15日。

174［二〇一三年四月の暖かい］Dupuis and Léger, "L'Incroyable Histoire du 'Madoff' Français."

175［一年前、彼は三千四百万ユーロを］Horlans, *Affaire Aristophil,* 25.

176［十一月十三日、娘から］"EuroMillions Results for Tuesday 13th November 2012," Euro-Millions.com, www.euro-millions.com/results/13-11-2012.（2019年11月21日確認）

176［一億六千九百万ユーロの］Grégory Leclerc, “Le Gagnant à 169 Millions d'Euros de l'Euromillion se Confie à Nice-Matin,” *Nice-Matin,* November 13, 2013, www.nicematin.com/faits-societe/le-gagnant-a-169-millions-d-euros-de-l-euromillion-se-confie-a-nice-matin-332241.（2019年11月21日確認）

176［レリティエはこの思わぬ幸運を］Dupuis and Léger, “L'Incroyable Histoire du ‘Madoff’ Français.”

176［そのうえ、四千百万ユーロを］Horlans, *Affaire Aristophil,* 158.

176［彼はアリストフィル社の歴史や］Gérard Lhéritier, “Discours Inauguration Hôtel de La Salle” (speech, April 24, 2013), レリティエにより提供された書き起こし資料。

176［ベルギーの検察当局の］Horlans, *Affaire Aristophil,* 161.

177［もっと身近なところでは］ジャン＝ピエール・ロンドーへの著者取材での発言、2020年1月30日；レリティエはこれらの主張に対する回答を拒否。

177［アリストフィル社のビジネスモデルに］レミ・マチスへの著者取材での発言、2011年11月8日；ユーグ・ウヴラールへの著者取材での発言、2020年1月30日；レリティエはこれらの主張に対する回答を拒否し、「わけの分からない妄想に答えることはできない」と発言。

177［アリストフィル社は、批判的な］Judgment of the Tribunal de Grande Instance de Paris, March 25, 2013, no. 13/00538; エルワン・セズネックへの著者取材での発言、2019年9月9日。

177［二〇一二年十一月十四日］“Exceptionnel Ensemble de Manuscrits Littéraires de Marcel Aymé et de Marguerite Duras,” *La Gazette Drouot,* www.gazette-drouot.com/ventes-aux-encheres/13882-exceptionnel-ensemble-de-manuscrits-litteraires-de-marcel-ayme-et-de-marguerite-duras.（2020年7月20日確認）

178［レリティエが会社のスタッフに］ジェラール・レリティエへの著者取材での発言、2019年7月18日。

178［数カ月後のある朝のこと］フレデリック・キャスタンへの著者取材での発言、2016年12月15日。

**第九章　市民サド**

179［前年の夏、バスティーユに］Lever, *Sade,* 350.

180［サドは当時のシャラントンについて］Lever, *Sade,* 351.

181［「良い日には、善い行いを！」］Lever, *Sade,* 357.

181［サドは変わり果てたパリに］Gray, *At Home,* 311.

181［フランスの景観にパッチワークのように］McPhee, *Liberty or Death,* 88.

181［空間や時間の計測法にも］Emmet Kennedy, *A Cultural History of the Revolution* (New Haven, Conn.: Yale University Press, 1989), 348.

182［「何に対しても興味が］Lever, *Sade,* 360.

182［一方で、彼女はサドとの］Lever, *Sade,* 361–63.

183［だが、そう簡単には］Suzanne Desan, “Making and Breaking Marriage: An Overview of Old Regime Marriage as a Social Practice,” in *Family, Gender, and Law in Early Modern France,* ed. Suzanne Desan and Jeffrey Merrick (University Park: Pennsylvania University Press, 2009), 14–17.

183［彼女はまちがいなく後者の］Gray, *At Home,* 302.
184［実際、当初サドは妻から］Lever, *Sade,* 368–69.
184［二年後、革命政府は］Suzanne Desan, *The Family on Trial in Revolutionary France*（Berkeley: University of California Press, 2006）, 123.
184［そこで新たに知り合った人物と］Lever, *Sade,* 390.
185［フランスの田舎に暮らす］Georges Lefebvre, *The Great Fear of 1789: Rural Panic in Revolutionary France*（Princeton, N.J.: Princeton University Press, 2014）, x–xi.
185［その選択は正しかった］Lever, *Sade,* 432.
185［いくつかの劇団から］Lever, *Sade,* 376, 379–81, 383.
186［このジャンルの専門家としての］Gray, *At Home,* 317.
187［このスキャンダラスな内容に］Lever, *Sade,* 384–85.
187［こうした扇情的な記事は］Gray, *At Home,* 371.
188［一七九一年六月二十四日］Gray, *At Home,* 325–26.
188［あるいは、そういう噂が］Gray, *At Home,* 326–27.
189［一方、サドは逃亡を拒んだ］Lever, *Sade,* 439.
189［ピック地区の本部である］Schaeffer, *The Marquis de Sade,* 428.
189［通りの名を変更するときには］Gray, *At Home,* 312–13.
190［彼は随筆を書いて］Lever, *Sade,* 440–41; Schaeffer, *The Marquis de Sade,* 426.
190［その文才に感心した］Lever, *Sade,* 440.
190［とはいえ、根はあくまで］Lever, *Sade,* 404.
190［彼は地区の模範市民を装う］Lever, *Sade,* 424, 420.
191［独房で書いた手紙を］Lever, *Sade,* 439.
191［サドは 国外逃亡した息子たちを］Lever, *Sade,* 428.
191［また、どうにか手元に残しておいた］Bongie, *Sade,* 226.
191［一七九二年に起こった九月虐殺の］Lever, *Sade,* 430.
191［マリー・アントワネットは］Gray, *At Home,* 333.
192［手紙で本音を打ち明けても］Lever, *Sade,* 416–17.
192［外に出ると、暗い通りの］Pernoud and Flaissier, *The French Revolution,* 248.
193［「あれほど愉快なことは］Lever, *Sade,* 442.
193［しかし、サドはこの一家に］Lever, *Sade,* 444.
193［その機会はすぐに訪れた］Lever, *Sade,* 444.
193［一七九三年八月二日］Lever, *Sade,* 443.
194［生涯を通じて無神論者の］Schaeffer, *The Marquis de Sade,* 436–37.
194［着々と独裁的な権力を］Gray, *At Home,* 338.
195［サドの演説から一週間後］Lever, *Sade,* 461.
195［恐怖政治は頂点に達し］Colin Jones, *The Great Nation*（New York: Columbia University Press, 2002）, 496.
195［この日の執行吏のリストには］Lever, *Sade,* 465.
195［キリスト教を非難する］Lever, *Sade,* 457.
195［また、匿名で書かれた小説］Gray, *At Home,* 338.

196［逮捕後、サドは］Gray, *At Home,* 344.
196［七月二十六日、執行使は］Lever, *Sade,* 465–66.
196［囚人たちはひとりずつ］Daniel Gerould, *Guillotine: Its Legend and Lore* (New York: Blast, 1992), 23.
197［その即刻裁判の日］Schaeffer, *The Marquis de Sade,* 446.
197［「目の前で見たギロチンは］Gray, *At Home,* 347.
198［彼は人生で初めて］Gray, *At Home,* 350.
198［その後の数カ月間］Lever, *Sade,* 505–06.
198［一七九五年には、革命中に］Lever, *Sade,* 476–77.
199［その後数年にわたって］Gray, *At Home,* 377–78.
199［この作品は当時の人々に］Lever, *Sade,* 498–99.
200［しかし、その平穏は］Lever, *Sade,* 512.

**第十章　盗まれた巻物**

201［警察が散らかった室内を］Herbert Mitgang, "Sale of French Publisher Raises Bookmen's Fears," *New York Times,* January 18, 1981, www.nytimes.com/1981/01/18/books/sale-of-french-publisher-raises-bokmen-s-fears.html（2021年9月13日確認）; Patrick Besson, "La Chronique de Patrick Besson," *Le Point,* August 27, 2020, www.pressreader.com/france/le-point/20200827/281556588208293.（2021年9月13日確認）
202［グルエは巻物を盗んだことは］カルロ・ペローネへの著者取材での発言、2019年10月11日。
203［オフィスより下の階は］"Third Generation," *Maus Frères SA,* www.maus.ch/en/practice/third-generation/.（2021年1月13日確認）
203［一九〇〇年代初頭］"Established in Geneva in 1902," *Maus Frères SA,* www.maus.ch/en/about/（2021年1月14日確認）; Clive H. Church and Randolph C. Head, *A Concise History of Switzerland* (Cambridge: Cambridge University Press, 2013), 230.
203［きちんと整えられた］Jacques Chamay, "Hommage: Gérard Nordmann N'Est Plus," *Journal de Genève et Gazette de Lausanne,* February 10, 1992, 28.
203［スイスの著名な資本家の］Julianne Slovak, "The Billionaires," *Fortune,* September 11, 1989.
203［ペローネは、母親が］カルロ・ペローネへの著者取材での発言、2016年12月2日。
204［この部屋の天井まで届く］シャルル・メラへの著者取材での発言、2021年1月8日。
204［のちに妻となる女性との］Rainer Michael Mason, ed., *Eros Invaincu: La Bibliothèque Gérard Nordmann* (Paris: Fondation Martin Bodmer, 2004), 10, 321.
204［彼の発掘品のなかには］Mason, *Eros Invaincu,* 322–23; John De St. Jorre, "The Unmasking of O," *New Yorker,* August 1, 1994, 43.
205［ノルドマンの蒐集品には］Mason, *Eros Invaincu,* 14.
205［絶版のエロティカ文学の］Mason, *Eros Invaincu,* 322.
205［また、イギリスで貴重なテキストを］Patrick Kearney, "Demande d'Entretien Concernant Gérard Nordmann," 2020年10月12日付けのメール。
205［彼はサドの描く常軌を］Swiss Federal Tribunal decision, May 28, 1998, 5C.16/1998, 4–5.
206［スイスの有名な装幀家］*Les Collections Aristophil: Vente Inaugurale,* オークションカタログ

(Paris: Aguttes, 2017), 55.

206 ［彼がユダヤ人の家族とともに］“French Collection,” *Economist,* December 8, 2006, www.economist.com/news/2006/12/08/french-collection.（2021年1月15日確認）

206 ［一九四〇年代後半］Pauvert, *Sade's Publisher,* 113–14.

207 ［一九五六年十二月の］Jean Jacques Pauvert, *Nouveaux (et Moins Nouveaux) Visages de la Censure, Suivie de l'Affaire Sade* (Paris: Les Belles Lettres, 1994), 69.

207 ［当時の名高い知識人たちの］Pauvert, *Sade's Publisher,* 192–93.

207 ［ポーヴェールは公序良俗に］Pauvert, *Sade's Publisher,* 197, 208.

208 ［ポーヴェールの事例と］Amy S. Wyngaard, “Translating Sade: The Grove Press Editions, 1953–1968,” *Romanic Review* 104, nos. 3–4 (May–November 2013), 313–14, 324.

208 ［一八三六年、十四歳の］Gustave Flaubert, *Bibliomania: A Tale* (London: Rodale, 1954), 10.

208 ［この物語は、ドン・ヴィンセンテという］Basbanes, *A Gentle Madness,* 33–34.

209 ［そのひとりであるヴィクトリア朝の］Werner Muensterberger, *Collecting: An Unruly Passion* (Princeton, N.J.: Princeton University Press, 1994), 75.

210 ［数年にわたる法廷闘争の末］Cour d'Appel de Paris decision, December 8, 1988, no. 7708/87.

210 ［さらに重要なのは］Cour de Cassation, Chambre Criminelle decision, June 11, 1990, no. C 89-80.467.

210 ［この反省から、関心を持つ］Sharon Waxman, *Loot: The Battle over the Stolen Treasures of the Ancient World* (New York: Times Books, 2008), 2–7.

210 ［これらの文化財を］Marc-André Renold, “Cross-Border Restitution Claims of Art Looted in Armed Conflicts and Wars and Alternatives to Court Litigations,” 2016年5月にJURI委員会の要請により，欧州議会の市民権及び憲法政策局によって依頼され監督された研究。

211 ［しかし、ひとつだけ問題が］J. Murray Luck, *A History of Switzerland: The First 100,000 Years; Before the Beginnings to the Days of the Present* (Palo Alto, Calif.: Society for the Promotion of Science and Scholarship, 1985), 740.

211 ［善意の概念は］マルク＝アンドレ・ルドルノへの著者取材での発言、2019年12月13日。

211 ［判事たちはまず］Swiss Federal Tribunal decision, May 28, 1998, 5C.16/1998, 3–4.

211 ［さらに、法廷に召喚された］アラン・ニコラへの著者取材での発言、2019年7月9日。

212 ［判事たちは、ノルドマンの］Swiss Federal Tribunal decision, May 28, 1998, 5C.16/1998, 1998, 3–5.

212 ［一九九八年五月二十八日］Swiss Federal Tribunal decision, May 28, 1998, 5C.16/1998, 16–17.

212 ［判決の六年前の一九九二年二月五日］Mason, *Eros Invaincu,* 10.

213 ［ジュネーヴの街を望む］“A Spiritual Edifice,” YouTube video, 26:17, Fondation Martin Bodmer, June 17, 2015, www.youtube.com/watch?v=BZvirZAstJI.（2021年1月19日確認）

213 ［ギャラリー全体にずらりと］“The Collections,” Fondation Martin Bodmer, www.fondationbodmer.ch/en/the-collections/.（2021年6月19日確認）

213 ［この場所はボドメール図書館という］シャルル・メラへの著者取材での発言、2021年1月8日；Carol Vogel, “$7 Million Michelangelo,” *New York Times,* January 29, 1998, www.nytimes.com/1998/01/29/arts/7-million-michelangelo.html.（2021年1月10日確認）

214 ［財団は、近くにある］シャルル・メラへの著者取材での発言、2021年1月8日。

214［展示の終了後］フロランス・ダルブルへの著者取材での発言、2021年1月13日。

215［保存の技術は文字の歴史と］Michele Valerie Cloonan, *Preserving Our Heritage: Perspectives from Antiquity to the Digital Age* (Chicago: Neal-Schuman, 2015), xxiv.

215［一九六六年、イタリア中部の］Sheila Waters, *Waters Rising: Letters from Florence* (Ann Arbor, Mich.: Legacy, 2016), 4–11.

215［巻物の保存修復を］フロランス・ダルブルへの著者取材での発言、2021年1月13日。

217［ジェラール・ノルドマンもまた］シャルル・メラへの著者取材での発言、2021年1月8日。

218［二〇〇六年四月の］Clive Aslet, "Erotic Sale of the Century (Wife Says It's Got to Go)," *Daily Telegraph,* April 20, 2006, www.telegraph.co.uk/culture/art/3651695/Erotic-sale-of-the-century-wife-says-its-got-to-go.html.（2021年1月20日確認）

218［このカタログは選ばれた］Judith Benhamou, "Le Must de la Bibliothèque Érotique," *Les Echos,* April 7, 2006, www.lesechos.fr/2006/04/le-must-de-la-bibliotheque-erotique-567466.（2021年1月20日確認）

218［さらに、オークションホールの］*Secret Museums: In Search of Hidden Erotic Art,* ピーター・ヴォーディッチ監督（配給会社Icarus Films, 2009年）、オンライン。

218［『我が秘密の生涯』全十一巻には］"[ASHBEE, Henry Spencer (1834–1900)?]. My Secret Life. Amsterdam Not for publication [imp. Auguste Brancart?, vers 1890?]," Christie's, www.christies.com/en/lot/lot-4698934.（2021年1月21日確認）

218［フランス人のエロティカ挿絵画家］"[CHAUVET, Jules-Adolphe?] — Suite de 102 figures galantes ou libres, attribuées à Chauvet (vers 1875) pour illustrer les Mémoires de J. Casanova," Christie's, www.christies.com/en/lot/lot-4839916.（2021年1月21日確認）

218［『O嬢の物語』の直筆原稿は］"REAGE Pauline [Dominique Aury (1907–1998)]. Histoire d'O et Retour à Roissy Manuscrits autographes," Christie's, www.christies.com/en/lot/lot-4699236（2021年1月21日確認）; Corydon Ireland, "A Collection Unlike Others," *Harvard Gazette,* November 7, 2012, www.news.harvard.edu/gazette/story/2012/11/a-collection-unlike-others/.（2021年1月21日確認）

218［ピエトロ・アレティーノによる］"[L'ARÉTIN (Pietro Aretino, 1492–1556). Sonnetti lussuriosi. Venise: Giovanni Tacuino da Tridino? vers 1527]," Christie's, www.christies.com/en/lot/lot-4698928.（2021年1月21日確認）

218［同年十二月に開催された］"Bibliothèque Erotique Gérard Nordmann — Première Partie," Christie's, www.christies.com/en/auction/biblioth-que-erotique-g-rard-nordmann-premi-re-partie-20695/（2021年1月20日確認）; "Bibliothèque Erotique Gérard Nordmann — 2ème Partie," Christie's, www.christies.com/en/auction/biblioth-que-erotique-g-rard-nordmann-2-me-partie-20800/.（2021年1月20日確認）

## 第十一章　記憶から消えた男

220［十九世紀初頭のパリの］Lever, *Sade,* 527–28.

221［さらにいまいましいことに］Lever, *Sade,* 514, 547.

221［サドを拘留したあと］Lever, *Sade,* 514, 518–19.

222［今回はシャラントンで］Lever, *Sade,* 546, 554.

223［相変わらず執筆を続けていて］Lever, *Sade,* 548–549.
224［なかでも注目すべきは］Lever, *Sade,* 527–31.
225［一八一三年五月］Lever, *Sade,* 557, 559.
225［元妻ルネ＝ペラジは］Lever, *Sade,* 547.
226［末っ子のマドレーヌ＝ロールは］Gray, *At Home,* 392.
226［一時期、サドは長男の］Lever, *Sade,* 543–44.
226［こんなわけで頼れるのは］Lever, *Sade,* 552.
226［一八一四年十一月］Lever, *Sade,* 549.
227［やがて警察が父親の］Gray, *At Home,* 409.
227［それどころか、七十代にして］Schaeffer, *The Marquis de Sade,* 511–12.
227［晩年になっても］Lever, *Sade,* 550–51.
228［彼の健康状態は悪化し］Lever, *Sade,* 542–43.
228［こんな状態でありながら］Lever, *Sade,* 563–64.
228［サドの頭蓋骨は、ドイツから］Lever, *Sade,* 566–67.
229［サドの最期の希望は］Gray, *At Home,* 410.

**第十二章　大きな契約**

230［ブリュノ・ラシーヌは］ブリュノ・ラシーヌへの著者取材での発言、2019年12月12日。
230［所蔵点数は四千万以上］“François-Mitterrand,” Bibliothèque Nationale de France, www.bnf.fr/en/francois-mitterrand.（2019年12月13日確認）
231［前職は、パリ中心部にある］Alan Riding, “Arts, Briefly; A Shake-Up in Paris at the Pompidou Center,” *New York Times,* March 29, 2007, archive.nytimes.com/query.nytimes.com/gst/fullpage-9407E5DD1030F93AA15750C0A9619C8B63.html.（2019年12月13日確認）
231［国立図書館のトップに］ブリュノ・ラシーヌへの著者取材での発言、2019年4月9日。
232［こうして、相当の資金が］Elaine Sciolino, “It’s a Sadistic Story, and France Wants It,” *New York Times,* January 21, 2013, www.nytimes.com/2013/01/22/books/frances-national-library-hopes-to-buy-sades-120-days.html.（2019年12月13日確認）
232［ラシーヌはすぐに動いた］Nathaniel Herzberg, “Caché, Volé, Racheté: L’Histoire Folle d’un Manuscrit de Sade,” *Le Monde,* October 1, 2012, www.lemonde.fr/livres/article/2012/10/01/cache-vole-rachete-l-histoire-folle-du-manuscrit-de-sade_1767353_3260.html.（2019年12月13日確認）
232［同時に、フランスの警察と］Vincent Noce, “Caché, Disparu, Volé, Racheté, Le Manuscrit Mythique de Sade Revient en France,” *Libération,* April 3, 2014, www.next.liberation.fr/livres/2014/04/03/cache-disparu-vole-rachete-le-manuscrit-mythique-de-sade-revient-en-france_992764.（2019年12月13日確認）
232［その一方でラシーヌは］ブリュノ・ラシーヌへの著者取材での発言、2019年4月9日。
233［慎重な交渉が続くなか］Sciolino, “It’s a Sadistic Story.”
233［そのとき携帯電話が鳴り］ブリュノ・ラシーヌへの著者取材での発言、2019年12月12日。
233［舞台裏で、巻物を］コリナ・ハーシュコヴィッツへの著者取材での発言、2019年12月11日。
234［国立図書館への引き渡し予定日の］“Contrat de Vente entre Nathalie Nordmann, Alain

Nordmann, Serge Nordmann, et Aristophil SAS."

234［アリストフィル社と協力することが］"Protocole de Vente du Manuscrit 'Les 120 Journées de Sodome,' de Sade," カルロ・ペローネとジェラール・レリティエのサイン入りメモ、2014年2月26日。

234［最終的に、レリティエは］ジェラール・レリティエへの著者取材での発言、2016年12月6日。

235［アリストフィル社は巨額の］"Protocole de Vente du Manuscrit 'Les 120 Journées de Sodome,' de Sade."

235［五年後に巻物を寄贈することを］Philippe Durand, "SADE — Synthèse de la position de la BNF," 2013年12月20日付けのメール。

235［また、図書館に寄贈すれば］"Loi N° 2003-709 du 1er Août 2003 Relative au Mécénat, aux Associations et aux Fondations," www.legifrance.gouv.fr/affichTexte.do?cidTexte=JORFTEXT000000791289.（2019年12月16日確認）

235［この複雑な状況は］ジェラール・レリティエへの著者取材での発言、2019年7月20日。

237［二〇一四年三月二十五日の朝］"Grâce à Aristophil le Manuscrit du Divin Marquis de Sade Revient en France," YouTube video, 2:52, Aristophil, April 7, 2014, www.youtube.com/watch?v=x-7JFXCS5es.（2019年12月16日確認）

237［全国紙は巻物の帰還を］"L'Épilogue Français des " 'Cent Vingt Journées de Sodome,' " *Le Point,* April 3, 2014, www.lepoint.fr/livres/l-epilogue-francais-des-cent-vingt-journees-de-sodome-03-04-2014-1808871_37.php.（2019年12月16日確認）

238［フランスの日刊紙『リベラシオン』は］Noce, "Caché, Disparu, Volé, Racheté."

238［彼はロンドンのロイズ保険組合と］ジャン＝クロード・ヴランからジェラール・レリティエ宛ての鑑定書、2014年4月14日。

238［フランスの時事週刊誌］ジェローム・デュピュイへの著者取材での発言、2020年5月22日。

239［二〇〇一年、デュピュイは］Jérôme Dupuis, "Le Mystérieux Itinéraire du Voyage," *L'Express,* May 5, 2001.

239［二〇一一年には］Jérôme Dupuis, "Le Plagiat de PPDA," *L'Express,* January 4, 2011, www.lexpress.fr/culture/livre/le-plagiat-de-ppda_949676.html.（2019年12月17日確認）

239［この頃には、デュピュイは］ジェローム・デュピュイへの著者取材での発言、2020年5月22日。

241［調査を続けるうち］ジェローム・デュピュイへの著者取材での発言、2016年11月8日。

241［二〇一三年五月］Jérôme Dupuis, "Vente de Manuscrits: L'Étrange Système Aristophil," *L'Express,* May 7, 2013, www.lexpress.fr/culture/livre/vente-de-manuscrits-l-etrange-systeme-aristophil_1247044.html.（2019年12月17日確認）

243［この投資詐欺を見抜くための］Tamar Frankel, *The Ponzi Scheme Puzzle: A History and Analysis of Con Artists and Victims* (New York: Oxford University Press, 2012), 171–73.

243［ボストン大学の法科大学院の］Frankel, *The Ponzi Scheme Puzzle,* 28–29.

243［ある書店主がデュピュイに］Dupuis, "Vente de Manuscrits."

244［デュピュイの告発記事が］Horlans, *Affaire Aristophil,* 215–16.

244［数カ月前、デュピュイは］*Winner: The Magazine of Success,* no. 8, July 2013.

245［レリティエはさらに］"Dans les Coulisses d'Aristophil: Fouquet's, Jets Privés et ISF...Les

Argumentaires d'Aristophil," Bibliophilie.com, September 17, 2015, www.bibliophilie.com/dans-les-coulisses-daristophil-fouquets-jets-prives-et-isf-les-argumentaires-daristophil/.（2019年12月18日確認）

245［これまでで最大規模の］Dupuis and Léger, "L'Incroyable Histoire du 'Madoff' Français."

245［その間にもレリティエは］フランシス・トリブレへの著者取材での発言、2016年11月10日。

245［社員たちは、これまでの］Dupuis and Léger, "L'Incroyable Histoire du 'Madoff' Français."

245［また、彼が信頼を］Horlans, *Affaire Aristophil,* 269.

245［一方、二〇一四年二月には］Horlans, *Affaire Aristophil,* 215–16.

246［祝賀行事の一環で］"D.A.F. de Sade: Justine et Autres Romans," *La Pléiade,* www.la-pleiade.fr/Catalogue/GALLIMARD/Bibliotheque-de-la-Pleiade/Justine-et-autres-romans.（2019年12月19日確認）

246［『ル・フィガロ』紙と］Alexandre Devecchio, "Michel Onfray: Sade, Marine Le Pen, L'École et Moi," *Le Figaro,* September 26, 2014, www.lefigaro.fr/vox/politique/2014/09/26/31001-20140926ARTFIG00442-michel-onfray-sade-marine-le-pen-l-ecole-et-moi.php（2019年12月19日確認）; Paulin Césari, "Pour en Finir Avec Sade," *Le Figaro,* November 14, 2014, www.lefigaro.fr/arts-expositions/2014/11/14/03015-20141114ARTFIG00220-pour-en-finir-avec-sade.php（2019年12月19日確認）; Sarah Moroz, "Horrific Practices," *Paris Review,* December 2, 2014, www.theparisreview.org/blog/2014/12/02/horrific-practices/（2019年12月19日確認）; Catherine Golliau, "Pourquoi Sade Nous Fascine," *Le Point,* September 25, 2014, www.lepoint.fr/culture/pourquoi-sade-nous-fascine-25-09-2014-1866575_3.php.（2019年12月19日確認）

246［フランス人作家のミシェル］Michel Onfray, *La Passion de la Méchanceté* (Paris: Éditions Autrement, 2014), 12–13.

247［ジュネーヴでは］Marianne Grosjean, "À la Fondation Martin Bodmer, on a Sade dans la Peau," *Tribune de Genéve,* December 6, 2014, www.tdg.ch/culture/fondation-martin-bodmer-sade-peau/story/31893574（2019年12月19日確認）; Delon, *La 121ème Journée,* 163.

247［最も注目すべきは］*Sade: Attacking the Sun,* Musée d'Orsay, www.musee-orsay.fr/en/events/exhibitions/in-the-museums/exhibitions-in-the-musee-dorsay/article/sade-41230.html.（2019年12月19日確認）

247［なんといっても、この展示会の］Sade, *120 Days of Sodom,* 154.

247［しかし、レリティエは］ジェラール・レリティエへの著者取材での発言、2016年12月6日。

248［中央には、展示室の］ジェラール・レリティエへの著者取材での発言、2016年12月6日。

248［レリティエは、目の覚めるような］"Sade et l'Éventail des Libertinages," YouTube video, 12:12, Les Nautes de Paris, October 1, 2014, www.youtube.com/watch?v=Fgum6vvB2_Q.（2020年9月4日確認）

248［夜になってもにぎわいは］Tony Perrottet, "Who Was the Marquis de Sade?," *Smithsonian Magazine,* February 2015, www.smithsonianmag.com/history/who-was-marquis-de-sade-180953980/?page=2.（2020年9月4日確認）

249［この取引に応じた出資者は］シルヴィ・ル・ガルへの著者取材での発言、2019年5月2日。

249［こうして、二〇一四年］"Corpus Scriptural Prestige," signed by Sylvie Le Gall, April 14, 2014.

249［ル・ガルはこの話に乗り］Gérard Lhéritier, "Plus de questions!," 2017年1月6日付けのメー

ル。

249［アリストフィル社の展示は］Jenny Awford, "The Original *Fifty Shades of Grey* Goes on Display," *Daily Mail,* September 19, 2014, www.dailymail.co.uk/news/article-2762859/Marquis-Sade-s-The-120-Days-Sodom-goes-display.html.（2020年9月4日確認）

250［巻物を故国に還すために］カルロ・ペローネへの著者取材での発言、2016年12月2日。

250［ラシーヌは見物に訪れたが］ブリュノ・ラシーヌへの著者取材での発言、2019年4月9日。

250［ストラスブールでは］シルヴィ・ル・ガルへの著者取材での発言、2019年5月2日。

**第十三章　聖サド**

251［樹齢数百年のオークの］Mahon, *The Marquis de Sade and the Avant-Garde,* 99.

251［サドはシュルレアリストや］Hobart Ryland, "Recent Developments in Research on the Marquis de Sade," *French Review* 25, no. 1 (October 1951): 10–12.

252［きしむ音とともに］John Brunton, "Revolution in Their Blood," *Advertiser,* July 8, 1989.

252［サド家の人々は］Gray, *At Home,* 418.

252［また、何世代にもわたって］チボー・ド・サドへの著者取材での発言、2021年2月1日。

252［しかし、家族の城で］チボー・ド・サドへの著者取材での発言、2021年2月1日；ユーグ・ド・サドへの著者取材での発言、2016年11月9日。

254［フランスの知識人、シモーヌ］Simone de Beauvoir, "Must We Burn Sade?," in Donatien Alphonse François Sade, *The 120 Days of Sodom and Other Writings,* trans. Austryn Wainhouse and Richard Seaver (New York: Grove, 1966), 4.

254［小説家ピエール・クロソフスキーは］Pierre Klossowski, "Nature as Destructive Principle," in Sade, *The 120 Days of Sodom and Other Writings,* 65; Mitchell Dean and Daniel Zamora, "Did Foucault Reinvent His History of Sexuality Through the Prism of Neoliberalism?," *Los Angeles Review of Books,* April 18, 2018, www.lareviewofbooks.org/article/did-foucault-reinvent-his-history-of-sexuality-through-the-prism-of-neoliberalism/.（2021年2月2日確認）

254［小説家のアンジェラ・カーターは］Angela Carter, *The Sadeian Woman and the Ideology of Pornography* (New York: Pantheon, 1978), 26.

254［フランスの作家アルベール・カミュは］Albert Camus, *The Rebel: An Essay on Man in Revolt* (New York: Vintage International, 1991), 47.

254［社会哲学者のマックス・ホルクハイマーと］Max Horkheimer and Theodor W. Adorno, *Dialectic of Enlightenment: Philosophical Fragments* (1947; repr., Stanford, Calif.: Stanford University Press, 2002), 69.

255［一般読者向けにサドの作品を］Will McMorran, "Introducing the Marquis de Sade," *Forum for Modern Language Studies* 51, no. 2 (April 2015), 141–42; Wyngaard, "Translating Sade," 313–14, 325–26.

255［フランスの文学理論家である］Roland Barthes, *Sade, Fourier, Loyola* (New York: Hill and Wang, 1976), 137.

255［その年の四月、全世界が］Roger Shattuck, *Forbidden Knowledge: A Landmark Exploration of the Dark Side of Human Ingenuity and Imagination* (San Diego: A Harvest Book / Harcourt Brace, 1996), 256–58.

256［文芸批評家のジョージ・スタイナーは］Sade, *120 Days of Sodom,* xxv.

257［イギリスの小説家パメラ］Sade, *120 Days of Sodom,* xxv.

257［プロヴァンスの夏の日が］Tony Perrottet, "The Marquis de Sade Is Dead! Long Live Pierre Cardin!," *Slate,* December 17, 2008, www.slate.com/human-interest/2008/12/the-marquis-de-sade-is-dead-long-live-pierre-cardin.html.（2021年2月4日確認）

258［カルダンは、そこを］Nathalie Feld, "Les 'Américains' du Village François de la Mode," *France-Amérique,* October 13, 2010, www.france-amerique.com/en/les-americains-du-village-francais-de-la-mode/.（2021年2月3日確認）

258［故郷がファッションデザイナーに］Tony Perrottet, "Ever Wonder What Pierre Cardin Has Been Up To?," *Wall Street Journal,* June 23, 2011, www.wsj.com/articles/SB1000142405270230418640457638814379316O396.（2021年2月3日確認）

259［フェスティバルを続行する］"Pierre Cardin Renonce à un Projet de Golf dans le Vaucluse," *Agence France-Presse,* July 16, 2010.

259［一九六五年の『ニューヨーク］Alex Szogyi, "A Full Measure of Madness," *New York Times,* July 25, 1965.

260［一九六五年には、戯曲］Steintrager, *The Autonomy of Pleasure,* 284–87.

260［さらに一九七五年］Delon, *La 121ème Journée,* 157–59.

260［そして、二〇〇〇年には］Steintrager, *The Autonomy of Pleasure,* 292.

260［一九九〇年、生誕二百五十年を］Delon, *La 121ème Journée,* 14.

261［街の反対側にある］Daniel Rogov, "The Divine Marquis," *Jerusalem Post,* May 31, 1990.

261［ときには発言し］Susan Heller Anderson, "Saving Château and Writings of Marquis de Sade," *New York Times,* December 7, 1981, www.nytimes.com/1981/12/07/style/saving-chateau-and-writings-of-marquis-de-sade.html（2021年2月3日確認）; "De Sade Prize Whips His Family into Frenzy," *Australian,* August 3, 2001.

261［しかし、グザヴィエは］チボー・ド・サドへの著者取材での発言、2021年2月2日。

262［上品で落ち着いた雰囲気の］チボー・ド・サドへの著者取材での発言、2019年4月15日。

262［新聞各社から］Frank Kools, "Franse Kruistocht Tegen Ontwrichting," *Trouw,* October 20, 1995.

262［いちばん上の兄］Adam Sage, "My Family Has Been Punished Enough, Claims de Sade's Heir," *Times* (London), December 20, 2014, www.thetimes.co.uk/article/my-family-has-been-punished-enough-claims-de-sades-heir-b0ptbhkkl7g.（2021年2月4日確認）

262［真ん中の兄］ユーグ・ド・サドへの著者取材での発言、2016年11月9日。

263［一方、チボーは］チボー・ド・サドへの著者取材での発言、2021年2月2日。

263［チボーは自身の研究を］Sade, *120 Days of Sodom,* 59.

264［彼と同じくほかの］ジャン＝クリストフ・アブラモヴィッチへの著者取材での発言、2016年11月11日。

264［「あの手稿はずっと］チボー・ド・サドへの著者取材での発言、2019年4月15日。

**第十四章　海辺の囚人**

265［夜明けからまもなく］ジェラール・レリティエへの著者取材での発言、2016年12月6日。

265 ［指揮官は何も語ろうとせず］ Horlans, *Affaire Aristophil,* 30–32.

266 ［アリストフィル社は瞬く間に］ Mélanie Delattre, Christophe Labbé, and Laure Rougevin-Baville, “Descente de Police au Musée des Lettres et Manuscrits,” *Le Point,* November 18, 2014, www.lepoint.fr/justice/descente-de-police-au-musee-des-lettres-et-manuscrits-18-11-2014-1882159_2386.php.（2020 年 1 月 22 日確認）

266 ［フランスのメディアは］ Vincent Noce, “La Justice Écorne Aristophil, le Roi du Manuscrit,” *Libéracion,* November 20, 2014, www.next.liberation.fr/arts/2014/11/20/la-justice-ecorne-aristophil-le-roi-du-manuscrit_1146972（2020 年 1 月 22 日確認）；Eric Treguier, “L'Empereur des Manuscrits Finira-t-Il Comme Madoff?,” *Challenges,* November 27, 2014, www.challenges.fr/entreprise/gerar-lheritier-aristophil-finira-t-il-comme-madoff_132277.（2020 年 1 月 22 日確認）

266 ［二〇一五年三月上旬］ Benoit Huet, “Legal documents,” 2017 年 1 月 6 日付けのメール。

267 ［組織的詐欺の罪だけでも］ Article 313-2, Code de Procédure Pénale, Legifrance, www.legifrance.gouv.fr/affichCode.do?idSectionTA=LEGISCTA000006165331&cidTexte=LEGITEXT000006070719.（2020 年 1 月 23 日確認）

267 ［当局からアリストフィル社の］ Horlans, *Affaire Aristophil,* 55–59.

268 ［デュピュイは関係筋をたどって］ Jérôme Dupuis, “Le Grand Krach des Manuscrits,” *L'Express,* November 12, 2015, www.lexpress.fr/actualite/societe/justice/le-grand-krach-des-manuscrits_1734536.html（2020 年 1 月 16 日確認）；Dupuis and Léger, “L'Incroyable Histoire du ‘Madoff’ Français.”

268 ［捜査当局が傍受した］ Dupuis and Léger, “L'Incroyable Histoire du ‘Madoff’ Français.”

269 ［このような取引の例は］ Dupuis, “Le Grand Krach des Manuscrits.”

269 ［ヴランだけでも］ *Jean-Claude Vrain v. Maxime Saada, Donatien Lemaitre, and Frédéric Castaing,* 16189000087 Judgment 2, Tribunal de Grande Instance de Paris, 17th Correctional Chamber, September 17, 2019.

269 ［この事件について］ 匿名希望者への著者取材、2019 年 2 月 21 日。

269 ［フランスの元首相ドミニク］ “Villepin, ou l'Éclatante Réussite du Bibliophile,” *Le Canard Enchaîné,* March 18, 2015; Dupuis and Léger, “L'Incroyable Histoire du ‘Madoff’ Français.”

270 ［また、警察がニュースキャスターの］ Jérôme Dupuis, “Pourquoi PPDA a Été Placé en Garde à Vue,” *L'Express,* November 26, 2015, www.lexpress.fr/actualite/societe/justice/pourquoi-ppda-a-ete-place-en-garde-a-vue-hier_1739610.html.（2020 年 1 月 23 日確認）

270 ［強制捜査から三カ月後］ Horlans, *Affaire Aristophil,* 107–10.

270 ［「今じゃ、マスコミから］ ジェラール・レリティエへの著者取材での発言、2016 年 12 月 6 日。

273 ［「文化大臣と一部の］ Gérard Lhéritier, “Le don,” 2017 年 3 月 19 日付けのメール。

274 ［「二、三年かかるだろうが］ ジェラール・レリティエへの著者取材での発言、2016 年 12 月 8 日。

274 ［このときの当選確率は］ “EuroMillions Odds & Statistics,” EuroMillions, www.euromillions.online/euromillions-odds-statistics/.（2020 年 1 月 23 日確認）

274 ［報道によると、一九九一年］ Kevin Cullen, “US Orders Lottery to Hold Bulger's Winnings,” *Boston Globe,* July 18, 1995, www.archive.boston.com/news/local/massachusetts/articles/1995/07/18/us_orders_lottery_to_hold_bulgers_winnings/.（2020 年 1 月 23 日確認）

275［「アメリカの刑事ドラマじゃ］Gérard Lhéritier, "La loterie," 2018年1月29日付けのメール。

275［夕日が沈む頃］ジェラール・レリティエへの著者取材での発言、2016年12月6日。

276［アリストフィル社の倒産で］ニコラ・ルコーク＝ヴァロンへの著者取材での発言、2016年12月10日。

276［出資者たちはほかの］ブノワ・ユエへの著者取材での発言、2016年12月10日；アラン・ポンセへの著者取材での発言、2019年11月11日。

277［〈手紙と手稿の出資者を守る会］フィリップ・ジュリアンへの著者取材での発言、2016年12月10日。

277［また、この手のものとしては］ニコラ・ルコーク＝ヴァロンへの著者取材での発言、2016年12月10日。

277［さらに、当局の調査で］Erwan Seznec, "Affaire Aristophil: Une Association d'Aide aux Victimes au Financement Trouble," *Que Choisir,* May 25, 2015, www.quechoisir.org/actualite-affaire-aristophil-une-association-d-aide-aux-victimes-au-financement-trouble-n2741/.（2020年1月24日確認）

278［「嘆かわしい話だ」］ジェラール・レリティエへの著者取材での発言、2016年12月6日。

278［アヴィニョンの元オートバイレーサー］オード・ネリングへの著者取材での発言、2016年11月5日。

278［また、ジャン＝クロード］グザヴィエ・デローシュへの著者取材での発言、2019年10月30日。

279［その後の二〇一九年春］Horlans, *Affaire Aristophil,* 9, 12.

279［また、この事件において清廉潔白な］Horlans, *Affaire Aristophil,* 289.

280［『アリストフィル事件』は］Horlans, *Affaire Aristophil,* 305–31.

280［この本の著者はイザベル］イザベル・オルランは数度にわたる著者取材の申し出をすべて拒否。

280［序文は、〈手紙と手稿の］Dupuis and Léger, "L'Incroyable Histoire du 'Madoff' Français."

280［そして、この本を］Horlans, *Affaire Aristophil,* 245–46.

280［〈AMBLEM〉が行った］クリストフ・レイユへの著者取材での発言、2019年4月15日。

280［レリティエは、オルランの執筆に］ジェラール・レリティエへの著者取材での発言、2019年7月20日。

280［レリティエの弁護士は］フランシス・トリブレへの著者取材での発言、2016年11月10日。

281［「契約書もあり］ジェラール・レリティエへの著者取材での発言、2019年7月18日。

281［しかし、二日後に］ジェラール・レリティエへの著者取材での発言、2019年7月20日。

282［二〇一六年のある暖かい］ジェラール・レリティエへの著者取材での発言、2016年12月8日。

283［「彼は六十八歳で］フランシス・トリブレへの著者取材での発言、2016年11月10日。

283［「信じられない話だ］ジェラール・レリティエへの著者取材での発言、2016年12月8日。

**第十五章　不吉なオークション**

285［防犯ガラスのケースに］著者による観察、2017年12月19日。

286［現在のロゴは］Vincent Noce, "An Inestimable Collection," *La Gazette Drouot,* December 10, 2017, www.gazette-drouot.com/en/sale/les-collections-aristophil/88463?showAgenda=fal

se#4957.（2020 年 2 月 24 日確認）

287 ［オークションの二日前］Aguttes, “2 Trésors Nationaux,” プレスリリース、2017 年 12 月 18 日。

287 ［フランス文化省は］Ministère de la Culture, “Classement en Tant Que Trésors Nationaux, d'un Manuscrit du Marquis de Sade et d'un Ensemble d'Écrits d'André Breton,” プレスリリース、2017 年 12 月 19 日。

288 ［二〇〇九年、アギュットは］Claire Bommelaer, “La Mamounia, pour le Plaisir des Yeux,” *Le Figaro,* May 23, 2009, www.lefigaro.fr/culture/2009/05/23/03004-20090523ARTFIG00226-la-mamounia-pour-le-plaisir-des-yeux-.php.（2020 年 2 月 25 日確認）

289 ［もっと最近では］“Dinosaurs & Natural History,” Aguttes, www.expertise.aguttes.com/en/dinosaurs-natural-history/.（2020 年 2 月 25 日確認）

289 ［アギュットは現在、国内で］Florian Gallant, “19 Ans Après Son Rachat, le Château de Tournoël à Volvic N'A Plus Rien d'une Ruine,” *La Montagne,* August 2, 2019, www.lamontagne.fr/volvic-63530/loisirs/19-ans-apres-son-rachat-le-chateau-de-tournoel-a-volvic-n-a-plus-rien-d-une-ruine_13617432/.（2020 年 2 月 25 日確認）

289 ［ときには、大胆なやり方が］“Painting Probe Leads to Two-Month Sale Ban for Aguttes,” *Antiques Trade Gazette,* July 30, 2012, www.antiquestrade gazette.com/news/2012/painting-probe-leads-to-two-month-sale-ban-for-aguttes/.（2020 年 2 月 25 日確認）

289 ［そして、当局がそれらを］Vincent Noce, “Dernière Ligne Droite pour les Manuscrits d'Aristophil,” *La Gazette Drouot,* March 24, 2017, www.gazette-drouot.com/article/derniere-ligne-droite-pour-les-manuscrits-d-aristophil/7651.（2021 年 12 月 11 日確認）

290 ［オークション会場は〈オテル］Jean Bruce and Miguel Elliott, *Drouot Vu Par* (Paris: Éditions Binôme, 1999).

290 ［二〇〇〇年、法改正によって］Doreen Carvajal, “French Auction House Trades Haughty for Hip,” *New York Times,* June 1, 2015, www.nytimes.com/2015/06/02/arts/international/french-auction-house-trades-haughty-for-hip.html.（2020 年 2 月 24 日確認）

290 ［さらに二〇一〇年］Amah-Rose Abrams, “Art Handlers and Auctioneers Involved in Shocking Drouot Scam Get Jail Time,” *Artnet News,* September 7, 2016, www.news.artnet.com/art-world/jail-sentences-art-handlers-drouot-scam-636716.（2020 年 2 月 24 日確認）

291 ［アリストフィル社のオークションの開催について］ジェラール・レリティエからヴァレリー・ルルー・トマらへの手紙、2017 年 10 月 24 日；ジェラール・レリティエからクリスチャン・テシオらへの手紙、2017 年 11 月 6 日。

292 ［これらの文書には自分が］ジェラール・レリティエへの著者取材での発言、2016 年 12 月 8 日。

292 ［アメリカにおける全国共通の］Maria Konnikova, “What's Lost as Handwriting Fades,” *New York Times,* June 2, 2014, www.nytimes.com/2014/06/03/science/whats-lost-as-handwriting-fades.html（2020 年 2 月 28 日確認）；Liana Heitin, “Why Don't the Common-Core Standards Include Cursive Writing?,” *PBS NewsHour,* October 17, 2016, www.pbs.org/newshour/education/scary-clown-rumors-serious-business-schools.（2020 年 2 月 28 日確認）

293 ［二〇一〇年代初頭］Aaron Smith, “How Americans Use Text Messaging,” Pew Research Center, September 19, 2011, www.pewresearch.org/internet/2011/09/19/how-americans-use-text-messaging/（2020 年 2 月 28 日確認）；Eddie Wrenn, “Could We Forget How to Write?

The Typical Adult Has Not Scribbled Anything by Hand for Six Weeks," *Daily Mail,* June 22, 2012, www.dailymail.co.uk/sciencetech/article-2163175/Could-forget-WRITE-The-typical-adult-scribbled-hand-weeks.html.（2020年2月28日確認）

293 ［また、一日に二千百五十億通の］Council on Library and Information Resources, *A Report from the Task Force on Technical Approaches for Email Archives* (Washington, D.C.: Council on Library and Information Resources, August 2018), 1; John Mazzone and Samie Rehman, *The Household Diary Study: Mail Use and Attitudes in FY 2017* (Washington, D.C.: United States Postal Service, March 2018), 20, www.prc.gov/docs/105/105134/USPS_HDS_FY17_Final%20Annual%20Report.pdf.（2020年2月28日確認）

293 ［重要なテキストが日記や］Kirschenbaum, *Track Changes,* 220.

293 ［さらに、著名人も手紙を］ラシェル・フォスへの著者取材での発言、2020年2月3日；スティーヴン・エニスへの著者取材での発言、2020年1月28日。

293 ［ある稀覯本ディーラーは］Barry R. Levin, "Manuscript Collecting: An Endangered Species," International League of Antiquarian Booksellers, November 27, 2013, www.ilab.org/index.php/articles/manuscript-collecting-endangered-species.（2020年2月28日確認）

294 ［「アメリカやヨーロッパの家の］ジェラール・レリティエへの著者取材での発言、2016年12月8日。

295 ［「落札！」］著者による観察、2017年12月20日。

297 ［出品されたものの］Aguttes, "Bilan de la Vente Inaugurale du 20/12/2017," sales report, December 22, 2017.

297 ［その見出しにはでかでかと］Jérôme Dupuis, "Le Marché Dit Sa Cruelle Vérité sur le Scandale Aristophil," *L'Express,* December 21, 2017, www.lexpress.fr/culture/livre/le-marche-dit-sa-verite-cruelle-sur-le-scandale-aristophil_1970797.html.（2020年2月26日確認）

298 ［「まるで葬式だった」］セルジュ・プランチュルーへの著者取材での発言、2017年12月20日。

298 ［それから数カ月にわたって］Michael Stillman, "2018: It Was a Very Good Year (for Books and Paper at Auction)," Rare Book Hub, February 2019, www.rarebookhub.com/articles/2560.（2020年2月27日確認）

298 ［その後の数カ月も好調で］Opérateurs de Ventes pour les Collections Aristophil, "Récapitulatif des Ventes 1 à 28 des Collections Aristophil du 20 Décembre 2017 au 4 Décembre 2019 à Drouot," 売り上げ記録、2019年12月5日。

299 ［期待外れだったものも］"Mozart Manuscript Fails to Sell at Paris Auction," *ArtDaily,* June 21, 2018, www.artdaily.cc/news/105539/Mozart-manuscript-fails-to-sell-at-Paris-auction#.XlgQx6hKg2w（2020年2月27日確認）；Claire Parker, "Rare Einstein Manuscript That 'Almost Miraculously' Survived Sold for More Than $13 Million in Paris Auction," *Washington Post,* November 22, 2021.（2020年2月27日確認）

299 ［フランス国立図書館は］Opérateurs de Ventes pour les Collections Aristophil, "A Session d'Automne des Collections Aristophil Totalise 8,8m€," プレスリリース、2018年11月21日；J. M. Sultan, "Une Lettre de Vincent van Gogh au Critique Qui A Reconnu son Génie Exposée à Amsterdam," *Passéisme,* May 15, 2019, www.passeisme.com/articles/une-lettre-de-vincent-van-gogh-au-critique-qui-a-reconnu-son-genie-exposee-a-amsterdam/.（2020年2月27日確認）

299［二〇一九年十一月］Alison Flood, "Brontë Society Secures Last of Charlotte's Minute Teenage Books," *Guardian,* November 18, 2019, www.theguardian.com/books/2019/nov/18/bronte-society-secures-last-of-charlottes-minute-teenage-books.（2020年2月27日確認）
299［シャーロット・ブロンテの直筆の］Horlans, *Affaire Aristophil,* 269.
300［三年間にわたるオークションを］Vincent Noce, "More Grief for Aristophil Investors as French Government Seizes Hundreds of Documents," *Art Newspaper,* May 28, 2019, www.theartnewspaper.com/news/aristophil-investors-face-further-setback.（2020年2月27日確認）
300［二〇一九年三月］Jérôme Dupuis, "L'État Lorgne sur les 130,000 Manuscrits d'Aristophil," *L'Express,* March 25, 2019, www.lexpress.fr/culture/l-etat-lorgne-sur-les-manuscrits-d-aristophil_2069353.html.（2020年9月16日確認）
300［また、〈アギュット〉が］Mélanie Delattre, Christophe Labbé, and Laure Rougevin-Baville, "Descente de Police au Musée des Lettres et Manuscrits," *Le Point,* November 18, 2014, www.lepoint.fr/justice/descente-de-police-au-musee-des-lettres-et-manuscrits-18-11-2014-1882159_2386.php.（2020年3月5日確認）
301［キャスタンもほかの同業者と］Frédéric Castaing, "Question sur l'avenir de la collecte d'autographes et de manuscrits," 2002年2月10日付けのメール。
301［実際、手紙と手稿の市場は］Béatrice de Rochebouët, "Aux Enchères, des Lettres de Proust ne Trouvent Pas Preneur," *Le Figaro,* October 8, 2019, www.lefigaro.fr/culture/encheres/proust-mis-au-pied-de-la-lettre-20191008.（2020年2月27日確認）
301［マルキ・ド・サドの持ち物が］チボー・ド・サドへの著者取材での発言、2021年2月2日。
302［「アリストフィル社は、手稿の］フレデリック・キャスタンへの著者取材での発言、2019年7月11日。
302［実際、現代のキャスタンが］Lever, *Sade,* 281.
302［「この事件は何年にも］フレデリック・キャスタンへの著者取材での発言、2019年7月11日。

## エピローグ　葬り去られて

303［その発表はひっそりと］Ministère de la Culture, "Le Ministère de la Culture Annonce l'Acquisition par l'État de Manuscrits Littéraires Majeurs Qui Entrent dans les Collections de la BnF à la Suite de Leur Classement Trésors Nationaux," プレスリリース、2021年7月9日。
303［ブサールにとって、相当な］エマニュエル・ブサールへの著者取材での発言、2021年7月22日。
304［「フランス国家による］Gérard Lhéritier, "Questions sur le rouleau de Sade," 2021年5月23日付けのメール。
304［その前年はほぼ一年中］Liz Alderman, "Along the Seine, Booksellers Try to Hold Off an Unhappy Ending," *New York Times,* November 7, 2002, www.nytimes.com/2020/11/07/world/europe/france-paris-seine-books.html.（2021年5月22日確認）
305［パリの中心部にある］Constant Méheut, "In the Latin Quarter, Paris's Intellectual Heartbeat Grows Fainter," *New York Times,* March 22, 2021, www.nytimes.com/2021/03/22/world/europe/latin-quarter-paris-bookstores.html.（2021年5月22日確認）
306［しかし、実際には］スティーヴン・エニスへの著者取材での発言、2020年1月28日；ネィ

オミ・ネルソンへの著者取材での発言、2020年3月5日。

306 ［コミュニケーションのデジタル化が］ Leah Price, *What We Talk About When We Talk About Books: The History and Future of Reading* (New York: Basic Books, 2019), 1; Farhad Manjoo, "Welcome to the Post-Text Future," *New York Times,* February 14, 2018, www.nytimes.com/interactive/2018/02/09/technology/the-rise-of-a-visual-internet.html.（2021年5月22日確認）

306 ［グーテンベルクが活版印刷を］ Nicholas A. Basbanes, *A Splendor of Letters: The Permanence of Books in an Impermanent World* (New York: HarperCollins, 2003), 312–15.

307 ［十九世紀には、「新聞は］ Price, *What We Talk About When We Talk About Books,* 165; Cynthia Monaco, "The Difficult Birth of the Typewriter," *Invention & Technology,* Spring–Summer 1988, www.inventionandtech.com/content/difficult-birth-typewriter-1.（2021年5月22日確認）

307 ［一九一三年、トーマス］ Price, *What We Talk About When We Talk About Books,* 165.

307 ［二十一世紀に入ると］ Gretchen McCulloch, *Because Internet: Understanding the New Rules of Language* (New York: Riverhead, 2019), 14–15.